BRIAR
UNIVERSITÉ
3
the play

Collection New Romance® créée par Hugues de Saint Vincent,
dirigée par Arthur de Saint Vincent
Ouvrage dirigé par Bénita Rolland
Traduit par Robyn Stella Bligh
Photo de couverture : © Shutterstock

34-36 rue la Pérouse
75116 - Paris
www.hugoetcie.fr

ISBN : 9782755643350
Dépôt légal : novembre 2019
Imprimé en France par Corlet
N° d'impression : 204911

NEW ROMANCE®

ELLE KENNEDY

BRIAR UNIVERSITÉ

3

the play

Hugo Roman

À Sarah J. Maas, pour ton soutien et ton enthousiasme.
Pour m'avoir rappelé pourquoi j'écris.

1

Hunter

Cette soirée est nase.

J'aurais dû rester chez moi, mais ces jours-ci, être « chez moi » ressemble au tournage des Kardashian. Grâce aux trois gonzesses avec qui je vis, le niveau d'œstrogène y est insoutenable.

En même temps, le niveau d'hormones féminines n'est pas moins élevé ici, à la maison Theta Beta Nu, mais au moins j'ai le droit d'être attiré par les nanas qui y sont. Mes colocs sont toutes en couple, donc je n'ai pas le droit de les toucher.

T'as pas le droit de toucher ces meufs-ci non plus...

C'est vrai. À cause de mon vœu de chasteté, je ne peux toucher personne, point à la ligne.

D'ailleurs, ça soulève une question : si on ne peut coucher avec personne à une soirée de sororité, est-ce que ça reste une fête ?

Je me surprends à serrer ma main beaucoup trop fort sur le gobelet en plastique rouge que Matt Anderson, mon ami et coéquipier, vient de me donner.

– Merci, mec, je marmonne.

Je bois une gorgée et grimace aussitôt. La bière est coupée à l'eau, mais c'est peut-être une bonne chose. Ça m'aidera à n'en consommer qu'une seule. L'entraînement ne commence qu'à dix heures, demain, mais je compte arriver plus tôt pour travailler sur mon lancé-frappé.

La saison dernière s'est clôturée de façon catastrophique, et je me suis juré de faire du hockey ma priorité. Briar n'a pas pu accéder au Championnat national, l'an dernier, et c'est de ma faute. Cette saison sera différente.

– Et elle, t'en penses quoi ? demande Matt en désignant une jolie nana vêtue d'un minuscule boxer et d'un caraco rose.

Elle n'a pas mis de soutif et ses tétons pointent sous le tissu soyeux. J'en ai l'eau à la bouche.

Ah, j'ai oublié de préciser que c'est une soirée pyjama ? Ouaip ouaip. Ça fait presque cinq mois que je n'ai pas baisé et je commence mon année de licence par une fête où toutes les meufs sont quasi nues. Je n'ai jamais dit que j'étais un type malin.

– Elle est canon, je réponds à Matt. Vas-y, lance-toi.

– J'irais bien, mais… c'est toi qu'elle mate, grommelle-t-il.

– Eh bien, je suis hors service, je rétorque en haussant les épaules. T'as qu'à le lui dire, j'ajoute en le bousculant. Je suis sûr qu'elle sera ravie de se rabattre sur toi.

– Ha ! Va te faire foutre. Je ne suis le second choix de personne. Si elle ne crève pas d'envie d'être avec moi, je préfère trouver une autre meuf. Pas question de me battre pour attirer l'attention des filles.

C'est pour ça que j'apprécie autant Matt. Il est compétitif sur la glace, mais en dehors de ça, c'est un mec bien. J'ai joué au hockey toute ma vie et j'ai connu des coéquipiers qui n'avaient aucun scrupule à piquer la nana d'un autre, ou pire encore, à coucher avec elle dans son dos. J'ai joué avec des mecs qui considèrent que les groupies sont des objets jetables ou qui se sont refilé les meufs comme des Tic Tac. Des mecs avec zéro respect et une éthique minable.

À Briar, j'ai la chance de jouer avec des mecs super. Bien sûr, chaque équipe a plus ou moins sa paire d'enfoirés, mais la plupart de mes coéquipiers sont de chouettes types.

– Je ne m'inquiète pas pour toi, je réponds. La jolie brune à quatorze heures te déshabille du regard.

Matt écarquille les yeux, ravi de découvrir une petite femme aux courbes délicieuses, en nuisette blanche. Elle rougit lorsque leurs regards se croisent, puis elle sourit timidement en levant son verre dans sa direction.

Matt m'abandonne sans un mot, et je ne lui en veux pas.

Le salon est rempli de jeunes femmes en lingerie et de garçons en pyjamas en soie, à la Hugh Hefner[1]. Je ne savais pas que c'était une soirée à thème, donc je suis en cargo short et en marcel blanc, et ça me va parfaitement. La plupart des mecs sont ridicules dans leur tenue.

– Tu passes une bonne soirée ?

La musique est forte, mais pas assez pour m'empêcher d'entendre ce que dit la nana qui me matait alors que Matt la reluquait.

– Ouais, y a du monde, je réponds en haussant les épaules. Et le DJ n'est pas mal.

Elle se rapproche de moi.

– Je m'appelle Gina.

– Hunter.

– Je sais qui tu es, répond-elle d'un ton compatissant. J'étais là pour la finale régionale contre Harvard, quand cet enfoiré t'a cassé le poignet. Je n'arrive pas à croire qu'il ait fait ça.

Moi, si : je m'étais tapé sa meuf.

Cependant, je ne le dis pas à Gina. Et puis, je n'ai pas fait exprès. Je ne savais pas qui était cette nana quand j'ai couché avec elle. En revanche, elle savait qui j'étais, moi. Elle voulait se venger de son mec, mais je ne l'ai su que lorsqu'il s'est jeté sur moi en plein milieu d'un des matchs les plus importants de la saison, celui qui détermine qui atteint le *Frozen Four*. Ce connard d'Harvard m'a cassé le poignet en me taclant.

1. Fondateur du magazine *Playboy*. (NdT, ainsi que pour les notes suivantes)

Mon match s'est donc arrêté là, tout comme celui de notre capitaine, Nate Rhodes, qui s'est fait exclure en voulant me défendre.

Je secoue la tête et me force à mettre ce souvenir de côté.

– C'était une façon affreuse de terminer la saison, je réponds.

Gina pose sa main sur mon bras. Au risque de paraître arrogant, mes bras sont vraiment énormes, ces jours-ci. Quand on ne baise pas, il est impératif de faire du sport pour éviter de devenir dingue.

– Je suis vraiment navrée, ronronne-t-elle.

Elle caresse délicatement mon bras, me faisant frissonner. Je réprime un grognement, horrifié de voir qu'il suffit qu'une nana effleure mon bras pour que je bande.

Je sais que je devrais repousser sa main, mais ça fait des lustres qu'une femme ne m'a pas touché de façon non platonique. À la maison, mes colocs ont constamment leurs pattes sur moi, mais ça n'a rien de sexuel. Brenna adore me pincer les fesses chaque fois qu'on se croise dans le couloir, mais ce n'est pas parce qu'elle me désire : c'est juste parce que c'est une garce.

– Tu veux qu'on aille dans un endroit plus calme pour parler, ou autre ? propose Gina.

J'ai vécu suffisamment longtemps sur cette planète pour savoir ce que « ou autre » signifie dans la bouche d'une fille.

1) On ne va pas beaucoup parler.

2) « Autre » est la seule chose qu'on va faire.

Je sais que je devrais dire non, mais je déprime déjà à l'idée de rentrer chez moi pour me masturber dans ma chambre pendant que mes colocs regardent un marathon de *Laguna Beach : The Hills*.

– Ok, je réponds à Gina avant de la suivre hors du salon.

★ ★ ★

Nous atterrissons dans une petite pièce avec un canapé, une bibliothèque et un bureau placé sous la fenêtre.

Étonnamment, nous sommes seuls. Les dieux de la fête ont dû avoir pitié de mon célibat et semblent avoir décidé de nous offrir le genre d'intimité que je devrais fuir comme la peste. Au lieu de ça, je suis sur le canap et Gina m'embrasse dans le cou.

Son caraco en soie effleure ma peau et c'est tellement agréable que c'en est presque pornographique. Tout m'excite, ces jours-ci. J'ai eu une érection devant une publicité Tupperware sur YouTube, parce qu'on y voyait une MILF éplucher une banane. Elle l'a ensuite coupée en morceaux pour la mettre dans la boîte en plastique, et même ça, ça ne m'a pas empêché de me branler en pensant à elle. Encore quelques mois et je vais me retrouver à me taper les tartes aux pommes que fait ma coloc Rupi tous les dimanches.

– Tu sens tellement bon, susurre Gina en respirant mon parfum.

Son souffle chaud chatouille mon cou, puis elle plaque de nouveau sa bouche sur ma peau. C'est délicieux. Elle est assise à cheval sur moi, frottant son corps pulpeux au mien. Mais je dois y mettre fin.

J'ai fait une promesse, à moi et à mes coéquipiers, même si aucun d'eux ne m'a demandé de le faire et qu'ils pensent tous que je suis fou de tenter l'abstinence. Matt a déclaré qu'il ne croit pas que mon célibat aura le moindre effet sur nos matchs. Mais je reste persuadé que si, et pour moi, c'est une question de principe. Les mecs m'ont élu capitaine. Je prends cette responsabilité très au sérieux et je sais d'expérience que j'ai tendance à laisser les nanas me perturber. L'an dernier, ma saison de baise frénétique m'a valu un poignet cassé. Je n'ai aucune envie de retenter le diable.

– Gina, je…

Elle me fait taire en s'emparant de ma bouche et j'oublie ce que je voulais dire. Elle a un goût de bière et de bubblegum. Et ses boucles rousses, qui tombent sur son épaule, sentent la pomme. Miam… J'ai envie de la dévorer.

Nos langues entrent en jeu et notre baiser devient encore plus chaud. Mon cerveau ne fonctionne plus, dominé par mon désir et mon désespoir. J'ai perdu ma capacité à réfléchir. Et je bande tellement que c'en est douloureux lorsque Gina frotte son entrejambe au mien.

Encore trente secondes, je me dis. Trente secondes, puis j'arrêterai, pour que ça n'aille pas plus loin.

– J'ai tellement envie de toi… chuchote-t-elle.

Elle embrasse de nouveau ma gorge, puis sa main glisse entre nous et elle empoigne ma queue par-dessus mon short. *Putain*… C'est tellement bon que je suis à deux doigts de gémir. Ça fait tellement longtemps qu'une autre main que la mienne n'a pas touché ma queue… C'est une véritable torture.

– Gina, non, je gronde, faisant appel à tout mon self-control pour retirer sa main.

Ma verge proteste en tachant mon boxer de liquide préséminal.

Ses paupières sont lourdes lorsqu'elle me regarde, et ses joues sont rouges.

– Pourquoi ?

– Parce que je… j'ai mis tout ça sur pause.

– Tout ça quoi ?

– Le sexe.

– Quel est le rapport ?

– J'ai fait une croix dessus.

– Une croix sur quoi ?

– Sur le sexe, j'explique d'un ton lugubre. J'ai décidé de m'abstenir pendant un moment.

Elle fronce les sourcils.

– Mais… pourquoi ?

– C'est une longue histoire, je réponds avant de me reprendre. Enfin non, elle n'est pas longue du tout, en fait. Je veux me concentrer sur le hockey, cette année, et le sexe est une trop grosse distraction. Voilà, tu sais tout.

Elle reste silencieuse un moment, puis elle pose une main sur ma joue et caresse ma barbe naissante. Elle se lèche les lèvres et je suis à deux doigts d'éjaculer.

– Si tu as peur que je veuille plus que du sexe, tu n'as pas à t'inquiéter. Je veux juste un coup d'un soir. Je vais avoir une tonne de boulot à la fac, et je n'ai pas de temps à investir dans une relation, moi non plus.

– C'est pas une question de relation. C'est le sexe, en général. Quand je baise, je n'arrive plus à m'arrêter. Je me laisse distraire et…

Elle m'interrompt de nouveau.

– Ok, pas de baise, alors. Je vais juste te sucer.

Je m'étouffe sur ma salive.

– Gina…

– T'en fais pas, je vais me doigter en même temps. Tu ne peux pas savoir combien les pipes m'excitent.

C'est de la torture. De la torture à l'état pur.

Sans rire, si l'armée a besoin d'idées pour faire craquer quelqu'un, il lui suffit de prendre un étudiant en rut et de coller une nana canon sur ses cuisses qui lui dit qu'elle veut juste le sucer, parce que les pipes l'excitent.

– Je suis désolé, je grogne d'une voix rauque.

Je parviens ensuite à l'enlever de mes cuisses et à me lever.

– J'ai pas la tête à… ça.

Elle reste assise sur le canapé et me dévisage d'un air incrédule. Toutefois, elle semble aussi me prendre en pitié. Super. Maintenant, les meufs ont pitié de moi.

– Je suis désolé, je répète. Mais si ça peut te rassurer, tu es la meuf la plus canon de la soirée et ma décision n'a rien à voir avec toi. Je me suis fait une promesse en avril et je ne veux pas la rompre.

Gina mâchouille sa lèvre inférieure, et je suis surpris lorsque son regard devient admiratif.

– Je dois avouer que tu m'impressionnes. Peu d'hommes parviendraient à rester fermes face à mon corps splendide.

– Peu d'hommes sont aussi débiles que moi, je rétorque alors qu'elle se lève d'un bond.

– Bon, ben, à un de ces quatre, Hunter! Je te dirais bien que je vais t'attendre, mais j'ai des besoins à assouvir. Et à l'évidence, ils diffèrent des tiens.

Elle éclate de rire et quitte la pièce en se déhanchant sensuellement, ce que je ne manque pas de remarquer.

Je me passe les mains dans les cheveux en poussant un grognement. Je ne sais pas si je dois être fier de moi ou me détester d'avoir pris cette décision stupide.

En même temps, je pense vraiment que ça m'aide à rester concentré. Je libère toute ma frustration quand je suis sur la glace : je suis plus rapide et plus fort que l'an dernier, et chacun de mes tirs est plus puissant grâce à mon désespoir. Et je ne rate aucun but, comme si c'était la récompense pour tout ce qu'endure ma pauvre verge. Pour son sacrifice.

Je me rassure en me disant que ce n'est que jusqu'à la fin de la saison. Encore sept mois. Au total, ça fera donc un an de chasteté. Après ça, ma récompense sera tout un été de sexe.

Un été de sexe décadent et sans fin…

Bon sang, j'en ai tellement marre de me branler. En même temps, je n'arrange pas la situation quand je fais des trucs débiles comme m'entourer de superbes nanas dans une maison de sororité.

Pour la première fois depuis que je suis gamin, j'ai hâte que les cours reprennent. Avec un peu de chance, j'aurai tellement de boulot, ce semestre, que je n'aurai le temps pour rien en dehors des entraînements de hockey, des matchs et des devoirs. Finies les fêtes de sororité.

Si je veux rester concentré sur le sport et m'assurer que ma queue reste dans mon froc, je n'ai d'autre choix que d'éviter toute tentation.

2

Demi

– Ferme à clé, j'ordonne à Nico, mon copain, tandis qu'il tire la porte derrière nous.

Ce n'est pas parce que la maison de sororité où je vis organise une fête ce soir que ma chambre est ouverte au public. Lors de la dernière soirée, j'ai oublié de fermer à clé et quand je suis remontée chercher un pull, j'ai surpris un plan à trois. Un des mecs avait même commis l'atrocité de se servir de mon panda borgne, Fernando, comme oreiller pour soulever les fesses de la meuf. Vous savez, pour permettre un meilleur accès pour la double pénétration qui était sur le point d'avoir lieu.

Plus jamais, Fernando, je promets à mon doudou tout en le posant sur la table de chevet pour faire de la place à mon petit ami.

Nico se laisse tomber sur le lit, couvre son visage avec ses mains et soupire longuement. Il a raté la fête parce qu'il travaillait, mais j'apprécie qu'il ait fait l'effort de venir au lieu de rentrer chez lui à Hastings. La petite ville est à dix minutes du campus de Briar, donc ce n'est pas très loin, mais je sais que ç'aurait été plus facile pour lui d'aller directement là-bas.

– Fatigué ? je glousse, non sans compassion.

– Je suis mort, marmonne-t-il.

Je profite qu'il ait les mains sur les yeux pour admirer son corps sans qu'il se moque de moi.

Nico a le corps d'un basketteur. Mais, s'il était meneur de jeu dans son équipe, au lycée, il n'a pas obtenu de bourse pour jouer à la fac et il n'a jamais été assez bon pour la NBA. Je crois qu'il s'en fiche. Il aimait jouer avec ses potes de lycée, mais sa véritable passion, c'est les voitures. Toutefois, même s'il ne fait plus de sport, ces temps-ci, il est encore en superforme physique. En même temps, il travaille à temps partiel pour une entreprise de déménagement.

– Pauvre chaton, je murmure, laisse-moi t'aider à te détendre.

Je souris et entreprends de le déshabiller. J'enlève ses baskets, puis sa ceinture et son pantalon. Il s'assied sur le lit pour m'aider à enlever son sweat à capuche et se laisse aussitôt retomber en arrière. Il est désormais torse nu, en boxer et en chaussettes, et il couvre de nouveau son visage avec son bras pour se cacher de la lumière.

J'ai pitié de lui et j'éteins le plafonnier pour ne laisser que la lampe de chevet, dont la lumière est plus douce.

Je m'allonge à ses côtés, vêtue de la petite nuisette noire que j'ai mise pour la soirée.

– Demi, marmonne-t-il quand je l'embrasse dans le cou.

– Mmm ?

– Je suis trop fatigué pour ça.

Je continue de déposer des baisers le long de sa mâchoire, puis je l'embrasse tendrement sur la bouche. Il répond à mon baiser, mais ça ne dure qu'une fraction de seconde avant qu'il ne pousse un grognement.

– Bébé, sérieusement. Je n'ai pas l'énergie pour ça. Je viens de finir une journée de quatorze heures.

– T'en fais pas, je ferai tout le travail, je chuchote.

Lorsque je glisse ma main sur son boxer, je ne trouve pas le moindre signe de vie de sa verge qui est parfaitement molle.

– Un autre soir, mon cœur, dit-il d'une voix ensommeillée. Tu devrais mettre ton émission chelou.

Je ravale ma déception. Ça fait plus d'une semaine qu'on n'a pas fait l'amour. Nico bosse le week-end ainsi que plusieurs soirs par semaine, mais il est de repos demain, donc c'est un des rares samedis où on pourrait batifoler jusque tard dans la nuit.

Or, il n'a pas bougé d'un iota depuis qu'il s'est allongé.

– D'accord, je concède en roulant sur le côté pour saisir mon ordinateur portable. Le dernier épisode s'appelle *Les enfants meurtriers*, mais je ne me rappelle pas si tu as vu le précédent : *Les clowns meurtriers*… ?

Nico ronfle doucement.

Super. C'est samedi soir, il y a une fête au rez-de-chaussée de ma maison et il n'est même pas vingt-deux heures. Mon mec méga-sexy roupille dans mon lit, et je m'apprête à regarder une émission qui parle de tueurs en série. Toute seule.

Vous parlez d'une vie étudiante. Youpi !

Histoire de rendre la situation plus triste encore, c'est mon dernier week-end sans stress avant que le semestre ne commence, lundi, et mon emploi du temps est affreux. Si je veux être prise en fac de médecine, je dois être excellente dans toutes les matières, et je n'aurai plus beaucoup de temps à consacrer à Nico dans les mois à venir.

Je regarde mon mec du coin de l'œil. Le fait qu'on passe peu de temps ensemble ne paraît pas le déranger, mais peut-être qu'il a raison de ne pas s'inquiéter. On sort ensemble depuis qu'on est en quatrième. On a connu des hauts des bas, au fil des ans, avec quelques breaks par-ci par-là, mais on a survécu à tous les obstacles et on survivra à cette année de fac, aussi.

Je me glisse non sans difficulté sous la couette, qui est écrasée par le corps sans vie de Nico. Je pose mon ordinateur sur mes genoux et charge le prochain épisode de mon émission préférée. J'aimerais pouvoir dire que je ne regarde cette série que pour son aspect psychologique, mais… Je suis tordue, j'adore ce truc.

Une musique menaçante jaillit des enceintes, suivie par la voix monotone du présentateur britannique qui m'informe que je m'apprête à regarder soixante merveilleuses minutes dédiées aux enfants meurtriers.

★ ★ ★

Le lundi arrive sans que j'aie vu le reste du week-end passer. Le semestre commence par le cours qui m'enthousiasme le plus, cette année : Psychologies anormales. Et je suis encore plus excitée parce que deux de mes amis ont aussi choisi ce cours.

Ils m'attendent en haut des marches en pierre qui mènent à l'entrée de l'immense bâtiment couvert de lierre.

– Waouh, t'es canon ! s'exclame Pax Ling en m'attirant dans ses bras.

Il m'embrasse bruyamment sur la joue avant de pincer mes fesses. Je suis vêtue d'un short en jean et d'un débardeur à rayures, parce qu'il fait mille degrés aujourd'hui. Cela dit, je ne me plains pas que l'été déborde sur le mois de septembre, au contraire.

– Bébé, tes jambes sont incroyables dans ce short, poursuit mon ami.

À ses côtés, TJ Bukoswski lève les yeux au ciel. Lorsque je les ai présentés, TJ n'était pas fan de l'exubérance de Pax, mais il a fini à s'habituer à lui et, désormais, ils ont une relation « je t'aime, moi non plus » qui me fait beaucoup rire.

– T'es pas mal non plus, je réponds à Pax. J'adore ton polo.

Il retourne le col de son polo à petit pois.

– C'est du Gucci, mes poules. J'étais à Boston avec ma sœur, ce week-end, et on a claqué un peu trop de fric. Mais bon, ça en valait la peine, non ? répond-il en faisant un tour sur lui-même.

– Carrément.

TJ resserre les bretelles de son sac à dos.

– Venez, on devrait rentrer. Faudrait pas être en retard au premier cours. À ce qu'il paraît, Andrews est hyper-stricte.

– On a un quart d'heure d'avance, je réponds en riant. Arrête de stresser.

– Tu viens sérieusement de dire à *Thomas Joseph* de ne pas stresser ? demande Pax. Tu sais bien que c'est son mode par défaut.

Il n'a pas tort. TJ est une boule de stress ambulante.

Il déteste qu'on se moque de lui, surtout lorsqu'il s'agit de son angoisse, et il nous fusille du regard. Je tends la main pour prendre la sienne.

– Ne boude pas, chéri. J'aime que tu t'inquiètes. Au moins, je ne suis jamais en retard.

Il esquisse un léger sourire et serre ma main.

TJ et moi nous sommes rencontrés en première année. On habitait dans la même cité universitaire, et comme ma coloc était invivable, la chambre de TJ est devenue mon refuge. Ce n'est pas toujours facile de s'entendre avec lui, mais il a toujours été là pour moi et c'est un super-ami.

– Atteeeeeeeeeends !

Le cri aigu fend l'air frais du matin. Je tourne la tête et vois une petite nana courir le long de l'allée. Elle est vêtue d'une robe noire qui lui arrive aux genoux, avec de gros boutons blancs du col jusqu'au nombril. Elle tend le bras devant elle et tient une boîte en plastique dans la main.

Un mec brun s'arrête au pied des marches. Il est grand et je devine qu'il est taillé comme une armoire malgré son sweat large au logo de Briar. Son beau visage est déformé par une affreuse grimace lorsqu'il comprend qu'il est poursuivi.

La fille s'arrête devant lui et, si je n'entends pas ce qu'il lui dit, la réponse de la nana est impossible à louper. Je crois que je n'ai jamais vu personne parler aussi fort.

– Je t'ai préparé à manger !

Elle sourit jusqu'aux oreilles et lui tend le Tupperware comme s'il s'agissait du Graal. De son côté, le mec a clairement l'air agacé, comme si elle lui tendait un sac rempli de crottes de chien.

Il est sérieux? Sa meuf lui a préparé à manger et il ne se jette pas sur elle pour la remercier? Quel enfoiré!

– Je déteste ce mec, marmonne TJ.

– Tu le connais? je demande d'un ton dubitatif.

TJ ne traîne pas avec beaucoup d'athlètes, et le mec en question en est un, ça ne fait pas de doute.

– C'est Hunter Davenport, répond Pax d'une voix admirative.

Je regarde mon ami et ne suis pas surprise de voir son regard amoureux.

– Qui est Hunter Davenport? je demande.

– Il est dans l'équipe de hockey.

Ah, j'étais sûre que c'était un athlète. Ces épaules…

– J'ai jamais entendu parler de lui, je réponds en haussant les épaules.

– Tu perds rien, rétorque TJ. C'est juste un sportif et un gosse de riche.

– Qu'est-ce que t'as contre lui? je demande en haussant un sourcil.

Ce n'est pas dans les habitudes de TJ de critiquer les sportifs. D'ailleurs, il ne critique jamais personne, en dehors des piques qu'il aime lancer à Pax.

– Rien. Je le trouve juste répugnant. Je l'ai surpris en train de se taper une salope dans la bibliothèque, l'an dernier. Il avait le pantalon sur les fesses et il la prenait contre le mur d'une des salles de travail, explique TJ d'un air dégoûté.

Je suis dégoûtée aussi, mais surtout à cause de la façon qu'a mon ami de décrire la partenaire de Davenport.

– Ne la traite pas de salope, je gronde. Tu sais que je n'aime pas ça.

– Désolé, t'as raison, concède aussitôt TJ. C'était pas cool de dire ça. D'ailleurs, dans l'histoire, c'est surtout Davenport le salaud.

– Pourquoi faut-il qu'il y ait un salaud ou une salope ? je rétorque.

– Moi je veux bien être sa salope, déclare Pax d'une voix rêveuse sans quitter des yeux le joueur de hockey, qui se dispute toujours avec sa copine.

Le Tupperware passe de l'un à l'autre, elle essaie de le lui donner et il le repousse, et nous regardons la scène comme un match de tennis. Je crois qu'il lui dit qu'il n'aura pas le temps de manger.

– On a toujours le temps de manger, Hunter ! s'écrie-t-elle. Mais tu sais quoi, ok ? Tant pis. T'as qu'à crever de faim. Je suis désolée de vouloir te nourrir !

Je souris jusqu'aux oreilles et crie à mon tour en portant mes mains à ma bouche.

– Prends le fichu repas, bon sang !

Davenport tourne la tête vers moi et me fusille du regard.

Quant à la fille, elle me lance un sourire radieux.

– Merci ! s'exclame-t-elle en plaquant une dernière fois la boîte dans les mains de son mec avant de tourner les talons.

Monsieur Hockey avance vers nous avec un regard assassin.

– Tu n'as pas idée de ce que tu viens de faire, gronde-t-il d'une voix grave en agitant la boîte. Ça va servir de précédent, tu sais. Elle va me faire à manger pendant tout le semestre, maintenant.

Je lève les yeux au ciel.

– Waouh. Quelle horreur ! Dire qu'elle veut te nourrir !

Il soupire et commence à partir lorsqu'il s'arrête brusquement.

– Oh, salut, comment ça va, mec ? dit-il à Pax.

Mon ami est bouche bée.

– Salut, dit-il, clairement surpris que Davenport s'adresse à lui.

– T'étais avec moi en Communication culturelle, l'an dernier. C'est Jax, c'est ça ?

Je suis choquée de voir Pax hocher bêtement la tête.

– T'es en Psychologies anormales, toi aussi ?

– Oui, chuchote Pax.

– Cool. Bon, à plus, alors.

Davenport frappe Pax sur l'épaule et passe la porte du bâtiment.

Je fais les gros yeux à mon ami, mais il est trop occupé à mater le cul de Davenport pour le remarquer.

– Eh, Jax, je glousse. Allô Jax, ici la Terre.

TJ ricane à son tour.

Pax sort de sa transe et me regarde d'un air émerveillé.

– Il s'est souvenu de moi, Demi. J'allais pas le corriger alors qu'il s'est souvenu de moi !

– Il s'est souvenu de Jax !

– C'est moi ! C'est moi Jax. Je me prénomme Jax, à présent. C'est Hunter Davenport qui l'a dit.

Je soupire et regarde TJ du coin de l'œil.

– Pourquoi on est amis avec lui, déjà ?

– Aucune idée, répond-il en souriant. Allez viens, Jax. Escortons notre demoiselle en cours.

J'entre dans l'amphithéâtre, flanquée de mes deux garçons, bras dessus, bras dessous. La plupart de mes amis sont des mecs, ce que mon petit ami a fini par accepter. Ça ne lui plaisait pas beaucoup, au lycée, mais Nico n'a jamais été trop possessif, et je crois qu'au fond, il aime que je m'entende avec ses amis.

Je ne dis pas que je n'ai que des amis *mecs*. J'ai mes amies de la sororité, et Pippa et Corinne, que je retrouve pour dîner ce soir. Mais je ne sais pourquoi, je suis davantage entourée par des hommes que par des femmes.

TJ, Pax et moi choisissons trois sièges vers le milieu de la salle. Je vois Hunter Davenport quelques rangées devant la nôtre, penché sur son téléphone.

– Mon Dieu, ce type est parfait, grogne Pax. Tu n'imagines pas combien de fois j'ai rêvé de le faire changer de bord.

Je tapote le bras de mon ami et prends une voix solennelle.

– Un jour, peut-être. Je crois en toi.

La salle se remplit et le brouhaha disparaît lorsque la prof entre à neuf heures pile. C'est une femme grande et mince, avec les cheveux coupés au carré et un regard perçant derrière ses lunettes à bords noirs. Elle nous salue d'une voix chaleureuse et commence par se présenter et par expliquer à quoi nous devons nous attendre.

Je suis tout excitée. Mon père est chirurgien et ma mère était infirmière en pédiatrie, donc il était inévitable que je m'oriente vers la médecine. C'est sans doute inscrit dans mon ADN. Mais je n'ai jamais voulu être chirurgienne ou infirmière. Depuis que je suis toute petite, c'est l'esprit qui me passionne, et en particulier les troubles de la personnalité. Je suis fascinée par les comportements destructeurs et l'influence qu'ils ont sur les individus et leur façon d'interagir avec les autres.

Andrews explique les différents sujets que nous allons aborder en cours.

– Nous allons voir comment les troubles psychologiques ont été traités par le passé ainsi que la façon dont les traitements ont évolué au fil du temps. Nous allons prêter une attention particulière aux examens cliniques et aux diagnostics. Mais je suis convaincue que la meilleure façon d'enseigner et d'apprendre passe par la pratique. Donc, je ne vais pas seulement rester plantée sur cette estrade pour réciter un cours magistral à propos de tous les troubles possibles, qu'ils soient liés au stress, à l'humeur, au sexe, et ainsi de suite.

Je me penche en avant, déjà fascinée. J'aime son approche directe et sa façon de balayer la salle des yeux en essayant de croiser le regard de chaque étudiant. Dans beaucoup de mes cours, les profs restent assis à leur bureau et lisent leur cours d'une voix monotone sans prêter la moindre attention aux gens qui les écoutent.

Andrews explique qu'elle attend de nous qu'on rédige des résumés des différents cas qu'elle abordera en cours, et qu'il y aura quelques examens sous forme de QCM.

– Les dates des partiels sont dans le programme que je vous ai envoyé par mail. Quant à votre projet de recherche principal, vous le ferez en binôme et il va durer un certain temps. Je veux que vous rendiez vos devoirs avant les vacances de Noël. Mais voici ce que ce projet a de plus fun…

Je remarque que beaucoup d'étudiants se regardent d'un air inquiet. Je suppose que le mot « fun » n'est jamais bon signe dans la bouche d'un prof. Cependant, je ne m'inquiète pas car, en ce qui me concerne, tout ce qu'elle a expliqué me passionne déjà.

– Vous vous souvenez d'avoir joué au docteur quand vous étiez petits ? demande Andrews en souriant. Eh bien, c'est ce que vous allez faire pour ce projet. Un des partenaires jouera le rôle du psychologue et l'autre sera le patient. Le premier recevra des outils pour l'aider à diagnostiquer son patient et devra expliquer sa démarche dans l'étude de cas qu'il me rendra. Le second se verra attribuer un trouble psychologique qu'il devra rechercher et incarner lors des séances avec son médecin.

– Génial, déclare Pax en me regardant. Je t'en supplie, laisse-moi être le patient !

– Pourquoi tu supposes que tu seras en binôme avec Demi ? rétorque TJ.

– Les gars, ne vous battez pas pour moi, je vous en prie.

Toutefois, Andrews règle aussitôt le problème.

– Je vais désigner les binômes par ordre alphabétique. Quand vous entendez votre nom, levez la main pour savoir avec qui vous travaillez. Bon, commençons. Ames, et Ardin.

Deux bras se dressent aussitôt ; une nana avec des cheveux violets et une autre avec une casquette des Patriots.

– Axelrod et Bailey.

Il doit y avoir deux cents étudiants dans la salle, mais Andrews est efficace et nous arrivons vite aux D.

– Davenport et Davis.

Je lève la main en même temps qu'Hunter. Il tourne la tête vers moi et sourit.

– Tu veux que je change de nom pour t'épargner cet enfoiré ? me demande TJ.

– C'est gentil, je réponds en souriant, mais je pense pouvoir survivre.

– Grey et Guthrie, poursuit Andrews.

– T'es sûre ? insiste TJ. Je parie que tu pourrais changer de partenaire, si tu dis quelque chose.

– Killington et Ladde…

– Chéri, t'en fais pas. Je ne connais même pas ce type. C'est toi qui ne l'aimes pas.

– Moi, je l'adore, soupire Pax. Je rêverais de jouer au docteur avec lui.

– Lawson et Ling, dit Andrews.

Le visage de Pax s'illumine lorsque son nouveau partenaire lève la main, un beau gosse aux cheveux bruns et bouclés.

– Oh, je me contenterai de lui, déclare Pax d'un ton ravi.

La prof a fini de désigner les binômes et poursuit ses explications.

– Ces dossiers contiennent les consignes à suivre pour le projet, dit-elle en désignant la pile d'enveloppes orange sur son bureau. Veillez à ce que l'un de vous vienne en récupérer une pour son binôme. C'est à vous de décider lequel de vous deux sera le psy.

Hunter se tourne vers moi et me pointe du doigt, sans doute pour me dire que c'est à moi d'aller chercher l'enveloppe. Je lève les yeux au ciel. C'est déjà moi qui fais tout le travail, apparemment.

Andrews commence ensuite le cours et je prends tellement de notes que j'ai mal au poignet. Merde, la prochaine fois, je prendrai mon PC. Je préfère prendre les notes à la main, mais il y a trop à écrire et elle avance vite.

À la fin du cours, j'avance vers le bureau pour prendre une enveloppe, découvrant qu'elle est épaisse. Ça doit en faire flipper certains, mais j'ai hâte de commencer ce projet, même si mon partenaire est une brute de hockey.

En parlant de lui, Hunter vient vers moi en hissant son sac à dos sur une épaule.

– Davis, déclare-t-il.

– Davenport.

– Appelle-moi Hunter.

Il me balaie des pieds à la tête et son regard s'arrête sur mes jambes encore bronzées par mon été à Miami.

– Moi, c'est Demi, je réponds alors que je vois TJ et Pax m'attendre près de la sortie.

– Demi… dit-il d'une voix absente.

Il mate encore mes jambes et je le vois déglutir avant de me regarder enfin dans les yeux.

– Oui, c'est mon prénom.

Pourquoi il passe d'un pied sur l'autre, comme ça ? Je baisse les yeux sur son entrejambe. Est-ce qu'il bande ?

– Demi, répète-t-il.

– C'est ça. Comme une semi-érection, je rétorque en désignant sa braguette.

Il baisse la tête et ricane.

– Bon sang, je ne bande pas. C'est juste mon jean.

– Mais bien sûr.

Il plaque sa main sur sa braguette et, en effet, la bosse semble disparaître.

– Il est neuf et il est encore un peu dur.

– Ah ouais ? Dur ?

– C'est le tissu ! Regarde, touche-le.

J'éclate de rire.

– Mec, je vais pas toucher ta bite.

– Tu ne sais pas ce que tu rates, ricane-t-il.

– Si tu le dis, je réponds en lui montrant l'enveloppe. Bon, quand est-ce que tu veux qu'on se voie pour commencer le projet ?

– Je ne sais pas. Tu es libre ce soir ?

– Non, j'ai un truc, je réponds en secouant la tête. Demain soir ?

– Ouais, ça marche. Où et à quelle heure ?

– Vingt heures, à la maison Theta Beta Nu ?

– Sérieux ? J'aurais pas cru que t'étais dans une sororité.

– Eh ben si, je réponds en haussant les épaules.

Pour être honnête, j'ai seulement postulé parce que je ne voulais plus vivre en cité U. En plus, ma mère était dans la même sororité quand elle était à la fac, et elle a passé mon enfance à me raconter ses années dans la maison Theta, qui étaient selon elle parmi les plus belles de sa vie. Ma mère aimait faire la fête, et ça n'a pas changé.

– Ok, alors à demain soir, *Semi*, lance-t-il en s'éloignant.

3

Hunter

– Roh, tes seins me manquent tellement…

– Tu leur manques aussi.

– Mmm, ah ouais ? Qu'est-ce qui leur manque le plus chez moi ?

– Ta langue, sans aucun doute.

– Mmm, laisse-moi les voir, P'tite Bombe. Juste un coup d'œil.

– Et si un de tes coéquipiers débarque ?

– Ils seront jaloux de moi jusqu'à la fin de leurs jours, parce que je sors avec la meuf la plus canon de la Terre.

– Ok, je mords. Mais seulement si tu me montres ta queue.

– Ça roule. Toi d'abord… oh, putain, bébé… attends, peut-être que tu devrais les cacher. Et si Hunter débarque ? T'as dit qu'il était à la maison.

– C'est pas un souci, t'en fais pas. Hunter est un moine, maintenant. Mes seins nus n'auront aucun effet sur lui.

Je pousse un grognement depuis la cuisine. Je pensais descendre pour manger un bout avant d'aller chez Demi Davis, mais ça fait cinq minutes que j'écoute la conversation Skype la plus nauséabonde que j'aie jamais entendue.

– Ouais, je suis un moine, je crie, en direction du salon, mais pas un putain d'eunuque !

Je déboule dans le salon sans laisser le temps à Brenna de se couvrir. Elle ne le mérite pas. En revanche, je mérite de voir des seins qui ne sont pas dans un porno. Ce sera ma récompense pour avoir enduré la conversation de Brenna et Jake Connelly.

Brenna couvre déjà sa poitrine avec son tee-shirt, et je n'ai qu'un aperçu de ses tétons pourpres avant qu'ils ne disparaissent.

– Pousse-toi, horrible femme, je gronde en m'asseyant à côté d'elle avant d'engloutir une bouchée de riz complet. Salut Jake, j'ajoute ensuite en levant la tête vers l'ordinateur. Jolie queue.

Il pousse un juron et semble soudain se rappeler qu'il tient sa verge à la main. Il se dépêche de la ranger et de remonter sa braguette, puis il me fusille du regard.

– Tu nous espionnes, Davenport ?

– Est-ce que c'est de l'espionnage quand vous faites un Skype-sex dans mon salon ?

– Dans notre salon, corrige Brenna en tapotant mon épaule.

Comme si je pouvais l'oublier ! Certains mecs seraient ravis de vivre avec trois nanas, mais j'aurais préféré qu'il en soit autrement. J'aime beaucoup Brenna, Summer et Rupi individuellement, mais quand elles sont toutes les trois réunies, la vie devient… bruyante. Et c'est sans parler du fait qu'elles se liguent toujours contre moi.

Mes anciens colocs, Mike Hollis et Collin Fitzgerald, habitent toujours ici, techniquement, mais ils sont trop souvent absents à mon goût.

Hollis n'est là que le week-end, car il reste chez ses parents, dans le New Hampshire, durant la semaine pour le travail.

Quant à Fitz, il est concepteur de jeux vidéo. Il décroche beaucoup de contrats depuis qu'il est diplômé de Briar, ce qui l'amène à se rendre régulièrement au siège du studio. En ce moment, il est à New York et il travaille sur un jeu de rôle, squattant le penthouse que possède la famille de Summer à Manhattan. Quel veinard ! La famille Heyward-Di Laurentis est méga-riche, et Fitz a la chance d'en profiter.

– Connelly, bouge ton cul, la voiture nous attend en bas, aboie une voix dans les enceintes de l'ordinateur. On a ce shooting pour l'association ce soir.

Jake regarde par-dessus son épaule.

– Oh merde, j'ai oublié !

– Qu'est-ce que tu fous sur ton... Oh, salut Brenna !

Un visage apparaît à l'écran, tellement près que je peux voir jusque dans les narines du type.

Lorsqu'il recule, j'ai du mal à contenir mon enthousiasme. Putain, c'est Theo Nilsson, un des joueurs stars d'Edmonton. J'arrive pas à croire que Nilsson vient de débouler dans la chambre d'hôtel de Jake, et je ne peux pas retenir la jalousie qui s'empare de moi à l'idée que Jake est passé pro et qu'il est entouré par certaines des plus grosses légendes de hockey du moment.

Quand j'étais gamin, je rêvais de faire du hockey mon métier. Mais en grandissant, j'ai compris que ce n'était sans doute pas la meilleure voie pour moi. Pour être honnête, le train de vie me fait peur. Je ne me suis donc pas rendu éligible à la sélection. Je n'avais même pas prévu de jouer à la fac, en fait. Je suis venu à Briar pour faire des études de commerce et devenir entrepreneur. Mais un de mes amis qui a été diplômé il y a deux ans m'a poussé à jouer, et maintenant me voici.

– Faut que j'y aille, bébé, dit Jake à Brenna.

– Bon courage pour te faire prendre en photo avec toutes les gagas de la crosse, répond Brenna d'une voix chantante.

Nilsson éclate de rire.

– C'est un gala de charité pour l'association de curling du troisième âge, explique-t-il.

– Mec, t'as vu Jake ? répond Brenna. Ces vieilles meufs vont se jeter sur lui. Il n'y a pas d'âge pour être une gaga de la crosse.

Brenna raccroche et je n'attends pas d'avoir avalé mon morceau de poulet pour lui parler.

– J'arrive pas à croire que c'était Theo Nilsson.

– Ouais, il est super-cool. On a mangé avec lui la semaine dernière, quand ils ont joué contre les Bruins.

– Ne remue pas le couteau dans la plaie.

Les lèvres rouges de Brenna esquissent un sourire. Même quand elle est toute seule à la maison, elle prend toujours le temps de mettre ce rouge à lèvres ultra-sexy. Elle est diabolique.

– Si t'es sage, la prochaine fois, je t'inviterai.

– Je suis toujours sage, je rétorque. Tu n'as qu'à demander à ma queue, la pauvre veut être vilaine et je l'en empêche.

– Je ne crois pas que toute cette frustration soit bonne pour ta santé, dit-elle en riant. Et si tes couilles explosent et que tu meurs ?

J'y réfléchis un instant.

– Peut-être que ce sera comme mille orgasmes en un, et à quoi bon vivre après ça ? La vie doit être affreusement morne après explosion de mille orgasmes.

– C'est pas faux, répond Brenna en me suivant du regard tandis que je me lève pour aller rincer mon assiette.

– Je file, je l'informe en passant la tête dans le salon. À plus tard.

– Tu vas où ?

– Je vais bosser sur un projet à la maison Theta.

– Ha ha ! Fini le vœu de chasteté, alors !

– Pas du tout. Mon vœu est intact. Je vais juste bosser sur un projet avec une meuf qui habite là-bas.

– Un projet... se moque-t-elle.

– Oui, un projet. Tout ne tourne pas autour du sexe, B.

– Bien sûr que si, rétorque-t-elle en se léchant les lèvres avec un sourire machiavélique.

J'en ai l'eau à la bouche et ma queue tressaute.

Elle a raison. Le sexe est tout, et partout. Une femme ne peut même pas se lécher les lèvres sans que j'y pense aussitôt.

Pour l'instant, je n'ai trouvé qu'une solution pour contrôler ma libido : les joints. Or, je ne peux même pas en fumer autant que je veux. L'herbe me détend et calme mes besoins charnels, mais ça me fatigue, aussi, et ça me ralentit sur la glace. Et puis, il est hors de question que je risque de me faire choper lors d'un dépistage aléatoire. Donc, comme le sexe, c'est une activité que je dois éviter. J'adore ma vie.

– Bref. Je vais faire un billard chez *Malone's* avec les mecs, après. Ne m'attends pas.

– Attends, tu m'invites pas ? demande-t-elle en faisant la moue.

– Non, je rétorque sans éprouver le moindre remords.

Je vis dans une bulle d'œstrogène et il est crucial pour moi d'y échapper de temps en temps, même si ce n'est que pour une soirée.

– Les filles sont interdites. Il y en a déjà assez dans cette baraque.

– Oh arrête, t'adore ça. Rupi te fait à manger tous les jours, Summer prépare ton petit déj, et moi je me promène toujours en sous-vêtements. De la bouffe et des nichons, Davenport. Ce serait la vie rêvée pour la plupart des mecs.

– Ouais mais crois-moi, si c'était ma vie rêvée, on coucherait ensemble tous les soirs. En même temps, tous les quatre.

– Ah ! Jamais de la vie. Allez, va t'amuser avec ton projet, ricane Brenna en mimant des guillemets.

Je lui fais un doigt d'honneur et pars en claquant la porte. Quinze minutes plus tard, je suis de retour sur le campus et je gare ma Land Rover le long de la Greek Row, l'avenue bordée d'arbres où sont alignées toutes les maisons de fraternité et de sororité. Nous sommes mardi, et je suis surpris de trouver la rue silencieuse. D'habitude, il y a toujours une fête dans une maison ou dans une autre, mais ce soir, il n'y a pas un bruit.

Je remonte l'allée fleurie qui mène à la porte de la maison Theta. Presque toutes les fenêtres de l'immense baraque sont éclairées. Je sonne à la porte, une fille en survêtement m'ouvre.

– Je peux t'aider ? demande-t-elle en haussant un sourcil.

– Je viens voir Demi, je réponds en désignant mon sac à dos. On a un projet ensemble.

La nana hausse les épaules et tourne la tête pour crier.

– Demi ! Y a quelqu'un pour toi !

J'entre dans la maison, qui n'a rien à voir avec l'état dans lequel elle était le week-end dernier. Elle brille du sol au plafond et elle sent le pin et le citron. Les nanas en nuisette, les mecs bourrés et les flaques de bière ont disparu.

J'entends du bruit sur l'escalier en bois et la meuf du cours descend d'un pas rapide, une sucette à la bouche. Bien évidemment, mon regard se fixe sur ses lèvres brillantes et teintées de rouge. Ses cheveux bruns sont attachés en queue-de-cheval et elle est vêtue d'un pantalon à carreaux rouge et noir et d'un marcel blanc par-dessus une brassière de sport noire.

Elle est adorable, et je dois me forcer à arrêter de la reluquer.

– Salut, dit-elle en m'étudiant avec insistance.

– Mel, c'était qui ? crie une voix.

J'entends un éclat de voix suivi de pas précipités, et une dizaine de nanas déboulent dans le hall d'entrée. Elles s'arrêtent brusquement lorsqu'elles me voient, et l'une d'entre elles me déshabille du regard sans la moindre honte.

– Hunter Davenport, susurre-t-elle. Bon Dieu, tu es encore plus beau de près.

D'habitude, je ne suis ni timide ni stupide avec les femmes, mais elles sont toutes plantées là, à me dévisager, et c'est vraiment déconcertant.

– Peut-être que tu devrais me donner ton numéro, je chuchote à Demi.

– Pour quoi faire ?

– Pour que la prochaine fois, je puisse t'écrire que je suis là, histoire d'entrer en silence et d'éviter… ça, j'explique en désignant mon public.

– Qu'est-ce qui se passe ? Tu es intimidé par une poignée de nanas ?

Elle lève les yeux au ciel et me fait signe de la suivre à l'étage.

– Pas du tout, je réponds en lui faisant un clin d'œil. Je m'inquiète surtout pour toi.

– Pour moi ?

– Ben, ouais. Si je reviens te voir, tes sœurs vont commencer à être jalouses, et elles vont finir par se montrer horribles avec toi, et tu vas perdre toutes tes amies. C'est vraiment ce que tu veux, *Semi* ?

Elle éclate de rire.

– Mince, t'as raison ! Dorénavant, tu escaladeras la gouttière pour entrer par ma fenêtre, comme Roméo, rétorque-t-elle en déplaçant sa sucette d'une joue à l'autre avec sa langue. Mais je te préviens : Roméo meurt à la fin.

Elle me fait entrer dans sa chambre au deuxième étage et ferme la porte derrière elle.

Je balaie la pièce des yeux, notant les murs jaunes et le lit à baldaquin. La couette est violette, et il y a un panda en peluche sur un des oreillers.

Le bureau de Demi est recouvert de piles de livres de chimie, de biologie et d'un manuel de maths dont je ne comprends pas le titre. Je hausse les sourcils en me disant que si ce sont ses cours du semestre, je n'envie absolument pas sa charge de travail.

Mon regard est attiré par le tableau qui est fixé au-dessus du bureau et qui déborde de photos. Je m'avance pour l'étudier de plus près et remarque que Demi est souvent accompagnée de mecs. D'ailleurs, elle est surtout avec un mec en particulier, avec des cheveux ébène. Son mec, peut-être ?

– Bon, comment on va s'y prendre ? je demande en posant mon sac sur sa chaise de bureau.

– Eh bien, Andrews dit qu'on doit traiter nos rendez-vous comme de vraies sessions de psychothérapie.

– Ouais. Tu es prête à jouer au docteur ? je demande en jouant des sourcils.

– Beurk. Il est hors de question que je joue à quoi ce soit avec toi, Monsieur Hockey.

– C'est Monsieur *Capitaine* de hockey, si tu veux bien.

– Ok, Monsieur Capitaine.

Demi ouvre son sac et en sort l'enveloppe orange que la prof a distribuée hier. Elle s'assied au bord du lit et pose l'enveloppe sur ses cuisses.

– Alors, j'ai pensé que tu pouvais être le patient, et moi le médecin. Comme ça, tu auras la partie la plus facile à rédiger.

– Qu'est-ce qui te fait croire que je veux la partie facile ? je demande en fronçant les sourcils.

– Oh, désolée. Je ne voulais pas t'insulter, s'excuse-t-elle d'un ton sincère. Mais un de mes amis m'a dit que ta majeure était le commerce.

– Et alors ?

– Ma majeure est psychologie, et je pense que rédiger l'étude de cas et établir le diagnostic serait plus bénéfique pour moi que pour toi, étant donné que je veux être psy après la fac. Mais si tu ne veux pas t'occuper de la partie recherche, on peut décider à pile ou face.

J'y réfléchis un moment et décide qu'elle a raison à propos de nos carrières respectives. D'ailleurs, la partie recherche ne me dérange pas.

– Non, comme tu veux. Je veux bien être le patient.

– Super.

– Tu vois ? On s'entend à merveille, je déclare en regardant la petite causeuse sous la fenêtre. Super, c'est comme dans un vrai cabinet de psy.

Je m'installe sur le canapé qui est bien trop petit pour moi, m'obligeant à laisser mes jambes retomber par-dessus l'accoudoir. Je saisis ensuite ma braguette.

– Alors, avec ou sans pantalon ?

4

Demi

J'éclate de rire en entendant sa question provocatrice.

– Pour l'amour de Dieu, avec pantalon !

– T'es sûre ? demande Hunter sans retirer sa main de sa braguette.

– Certaine.

– Dommage pour toi, répond-il en me faisant un clin d'œil avant de joindre ses mains sous sa tête.

Davenport est divertissant, c'est le moins qu'on puisse dire. Mais aussi bien trop attirant. Mes sœurs bavaient lorsqu'il est passé devant elles. La plupart sont gagas des sportifs, et je suis certaine qu'elles vont débouler dans ma chambre dès qu'Hunter sera parti.

Il s'étire sur mon minuscule canapé en enlevant ses chaussures. Il est vêtu d'un jean déchiré au genou, d'un tee-shirt noir et d'un sweat à capuche gris. Son corps est musclé sans être gonflé et, pour couronner le tout, il est vraiment beau. Mais je suis horrifiée de me sentir rougir quand il me lance un sourire mesquin. Ce sourire est dangereux. Je comprends, maintenant, pourquoi Pax est obsédée par ce mec.

J'ouvre l'enveloppe et en sors le dossier contenant les consignes du projet, ainsi que deux autres enveloppes sur lesquelles sont écrites « DOCTEUR » et « PATIENT ».

– Tiens, je dis en lui jetant la sienne, qu'il attrape sans aucun mal.

La mienne contient des dizaines de modèles de prise de notes que je suis censée utiliser durant nos sessions. Je parcours les consignes et apprends qu'on doit faire un minimum de huit sessions, mais qu'on peut en faire autant qu'on veut tant que le diagnostic n'est pas établi. Apparemment, les notes que je rédige pendant les sessions doivent être incluses en annexe de l'étude de cas que je dois rendre.

Hunter glousse dans sa barbe en parcourant les feuilles de son dossier. Le sien n'est pas aussi gros que le mien, mais c'est sans doute parce que sa partie du projet implique beaucoup plus de recherches.

– On aurait dû choisir nos rôles pendant le cours. Je ne suis pas sûre que la session soit utile tant que tu n'as pas fait de recherches sur ton trouble.

Je suis surprise de voir Hunter hausser les épaules et répondre d'une voix ironique.

– C'est cool, t'en fais pas. J'en sais déjà assez pour cette première session.

– T'es sûr ?

– Ouaip.

Il range les feuilles dans l'enveloppe, qu'il pose sur son sac, puis il se remet à l'aise.

– Très bien. Allons-y.

Les consignes stipulent que je n'ai pas le droit d'enregistrer la session, mais je suis douée pour prendre des notes. Je croque la fin de ma sucette et je jette le bâtonnet dans la poubelle.

– Alors, Monsieur... ? je commence, laissant Hunter compléter.

– Sexy.

– Non. Tu peux faire mieux que ça.

– Big ? propose-t-il.

– Smith, je réponds d'une voix ferme. Tu t'appelles Smith. Et ton prénom... Damien.

– Comme le gamin diabolique dans ce film d'horreur ? C'est mort. C'est du mauvais karma.

– C'est toi, le mauvais karma, je rétorque.

Bon sang, ça prend des heures et on ne fait que choisir son nom. À ce rythme, on ne finira jamais ce projet.

– Ok. Ton prénom est Richard. Ça te va, espèce de relou ?

Il ricane, et je reprends.

– Je suis ravie de vous rencontrer, Dick[2] Smith, je dis d'une voix doucereuse. Je suis le Docteur Davis. Qu'est-ce qui vous amène ici, aujourd'hui ?

Je m'attends à ce qu'il réponde encore par une blague ou une référence à sa verge, mais ce n'est pas le cas.

– Ma femme pense que j'ai besoin de voir un psy.

Je hausse les sourcils. Ok, il va droit au but ! J'adore.

– Ah oui... ? Et pourquoi pense-t-elle ça ?

– Honnêtement, je ne sais pas. C'est plutôt elle qui a besoin de se faire suivre. Elle pète sans arrêt un câble pour tout et n'importe quoi.

Je note sa formulation.

– Comment ça, « elle pète un câble » ?

– Elle se prend la tête pour tout et elle passe son temps à se plaindre. Par exemple, si je rentre tard du boulot, elle en déduit aussitôt que j'étais avec une femme, dit Hunter d'un ton irrité. Je suppose que je devrais vous dire que je l'ai trompée une ou deux fois, et oui, elle est au courant.

Waouh, on se croirait dans un feuilleton télé. Je suis déjà à fond dans l'histoire.

– Bien... ces infidélités dont vous parlez, je dis en prenant des notes, c'était il y a combien de temps ? Et est-ce que c'était une, deux fois, ou plus ?

2. En anglais, Dick est le diminutif de Richard, et cela signifie également « bite ».

– La première fois, c'était il y a plusieurs années, la seconde il y a quelques mois. Je subissais énormément de pression au travail.

Je note qu'il a ignoré ma question sur le nombre de fois qu'il a trompé sa femme.

– Pourquoi pensez-vous que vous avez été infidèle ? Est-ce qu'il y a une raison qui vous saute aux yeux ?

– C'est dur de se sentir connecté à quelqu'un quand cette personne passe son temps à râler ou à exiger des choses. Elle m'a quasiment poussé à la tromper, bon sang. Sans rire, elle s'attendait à quoi en se comportant comme ça ?

Argh, quel enfoiré ! Il tient sa femme pour responsable de ses tromperies…

Mais j'arrête là le fil de mes pensées en me rappelant que je ne suis pas censée le juger. Je suis censée le comprendre.

Si je deviens docteur en psychologie clinique, je suis sûre que je vais entendre des tonnes d'histoires sordides de cette sorte. Je serai peut-être même amenée à suivre quelqu'un qui maltraite son partenaire. J'imagine que je vais avoir beaucoup de patients que je détesterai ou que je ne pourrai pas aider.

Le travail d'un psy n'est pas de critiquer mais d'aider ses patients à comprendre leur comportement.

– Et quand vous avez avoué vos infidélités, est-ce que vous et votre femme avez recommencé à zéro ? Vous avez tourné la page ?

Hunter hoche la tête.

– Elle a accepté sa part de responsabilité dans ce qui s'est passé et elle m'a pardonné. Donc, c'est fait. C'est du passé. Le fait qu'elle soit parano en permanence ne me donne pas envie de passer du temps avec elle. Croyez-moi, elle ne m'encourage pas à rentrer à la maison le soir.

– J'imagine bien, oui. Mais pouvez-vous comprendre pourquoi elle se comporte comme ça ? Essayez de vous mettre à sa place. Comment réagiriez-vous si votre femme vous trompait ?

– Ça n'arriverait jamais, rétorque-t-il d'un ton suffisant. C'est moi le bon parti dans notre couple. Elle a de la chance d'être avec moi.

Vous êtes une personne affreuse – mais bien sûr je ne dis rien.

– Je vois.

Je comprends, à présent, pourquoi les psys s'accrochent à ces deux petits mots. Ils cachent tous les jurons qu'ils ont envie de pousser.

Hunter et moi parlons encore vingt minutes de sa femme imaginaire, de ses réflexions incessantes et de ses infidélités, et je commence à remarquer un schéma dans ses réponses. Il est parfaitement incapable de se mettre à la place de sa femme.

J'écris « manque d'empathie » sur ma feuille et l'entoure d'une étoile.

Hunter finit de raconter une énième anecdote interminable qui dépeint sa femme comme le diable et lui comme la victime innocente, et je suis impressionnée de voir la facilité avec laquelle il s'est jeté dans ce projet. Il est super-doué, et c'est… ben, c'est hyper-sexy, pour être honnête.

Je suis sur le point de poser une autre question quand Hunter s'assied.

– On devrait arrêter. J'ai officiellement atteint la limite de ce que je sais à propos de… mon problème. Il faut que je fasse des recherches avant qu'on puisse continuer.

– C'était cool, tu ne trouves pas ?

– Ouais, carrément, répond-il en souriant.

Il se lève et étire ses bras au-dessus de sa tête. Son tee-shirt remonte un peu, révélant des abdos en béton.

– Mon Dieu, c'est injuste, je déclare, bouche bée.

– Quoi ? demande Hunter en fronçant les sourcils.

– T'as vu tes abdos ? Qui a des abdos comme ça ?

Un sourire s'étire sur ses lèvres.

– Je fais du hockey. Chaque centimètre de mon corps est comme ça, rétorque-t-il.

Je me sens rougir de nouveau et essaie de ne pas l'imaginer à poil, mais j'ai comme l'impression qu'il n'exagère pas. Son physique est incroyable.

Je vois l'écran de mon téléphone s'illuminer sur la table de chevet et je l'attrape. Il était sur silencieux. Nico m'a écrit deux fois durant la dernière heure, le dernier message datant d'il y a quelques secondes.

NICO : Salut bb, je peux pas venir ce soir. Ma caisse est tombée en panne après le boulot. Pb de batterie. Le dépanneur l'amène à Hastings et j'irai la chercher à l'aube avant les cours.

NICO : Tu m'en veux ? :(

Je me dépêche de lui répondre.

MOI : Je ne t'en veux pas mais je suis déçue.

– Tout va bien ? demande Hunter en remettant son sweat.

– Mon mec vient d'annuler notre soirée. Il devait dormir ici, mais la batterie de sa voiture est morte. Je suppose qu'il doit la changer ou… je ne sais pas.

– Merde. Je t'inviterais bien à faire un billard avec les mecs, mais j'ai besoin d'une pause de la gent féminine.

– Oui, toutes ces femmes qui se jettent sur toi, ça doit être un enfer !

Je repense à la nana toute mignonne qui a fait l'effort de lui apporter son repas et qu'il a repoussée sans honte.

– Allez viens, je te raccompagne à la porte.

Toutefois, nous n'avons pas atteint la porte de ma chambre que Nico m'appelle.

– Attends, faut que je décroche, je dis à Hunter tandis qu'on sort dans le couloir.

Je n'ai pas vraiment le choix, parce que lorsque je rate un appel de Nico, il a tendance à ne pas décrocher quand je le rappelle, même si c'est deux secondes plus tard. Je ne comprends pas. Beaucoup trop de gens font ça, en fait. Comment sont-ils indisponibles cinq secondes après m'avoir contactée ? Est-ce qu'ils jettent leur téléphone dans une rivière dès qu'ils entendent le bip de ma messagerie ?

– Salut, quoi de neuf? je dis à Nico.

– Je voulais juste entendre ta voix, répond-il. Je vais me doucher et je vais sans doute me coucher tôt.

– Pourquoi... Ah oui, tu dois aller chercher ta voiture.

– La chercher ?

– Parce que le dépanneur l'a amenée au garage... ? je lui rappelle.

Du coin de l'œil, je vois qu'Hunter écoute ma conversation et je lui fais signe d'avancer plus vite dans l'escalier.

– Ah, non, en fait Steve a pu me démarrer avec ses câbles.

– Attends, alors elle n'est pas au garage ?

Dans ce cas, pourquoi tu n'es pas venu ici ? Je me retiens de lui poser la question.

– Non, mais je veux pas la reprendre ce soir au cas où la batterie mourrait de nouveau, explique Nico. Je vais la faire vérifier demain matin. On se voit demain soir, ok ?

– Ça marche.

– Je t'aime, *mami*.

– Je t'aime aussi.

Je fronce les sourcils au moment où Hunter s'arrête devant la porte.

– Ton mec ?

– Ouais. Apparemment, il a pu démarrer sa voiture avec des câbles, mais la batterie est quand même cassée ? Je ne comprends pas. J'y connais rien aux voitures.

– Ça me semble louche, si tu veux mon avis, remarque Hunter. C'est une excuse vieille comme le monde pour éviter de voir quelqu'un.

– Ah oui ? Tu dis souvent que ta caisse est en panne pour annuler un rencard avec une meuf?

– Souvent ? Non. Est-ce que je l'ai déjà dit ? Oui.

Je le fusille du regard.

– Eh bien, tout le monde n'est pas un menteur comme toi.

Il ne semble pas se vexer, il sourit même jusqu'aux oreilles.

– Désolé, je ne pensais pas que c'était un sujet sensible.

– C'est pas le cas.

– Ok, si tu le dis. Bref. Mes potes m'attendent. À plus, *Semi*.

Je le pousse sur le perron et claque la porte derrière lui. Peut-être que si j'arrive à vite me débarrasser de lui, le doute qu'il a planté en moi n'aura pas le temps de prendre racine…

5

Hunter

Le jeudi suivant, je suis le premier arrivé à la réunion d'équipe. Je n'étais jamais en avance, avant, mais maintenant que je suis capitaine, j'essaie de montrer l'exemple. Donc me voici seul dans la salle de conférences.

La patinoire de Briar est le top du top, et le petit amphithéâtre où se déroulent les réunions est composé de trois rangées de tables avec d'énormes fauteuils moelleux face à un immense écran sur lequel nous regardons les enregistrements de nos matchs ainsi que ceux de nos adversaires. Cette semaine, on étudie Eastwood College, contre lesquels on joue demain, pour le premier match officiel de la saison.

Mais je ne suis pas inquiet. Leur équipe n'est pas particulièrement bonne, cette année, contrairement à la nôtre. Même sans Fitzy, Hollis et Nate Rhodes, notre équipe est solide. Il y a moi, Matty, un super-gardien, et le coach Jensen a recruté certains des meilleurs joueurs qui sortaient du lycée.

Quand j'ai été élu capitaine pour remplacer Nate Rhodes, je l'ai appelé pour qu'il me donne des astuces sur la meilleure façon de motiver les gars et mener mon équipe, mais il n'a pas été d'une grande aide. Il m'a dit que l'ambiance changeait chaque année selon les joueurs, et que j'apprendrais au fur et à mesure. Il s'agit surtout de gérer la trentaine d'ego sur la glace et de faire en sorte que tout le monde soit motivé et concentré sur la seule chose qui compte : la victoire.

À propos de nouvelles recrues, il y en a pas mal cette année. Les sélections se sont déroulées fin août, un événement qui permet aux joueurs qui n'ont pas été recrutés dès la sortie du lycée de montrer leur talent. Un de mes nouveaux coéquipiers favoris a justement été repéré grâce à ça : Conor Edwards, qui entre justement dans la salle alors que je m'installe au premier rang.

Conor est un queutard autoproclamé, mais il n'est pas aussi arrogant qu'on pourrait le croire. En fait, c'est plutôt un bon gars, avec un humour caustique que j'apprécie.

– Quoi d'neuf, capitaine ? demande-t-il avant de bâiller.

Il passe une main dans ses cheveux blonds, attirant mon regard sur le suçon dans son cou.

Il me fait penser à Dean, le grand frère de Summer, ma coloc. C'est un de mes bons amis, et même un mentor. Quand il était à Briar, il ne se cachait pas d'être un homme à femmes. Il se fichait qu'on sache qu'il sautait sur tout ce qui bouge. Et sa réputation n'en a jamais souffert, car toutes les meufs qu'il croisait voulaient coucher avec lui. Toutefois, sa copine Allie est la seule qui a fait fondre son cœur. Ça fait désormais deux ans qu'ils vivent ensemble à New York.

Conor s'assied à côté de moi, et quelques types de dernière année s'installent au dernier rang.

– Yo, disent-ils, et on répond par un hochement de tête.

– Salut, dit Matt Anderson en arrivant.

Maintenant que Fitz et Hollis sont partis, je suppose que Matty est mon meilleur pote. C'est le seul joueur noir de l'équipe et il a déjà été recruté par Los Angeles. J'espère qu'il va signer avec eux, parce que c'est une super-équipe.

La salle se remplit peu à peu. Nous avons une douzaine de titulaires, et le reste de l'équipe est composée de remplaçants et de joueurs qui ont encore besoin d'entraînement. Mais même si Mike Hollis n'est plus là, il y a toujours un mec comme lui dans chaque équipe. Un « adorable imbécile », comme dit Brenna. Cette année, cet honneur revient à un dénommé Aaron, que tout le monde appelle Bucky parce qu'il ressemble au personnage des films Marvel.

Bucky déteste son surnom, mais il n'y peut rien. C'est comme ça avec les surnoms. Il n'y a qu'à demander à notre ailier gauche, Facedetronc. Il y a quatre ans, il était saoul lors d'une fête et il a passé une demi-heure à s'apitoyer sur le sort des arbres, parce qu'ils n'ont pas de visage et qu'ils ne peuvent pas voir les oiseaux qui nichent dans leurs branches. Je crois que c'est John Logan qui est à l'origine de ce surnom.

Bucky vient vers moi en mâchant un muffin qu'il a sans doute pris dans la cuisine de l'équipe.

– T'en as parlé au coach ?

Je fais mine de ne pas comprendre.

– De quoi tu parles ?

– Du cochon, mec.

– Ouais, le cochon, insiste Jesse Wilkes, qui est en troisième année comme moi.

Il est sur son téléphone, mais il se joint à la conversation.

Merde. J'espérais qu'ils auraient tous oublié.

– Non, pas encore.

Et je n'en ai pas l'intention, mais je ne leur dis pas. Je n'ai pas encore trouvé le moyen de me sortir de ce pétrin ridicule.

Les mecs disent qu'on a besoin d'une mascotte, alors que je n'en vois pas l'utilité. Enfin, si on trouvait un moyen de mettre des patins à un ours polaire et de lui apprendre à faire des doubles axels durant les arrêts de jeu, pourquoi pas ? Faute de ça, qu'est-ce qu'on s'en fout !

L'arrivée du coach m'épargne d'avoir à répondre à mes coéquipiers.

– Ne perdons pas de temps, aboie-t-il en tapant dans ses mains. Concentrez-vous sur l'écran.

Chad Jensen est un dur à cuire, il ne mâche pas ses mots et ne nous fait pas de faveurs.

– Observez Kriska sur cette action, gronde-t-il en encerclant le joueur avec le stylet de sa tablette.

Le gardien de l'équipe d'Eastwood est réputé être un des meilleurs de la côte Est. J'ai regardé pas mal de ses matchs de lycée pour être prêt à l'affronter. Au risque de me vanter, je suis le meilleur attaquant de l'équipe. Et à en croire les statistiques de la saison dernière, je suis le meilleur buteur aussi. Nate et moi avons marqué le même nombre de points, mais mon ancien capitaine a enregistré davantage de passes décisives. Je suppose que c'est un autre prérequis du capitaine : ne pas se la jouer perso.

Je dresse peu à peu la liste de ce qu'un capitaine doit faire ou ne pas faire.

En dépit de sa réputation, Kriska ne m'inquiète pas. J'ai déjà décelé une de ses faiblesses. J'informe la salle :

– Son gant n'est pas rapide. Il a du mal à arrêter les tirs hauts. Son taux de réussite est de trente pour cent, tout au plus.

– Oui, confirme le coach. C'est pour ça que je vous ai fait travailler vos frappes toute la semaine. Mais je suis sûr qu'Eastwood s'entraîne autant que nous, et Kriska connaît ses points faibles. Demain, je veux voir une majorité de frappes basses. Il va vouloir surcompenser son gant faible, et il va tellement devoir se concentrer sur les tirs hauts qu'on peut le prendre de court en visant entre ses jambes.

– Bonne idée, coach.

Nous continuons d'étudier la vidéo, quelqu'un siffle quand Kriska fait un des plus beaux arrêts que j'aie jamais vus avec sa crosse.

– Regardez-moi ça, dit le coach en mettant la vidéo sur pause. Son visage ne montre pas le moindre signe de stress. Il se remet en position pour arrêter un énième tir alors qu'il vient d'être martelé de frappes, et il est d'un calme olympien.

C'est vrai que c'est impressionnant. Les gardiens n'utilisent pas leur crosse s'ils peuvent l'éviter. Ils préfèrent employer leurs jambières, leurs gants et même leur corps. En général, les goals qui arrêtent le palet grâce à leur crosse ont eu un sacré coup de bol et galèrent à se remettre en place. Mais avec Kriska, ça semble parfaitement naturel.

– On doit juste trouver un moyen de le déstabiliser, déclare Matt.

J'acquiesce d'un hochement de tête. Je suis assez confiant. On était au top l'année dernière. Ce n'est pas un manque de talent qui nous a fait perdre. C'était une blessure, et l'exclusion de Nate quand il a défendu mon honneur. Voilà encore une règle dans le manuel du capitaine : *Défends tes gars.*

On a perdu quelques bons joueurs cette année quand ils ont été diplômés, mais on en a gagné, aussi. Je ne vois pas pour quelle raison on ne parviendrait pas au *Frozen Four*, à moins que la moitié de l'équipe se blesse ou qu'on fasse une connerie qui foutrait en l'air nos chances de gagner.

Le coach frappe dans ses mains, indiquant que la réunion est finie. Bucky lève tout de suite la main et se racle bruyamment la gorge en me regardant avec insistance.

Merde.

– Qu'est-ce qui se passe ? demande le coach.

– Le capitaine voudrait dire quelque chose, déclare Bucky.

Jensen tourne la tête vers moi et me dévisage de ses yeux marron, qui sont exactement comme ceux de Brenna et qui, comme les siens, ne sont jamais dépourvus de cet éclat moqueur. Cela dit, c'est sa fille, donc…

– Davenport ?

– Euh…

Merde, merde, merde. Je suis sur le point de passer pour un imbécile, mais je n'ai pas le choix.

– Les mecs veulent un cochon.

Jensen hausse les sourcils. Il est rare de parvenir à surprendre ce mec, mais là, il est clairement choqué.

– Un quoi ?

Je réprime un soupir.

– Un cochon.

– Un cochon miniature, précise Jesse Wilkes.

– Un quoi ? répète le coach.

– Je vous explique, je gronde d'un ton lugubre. La sœur de Bucky vient d'adopter un cochon avec son mari. Un mini-cochon. Apparemment, ce sont de super-animaux de compagnie. C'est comme des chiens, mais ils bouffent et chient davantage.

– Je ne comprends pas ce qui se passe, dit le coach en secouant la tête. Qu'est-ce tu es en train de dire ?

Je poursuis mes explications ridicules.

– Ben, vous savez, certaines équipes ont une mascotte. Les Darby College Rams ont ce bouc qui vit dans le club-house de leur patinoire. Ou les Coyotes de Providence, qui ont un chien qu'ils se passent à tour de rôle dans l'équipe ?

– Tabasco ! s'exclame un défenseur.

– J'adore ce chien, dit Facedetronc.

– Vous saviez que Tabasco peut niquer sur demande ? dit Bucky d'une voix impressionnée.

– Eh alors, moi aussi, ricane Conor, faisant rire toute la salle.

Le coach lève la main pour nous faire taire.

– Donc, si je comprends bien, la bande d'imbéciles que vous êtes me demande si vous pouvez avoir un animal de compagnie ?

– C'est ça, je confirme en le regardant d'un air navré. En tant que capitaine, on m'a prié de formuler la demande au nom de toute l'équipe.

– Une trentaine d'hommes adultes me demandent un animal de compagnie.

Je hoche la tête.

– Ce sera super pour le moral de l'équipe, insiste Bucky. Pensez-y, coach. On pourrait amener le cochon sur la patinoire avant les matchs pour motiver le public. Mec, y aurait une ambiance de folie !

– Explique-moi comment le cochon est censé motiver le public. Il va chanter l'hymne national? demande poliment le coach.

– Mais non, coach, ne soyez pas bête, se moque Conor. Tout le monde sait que les cochons ne savent pas chanter.

– Tu es des leurs, Edwards? demande le coach d'un ton cynique. Tu es dans l'équipe Cochon?

Conor lui répond par un sourire étincelant.

– Honnêtement, je n'en ai strictement rien à faire.

– On est tous dans l'équipe Cochon, rétorque Bucky.

Le coach balaie la salle des yeux en rouspétant.

– Bon sang, vous êtes sérieux, bande d'abrutis? Vous pensez sincèrement que vous pouvez garder un animal en vie?

– Eh oh, proteste Matt. J'ai deux chiens, chez moi.

– Et c'est où, chez toi?

– À Minneapolis.

– Et où es-tu en ce moment?

Matt se tait.

– Vous êtes tous étudiants et tous des athlètes avec des emplois du temps de malades, et je ne parle même pas de vos vies personnelles. Mais vous pensez pouvoir vous occuper d'un être vivant? Je n'y crois pas une seconde.

Le coach vient de faire la pire chose qu'il pouvait faire. Il vient de dire à trente joueurs de hockey ultra-compétitifs qu'ils ne pouvaient pas faire quelque chose. Il vient de les mettre au défi, et tout à coup, même ceux qui se fichaient du cochon sont chauds bouillants.

– Je peux m'occuper du cochon, gronde Joe Foster, une nouvelle recrue.

– Moi aussi.

– Pareil.

– Mais oui, coach, donnez-nous une chance.

La mâchoire du coach se crispe, comme s'il se retenait de jurer.

– Je reviens tout de suite, finit-il par dire avant de sortir de la salle.

– Merde, vous croyez qu'il est parti chercher un cochon ?

Je me tourne vers l'imbécile qui a posé la question.

– Bien sûr que non, Bucky. Où tu veux qu'il en trouve un ? Dans le placard à balais ? Vous étiez vraiment obligés de lui demander, hein ? Maintenant, il pense qu'on est tous tarés.

– Je ne vois pas où est le mal à vouloir l'amour d'un cochon, répond Bucky.

– Les mecs, je sais quoi écrire sur la pierre tombale de Bucky ! s'exclame Jesse.

– Va te faire foutre, Wilkes !

Mes coéquipiers se chamaillent encore quand le coach revient quelques minutes plus tard. Il entre d'un pas décidé et s'arrête au milieu de la salle, levant la main dans laquelle il tient un œuf.

– Qu'est-ce que c'est ? demande Bucky.

Notre coach ricane d'un air moqueur.

– C'est votre cochon.

– Coach, je crois que c'est un œuf… dit un première année d'une voix timide.

– J'ai conscience que c'est un œuf, Peters, rétorque le coach en le fusillant du regard. Mais jusqu'à la fin de la saison officielle, cet œuf est votre cochon. Vous voulez que je vous autorise à avoir un animal de compagnie, ce qui, au passage, est interdit par le règlement de la fac ? Eh bien, prouvez-moi que vous pouvez garder quelque chose en vie, explique-t-il en agitant l'œuf. C'est un œuf dur. Si vous le cassez, c'est que vous avez tué Porky. Ramenez-le-moi en un morceau et on reparlera d'un cochon.

Coach saisit un marqueur noir sur le bureau et gribouille quelque chose sur l'œuf.

– Qu'est-ce que vous faites ? demande Bucky.

– Je le signe. Et croyez-moi, je sais quand quelqu'un a imité ma signature. Donc, si vous le cassez, n'essayez même pas de l'échanger avec un autre. Si vous ne me ramenez pas cet œuf : pas de cochon. Félicitations, déclare Jensen en mettant l'œuf dans la main de Bucky, vous avez votre mascotte.

Bucky tourne la tête vers moi en levant les pouces et en souriant comme un imbécile.

Si c'est ça, être capitaine, je ne suis plus certain de vouloir le poste.

6

Hunter

On inflige une raclée à Eastwood, le vendredi soir, et ça n'a rien à voir avec la lenteur de gant de Kriska. On est simplement à fond, et ils ne le sont pas. Kriska arrête la plupart de nos tirs, mais cinq frappes, j'ai bien dit cinq, atteignent le fond du filet. J'aimerais dire que j'en ai mis plus d'un, mais ce soir, les dieux du hockey ont décidé de distribuer la gloire. Le premier but était le mien, mais les quatre autres sont dus à mes coéquipiers.

Je ne sais pas ce qui arrive aux défenseurs d'Eastwood, mais ils ne sont clairement pas sur la glace. Kriska est seul à repousser les palets, comme Neo dans *Matrix*. Chaque fois qu'un joueur de Briar obtient une échappée, le pauvre gardien devient pâle comme un drap, parce qu'il sait qu'il va avoir des ennuis. Ses défenseurs sont soit en train de patiner pour essayer de nous rattraper, soit agglutinés dans les angles, ce qui nous donne encore plus d'occasions de tirer.

Nos fans hurlent de plaisir. Le match se joue chez nous et les gradins sont presque entièrement noirs et argentés, nos couleurs. Bon sang, ce que c'est bon d'être de retour et de respirer l'air froid de la patinoire. La brise qui chatouille ma nuque ne fait qu'accroître l'intensité de l'adrénaline qui parcourt mes veines.

Je suis sur le banc. Il reste deux minutes dans la troisième période, mais Eastwood ne pourra jamais marquer cinq buts dans ce laps de temps. Je tourne la tête vers Conor et Matt à mes côtés. On est sur la même ligne et, à nous trois, on est invincibles. C'est notre ligne qui va nous mener jusqu'à la finale, cette année.

– Mec, t'as vu la charge que tu lui as mise avec ta crosse ! je m'exclame.

On est à bout de souffle. On était en infériorité numérique après avoir pris une pénalité, et Conor a mis une énorme charge à l'attaquant d'Eastwood.

– Mes oreilles sifflent encore, mec, répond-il en souriant malgré son protège-dents.

– On aurait bien eu besoin de toi l'an dernier, on n'avait aucune brute dans l'équipe.

Or, notre plus grand rival régional, Harvard, comptait dans son équipe la plus grosse des brutes, Brooks Weston.

Mais Conor n'est arrivé sur la côte Est que cette année. C'est un surfer de Californie, il en a gardé les cheveux blonds et l'attitude détendue. Toutefois, il n'a rien de relax quand il éclate ses adversaires contre les bandes qui entourent la patinoire.

Le coach nous garde sur le banc alors que le temps défile, laissant nos troisième et quatrième lignes profiter de l'action. On ne risque plus de perdre, et le temps additionnel permet aux plus jeunes joueurs d'améliorer leur jeu. Les gars bloquent toutes les tentatives d'Eastwood, et notre premier match de la saison se finit sur un blanchissage[3].

Tout le monde est d'humeur festive lorsqu'on retourne aux vestiaires pour se doucher et se changer. On prévoit d'aller chez *Malone's*, le bar d'Hastings où les fans de hockey ont l'habitude de se retrouver.

3. En hockey, lorsqu'une équipe empêche son adversaire de marquer le moindre point.

– Tu nous suis ? je demande à Bucky.

– Ouais, j'arrive dans deux minutes. Je dois juste donner à manger à Pablo.

Je me retiens de rire.

Sur l'étagère du casier de Bucky, la mascotte de l'équipe est nichée dans son porte-gobelet en mousse fuchsia. Bucky sort Pablo Eggscobar[4] de son nid avec la plus grande délicatesse.

Jesse, qui passe devant nous couvert d'une minuscule serviette, remarque l'œuf dans la main de Bucky.

– Qu'est-ce que tu fous, mec ! Tu vois pas que Pablo a faim ?

– *Nourris-moi*, gémit Velky, un de nos joueurs venu de Suède.

Ça ne fait qu'un jour et demi que Pablo nous a rejoints, et la situation a pris une tournure dramatique. Certains joueurs ont décidé de tout faire pour emmerder Bucky, lui écrivant jour et nuit du point de vue de l'œuf. En général, les messages sont en majuscule, du type « J'AI FAIM ! JE VEUX UN CÂLIN ! FAIS-MOI SORTIR POUR QUE J'AILLE CHIER ! ».

Néanmoins, tout comme mon ami Hollis, Bucky a une patience infinie et aucune des blagues de ses coéquipiers ne l'affecte. Cet enfoiré a même décidé qu'il était logique d'opter pour des heures fixes pour s'occuper de l'œuf. Il en a parlé au coach, et maintenant on est tous obligés de traiter Pablo comme s'il était un vrai cochon ; sans ça, celui qui est censé s'en occuper le rangerait simplement dans un tiroir et l'oublierait.

Bucky est le seul à prendre cette histoire très au sérieux. Quant au reste de l'équipe, on est juste ravis d'avoir une excuse pour l'emmerder.

– Tiens Pablo, mange ta soupe, dit Bucky à l'œuf.

L'œuf ne répond rien, étant donné que… c'est un œuf.

– J'ai l'impression d'être revenu en maternelle, remarque Matt en secouant la tête. Il est hors de question que je pouponne un œuf, mec.

4. *Egg* signifie « œuf » en anglais, c'est donc un jeu de mots avec le nom du célèbre trafiquant de drogue, Pablo Escobar.

– Ben c'est dommage, ricane Bucky, parce que ce soir, c'est à toi de le prendre.

– Non, c'est mort, c'est à Conor, proteste Matty.

– Pas du tout ; réfère-toi au programme officiel.

Bucky a tiré les noms des joueurs au sort, ce matin, pour fixer les tours de garde de chacun. Le mien est la semaine prochaine.

Je ricane en sortant des vestiaires, suivi de Matt et Bucky. Conor et les autres sont déjà partis, et on les retrouve dans mon endroit préféré de la ville. J'adore ce bar, avec ses larges banquettes, sa bière bon marché et ses maillots de hockey accrochés au mur.

Matt me dit quelque chose, mais je n'entends rien par-dessus le brouhaha et la musique. Il opte donc pour la langue des signes, m'informant qu'il va au bar pour commander.

Je balaie la salle des yeux, mais je ne vois personne que je connais. Je me fraie un chemin parmi les étudiants pour rejoindre l'autre salle, où se trouvent les billards et d'autres tables le long des murs. Je repère alors une tête blonde à côté d'une tête brune, les Tic et Tac de Briar.

– Y a Brenna et Summer, là-bas, je dis à Bucky, qui bave aussitôt.

– Putain, elle est tellement bonne.

– Qui ? Brenna ? Ou Summer ?

– Euh, les deux en fait, mais je parlais de Summer. T'as vu ce débardeur ? Merde.

Je suis forcé d'admettre que son petit débardeur jaune est canon. Toutefois, je suis ravi de pouvoir dire que je ne ressens plus le moindre désir lorsque je vois Summer Di Laurentis. Même après des mois de célibat, je n'ai plus envie de coucher avec elle.

Elle me plaisait quand elle est arrivée à Briar, mais elle s'est vite entichée de Fitz. Et, même si je reste persuadé que mon ami a mal géré la situation, ça fait longtemps que j'ai tourné la page. Elle et Fitz sont très heureux ensemble, et plus je passe de temps avec elle, plus je me rends compte qu'elle n'est pas mon genre.

Summer est trop facile, et je ne dis pas ça d'un point de vue sexuel. C'est juste qu'elle est trop simple à comprendre et à satisfaire. Au début, c'est justement son côté transparent qui me plaisait, mais je dois avouer que je préfère qu'une femme reste un peu mystérieuse.

Non pas que je sois en quête de mystère féminin, ces temps-ci. Avoir fait une croix sur le sexe implique que je dois limiter le temps que je passe avec les meufs… parce que je me connais. Plus je passe du temps avec une nana, plus j'ai envie de coucher avec. Mes colocs sont les seules exceptions. Et depuis lundi, Demi Davis est également hors jeu. Je la trouve super-cool, mais ce que je préfère chez elle, c'est son mec.

Brenna se lève d'un bond lorsqu'elle me voit.

– Hunter ! Bon sang, quel match !

– Je sais, c'était trop cool, non ?

– Ma superstar préférée ! s'exclame-t-elle en m'attirant dans ses bras.

Brenna n'est pas du genre à montrer son affection en public, mais je remarque deux verres à shot vides sur leur table. Ah ! Summer et elle ont déjà commencé la vodka.

– Sans rire, je suis restée debout pendant tout le match !

Cette fois, je sais que ce n'est pas l'alcool qui parle. Brenna est sans doute la plus grande fan, et experte, de hockey que je connaisse. C'est la digne fille de son père, et elle a même décroché un stage chez ESPN, la chaîne sport. Elle y travaille le week-end, et les après-midi où elle n'a pas cours.

– Vous leur avez mis la raclée du siècle, acquiesce Summer. J'aurais aimé que Fitzy soit là, mais j'ai tweeté le match en temps réel pour qu'il puisse lire le fil plus tard.

Je m'assieds à côté de Brenna, et Bucky s'installe avec Summer. Une minute plus tard, Matt arrive avec une carafe et des gobelets en plastique. Depuis peu, le vendredi soir, les pichets de bière sont à moitié prix chez *Malone's*.

Mais je n'ai pas l'intention de boire beaucoup, parce qu'on a un autre match, demain. Cela dit, une ou deux bières ne me feront pas de mal.

– Elle est où, la folle ? demande Matt aux filles.

– Qui ? Rupi ? ricane Brenna. Elle est à la maison. Elle regarde un marathon *Glee*.

– Elle ne voulait pas venir ?

– Elle n'a pas de fausse carte d'identité, j'explique à mon coéquipier. Et elle refuse d'en obtenir une.

Summer répond alors ce que dirait Rupi si elle était là, imitant si bien sa voix suraiguë que je suis à deux doigts de me retourner pour m'assurer qu'elle n'est pas derrière moi.

– Je ne peux pas enfreindre la loi ! Je préfère attendre l'âge légal, merci beaucoup !

Brenna soupire longuement.

– Sincèrement, je ne sais pas comment Hollis la supporte. Et inversement.

– C'est clair, acquiesce Summer. Ils passent leur temps à se crier dessus.

– Ou à se bécoter, je rétorque.

– C'est vrai. Ils crient ou ils baisent, dit Summer en secouant la tête. Ils n'ont pas d'entre-deux.

– Il revient toujours le week-end ? demande Matt en buvant une gorgée. Ça fait une éternité que je ne l'ai pas vu.

– Tous les week-ends sans faute, je confirme. Mais il passe tout son temps avec Rupi. Hollis amoureux, ça fait peur, mec. Faut que tu viennes ce week-end pour voir ça de tes propres yeux.

Bucky pose Pablo sur la table pour qu'il puisse se servir une bière. Quand Summer tend la main vers le porte-cannette, il la lui retire aussitôt.

– Pablo n'est pas un jouet, gronde-t-il.

– C'est juste un œuf.

– Juste un œuf? ricane Conor en nous rejoignant. C'est notre mascotte, Di Laurentis. Un peu de respect, s'il te plaît.

– Oh, pardon ! Je ne voulais pas insulter votre œuf !

Il lui sourit, et même Summer n'est pas insensible à son charme. Ses joues deviennent roses et Conor sourit encore plus grand. Il connaît trop bien l'effet qu'a son sourire sur les femmes. Je parie qu'il s'entraîne à le dégainer depuis l'école primaire.

Summer a beau ne pas être immunisée contre le charme de Conor, elle n'est pas disponible pour autant.

– Arrête de me sourire comme ça ou je vais le dire à Fitz, gronde-t-elle en lui tirant la langue. Il se pointera à l'entraînement pour te botter le cul.

– J'ai pas le droit de te sourire ? Ok. Alors, que dis-tu de danser ? On a le droit de danser ?

Summer y réfléchit un instant.

– Ouais, on a le droit. Mais seulement parce que j'adore cette chanson de Taylor Swift.

Elle se lève et empoigne la main de Conor pour l'emmener vers le groupe de gens agglutinés devant la petite scène. Je crois que je n'ai jamais vu de groupe monter sur la petite estrade, mais le petit espace libre qui se trouve devant est ce qui ressemble le plus à une piste de danse, dans ce bar.

Brenna suit Conor des yeux avec un sourire narquois.

– Doux Jésus, ce mec est vraiment beau gosse.

– T'as pas un mec, toi ? répond Matt.

– Et alors ? J'ai pas le droit de trouver quelqu'un attirant ? Attends, tu l'as vu ?

Matt, Bucky et moi nous tournons pour regarder notre coéquipier. Il a posé une main sur la taille de Summer tandis que, de l'autre, il tient sa bière. Il se penche pour chuchoter quelque chose dans son oreille et son regard pétille de malice.

Je dois avouer qu'Edwards est canon. Personne ne peut le nier.

– Oh, maintenant, je me sens laissée pour compte, râle Brenna en se levant et en empoignant ma main, me forçant à me lever. Allez, beau gosse, danse avec moi.

Quelques secondes plus tard, on a traversé la salle et Brenna est collée à moi. Et elle est tellement canon, ce soir, que j'ai du mal à respirer. Son jean est tellement moulant qu'il est comme une seconde peau sur ses longues jambes fines, ses cheveux bruns sont épais et soyeux, et son débardeur est encore plus indécent que celui de Summer, tellement moulant que ses seins semblent lutter pour s'en échapper.

Je ne veux pas la toucher, parce que j'ai peur de me ridiculiser en sentant la peau d'une femme sous mes doigts.

– Qu'est-ce que t'as ? demande Brenna. T'as oublié comment bouger ?

– Crois-moi, il vaut mieux pas que je bouge.

– Pourquoi... ? Aaaah. Parce que tu es hors service. Et tu as peur d'être excité si nos corps se touchent ?

– Je suis déjà excité, je grommelle. Tout m'excite, B. Je bande en sentant le vent sur ma joue ou en me cognant dans une table.

– Bon sang, tu es vraiment dans un sale état !

– Catastrophique, je grogne.

– Pauvre chaton, répond-elle en saisissant mes mains pour les poser sur ses hanches et en passant les siennes de mon cou.

Ouaip, je le savais : ma queue ne fait pas la différence entre une fille en couple et une nana célibataire.

– Putain, Jensen, ne fais pas ça, s'il te plaît.

– Oh, allez. Qu'est-ce qu'une petite érection entre amis ?

Elle se met à danser au rythme de Taylor Swift, mais trois secondes plus tard, le morceau est remplacé par un vieux tube de T. I., « Whatever You Like ». Celui qui parle de baise et dont le rythme est bien trop sensuel pour ma pauvre verge en manque de sexe.

– Mon érection ne comprend pas que tu es hors d'atteinte, je marmonne.

– Tu veux que je t'avoue un secret ? dit Brenna, approchant ses lèvres rouges de mon oreille. Jake et moi sommes un couple libre.

– Q... quoi ? je réponds d'une voix rauque.

– Je dis juste que… si tu veux mettre fin à ton célibat…

Des frissons me parcourent des pieds à la tête.

– Qu'est-ce que tu es en train de dire ?

– Tu sais parfaitement où je veux en venir.

Elle dessine des cercles sur ma nuque du bout du doigt pendant que T. I. parle de sexe chaud et langoureux.

– Et si on rentrait à la maison ? propose-t-elle en me serrant plus fort contre elle.

Nos corps sont presque collés l'un à l'autre, à présent, et son souffle chatouille mon oreille.

– On ne fera pas de bruit. Rupi n'en saura rien.

Ma bouche est sèche. Du coin de l'œil, je vois Summer nous lancer un regard étrange. Je bande trop pour danser et je suis figé sur la piste de danse.

– T'es sérieuse, meuf? je demande.

Je n'y crois pas une seconde. Et j'ai raison.

– Mon Dieu, Hunter, bien sûr que je ne suis pas sérieuse ! s'exclame-t-elle joyeusement.

– Alors, toi et Connelly n'êtes pas un couple libre ?

– Non !

Je la fusille du regard.

– Et si j'avais dit oui ? Si je t'avais embrassée ?

– Jake aurait pris le premier vol pour venir et on n'aurait jamais retrouvé ton corps.

– T'es vraiment une garce.

– Désolée, dit-elle en riant. Je n'ai pas pu m'en empêcher. Je trouve ton vœu de chasteté fascinant. Mais… mec, si tu es en manque au point d'envisager de coucher avec moi… je crois que tu ne vas jamais tenir jusqu'à la fin de la saison.

Moi non plus.

– Si tu le dis. Allez viens, je rouspète en l'attirant dans mes bras. Danse avec moi.

– T'es sûr ?

– Ouais, pourquoi pas. Après tout, qu'est-ce qu'une petite érection entre amis ?

7

Demi

J'emboîte le pas à Nico et le suis à l'intérieur. On rejoint des amis chez *Malone's*, l'unique bar de Hastings.

Nico et moi ne venons pas souvent, car si on traîne en ville, on préfère inviter nos amis chez lui. Mais mon mec avait envie de sortir ce soir, et ce n'est pas moi qui vais me plaindre. Le bar sert les meilleurs nachos de la ville et les meilleurs chicken wings. Les meilleurs burgers, aussi. En fait, toute la carte est délicieuse.

– Tu vois Pippa ? je demande en me mettant sur la pointe des pieds pour balayer des yeux la salle principale. Elle m'a écrit qu'ils sont près du… Oh, les voilà.

– Elle est avec qui ? demande Nico en suivant mon regard.

– On dirait Corinne et Darius, et… waouh, TJ est venu !

Je l'ai invité à venir avec nous, mais je ne m'attendais pas à ce qu'il accepte, parce que TJ est plutôt antisocial. En général, si on mange ensemble ou qu'on va au ciné, on n'est que tous les deux. Il n'aime pas les grands groupes ni la foule.

Nico grimace.

– Sois sympa, je gronde.

– C'est un *pendejo*[5], Demi.

Mon mec passe toujours à l'espagnol lorsqu'il se moque de quelqu'un.

– Pas du tout. C'est mon ami.

– Ton ami ? Arrête, bébé, ce mec est amoureux de toi.

Ce n'est pas la première fois que Nico dit ça, mais je ne crois pas qu'il ait raison.

– Il n'est pas amoureux de moi.

– Ah bon ? Alors, pourquoi il te dévisage toujours avec des yeux de merlan frit ?

– C'est dans ta tête, je réponds en haussant les épaules. Et puis, même s'il est amoureux de moi, qu'est-ce que ça peut faire ? Tout le monde sait de qui je suis amoureuse, moi.

– J'espère bien, oui.

Nico saisit ma nuque et m'attire à lui pour m'embrasser. Je suis surprise lorsqu'il glisse sa langue dans ma bouche et qu'on se met à se bécoter au beau milieu du bar. Un groupe de mecs vêtus de maillots de hockey nous sifflent, et je romps le baiser en rougissant.

– Dis donc, qu'est-ce qui m'a valu ça ? je demande à Nico en souriant.

– Rien, c'est juste pour te remercier d'être toi.

Il prend ma main et la porte à sa bouche pour me faire un baisemain, libérant le *latin lover* qui est en lui. Il est particulièrement chou ce soir et, honnêtement, j'adore ça. Il a refusé mes avances parce qu'il était trop fatigué le week-end dernier, et il m'a posé un lapin durant la semaine à cause de sa voiture. J'ai mérité qu'il me chouchoute, je crois.

– Va retrouver tes amis, je vais nous chercher à boire, propose Nico avant d'aller faire la queue au bar.

J'avance vers la table où sont installés mes amis lorsque j'aperçois un visage familier dans l'autre salle. Hunter Davenport est en train de danser avec une fille brune aux lèvres

5. Imbécile, ou trouillard.

rouges qui est absolument canon. Il chuchote dans son oreille et quand il recule pour la regarder, je note que ses joues sont rouges et ses paupières lourdes. On dirait qu'il ne va pas dormir seul, ce soir.

Je me demande ce qu'en pense la pauvre fille qui lui a préparé son déjeuner, l'autre jour.

Pour moi, sortir avec plusieurs personnes en même temps est un enfer. Cela dit, ce doit être encore pire d'être la nana qui sort avec le mec qui sort avec plusieurs personnes. Je suis bien trop possessive et je n'ai pas honte de l'admettre. Il est hors de question que mon mec fréquente d'autres meufs en même temps que moi. Si jamais je me trouvais de nouveau célibataire et devais avoir des rencards, j'imposerais une relation exclusive avant même que le mec ait le droit de me prendre la main.

Ma mère m'a toujours dit qu'il fallait avoir conscience de sa propre valeur et que les mecs devaient mériter d'être avec moi.

Mais chacun son truc, apparemment. À l'évidence, Hunter est chanceux avec les femmes. Celle avec qui il danse éclate de rire en réponse à ce qu'il vient de lui dire, et il secoue la tête, clairement amusé, au moment où il m'aperçoit dans l'embrasure de la porte.

Il hoche la tête pour me dire bonjour, et je lui souffle un baiser. Il se concentre de nouveau sur son rencard et je rejoins mes amis.

– Demi ! s'écrie Pippa en se levant pour se jeter dans mes bras.

– Salut, *chica*, je réponds.

Pippa est ma meilleure amie, à Briar. On s'est rencontrées le premier jour de cours, on a découvert qu'on avait toutes les deux grandi en Floride et on est aussitôt devenues inséparables.

– Salut, dit Corinne. J'adore ta jupe.

– Merci, elle doit avoir au moins dix ans !

Je lisse ma vieille jupe en jean. On est en automne, et je mets encore des shorts et des débardeurs. Je ne sais pas si je devrais aimer ou détester le réchauffement climatique.

Je me penche pour embrasser TJ sur la joue.

– J'arrive pas à croire que tu sois venu ! C'est génial !

Il rougit légèrement et boit une grande gorgée de bière. Il est assis à côté de Darius Johnson, un ami de Nico et moi.

– Salut, D, je lance.

– Salut, D, répète-t-il en souriant.

Quand on s'est rencontrés, on s'est battus pour savoir qui garderait son diminutif, mais on a fini par décider qu'on partagerait le même.

– Où est le reste de la bande ? je demande.

En général, Darius est accompagné d'au moins trois joueurs de basket, mais ce soir, je n'en vois aucun.

– L'équipe de hockey a gagné son match, explique-t-il. Ils ne voulaient pas affronter les fans. Ces types sont tarés.

Il vient tout juste de prononcer ces mots que trois énormes mecs passent devant notre table en titubant et en hurlant « Bri-ar ! Bri-ar ! Bri-ar ! ». L'un d'eux agite son maillot noir et argenté, ce qui implique qu'il se promène torse nu dans le bar. Classe !

Nico revient et me tend un daïquiri avant de boire une gorgée de sa bière. Elle est cubaine et, si elle est dure à trouver aux États-Unis, le hasard fait que *Malone's* la sert. Ça me fait sourire, parce que je suis certaine que c'est ma mère qui a fait connaître cette bière à Nico. Je me souviens qu'elle l'a autorisé à goûter la sienne à mon anniversaire, quand j'ai eu quinze ans. Et depuis, il ne boit plus que ça.

– Qu'est-ce que tu as fait, cette semaine ? je demande à Corinne en m'installant en face d'elle. Tu ne m'as jamais répondu pour me dire si tu avais besoin d'aide pour déballer tes cartons.

– Je sais, je suis désolée. J'avais des problèmes de meubles. Je déteste déménager.

Corinne vient d'emménager dans un petit appartement à Hastings, à quelques rues de *Malone's*. C'est quasi impossible de trouver un logement en ville, mais Corinne connaissait la locataire précédente et, quand celle-ci a décidé d'arrêter ses études, Corinne n'a pas perdu une seconde. Le propriétaire du petit immeuble avait déjà son dossier et sa caution avant-même qu'il ne dépose une petite annonce.

– Arrête, c'est pas si mal de déménager, se moque Nico. Surtout quand tu as trois beaux gosses pour t'aider, ajoute-t-il en jouant des sourcils.

Je ne peux pas me retenir de ricaner. Nico et deux de ses collègues ont aidé Corinne, dimanche dernier.

– Est-ce que ces beaux gosses ont enlevé leurs tee-shirts pour te montrer leurs abdos, au moins ? je demande à mon amie, qui rougit.

– Tu parles, j'aurais bien aimé, répond-elle en riant. Tout ce qu'ils ont fait, c'est boire toute ma bière et laisser des traces de pas sur ma moquette toute neuve.

– Menteuse ! s'écrie Nico. On a mis des protections sur nos chaussures, et tout.

– Bref. Pour répondre à ta question, me dit-elle en passant sa main dans ses boucles brunes, oui. J'ai désespérément besoin de ton aide. Tu pourrais peut-être venir un soir, cette semaine ?

– Avec plaisir. Dis-moi quand ça t'arrange.

J'ai rencontré Corinne par Pippa et, même si on n'a jamais été très proches, j'aime bien passer du temps avec elle. Elle est un peu réservée, mais une fois qu'elle se détend, elle est hilarante.

Nico boit une gorgée et repose sa bouteille avant de passer son bras dans mon dos. Il est hyper-affectueux, ce soir. Il se penche vers moi et m'embrasse dans le cou jusqu'à ce que Pippa pousse un grognement.

– Allez, les gars, ça suffit, râle-t-elle. Vous venez juste d'arriver. À ce rythme, vous baiserez sur la table avant d'avoir fini vos verres.

– Ça a l'air plutôt cool, répond Nico en me faisant un clin d'œil.

Roh, qu'est-ce qu'il est beau ! Nico est né à Cuba et il s'est installé à Miami avec sa famille quand il avait huit ans. Ils ont aménagé à côté de chez moi, et il m'a suffi de voir ses yeux de biche et ses fossettes pour tomber amoureuse. Heureusement, j'ai eu le même effet sur lui.

On parle de nos cours pendant un moment, mais je ne dis pas grand-chose. Pour être honnête, je déteste tous mes cours, ce semestre, à part celui de psycho. Aujourd'hui, en chimie organique, on a parlé de composés organométalliques de façon si détaillée que mon cerveau a failli fondre. J'aimais bien les sciences, au lycée, mais je les déteste de plus en plus depuis que j'ai commencé la fac.

Je bois mon verre en écoutant Nico et Darius parler de l'équipe de basket. D essaie de convaincre Nico d'être leur gestionnaire d'équipement, parce que le leur vient de démissionner, mais Nico n'a pas le temps, entre le boulot et les cours. TJ reste silencieux pendant presque toute la conversation et ne parle que quand je m'adresse directement à lui pour le faire sortir de sa bulle.

Je me fiche de ce que dit Nico. TJ est chou. Il m'écoute quand j'ai des problèmes, et en général ses conseils sont géniaux. J'aimerais qu'il trouve une copine, mais il est affreusement timide et il a du mal à s'ouvrir aux autres. J'ai essayé de le maquer avec une des meufs de ma sororité, une fois, et elle m'a raconté qu'il n'a presque rien dit de tout le rencard.

– Je veux bien gérer vos équipements, moi, dit Pippa à Darius. Mais seulement si j'ai le droit de vous regarder vous doucher. Je trouve que c'est une requête plutôt raisonnable pour… oh mon Dieu ! s'exclame-t-elle en reluquant le grand blond qui passe devant notre table. Oublie ce que j'ai dit. C'est lui que je veux mater sous la douche.

Je ne vois que ses cheveux blonds qui lui arrivent aux épaules et son tee-shirt rouge. J'essaie de me retourner, mais je ne vois pas son visage. En revanche, il a vraiment un corps de rêve.

– Eh, je suis ici, gronde Nico en me forçant à tourner la tête vers lui.

– Roh, allez. T'as vu son cul ? Il est incroyable.

Mon mec se penche pour voir le mec quand celui-ci disparaît dans le couloir qui mène aux toilettes.

– Pas mal, admet-il. Mais ça ne veut pas dire que tu as le droit de le mater.

– Ah ouais, et tu vas faire quoi, me mettre une fessée ?

– Ne me tente pas, *mami*, répond-il, et son regard s'embrase.

Corinne tousse de façon exagérée tandis que Pippa et Darius soupirent.

– Désolée, je leur dis. On va être sages. Promis.

– J'ai pas envie d'être sage, moi, déclare Pippa. Je veux être très vilaine avec ce beau gosse. Bon sang, mais c'était qui, ce type ?

– Un joueur de hockey, je crois, répond TJ. En tout cas, il est venu de la table de l'équipe.

– La table de l'équipe ? répète-t-elle.

Il hoche la tête en direction de l'autre table, où Hunter Davenport et ses amis sont entassés autour de deux énormes tables. Je vois des meufs canon, d'énormes athlètes et des piles de nourriture.

En parlant de nourriture…

– Qui veut des nachos ? je demande en saisissant le menu. Je vais en prendre pour moi, mais je pense aussi commander des… Oh, ils ont un nouveau plat ! Des boulettes d'épinard et de mozzarella. Mon Dieu, ça a l'air délicieux. J'en commande aussi et, qu'est-ce qu'on dit de prendre des wings ?

– Elle parle à qui ? demande Pippa à mon mec, qui soupire.

– Laisse-la faire, Pip. Tu sais comment elle est.

Je les regarde par-dessus mon menu.

– Je rêve où vous êtes en train de me juger ?

– Tu ne rêves pas, répond Pippa.

– On te juge, à cent pour cent, acquiesce Darius.

– Comment tu peux manger autant sans jamais prendre de poids ? demande Corinne.

– Je ne te jugerai jamais, moi, m'assure TJ en me faisant un sourire machiavélique.

– Merci, Thomas Joseph. Quant à vous autres, vous savez quoi ? Eh ben, vous êtes interdits de boulettes épinard-mozza. Vous serez forcés de me regarder pendant que…

– Il revient ! siffle Pippa.

En effet, le joueur de hockey au tee-shirt rouge passe de nouveau devant nous. Cette fois, je vois son visage et je comprends aussitôt pourquoi Pippa bave sur la table. Il a de grands yeux gris clair et un sourire spectaculaire lorsqu'il voit que Pippa le regarde.

– Waouh, je murmure alors que Nico me met un léger coup de coude dans les côtes.

– C'est bien un joueur de hockey, confirme Nico. Mais je ne me souviens pas de son nom.

– Attends, je vais demander, je réponds en sortant mon téléphone de mon sac.

– Comment ça, tu vas demander ? À qui ? s'inquiète Pippa.

Je trouve Hunter dans mes contacts. On a échangé nos numéros après la session de lundi soir.

MOI : Salut Monsieur Hockey. C'est qui le beau gosse au tee-shirt rouge et au cul divin ?

Je me contorsionne pour essayer de voir Hunter, mais la salle est trop pleine. Néanmoins, les points de suspension s'agitent sur mon écran, m'informant qu'il rédige sa réponse.

– T'écris à qui ? demande Nico.

– Hunter Davenport.

TJ lève brusquement la tête.

– T'écris à Hunter Davenport ? s'étonne-t-il.

– Ben oui, on bosse ensemble pour le projet de psycho. Donc, j'ai son numéro.

– C'est qui, Hunter Davenport? demande Corinne.

– Juste un joueur de hockey qui se prend pour le Messie, répond TJ d'un ton moqueur.

– Tu le connais même pas, je gronde.

– J'étais en TD avec lui, l'an dernier. Il prenait la bibliothèque universitaire pour son baisodrome personnel.

Je ne reprends pas mon ami parce qu'Hunter vient de me répondre.

HUNTER : Conor Edwards. Ailier droit, #62. Pourquoi ? Tu veux son numéro ? On compte tromper son mec ? C'est mal...

Je réponds aussitôt que « je ne compte tromper personne » et, quand je sens que Nico lit mon message par-dessus mon épaule, j'insiste encore en ajoutant que « je suis très amoureuse de mon mec, mais merci de penser à moi ».

Nico se détend et m'embrasse sur la tête.

MOI : Mon amie le trouve canon. Il est célibataire ?

HUNTER : Ouais, mais je crois qu'il a déjà choisi sa victime pour ce soir. Mais je peux venir vous le présenter, si tu veux ?

– Tu veux qu'on te le présente ? je demande à Pippa.

– Quoi ? Non ! Il est beaucoup trop beau !

– T'es sûre ? j'insiste en agitant mon téléphone. Mon pote propose de venir avec lui.

– Comment ça, est-ce que je suis sûre ? J'ai un énorme bouton sur le front et ça fait quatre jours que je ne me suis pas lavé les cheveux, parce que je n'avais pas prévu de rencontrer un demi-dieu ce soir. Bon sang, Demi, mais qu'est-ce qui te prend ?

Je ricane et réponds à Hunter.

MOI : Un autre soir, peut-être.

Il répond « Ça roule » et les points de suspension disparaissent.

– Espèce de poule mouillée, je dis à Pippa d'un ton moqueur.

– Meuf, tu ne peux pas me proposer ce genre de truc à la dernière minute. Je ne me suis pas mentalement préparée à choper ce soir.

Je ne savais pas qu'il fallait une préparation psychologique pour les coups d'un soir, mais en même temps, je n'y connais rien. Et ça me va parfaitement, d'ailleurs. Il n'y a qu'à voir ce qui se passe autour de moi : Hunter se tape je ne sais combien de nanas différentes, Pippa est morte de trouille à l'idée qu'on lui présente un mec canon… Ça a l'air affreusement stressant, tout ça.

Alors que les relations sérieuses sont confortables et sécurisantes. Ma place est clairement dans le camp des couples.

Je prends la main de Nico et remercie le ciel de ne pas être dans l'autre camp, car il semble terrifiant.

8

Demi

Le lundi matin, Nico m'accompagne à la fac. Il a dormi chez moi hier soir, et j'ai la sensation que tout est redevenu normal tandis qu'on marche main dans la main le long d'un des nombreux sentiers pavés qui traversent Briar. Même s'il fait toujours aussi chaud, les feuilles des arbres commencent peu à peu à changer. J'ai vécu à Miami jusqu'à mes quinze ans et je suis habituée aux palmiers et aux maisons colorées, pas aux chênes pluri-centenaires et aux vieux bâtiments en pierre.

Je me souviens d'avoir boudé pendant des jours quand j'ai appris qu'on déménageait dans le Massachusetts. Mon père avait obtenu le poste de neurochirurgien en chef dans un prestigieux hôpital de Boston, ce qui est une opportunité rarissime, mais j'étais une ado gâtée et, pour moi, il était hors de question qu'on déménage.

Or, papa ne tolère pas les caprices. Ou plutôt, il me laisse crier et taper du pied et des poings… puis il me sourit d'un air moqueur et me demande : « C'est bon, tu as fini ? » On sait tous, de toute façon, que c'est lui qui aura le dernier mot. Il fait la même chose avec ma mère, qui est le cliché de l'Hispanique, avec une recette secrète de sauce tomate que sa famille se transmet depuis des générations et un tempérament encore plus fougueux que le mien, mais même ma mère ne fait pas le poids contre mon père.

Lorsqu'on est venus vivre à Boston, Nico et moi avons subi la distance pendant trois ans, en se voyant seulement pendant l'été et les vacances scolaires. À la fin du lycée, j'ai été acceptée à Briar et j'ai prié le ciel pour qu'il en soit de même pour Nico. Je dois avouer que j'ai eu peur. Nico est loin d'être bête, mais Briar est une université de l'Ivy League ultra-compétitive, et Nico n'avait ni une bourse d'athlète ni de bulletin de notes impressionnant à montrer. Il avait de bonnes notes, mais il n'était pas major de sa promo.

Au final, je crois que le jury a été conquis par sa lettre de motivation, dans laquelle il racontait son voyage qui l'a mené de Cuba aux États-Unis. Le père de Nico, Joaquín, est arrivé à Miami avant sa femme et son fils afin d'obtenir un travail et trouver un logement. Joaquín n'avait pas les moyens de payer un vol pour sa famille, donc Nico et sa mère sont venus en bateau. Mais il a coulé. Sans rire. Ils ont passé deux jours sur un radeau jusqu'à ce qu'un bateau de pêche les trouve et les ramène en sécurité sur la côte. Ils ont fini par obtenir la nationalité américaine, et la sœur de Nico, Alicia, est née en Floride.

La fierté qu'il ressent pour son pays d'adoption se reflétait dans sa lettre, que j'ai corrigée, et quand il a été pris à Briar, j'ai enfin pu respirer, profondément soulagée.

On arrive au bâtiment scientifique et je repère une silhouette familière, Hunter, qui est accompagné d'une superbe fille blonde. Elle porte un débardeur court et une petite jupe blanche, et ses cheveux sont relevés en chignon. Elle est aussi belle, si ce n'est plus, que la brune avec qui il dansait l'autre soir, ou que celle qui lui a apporté son déjeuner. Mon Dieu, je n'ai jamais vu de mec aussi populaire avec les femmes.

Je ne sais pas comment il fait pour tenir trois meufs différentes en une semaine ? Tant mieux pour lui, je suppose, mais ce doit être épuisant.

Je lui fais un signe de la main et il m'imite avant de dire quelque chose à son amie.

– C'est le joueur de hockey, j'informe Nico. Hunter.

– C'est vrai qu'il a l'air d'un sportif, répond Nico.

Je sens mon téléphone vibrer dans ma poche et je le sors pour lire le message.

TJ : Je suis déjà dedans. On se voit quand tu arrives.

– Tu veux qu'on se voie pour déjeuner ? demande Nico.

– Ouais ! On peut aller au self du bâtiment d'arts dramatiques ? Pippa dit qu'ils ont commencé à servir des tacos.

Il soupire.

– Tu m'as entendu, chéri ? Des tacos !

Je ne comprends pas pourquoi je suis la seule que ça excite.

Nico et moi fixons notre rendez-vous tandis qu'Hunter vient vers nous.

– Salut, dit-il en souriant.

– Salut, je réponds. Je te présente mon copain, Nico. Nico, Hunter.

– Salut mec, ça roule ? demande Hunter en lui tendant la main.

Nico la lui serre et ses fossettes apparaissent lorsqu'il sourit.

– Ça roule. Alors, comme ça, tu bosses sur un projet avec Demi ? Bonne chance, mec.

– Merde. Dis-m'en plus.

– Sache que si tu fais la moindre erreur, tu en entendras parler toute ta vie, explique Nico en faisant mine de frissonner, faisant rire Hunter.

– Un vrai cauchemar, hein ? demande mon binôme.

– Vous êtes sérieux, là ? Vous vous liguez contre moi ? C'est interdit.

Ils m'ignorent complètement.

– Tu as des conseils sur comment la supporter ?

Nico réfléchit quelques secondes.

– Quand elle est de mauvais poil, donne-lui une sucette. Le reste du temps, assure-toi qu'elle a toujours à manger, ou colle-la devant une émission qui parle de meurtres.

Hunter hoche la tête.

– C'est noté, merci.

– Allez vous faire foutre ! je m'exclame d'une voix chantante.

Nico sourit jusqu'aux oreilles et se baisse pour m'embrasser.

– Bon, je file. À toute à l'heure, *mami*.

– Ciao, chéri.

– *Mami*, ça veut pas dire maman ? demande Hunter après le départ de Nico.

– Si, mais c'est aussi un terme affectueux. *Mami*, *papi*, c'est un peu comme « chéri », si tu veux.

– Ah, ok. Dans ce cas, je t'autorise à m'appeler *Big Daddy*.

– Beurk. Jamais de la vie.

Hunter ricane tandis qu'on entre dans le bâtiment. TJ attend devant la porte, clairement agacé de me voir arriver avec Hunter.

– Salut, Pax n'est pas là ? je demande en regardant autour de nous.

– Je sais pas, répond TJ en me faisant une bise sur la joue.

– Allez, entrons nous asseoir.

Dans la salle, TJ s'assied à ma gauche, Hunter à ma droite. TJ fronce les sourcils, car on n'a pas l'habitude de s'asseoir avec d'autres étudiants, mais je hausse simplement les épaules en souriant. Je trouve Hunter amusant.

L'amphithéâtre se remplit peu à peu et Andrews arrive à son tour, mais Pax n'est toujours pas là.

– Pax t'a écrit ? je demande à TJ.

– Non.

– C'est qui, Pax ? demande Hunter, s'immisçant dans la conversation.

– Un de nos amis, je réponds. Tu lui as parlé la semaine dernière. Tu l'as appelé Jax.

– Ah, ok, Jax. Ce mec est hilarant.

– Il s'appelle Pax, je rétorque, exaspérée.

– Pax, confirme TJ.

Hunter se mâche la lèvre en réfléchissant.

– Vous êtes sûrs ?

– Oui ! je m'exclame en riant. Il s'appelle Pax Ling.

– Je suis sûr qu'il m'a dit qu'il s'appelait Jax. On ne doit pas parler du même mec.

Ce type est incroyable.

TJ ricane. Apparemment, même lui n'est pas immunisé contre le charme étrange d'Hunter.

Andrews commence son cours, qui est un aperçu des différents troubles de la personnalité. C'est parfait. Je n'ai toujours pas fixé le diagnostic de mon patient imaginaire, il pourrait être sociopathe, mais il ne présente pas de signe d'apathie. Il pourrait également être narcissique ou antisocial, ou même souffrir d'un trouble de la personnalité limite, autrement appelé « borderline », mais Hunter n'a pas décrit de sautes d'humeur ou de comportement impulsif, à moins de compter ses infidélités. Mais celles-ci paraissaient calculées, pas impulsives. J'espère que la prochaine session me permettra d'affiner mon diagnostic.

Mon téléphone vibre à la moitié du cours.

PAX : J'ai trop fait la fête hier soir et j'ai pas entendu mon réveil. Prends des notes !

Mon voisin fait le curieux et se penche pour lire le message.

– C'est Jax ?

– Non, c'est Pax.

– Je crois qu'il va falloir accepter notre désaccord.

Je souris en me concentrant de nouveau sur le discours d'Andrews. Elle décrit un cas qu'elle a traité, impliquant un patient antisocial, et la façon dont elle est parvenue au diagnostic. Ce cours est absolument génial.

– Tu veux aller boire un café ? demande TJ en prenant mon bras.

– En fait, je commence à répondre en regardant Hunter, on pourrait peut-être avancer sur le projet ? Je ne retrouve Nico qu'à treize heures trente.

– Ouais, pourquoi pas. J'ai fini les cours pour aujourd'hui.

– On boira un café une autre fois, je dis à TJ en serrant son bras.

– Pas de souci. Écris-moi plus tard.

TJ s'éloigne sous le regard attristé d'Hunter, qui secoue la tête.

– Pauvre mec.

– Pourquoi tu dis ça ?

– Il est fou de toi, mais il est tellement dans la *friend zone* que même une équipe de secouristes n'arriverait pas à l'en sortir.

– Il n'est pas fou de moi, je rétorque, ne comprenant pas pourquoi tout le monde dit ça. Je suis en couple depuis que je le connais.

– Et alors ? J'ai eu le béguin pour plein de nanas qui avaient des mecs. Ma queue ne fait pas la différence.

– Ouais, j'ai remarqué.

– Pourquoi tu dis ça ? dit-il en me parodiant.

– Ça veut dire que ça ne fait qu'une semaine que je te connais et que je t'ai déjà vu avec trois meufs différentes. Félicitations, ta queue doit être ravie.

– Crois-moi, ma queue est loin d'être satisfaite, répond-il en passant sa main dans ses cheveux bruns. Tu veux aller chez toi ?

– Et si on s'installait dans le parc ? je propose. Il fait super-beau.

– Je te suis, *Semi*.

Nous descendons l'allée qui mène à la pelouse verdoyante. Nous ne sommes pas les seuls à profiter de l'été indien. Plusieurs pique-niques sont en cours, ainsi qu'une partie de foot et de frisbee.

On s'installe sous un saule pleureur dont les branches tombantes nous abritent du soleil. Normalement, je m'assiérais tout de suite par terre, mais ma jupe est d'un ton beige pâle qui ne tolérera pas de traces d'herbe.

Je regarde donc mes pieds, ne sachant comment m'y prendre.

– Attends une seconde, princesse.

Je suis surprise de voir Monsieur Hockey enlever le tee-shirt à manches longues qu'il porte sur son marcel blanc. Il l'étend par terre devant moi.

– Madame, dit-il alors d'un ton moqueur.

– Oh, merci. C'est étonnamment mignon de ta part.

Je m'assieds dessus et m'allonge à moitié, appuyée sur mes coudes pour regarder la canopée verte au-dessus de nous.

– Pourquoi étonnamment ? demande Hunter.

– Je ne te croyais pas si galant.

– Alors, tu as cru que j'étais un connard ? À ce propos, qu'est-ce qui te fait penser que je me tape trois meufs ? demande-t-il d'un air confus.

– Oh, ne fais pas semblant de pas savoir de quoi je parle ! Il y a la fille qui t'a apporté ton déjeuner et qui te suppliait presque de l'aimer, il y a celle avec qui tu dansais chez *Malone's*, et la blonde d'aujourd'hui qui ressemble à un top model.

Hunter se met à rire.

– Je ne couche avec aucune d'entre elles. Ce sont mes colocs.

– Tes colocs ? je répète d'un ton dubitatif.

– Ouais, celle avec la voix insupportable sort avec un de mes potes, la blonde est en couple avec un autre de mes amis, et la brune du bar a aussi un mec. Et je vis avec les trois.

– Tu vis avec trois meufs ?

– Au départ c'était moi, Hollis et Fitz, mais ils sont diplômés et, apparemment, il a été décidé que Summer, Rupi et Brenna emménageraient à leur place. Il n'y a eu ni réunion ni discussion. Personne ne m'a demandé mon avis. Non pas que je me plaigne.

– Bien sûr que si !

– Bon, ok, je me plains, grommelle Hunter. Les filles sont super, mais j'aurais préféré que ce soit des coéquipiers qui emménagent. En même temps, c'est plus simple pour Hollis et Fitz, comme ça. Hollis rentre le week-end, et en théorie Fitz habite encore avec nous, mais il est souvent en déplacement pour le boulot. Bref, la morale de l'histoire, c'est que ma queue ne les a jamais approchées.

– Ok, mais je suis sûr qu'elle approche un tas d'autres filles.

– Pas du tout.

– Mais bien sûr, je réponds en le dévisageant. Tu t'es vu ?

Il sourit jusqu'aux oreilles d'un air suffisant.

– Est-ce que c'était un compliment ?

– C'est un fait ; t'es beau gosse. Je le sais, tu le sais, et tous les étudiants sur cette pelouse le savent.

Je désigne un groupe de filles assises un peu plus loin. Toutes les deux secondes, l'une d'entre elles tourne la tête dans notre direction en souriant bêtement.

– Et alors ? Les gens qui sont beaux passent forcément leur temps à baiser ?

– Tu joues au hockey et tu es canon. Ne me dis pas que tu ne couches avec personne. Je ne suis pas bête, tu sais.

– Je ne couche avec personne.

Il paraît on ne peut plus sérieux et, soudain, je comprends.

– Ah, on a commencé la session ?! Fallait me le dire, faut que je prenne des notes !

Il éclate de rire.

– La session n'a pas commencé et je suis très sérieux. Je suis chaste.

– Chaste ?

– J'ai fait vœu de chasteté, explique-t-il.

– Je sais ce que ça veut dire, Hunter. C'est juste que je ne te crois pas.

– C'est vrai !

– Menteur.

– Je te le jure.

– Prouve-le.

– Comment ? s'exclame Hunter, saisi d'un fou rire.

Je suis sur le point de lui crier dessus en lui interdisant de se moquer de moi quand je comprends combien ma demande est idiote. Bien évidemment, il ne peut rien prouver.

– Ok… Je veux bien jouer le jeu. Pourquoi tu as fait vœu de célibat ?

– Parce qu'il faut que je me concentre sur la saison de hockey.

– Et tu ne peux pas jouer au hockey et avoir des orgasmes en même temps ?

– Apparemment pas.

– Explique-moi.

– Je me suis comporté comme un imbécile, l'an dernier. Summer, la blonde avec qui j'étais ce matin, me plaisait et…

– Celle qui sort avec ton ami ?

– Oui. Mais avant qu'elle sorte avec Fitz, on s'est embrassés, le soir du nouvel an, et… Bref. C'est une longue histoire qui est loin d'être passionnante. En gros, Fitz m'a dit qu'elle ne l'intéressait pas et il est sorti avec elle dans mon dos. Et je n'ai pas très bien géré la situation.

– Je te comprends, je réponds, outrée à sa place. Il a enfreint le *bro code* !

– Ah, on est d'accord !

– Et tu vis quand même avec eux ?

– Ben, ouais. Fitz est un mec bien. C'est juste qu'il était dans le déni à propos de ses sentiments. Après ça, tous les moyens étaient bons pour m'aider à oublier Summer. J'ai beaucoup fait la fête et je couchais avec toutes les nanas que je croisais. Mais j'ai fini par coucher avec la copine d'un adversaire. Je ne le savais pas, sur le moment, précise-t-il. On a joué contre eux en finale du tournoi régional, et c'est là que je l'ai su. Son mec a pété un câble et il m'a cassé le poignet.

– Mon Dieu !

– On a perdu le match et l'autre équipe a fini par remporter le Championnat national. Donc, je vais tout faire pour que ça ne se reproduise pas.

Je ne peux pas m'empêcher de rire.

– Je trouve que faire vœu de chasteté est une solution extrême pour un problème très simple. Il te suffit de ne pas coucher avec des filles maquées.

– C'est pas que ça, admet-il. Je suis capitaine de l'équipe, cette année, et je veux être un bon leader. Je veux me rattraper pour ce qui s'est passé l'année dernière. Je crois que ça vaut mieux pour tout le monde que je me concentre sur le hockey, et pas sur les meufs et la fête.

Il sort son téléphone de sa poche et regarde l'écran.

– Bon, on bosse, ou pas ? J'ai une heure avant de devoir partir.

– Tu as quoi, dans une heure ?

– Je dois passer chez un coéquipier.

– Le beau gosse ?

– Demi, c'est moi le beau gosse, répond-il en me faisant un clin d'œil. Tu parles de Conor ? Ouais, c'est chez lui, donc il sera sans doute là. Mais tu n'as pas un mec, que je viens juste de rencontrer ?

– Ça n'empêche pas ton pote d'être canon. Ma copine Pippa l'a kiffé.

– Dans ce cas, je préfère te prévenir : Conor est aussi obsédé par le sexe que je l'étais l'an dernier, donc elle devrait sans doute l'éviter si elle veut un truc sérieux.

– Ça fait combien de temps, pour toi ? je demande, curieuse.

– Depuis que j'ai baisé ?

– Non, depuis que tu as escaladé l'Everest, imbécile !

– Depuis avril, donc… ça fait… cinq mois ?

– Mon Dieu, tu es un moine ! Pauvre de toi !

– Je sais, râle-t-il en s'allongeant sur le dos. C'est affreux, *Semi*. Le sexe me manque.

– Moi, j'ai fait l'amour hier soir.

– T'es méchante.

– Mais c'est vrai !

– Je viens de te dire que je suis en manque et toi, tu te vantes d'avoir baisé hier soir ? C'était comment ?

– Le sexe ? Pas mal.

– Commence au début, ordonne Hunter. Est-ce que c'est lui qui t'a déshabillée, ou tu lui as fait un strip-tease ? Est-ce que…

– Attends, t'essaies sérieusement de faire l'amour par procuration ?

– Oui, gronde-t-il. Tu ne comprends pas. Je ne peux même pas regarder de pornos parce que mes colocs débarquent sans cesse dans ma chambre ou se mettent à cogner à la porte si j'ai le culot de la fermer à clé. Je te jure, ces meufs n'ont aucune bienséance. J'en suis réduit à me branler sous la douche, dit-il avant de marquer une pause. Peut-être que je devrais acheter un de ces téléphones étanches et l'emporter dans la salle de bains ? Comme ça, je pourrais me masturber en regardant de vraies filles ?

– Ce ne sont pas de vraies filles, Hunter. Les films pornos sont responsables des attentes impossibles que les hommes ont des femmes. Aucune meuf n'est foutue comme les actrices pornos et le vrai sexe n'est jamais comme ça.

– Ah ? Et c'est comment, le vrai sexe ?

– Le vrai sexe est brouillon. C'est maladroit, avec des fronts qui se cognent, des positions gênantes et des crampes. C'est du rire, des jurons, des orgasmes qui sont parfois multiples et parfois inexistants. C'est fun, mais c'est désordonné et loin d'être parfait.

Il me fusille du regard.

– Tu es vraiment horrible. Maintenant, je pense à tout le sexe qui m'est interdit.

– C'est toi qui en as parlé.

– Ah bon ? Je ne me souviens plus. Je ne sais plus où le sexe finit et où je commence.

J'éclate de rire. Ce mec est vraiment drôle. Il est bien plus cool que je le pensais, et loin d'être aussi arrogant que TJ a laissé entendre.

Je dois avouer qu'Hunter Davenport me plaît de plus en plus.

9

Hunter

Je monte dans ma Land Rover et allume aussitôt la clim. Comment peut-il faire aussi chaud alors qu'on est mi-septembre ? Je ne me plains pas, mais je transpire alors que j'étais assis à l'ombre avec Demi, sans bouger.

Je sors du parking et me dirige vers Hastings, passant devant chez moi pour aller chez mes amis.

Je ne plaisantais pas lorsque j'ai dit à Demi que j'aurais aimé qu'on me demande mon avis avant d'autoriser les filles à emménager avec moi. Je n'ai rien contre elles, mais je suis à la fac, bon sang. J'ai envie de traîner avec des mecs. Je ne cherche pas de copine cette année, donc je n'ai aucune raison d'en savoir autant à propos des masques à l'eucalyptus et des tampons. En plus, les cycles menstruels de Rupi et Brenna se sont synchronisés et maintenant elles ont leurs règles en même temps et elles sont hyper-méchantes quand elles les ont.

Je me gare derrière la vieille Jeep cabossée que se partagent Matt et Conor. Ils habitent ensemble, avec Foster, qui joue avec nous, et Gavin et Alex, deux dernières années.

Quand Matt ouvre la porte, je suis ravi d'entendre les mecs s'insulter ainsi que le bruit des manettes de jeu vidéo, et aussi de sentir la pizza et la bière alors qu'il est à peine midi. C'est ça, la fac.

– Salut, je dis en entrant dans le salon.

Foster est affalé dans un fauteuil, une cannette de bière sur le genou, et Gavin et Alex se défient à un jeu de sniper. Le seul qui est absent, c'est Conor, qui est sans doute en cours.

Je ne sais pas qui est censé s'occuper de Pablo Eggscobar, mais il est sur la table basse, dans son porte-cannette en mousse, et il a changé de look. Quelqu'un lui a dessiné des yeux et un groin au marqueur, et la signature de Jensen lui sert de bouche.

Pour être honnête, je suis surpris qu'il soit encore en un morceau. Des joueurs de hockey qui font autant la fête ne sont pas les mieux placés pour s'occuper d'un œuf.

– Quoi de neuf, Pablo ? je demande.

Il ne répond pas parce que ce n'est pas un être vivant, mais bon. Au moins, je fais un effort.

Règle numéro mille dans le manuel du capitaine : *Choisis tes batailles*.

– Qui est la maman de Pablo, aujourd'hui ? je demande.

– Conor. Mais il vient de monter avec une meuf, explique Matt, donc on attend le bon moment.

– Le bon moment pour quoi ? je demande en m'installant sur le canapé.

– Pour l'heure du repas, répond Matt en échangeant un regard complice avec Foster. Pablo va bientôt être *mort de faim*.

Gavin ricane sans quitter la télé des yeux.

J'essaie de ne pas soupirer. D'après mes sources, la situation est devenue hors de contrôle. Jesse Wilkes m'a écrit hier soir pour se plaindre de ce que les mecs n'arrêtaient pas de l'appeler alors qu'il était avec sa copine Katie. Apparemment, il est officiellement permis d'emmerder celui qui doit garder l'œuf.

– Ça fait combien de temps ? demande Alec alors que ses doigts s'agitent sur la manette.

– Seulement dix minutes, répond Foster. Ils en sont sans doute encore aux préliminaires.

– Pour elle, propose Gavin.

– Ou alors elle le suce, rétorque Matt.

Ils se taisent tous en même temps.

– Non, répond enfin Foster en buvant une gorgée de bière. Il lui fait d'abord un cunni, puis elle le suce, et ensuite ils baisent. C'est dans cet ordre, le sexe.

J'éclate de rire.

– Ah ouais ? C'est ce que disent les bouquins ?

Matt ricane.

– C'est l'ordre dans lequel je le fais, moi, insiste Alec. Pourquoi, tu fais quoi, toi ?

– J'en sais rien, je ne note pas tout ce que je fais, je réponds en levant les yeux au ciel. Il n'y a pas d'ordre préétabli. Ça dépend de plein de choses.

– Mais ça se passe toujours de la même façon, insiste Alec.

– C'est vrai, acquiesce Foster. Moi aussi, ça passe comme ça.

– Ah ouais ? Bizarre.

Quand je repense à mes différentes rencontres, aucune ne s'est jamais déroulée de la même façon. Parfois, on déboule dans ma chambre et elle plonge à genoux pour me sucer avant même que j'aie fermé la porte. Une fois, j'étais avec une meuf qui m'a embrassé à peine trois secondes avant de se tourner et de m'offrir ses fesses, m'ordonnant de la prendre par-derrière. D'autres fois, lors de parties de jambes en l'air plus longues, j'ai commencé par couvrir son corps de baisers, ou inversement. Ou bien il m'est arrivé de commencer par baiser et de finir par les préliminaires.

– Je ne sais pas comment vous vous y prenez, mais moi je n'ai vraiment pas de schéma préétabli, j'admets enfin.

– Peut-être que c'est une histoire de couple, propose Foster. Je suis sorti avec la même meuf pendant tout le lycée, et je me sers d'elle comme référence.

– Moi, ça fait trois ans que je suis avec Sasha, acquiesce Alec.

– C'est un truc de couple, c'est clair, confirme Matt. Comme pour Jesse. Lui et Katie ont la vie sexuelle la plus prévisible sur terre. Quand on partageait la même chambre, l'an dernier, je savais que quand je trouvais cette fichue chaussette sur la porte, j'avais exactement quarante-sept minutes avant qu'ils aient fini de baiser. Je parie que j'aurais pu chronométrer leurs orgasmes à la seconde près.

– Ça a l'air plutôt chiant, si vous voulez mon avis, je réponds.

Mais peut-être que coucher avec une personne qu'on aime passionnément rend le sexe meilleur ? Je n'en ai pas la moindre idée. J'ai eu quelques copines au lycée, mais je n'étais amoureux d'aucune.

– Bon, ça fait vingt et une minutes, annonce Foster. Donc, soit il la pénètre, soit elle le suce et il va bientôt jouir. Quoi qu'il en soit, sa bite est en jeu. Je répète, sa bite est en jeu.

–Vous être vraiment des enfoirés, je gronde. En tant que capitaine, je devrais vous arrêter.

Leurs regards se braquent sur moi.

En même temps, Conor baise tellement fréquemment qu'il peut bien se passer d'orgasme pour cette fois, non ?

– Je ne le ferai pas, je dis enfin en souriant. Allez-y. Foncez.

Foster et Alec courent à l'étage. J'entends leurs pas, suivis de coups contre la porte de la chambre de Conor.

– Pablo a faim ! crie Foster.

– *Nourris-moi !* gémit Alec.

Matt est mort de rire sur le canapé.

J'entends des jurons et Alec et Foster se précipitent dans le salon, suivi de près par Conor, torse nu, son boxer très bas sur ses hanches. Ses cheveux sont ébouriffés et ses lèvres sont gonflées.

–Vous êtes des connards, grogne-t-il.

– Quoi ? répond Foster en clignant des yeux d'un air innocent. Pablo attend son déjeuner. On a un cochon, mec. Les cochons sont prioritaires sur les minous.

– Absolument, confirme Matt.

Gavin parvient à quitter l'écran des yeux pour hocher la tête.

– C'est même inscrit dans la Constitution, mec.

– Je l'ai nourri ce matin ! s'exclame Conor.

Foster le fusille du regard.

– Il mange trois fois par jour, espèce d'enfoiré. Regarde-le, il est mort de faim !

Je regarde l'œuf et son visage débile, puis je cache ma tête dans mes mains pour éclater de rire.

– Davenport ! aboie Conor. T'es le capitaine. Je porte plainte contre eux.

Je relève la tête en essayant de réprimer mon sourire.

– Ah, et de quoi tu les accuses ?

– J'étais en train de baiser !

– C'est pas une accusation, c'est juste une déclaration.

– Et n'oublie pas, dit Foster en croisant les bras, il faut cinq minutes pour être sûr qu'il finisse toute son assiette.

Conor empoigne l'œuf et je suis persuadé qu'il va le jeter contre le mur. Mais à la dernière minute, il pousse un juron et tourne les talons, disparaissant dans la cuisine.

– Il ne va pas vraiment lui préparer à manger, si ? je demande à Matt.

– Non, c'est pas dans le règlement.

– Ah, et quelles sont les règles, au juste ?

– Elles varient selon nos envies, répond Foster en souriant. Mais, en gros, il faut cinq minutes pour considérer que Pablo a mangé.

– Mais il ne faut pas abuser du système, explique Matt.

– Quel système ? C'est n'importe quoi, tout ça, je soupire.

– Il mange trois fois par jour, chie deux fois par jour et demande de l'attention chaque fois que l'un d'entre nous s'emmerde ou veut faire chier celui qui en a la garde.

– Mais on ne peut pas l'emmerder plus de cinq fois par jour, ajoute Foster. Néanmoins, il est vivement recommandé d'envoyer des messages entre une heure et cinq heures du matin.

– Tout ça semble parfaitement normal, dit Alec. Qu'est-ce que tu ne comprends pas, capitaine ?

–Vous allez me faire ça quand ce sera mon tour de le garder? Mon tour arrive vendredi.

– Non, on ne te ferait jamais ça, m'assure Foster.

– Jamais, confirme Alec.

– Bien sûr que non, dit Gavin.

– On ne ferait pas ça à notre capitaine, promet Matt.

Bande de menteurs!

★ ★ ★

Le jeudi soir, Demi et moi arrivons à caler une autre session, et on se retrouve de nouveau dans sa chambre. Elle est assise en tailleur sur sa couette violette, une sucette à la bouche. Je suis allongé sur la petite causeuse et la régale d'une nouvelle anecdote dans la vie sordide de Dick Smith.

– Donc, elle m'a promis de prendre un cheesecake à la fraise en plus de la tarte à la citrouille. Tout le reste était prêt. Ça allait être parfait. On avait le meilleur traiteur de la ville et on avait sorti les verres en cristal que mes grands-parents nous ont offert en cadeau de mariage. Notre famille arrivait de Palm Springs et de Manhattan pour l'occasion. Notre Thanksgiving dans les Hamptons a toujours été un événement important pour nous.

Demi m'étudie avec attention. Je sais qu'elle cherche à comprendre où je veux en venir.

– Mais la pièce de résistance allait être le cheesecake à la fraise, je poursuis. C'est le premier gâteau que mes parents ont vendu quand ils ont ouvert leur pâtisserie sur Burton Street, qu'ils ont réussi à transformer en un véritable empire. C'était parfait. Ma mère serait tellement émue que je m'en sois souvenu et que j'aie fait tout cet effort pour lui faire plaisir. Dieu sait que mon frère Geoffrey se fiche de son bonheur.

Demi fait passer sa sucette d'une joue à l'autre.

– Est-ce que c'est dans vos habitudes, de chercher l'approbation de votre mère?

– Ça n'a rien à voir avec son approbation. Je viens de vous dire que je voulais juste la rendre heureuse.

– Je vois.

– Bref, je rouspète. Le dîner était splendide. Et vous savez ce qui s'est passé au moment du dessert ? Les serveurs sont arrivés avec cette putain de tarte à la citrouille, et rien d'autre. Pas de cheesecake. Je me suis forcé à sourire, mais au fond de moi, j'étais furax. Kathryn s'est excusée après le dîner en m'expliquant que les pâtisseries du coin étaient soit fermées soit en rupture de cheesecakes. Mais ses excuses ne servaient à rien. Elle m'a foutu la honte devant toute la famille, et ce putain de Geoffroy s'est moqué du manque d'originalité de la tarte à la citrouille. J'étais à deux doigts de lui mettre une baffe. Un joyeux Thanksgiving, n'est-ce pas ?

Je marque un silence et je tourne la tête vers Demi, qui me dévisage d'un air concentré.

– Waouh, dit-elle enfin. Il y a beaucoup de sujets à aborder. Commençons par cette question : si toutes les pâtisseries du coin étaient fermées, est-ce que vous trouvez justifié d'en vouloir à votre femme de ne pas avoir pu se procurer le cheesecake ?

– Elle aurait dû l'acheter la veille, je réponds froidement. Elle n'a aucune excuse.

Demi secoue la tête plusieurs fois, comme si elle était vraiment plongée dans mon histoire.

– Waouh, t'es doué pour ce projet, dit-elle.

– T'as vu ça ? Tu crois que je devrais laisser tomber le hockey et devenir acteur ? je réponds en plaisantant.

Le pire dans cette histoire, c'est que je viens de raconter la vérité. La seule chose que je n'ai pas dite, c'est que le fils du connard a dû l'écouter se vanter de son idée de cheesecake pendant des semaines avant Thanksgiving et que, des années plus tard, il continuait de se plaindre de la tarte à la citrouille.

Ouaip, voilà mon père. La seule personne qui compte à ses yeux, c'est lui. Il voulait faire le malin devant son frère, et au diable les pâtisseries fermées et son horrible femme qui n'a pas pu subvenir à ses besoins. Ma pauvre mère a dû se faire petite pendant des mois, après ça. Ce type n'est jamais satisfait.

Quand j'ai ouvert le dossier « PATIENT » la semaine dernière et que j'ai vu le trouble que je devais incarner, j'ai failli éclater de rire. Je n'ai quasiment aucune recherche à faire, car je ne connais que trop bien ce problème et les symptômes qui vont avec. Je les ai supportés toute ma vie.

– Pourquoi est-ce si important pour vous de briller auprès de votre famille ? demande Dr Demi.

– Comment ça ?

– Ç'aurait dû être une heureuse réunion de famille et ça s'est transformé en compétition entre votre frère et vous. Je me demande juste pourquoi vous êtes entré dans son jeu.

– C'est pas moi qui suis en compétition avec lui ! Il est jaloux de moi parce que je suis plus vieux que lui et que j'ai réussi ma vie. Quoi, il faudrait que je le laisse m'humilier ? Hors de question. Je ne peux pas me laisser faire.

– Je vois. Pensez-vous que vous avez des attentes impossibles lorsqu'il s'agit de vos proches ? Ou pensez-vous que vos attentes sont raisonnables ?

Je me demande où elle veut en venir. À l'évidence, Demi est très intelligente. Et ce n'est qu'une des raisons pour lesquelles j'aime autant passer du temps avec elle. Elle est très abordable et j'aime lui parler, et je n'ai pas à m'inquiéter que notre relation aille au-delà de l'amitié. Elle a un mec dont elle est clairement amoureuse, donc je ne suis pas tenté. Enfin, certes, elle est hyper-bien foutue et elle a la fâcheuse habitude de mettre des hauts ultra-moulants, mais j'arrive à la regarder sans avoir envie de la déshabiller.

Demi prend quelques notes et lève la tête vers moi.

– Bon, on devrait s'arrêter là, je vais dîner avec Nico. Mais je crois que je sais de quoi tu souffres.

– C'est vraiment amusant, j'admets, ne perdant pas de vue à quel point il est ironique que je m'amuse en racontant le fonctionnement affreux du cerveau de mon père.

Mon père n'est pas la personne que je préfère, mais je n'ai pas l'habitude de parler de lui. J'ai passé ma vie à faire semblant de former une famille heureuse sans jamais rien dire à personne. En même temps, qui m'aurait écouté me plaindre ? Je suis un gosse de riche qui a grandi à Greenwich et qui a été scolarisé dans les meilleures écoles privées du pays.

Il y a des gens qui souffrent de maltraitance physique, ce qui est bien pire que de ne jamais pouvoir répondre aux attentes impossibles d'un égocentrique.

Cela étant dit, je trouve passionnant de raconter les événements de mon enfance du point de vue de mon père. Je ne sais pas si je m'y prends comme il faut, mais des recherches plus poussées m'aideront à déterminer des schémas de pensée vraiment spécifiques.

– On se voit la semaine prochaine, je dis à Demi, mais je ne crois pas être dispo lundi.

– Plutôt en milieu de semaine, alors ?

– Je devrais être dispo mercredi soir. Mais pas le week-end parce qu'on a trois matchs.

– Ok, donc peut-être mercredi, répond Demi, mais en général c'est le soir où j'essaie d'aller à la salle de sport.

– Tu vas à la salle de sport ?

– Bien sûr. À ton avis, pourquoi je suis aussi bien foutue ?

Naturellement, je ne peux pas m'empêcher de la reluquer des pieds à la tête. Elle ne doit pas mesurer plus d'un mètre soixante-cinq, mais ses jambes paraissent infinies. Elles sont fines et bronzées, et nues dans son petit short en jean. Je parie que son cul est ferme et parfait, aussi.

Oh, merde.

Je fantasme sur Demi.

Arrête tout de suite, mec !

– Bref, je dis en me forçant à lever les yeux, trop tard.

– Mec, arrête, tu n'as pas le droit de me regarder comme ça, rétorque Demi. Tu as oublié que tu étais devenu moine ?

– Je te regardais comme rien du tout.

– Menteur. Tu me faisais le Regard Queutard.

– Pas du tout. Crois-moi, les regards de braise ne sont pas mon truc, je ricane. Si je te draguais vraiment, tu ne me dirais pas d'arrêter.

– Attends, tu as une technique de drague ? s'exclame Demi alors que son visage s'illumine.

Waouh, sa peau est incroyable. Elle est parfaite et lumineuse, et je crois qu'elle n'est même pas maquillée.

– Montre-moi !

– Non.

– Si te plaît ?

– Non. Tu n'as pas le droit de voir ma technique.

– Pourquoi pas ? râle-t-elle.

– Pour deux raisons. Tu as un mec, et moi je suis un moine.

– Ok. Mais je parie que ta technique est nulle.

Elle ouvre le tiroir de son bureau et en sort une autre sucette, à la cerise ou à la fraise.

– T'es accro au sucre, je crois, je dis simplement.

– Non, c'est juste que j'aime avoir quelque chose dans la bouche.

– Ok, je ne vais même pas faire de commentaire sur ce que tu viens de dire.

– Ne sois pas bête, Hunter, plein de gens sont comme ça.

– Ok, si tu le dis.

J'ai beau tout faire pour oublier cette conversation en rentrant chez moi, je n'y parviens pas. Je n'ai donc pas d'autre choix que de m'enfermer dans la salle de bains et de plonger sous la douche pour m'occuper d'une des plus grosses érections que j'ai jamais eues.

Merde.

Je fantasme encore sur elle.

Mais cette fois, je ne vais pas arrêter.

Je revois ses lèvres charnues se fermer sur sa sucette, mais je remplace aussitôt le bonbon par mon gland épais. Je le glisse dans sa bouche et sa langue sort aussitôt pour me goûter.

– *Mmm*, je l'imagine murmurer. *T'es délicieux.*

Et je me vois lui dire que sa chatte doit être encore plus délicieuse, ce qui la fait gémir, faisant vibrer mon sexe dans sa bouche.

– Putain, je gronde dans la douche.

J'appuie mon avant-bras sur le mur carrelé et me branle rapidement. Je bande tellement que c'en est douloureux. La vapeur qui m'entoure m'empêche de respirer pleinement et je pose mon front sur mon bras en accélérant mes gestes.

Putain, c'est tellement bon. Mon scénario à deux balles a disparu et, maintenant, je me masturbe en pensant à diverses scènes : Demi me suce, son décolleté déborde d'un de ses minuscules débardeurs, ses jambes hâlées qu'elle écarte pour moi. Bon sang, je me demande quel bruit elle fait quand elle jouit…

Mon orgasme arrive de façon subite et violente. Je m'immobilise tandis que mon corps est parcouru de spasmes et de picotements.

Je suis encore pantelant lorsque je réalise que je ne me sens qu'un tout petit peu coupable d'avoir fantasmé à propos de Demi. Je crois qu'elle me le pardonnerait si je lui disais. Après tout, ça allait forcément arriver tôt ou tard. Ça fait cinq mois que je n'ai pas baisé. Je ne serais pas surpris si, d'ici la fin du mois, je me masturbais en pensant à Mike Hollis.

Je commence à sérieusement m'inquiéter, je crois que je deviens vraiment fou.

Quelqu'un frappe à la porte et je sursaute, manquant glisser sur le carrelage.

– Hunter ! crie Rupi. Dépêche-toi de sortir de là ! Tu vas utiliser toute l'eau chaude et je veux me doucher avant de me coucher !

Je réprime un grognement et baisse les yeux sur ma verge, qui a ramolli dès que j'ai entendu la voix de ma coloc.

– Va-t'en, j'aboie en tournant la tête vers la porte.

Cependant, on ne négocie pas avec les terroristes, je sais que c'est peine perdue. Si je ne lui cède pas rapidement, elle est capable de trouver une vidéo YouTube qui explique comment démonter les serrures.

Je déteste mes colocs.

10

Demi

Je n'ai pas cours le mercredi, donc je passe la matinée à réviser pour un partiel de bio et à terminer un devoir de maths. La charge de travail est presque le double de celle de l'année dernière et je suis désormais obligée de me lever une heure plus tôt pour avoir une chance de rester à jour.

Par ailleurs, si je ne stressais déjà pas suffisamment, mon père a décidé que je devrais prendre de l'avance et commencer dès maintenant à préparer l'examen d'entrée à la fac de médecine. Il m'a écrit hier soir en me proposant de me payer des cours particuliers. Je lui ai répondu que j'allais y réfléchir.

Or, ce à quoi je dois réfléchir, en réalité, c'est au meilleur moyen de lui dire : « Je t'en supplie, ne me force pas à préparer le concours dès maintenant, sinon je ne survivrai jamais à cette troisième année. »

L'après-midi, je vais chez Corinne, à Hastings, pour l'aider à organiser son armoire. Chez mes parents, à Boston, j'ai un dressing immense que j'ai rangé par couleurs et par styles. Mon niveau de stress est fortement réduit quand tout est bien rangé.

– Encore merci de faire ça, dit Corinne timidement.

Je pends un pull en laine épaisse sur un cintre.

–Y a pas de quoi, tu sais bien que j'adore ce genre de trucs. Et puis, on est amies, et on ne laisse pas son amie trier son placard toute seule.

Elle me répond par un sourire profondément reconnaissant.

J'ai du mal à analyser Corinne, parfois. Elle est jolie, et plein de mecs veulent toujours sortir avec elle, mais elle ne se laisse pas approcher par n'importe qui. Elle est antisociale, parfois en retrait, mais elle est hyper-sarcastique et quand elle baisse sa garde, elle est super-fun.

–Ton appart est trop chou, je lui dis. J'adore la chambre, elle est immense.

Elle est presque aussi grande que celle que j'ai à la maison de sororité, et j'ai eu de la chance au tirage au sort en obtenant la plus grande.

Mon téléphone vibre sur le lit de Corinne.

HUNTER : Tu as regardé le match des Bruins, hier soir ?

Dans un de nos derniers échanges par message, il n'arrêtait pas de parler d'un match qui passait à la télé, et je lui avais dit que je ne manquerais pas de m'intéresser au hockey. Apparemment, il n'a pas compris que c'était du sarcasme.

MOI : Carrément ! C'était INTENSE ! J'arrive pas à croire que ce type a marqué dix-neuf points !

LUI : Tu l'as pas regardé, alors ?

MOI : Non, désolée. Je t'ai dit que j'étais pas fan de hockey.

LUI : J'en attendais davantage de ma psy. Adieu.

Il y a une longue pause dans les messages.

HUNTER : Merde, attends, j'ai oublié pourquoi je t'écrivais. On fait toujours notre session à la salle de sport, aujourd'hui ?

MOI : Ouais. Après mon dîner. Donc vers 20h ? Ah, et n'oublie pas de mettre un legging en lycra pour que je puisse me rincer l'œil.

LUI : Ça va de soi.

Je souris en regardant l'écran.

– C'est encore le joueur de hockey ? demande Corinne.

– Ouais, je réponds en riant. Il est tellement arrogant. Mais il est canon. Je te donnerais bien son numéro, mais il a fait une croix sur le sexe.

– Attends, quoi ?

– Il a fait vœu de chasteté.

J'espère que c'est pas un secret. Dans le doute, je n'en dis pas plus.

– Au fait, c'est quoi ton Wifi? J'essaie de m'y connecter.

– Ah, j'en ai pas encore. Ils viennent vendredi pour l'installer.

Je suis sur le point de ranger mon téléphone lorsqu'un autre message apparaît.

TJ : On dîne toujours ensemble ?

MOI : Oh quoi, oui. Sushi, baby !

J'ajoute trois émojis poisson, auxquels TJ répond par deux crevettes, et on se met à s'envoyer tout ce qui est en rapport à la mer.

MOI : Attends, tu savais qu'il n'y a pas d'émoji homard ? Scandale !

TJ ne répond pas, donc je pose mon téléphone et commence à plier la pile de tee-shirts sur le matelas de Corinne.

– Je pense qu'on devrait les ranger dans ta commode, je propose. Ce serait dommage de gâcher des cintres pour des tee-shirts.

– Je suis d'accord. Suspendons d'abord tout ce qui se froisse facilement, puis les robes, les jupes…

Mon téléphone vibre de nouveau. TJ vient de m'envoyer une photo de homard avec des yeux en forme de cœur et une bulle au-dessus de sa tête qui dit « J'EN PINCE POUR TOI ! ».

J'éclate de rire.

– Désolée, je dis à Corinne. TJ m'envoie des mms.

– La plupart de tes amis sont des mecs, et moi j'arrive à peine à m'en sortir avec un seul, dit-elle en secouant la tête. Je ne sais pas comment tu fais pour gérer tous ces ego fragiles… Ce sont tous des enfants en manque d'affection. Oh, tu sais qui tu es ? T'es Wendy avec tous les Garçons Perdus !

– C'est à peu près ça, ouais, je ricane. Mais j'adore mes Garçons. Ils sont follement divertissants, j'ajoute en pliant un autre tee-shirt. Je vais dîner avec TJ, ce soir. On va essayer le nouveau japonais qui a ouvert en face du théâtre. Tu veux venir ?

– Je ne peux pas, des amies viennent réviser chez moi. C'est juste TJ et toi ? Sans Nico ?

– Nico joue au basket avec Darius, et après il rejoint des collègues pour boire un verre. Tu les as sans doute rencontrés quand ils t'ont aidée à déménager.

– Y en avait deux, répond-elle d'un air pensif. L'un était très mignon, et l'autre très chauve.

– Le chauve s'appelle Steve, et je pense que celui qui est mignon doit être… Rodrigo ? Mais ils l'appellent Roddy. Et je crois qu'il a une copine.

– Dommage.

– Tu parles, tu ne veux pas de copain.

– C'est vrai.

Je prends la pile de tee-shirts et la pose dans la commode en bois.

– Allez, finissons de ranger tous ces trucs, histoire qu'on s'attaque au dressing. C'est la partie la plus fun.

– Tu trouves ça fun, toi ? T'es tellement bizarre, Demi… soupire-t-elle.

Je passe encore deux heures chez Corinne, puis je marche cinq minutes jusqu'au centre-ville pour rejoindre TJ au restaurant de sushis, qui s'avère phénoménal. Naturellement, j'en informe mon mec tandis qu'un Uber me ramène au campus, parce que la nourriture m'excite et que quand quelque chose m'excite, je me dois d'en faire part à Nico.

NICO : Je crois que tu dévalues les orgasmes quand tu qualifies un repas « d'orgasmique ».

MOI : Eh bien, je pense que tu n'apprécies pas la nourriture à sa juste valeur. C'est presque criminel, parce que t'es cubain et que la gastronomie est dans tes gènes.

NICO : Pas du tout.

MOI : Je vais dire à ta mère que t'as dit ça.

NICO : Je te l'interdis.

MOI : Je vais à la salle de sport, je serai rentrée vers 21h. Tu veux venir après ta soirée avec les mecs ?

NICO : Je pense pas, bébé. Je pense qu'on va rentrer chez Steve pour faire une battle Fortnite.

Je ne suis que légèrement déçue. Après tout, on ne devait pas se voir ce soir, donc je ne peux pas lui en vouloir de rester avec ses amis.

MOI : Ok. Éclate-toi ! Je t'aime.

NICO : Je t'aime aussi, bb. <3 <3 <3 <3

★ ★ ★

– Les pipes me manquent, déclare Hunter une heure plus tard.

Sa voix mélancolique me fait éclater de rire, manquant me faire trébucher sur le tapis de course. Ça fait une semaine qu'on ne s'est pas vus et, à l'évidence, sa vie de moine est inchangée.

– Je suis navrée de l'entendre.

– C'est à ma queue qu'il faut dire ça, répond-il.

Je ricane et baisse les yeux. Je ne peux pas nier que son paquet est assez impressionnant sous son jogging.

– Je suis sincèrement navrée pour vos problèmes, Monsieur le pénis d'Hunter, je déclare d'une voix solennelle.

– Il apprécie, merci, dit Hunter en hochant la tête.

Bon sang, ce type ! Je ne sais toujours pas si je le déteste ou si je l'adore.

Cela dit, c'est le pire partenaire de sport au monde. Ça fait quarante minutes qu'on court côte à côte sur nos tapis respectifs, et je commence à fatiguer. J'admets ma défaite et diminue l'inclinaison du tapis pour me reposer un peu, alors qu'Hunter transpire à peine. Son front est un peu luisant, alors que je suis en nage et dégoulinante. Heureusement, je ne cherche pas à lui plaire, sinon je serais affreusement gênée de suer autant. Même Nico ne m'a jamais vue dans cet état.

– Oh, tu as besoin de faire une pause ? se moque Hunter.

– Non, juste d'un tapis plus plat.

– Espèce de mauviette !

– Espèce de moine !

– Faut que tu arrêtes d'utiliser ce terme comme une insulte. Il y a des gens qui trouvent mon abstinence admirable, tu sais.

– C'est toi qui dis ça, alors que tu viens de te plaindre de ton manque de pipes ?

– Oh, et ça ne te manquerait pas, toi, si ton mec arrêtait de te faire des cunnis ?

– Pas vraiment, non.

Je réponds sans réfléchir et le regrette immédiatement. Je ne suis pas du genre à parler de sexe, surtout quand il s'agit de mon mec et moi. Qu'est-ce que ça peut faire si Nico n'est pas un génie du cunni ? Ça ne veut pas dire qu'il n'a pas d'autres qualités.

Hélas, Hunter a parfaitement entendu ma réponse et il tourne la tête vers moi sans altérer sa course.

– Oups. Alors, Nico ne te satisfait pas avec sa langue ?

– Bien sûr que si.

– C'est pas ce que tu viens de dire.

– Peu importe. Tout le monde n'est pas doué pour ça, je marmonne. C'est juste une question d'entraînement, non ?

Hunter semble se retenir de rire.

– Ça fait pas dix ans que vous êtes ensemble ?

– Huit, je grommelle. On s'est officiellement mis ensemble quand on avait treize ans.

– Et il n'a toujours pas appris l'art de brouter le minou ?

– Ne sois pas vulgaire.

– Tu préfères que j'appelle ça un *cunnilingus* ?

Beurk, ce mot est vraiment moche. Qui diable l'a inventé ?

– Écoute, je ne dis pas qu'il est nul à ça. Honnêtement, je crois que ça vient de moi. Ça ne m'intéresse pas, c'est tout.

– Tu as déjà fait ça avec quelqu'un d'autre ?

– Non.

– Alors, comment tu sais que ça vient de toi ? rétorque Hunter. Je te parie cent dollars que Nico est juste nul pour ça. Il y passe combien de temps, au juste ?

J'ai les joues en feu, et ce n'est pas parce que je cours depuis cinquante minutes.

– Pas beaucoup. Je crois qu'il a trop hâte de me pénétrer, je précise pour défendre Nico.

– Justement, l'attente est ce qui rend ça aussi fun ! rétorque Hunter.

– C'est pas grave, je réponds en haussant les épaules. Même si ça vient de lui, il fait plein de trucs géniaux quand il est en moi, et il est doué avec ses doigts. On ne peut pas être doué partout, n'est-ce pas ?

– Je le suis, moi.

– Mais bien sûr ! Je suis certaine que tu es un dieu du sexe. Les hommes qui se vantent de leurs prouesses sexuelles ne sont pas toujours doués pour ça.

– Ben moi, si. Dommage pour toi, tu ne le sauras jamais.

– Pour moi et pour toutes les autres femmes du campus, espèce de moine !

Il lève les yeux au ciel et ne montre toujours aucun signe de fatigue. Comment peut-il parler autant sans même être un tant soit peu essouflé ?

– Bref, en dépit de capacités orales limitées, dit Hunter, Nico a l'air cool. Il est drôle.

– Il est hilarant, tu veux dire. Eh oui, il est très cool.

– Si on oublie ses cunnis désastreux, bien sûr.

– Ils ne sont pas désastreux. Ils sont médiocres.

– Wouah, tu parles d'un compliment !

– Oh, tais-toi.

– Toi, tais-toi, rétorque Hunter avec un sourire machiavélique. Ne t'en fais pas, je ne lui dirai pas que tu as dit ça. Son ego ne s'en remettrait pas.

– Tout ce dont nous venons de parler est protégé par le secret médical, je déclare fermement.

– Ça roule, Docteur.

Une femme en combinaison lycra s'installe pile sous nos yeux pour faire des étirements. On pourrait croire qu'elle n'a pas fait exprès de se mettre là, mais elle est face à un miroir, et son regard est rivé sur le reflet d'Hunter.

Il le voit et il fuit en un clin d'œil. Elle n'est pas la première à essayer d'attirer son attention ce soir, et je suis certaine qu'elle ne sera pas la dernière. C'est dommage pour lui qu'il fasse abstinence, parce que toutes les meufs dans la salle seraient ravies de coucher avec lui. Ici. Devant tout le monde.

– Je n'arrive pas à croire que Nico est le seul mec avec qui tu as fait l'amour, dit Hunter d'un ton pensif.

– C'est un problème ?

– Non, bien sûr que non. C'est surprenant, c'est tout.

– On est ensemble depuis qu'on a treize ans. À quel moment j'aurais pu coucher avec quelqu'un d'autre ?

– Tu ne l'as jamais trompé ? Jamais ?

– Jamais. On a fait quelques breaks, mais je n'ai jamais couché avec un autre mec.

Il hausse un sourcil dubitatif.

– Tu veux dire que tu n'as jamais profité d'un break pour découvrir autre chose ?

– J'ai embrassé quelques mecs, j'admets en haussant les épaules.

– Merci, c'est pas vague du tout, comme réponse.

– Roh, qu'est-ce que tu peux être indiscret ! Ok. J'ai embrassé trois autres mecs, et peut-être qu'on s'est un peu tripotés, aussi.

– Tripotés ? Pas plus ?

– Il m'a doigtée, mais je n'ai pas voulu aller plus loin. J'avais l'impression de trahir Nico.

– Sans rire ? T'aurais dû en profiter. Je déteste te le dire, mais je te garantis que Nico a fait plus que doigter des meufs pendant vos breaks.

– Je le sais, t'en fais pas. On se dit tout, tu sais. D'ailleurs, lors d'un de ces breaks, je l'ai vu choper une fille, pendant une soirée. C'est ce qui m'a poussée à me laisser tripoter par l'autre mec. Et… je sais que Nico a couché avec au moins une autre femme, j'admets timidement.

– Comment ça, au moins ? répète Hunter.

Il accélère la vitesse de son tapis. Mon Dieu, il court encore plus vite ! Et sa respiration est parfaitement normale. C'est incroyable.

Je vais à la vitesse d'un escargot et je continue de transpirer autant.

– Je sais qu'il s'est tapé une autre meuf parce qu'il me l'a dit. Mais… je crois qu'il m'a trompée, aussi.

Je m'en veux de le dire à Hunter. Critiquer ses cunnilingus est une chose, mais parler de son infidélité en est une autre. J'ai franchi la ligne, je crois.

– Ne dis à *personne* que je t'ai dit ça.

Hunter est assez malin pour voir que je ne plaisante pas.

– Tu crois vraiment qu'il t'a trompée ?

Je hoche la tête à contrecœur.

– C'était l'été entre la première et la terminale. J'ai été le voir à Miami et on est partis camper dans les Everglades. Enfin, c'était pas vraiment du camping. C'était plutôt du glamping[6].

– Booouuu ! s'exclame Hunter en grimaçant.

La femme en lycra qui remue ses fesses sous nos yeux tourne la tête pour voir ce qui se passe, mais Hunter ne lui adresse pas le moindre regard.

– Ah non. Non et non, déclare-t-il. Je t'interdis d'être une de ces filles, *Semi*.

– Je n'aime pas faire des pipes dans la nature, ok ? Je préfère dormir dans un endroit avec des murs, et des toilettes, et le Wifi et…

– C'est pas du camping, alors !

– C'est ce que je dis. C'est du glamping.

– Booouuu !

– Tu peux arrêter de me huer, bon sang ?

– Dire que je commençais à t'apprécier. Et je découvre que tu es une princesse de Miami qui refuse de dormir sous une tente.

– Tu veux entendre la suite de l'histoire, oui ou non ?

Il semble soudain impatient.

– Oui, carrément. Mais seulement si tu veux m'en parler.

Je ne sais pour quelle raison, j'ai très envie de lui parler, justement. Je ne l'ai dit qu'à une autre personne, Amber, ma meilleure amie à Miami. Et elle m'avait répondu que j'étais parano.

– Un de nos amis a invité sa cousine Rashida, et je te jure, cette meuf n'arrêtait pas de flirter avec Nico. Ça commençait à sérieusement m'agacer, donc je…

Je m'arrête brusquement.

– Tu quoi ? demande Hunter.

---

6. Contraction de « glamour » et « camping ».

Je pousse un grognement avant de poursuivre.

– Je lui ai dit que si elle n'arrêtait pas de draguer mon mec, je la noierais dans le lac et laisserais son corps aux alligators.

Pour la première fois en soixante-deux minutes, Hunter trébuche. Il saisit les rambardes pour se rattraper, mais ça n'arrête pas son fou rire.

– Putain, t'es une psychopathe, Davis. Je le savais.

– Pas du tout, j'ai volé l'idée dans *Les cheerleaders meurtrières*. Je n'ai pas assez d'imagination pour mettre au point un meurtre aussi sordide. Bref, Rashida était morte de faim et c'était tellement flagrant qu'elle méritait que je lui rappelle que Nico avait une meuf. Dieu sait qu'il n'était pas près de le faire, lui. J'avais l'impression qu'il l'encourageait à flirter avec lui, ce qui m'a agacée davantage. On s'est disputés à cause de ça et Nico s'est énervé, et il a annoncé qu'il partait marcher. Il n'est revenu qu'au bout de plusieurs heures.

– Plusieurs heures ? répète Hunter d'un ton outré. Ne me dis pas : Rashida a disparu en même temps ?

– Bingo. Elle a dit qu'elle était allée en ville pour faire des courses, et c'est vrai que le frigo était plein, donc c'est peut-être vrai. Mais j'ai quand même trouvé ça louche.

– Ben ouais, carrément.

– J'ai essayé de faire parler Nico et il m'a juré qu'il était seul dans les bois et qu'il n'avait ni vu ni parlé à Rashida depuis des heures. Il m'a dit que j'étais ridicule et que je me faisais des films, et il l'a tellement mal pris que je me suis sentie coupable de l'avoir accusé de me tromper, et j'ai passé l'année suivante à m'excuser auprès de lui. J'ai envie de croire que Nico n'a rien fait, mais…

– Mais c'est pas le cas, conclut Hunter.

– Non, c'est pas le cas. Et je m'en veux.

– Tu ne devrais pas. Tu devrais toujours faire confiance à ton instinct, Demi. Si les gens sont louches, c'est parce qu'ils cachent quelque chose. Et le fait qu'il ait pété un câble en dit long. Les gens coupables passent à l'attaque. Pas les gens qui n'ont rien à se reprocher.

– Peut-être, mais… peu importe. C'était il y a longtemps. On était des gamins. On a vingt ans, maintenant, et c'est du passé.

– Est-ce que ce genre de chose peut vraiment être du passé ? rétorque Hunter. Je crois que je n'arriverais jamais vraiment à oublier un truc comme ça. Par exemple, si Summer avait changé d'avis et avait décidé d'être avec moi, je me serais toujours demandé si elle pensait à lui, si elle ne regrettait pas son choix, ce genre de truc. Je pense plutôt qu'il vaut mieux… couper court, dit-il en mimant un coup de ciseau. Repartir à zéro.

– Tu es devenu expert en amour, Monsieur *Playboy* ?

– Écoute, Nico a l'air d'être un mec bien et il est clairement amoureux de toi, si ça peut te rassurer.

– Ça me rassure, en effet.

J'apprécie d'avoir l'avis d'une tierce personne que je ne connais pas depuis longtemps. Il est plus précieux et plus utile que les platitudes des gens qui m'aiment.

Une autre femme passe devant nous et elle ralentit brusquement lorsqu'elle remarque Hunter. Il transpire enfin et son tee-shirt est plaqué sur sa peau, révélant le torse le plus impressionnant que j'ai jamais eu l'occasion de voir. Ses pecs sont parfaitement définis et ses bras sont incroyables. Je comprends que les femmes soient folles de lui.

Hunter accorde un bref coup d'œil à son admiratrice avant de tourner la tête vers moi.

– Tu ne sais pas à quel point c'est agréable de traîner avec une fille qui ne veut pas coucher avec moi, déclare-t-il.

– Mon Dieu, c'est sans doute la chose la plus arrogante que j'aie jamais entendue.

– C'est vrai ! s'exclame-t-il en agitant sa main. Regarde-les, *Semi*. Non mais, regarde-les ! Elles sont toutes baisables et elles me veulent toutes. Et toi, tu es une superbe créature neutre qui n'a aucune envie de coucher avec moi. C'est merveilleux.

– Elles sont toutes baisables ? Tu exagères un peu, non ?

– Je t'ai déjà dit que ma queue ne fait pas de discriminations. Même toi, tu n'es pas totalement immunisée.

– Qu'est-ce que ça veut dire, ça ?

– Oh, rien, oublie.

Je devine qu'il me cache quelque chose tandis qu'il s'affaire avec les boutons de la machine pour ralentir la vitesse et commencer sa descente.

– J'ai un aveu à te faire, dit-il en me regardant d'un air gêné, mais tu dois me promettre de ne pas m'en vouloir.

– Je ne promettrai rien de la sorte. Jamais.

– Tu es sérieuse ?

– Absolument. Parle-moi à tes risques et périls.

– Ok… L'autre soir, je me suis branlé…

– Félicitations ! Est-ce que t'as vu un feu d'artifice quand t'as joui ?

– J'ai pas fini.

– Alors t'as pas joui ?

– J'ai pas fini mon histoire, grogne-t-il. L'autre soir, je me suis branlé… en pensant à toi.

J'en reste bouche bée. Littéralement.

Euh, quoi ?

– Oh mon Dieu, je m'exclame, outrée. Pourquoi tu me l'as dit ?

– Parce que je me sentais coupable. J'avais besoin de me confesser.

Je sens mes joues rougir et j'imagine que j'ai l'air d'une tomate. J'ai des amis garçons, c'est vrai, mais c'est la première fois que l'un d'eux m'avoue qu'il s'est masturbé en pensant à moi. C'est… flatteur, je suppose ? Si TJ ou Darius ou encore…

Je frissonne rien que d'y penser.

Tiens, voilà qui est intéressant. L'idée que mes autres amis se masturbent en pensant à moi est répugnante, mais quand c'est Hunter, c'est…

Mon sexe se contracte en l'imaginant.

Mon Dieu.

Non.

C'est mort.

Complètement déplacé.

– Je me sens mieux maintenant que je te l'ai dit, merci, soupire Hunter.

– Eh ben, pas moi !

Je n'arrive pas à me débarrasser de l'image de lui en train de se caresser et ça, c'est vraiment mal.

– Prends ça pour un compliment, dit-il alors que son regard pétille de malice.

– Non merci.

Il saisit le bas de son tee-shirt pour s'essuyer le front, montrant son torse à tout le monde. Ses abdos sont luisants, et divins.

– Bref, en dehors du petit faux pas que je viens d'avouer, j'adore notre relation, dit Hunter. Promets-moi que ça ne changera jamais.

– Que quoi ne changera jamais ?

– Que tu ne voudras jamais coucher avec moi, répond-il en soupirant de façon théâtrale.

Quelle arrogance… Je soupire à mon tour et tends la main pour tapoter son bras terriblement musclé.

– Je te promets que je n'aurai jamais envie de coucher avec toi, Hunter.

11
Hunter

J'évite les fêtes sur la *Greek Row* depuis la torture qu'a été la soirée lingerie de la maison Theta Beta Nu, mais les mecs ont insisté pour aller à une fête de fraternité après notre match, samedi soir.

On joue à Suffolk, et le bus ne nous ramène au campus qu'à vingt-trois heures passées. On va ensuite à Hastings, parce que les gars veulent se changer ou, dans le cas de Foster, prendre sa beu.

On reste tous raisonnables pendant la saison de hockey, mais ça ne nous empêche pas de boire quelques verres ou de fumer un joint de temps en temps. Je connais quelques mecs qui prennent de la coke ou de la MDMA pendant des concerts, mais c'est très rare et on a tous conscience que la Fédération adore les dépistages surprises.

Plutôt que de désigner un Sam pour la soirée, on se rend au campus en Uber, parce qu'on a tous envie de boire pour fêter nos victoires du week-end. Pour l'instant, l'équipe n'a rencontré aucune difficulté, mais on joue contre Boston University la semaine prochaine, et ils n'ont subi aucune défaite. La saison ne fait que commencer.

Conor est assis au milieu, à l'arrière, les yeux rivés sur son téléphone. Il est sans doute en train de choisir quelle nana appeler.

C'est moi qui ai l'œuf, ce soir, donc j'ai mis une chemise avec une poche afin d'y ranger Pablo.

– Regarde-moi ce don Juan, Pablo, je dis à l'œuf. As-tu déjà vu quelque chose d'aussi dégoûtant ?

Conor lève la tête.

– Oh, la ferme ! J'ai entendu les rumeurs à ton sujet. Tu te tapais tout ce qui bougeait, l'an dernier.

Merde, il m'a eu.

– Tu parles à qui ?

– À Michelle, une meuf qui va nous rejoindre à la soirée.

Il poursuit sa conversation avec elle et, comme Foster est également sur son téléphone et que je m'ennuie, je sors le mien. J'ai écrit à Hollis, qui est rentré pour le week-end et qui voulait venir avec nous ce soir. Lui et Rupi se disputaient à ce sujet quand on est partis. Il voulait sortir, mais elle voulait rester à la maison. Ah, les filles…

MOI : Mec, mets Rupi dans un taxi et viens ! Je sais que t'en meurs d'envie…

HOLLIS : J'en crève d'envie, oui. Ça fait teeeeellement longtemps que j'ai pas fait la fête :(C'est ça, d'avoir une copine ? Des câlins en permanence ?

Je suis en train de répondre quand un autre message apparaît.

HOLLIS : Je le pensais pas. Avoir une copine est la plus belle chose qui puisse arriver à un jeune homme. Les copines sont de précieux trésors.

MOI : Rupi, tu viens de voler le téléphone de Mike ?

HOLLIS : NON !

J'éclate de rire.

MOI : Allez, laisse-le souffler un peu, Rupi. Il veut juste aller à une fête, pas à un festival d'EDM[7]. Il va juste boire une bière ou deux et se frotter à toi sur de la musique merdique. Sois cool avec lui, pour une fois.

Pas de réponse. Mon téléphone reste silencieux jusqu'au campus et ne vibre de nouveau que lorsqu'on descend de la voiture.

HOLLIS : T'es mon héros, Davenport ! ON SE VOIT LÀ-BAS !!!

Eh bien, j'ai fait ma B.A. pour la journée.

Il y a une petite foule devant la maison Alpha Delta. Il fait encore super-chaud alors qu'il est presque minuit, et tout le monde est en short et en tee-shirt. Les mecs de la fraternité ont même installé une machine à granitas sur la pelouse. J'adore la fac.

Conor me met un coup d'épaule.

– Michelle dit qu'elle est dans la cour. Dans le jacuzzi, ajoute-t-il en me faisant un clin d'œil.

Foster pâlit et s'arrête brusquement.

– Mec, ne va pas dans le jacuzzi. Tu vas choper la syphilis de la jambe.

– De quoi tu parles ?

– Tu te souviens pas des boutons purulents sur la jambe de Jesse ? Il l'a eue après avoir été dans le jacuzzi, ici. C'est un nid à microbes.

– C'est vrai, confirme Bucky. Je crois que personne n'y a mis de chlore depuis qu'il a été installé. Et toi, me dit-il d'un ton grave, ne t'avise pas d'y aller avec Pablo.

– Ouais, tu risquerais de le faire bouillir, s'inquiète Foster.

– C'est déjà un œuf dur, mec. Il peut pas l'être davantage.

– Et alors ?

7. Electronic Dance Music.

– Ben, je pourrais l'ouvrir et le manger, et il serait délicieux.

– Mec, ne fais pas ça, gronde Conor. Cet œuf a été échangé tellement de fois en quinze jours que c'est sans doute lui qui a la syphilis.

Je ricane et range l'œuf dans ma poche.

– Félicitations, Pablo. Tu vas survivre un jour de plus.

Nous longeons tous les quatre la maison pour aller dans la cour arrière. Elle est immense, avec une piscine, une grande pelouse et le fameux jacuzzi. Il est plein, heureusement, il n'y aurait pas de place pour nous quand bien même nous voudrions y aller.

Plusieurs personnes crient « Briar Hockey ! » à notre arrivée en levant leurs verres.

– Briar Hockey ! répondent les autres.

Je ne vais pas mentir : être une star du campus est génial. Ça fait des années que l'équipe de football a des résultats minables, mais celle de hockey a toujours été super. On inflige régulièrement des raclées à nos rivaux, et on ne manque pas de fans.

Des mecs viennent me frapper dans le dos et les filles nous encerclent, mais l'une d'entre elles fonce droit sur Conor. C'est ça qui est cool, chez lui. Il ne fréquente qu'une seule fille à la fois. Cela dit, il sort rarement avec la même pendant plus d'une ou deux semaines. Même Dean Di Laurentis n'était pas aussi populaire, à son époque. Mais pour l'instant, Conor n'a d'yeux que pour la petite blonde qui se fraie un passage jusqu'à lui.

– Salut bébé, dit-il en la prenant par les épaules.

– Salut ! s'exclame-t-elle, les lèvres rougies par sa granita. T'en veux ?

– Carrément, grogne-t-il avant d'en avaler une énorme bouchée.

Michelle glousse et les autres filles s'éloignent lorsqu'elles comprennent qu'elles n'auront aucune chance avec Conor ce soir.

Il me présente Michelle et on discute un moment tandis que Bucky et Foster partent nous chercher à boire. Michelle me demande pourquoi j'ai une bosse sous ma chemise, nous forçant à raconter l'histoire honteuse de la venue au monde de Pablo. J'aurais pensé qu'elle serait horrifiée par notre immaturité, mais elle éclate de rire et déclare trouver Conor adorable. Il lui fait son « Regard Queutard » et ils partent vite dans la maison, sans doute pour trouver un endroit plus calme.

– Hey, Monsieur Hockey ! s'exclame une grosse voix.

Je me retourne pour découvrir Nico qui vient vers moi.

– Salut, je pensais pas te voir ici.

– Ces abrutis n'arrêtent pas de vous féliciter. Dois-je supposer que vous venez de gagner un match ? demande-t-il en souriant.

– Ouaip ouaip !

– Cool. Briar est au top, ce soir. L'équipe de basket a gagné aussi. Ils ont mis une branlée à Yale. C'est de là qu'on vient.

– Demi est avec toi ? je demande en regardant derrière lui.

– Non, elle est chez elle. C'est une soirée entre mecs.

Il désigne un groupe derrière lui qui, pourtant, n'est pas constitué uniquement d'hommes, il y a plus d'une femme en tenue légère avec les amis de Nico.

Je repense aussitôt à l'aveu de Demi sur l'infidélité de Nico, et maintenant que je tombe sur lui à une soirée de fraternité, mon signal d'alerte retentit.

En même temps, ce n'est pas parce qu'il traîne avec des filles qu'il trompe Demi, je suis débile.

– Bref, je t'ai vu et je voulais juste te dire bonjour, déclare Nico.

Il lève son verre pour trinquer, mais il le fait si brusquement qu'il en renverse partout et mes narines sont assaillies par l'odeur de vodka pure. Sa maladresse et ses paupières lourdes me disent qu'il est déjà sacrément bourré.

– À plus, ok ?

– Cool. À la tienne, je réponds en levant à mon tour mon verre.

Nico retourne auprès de ses amis et je suis un peu rassuré de voir qu'il ne se met pas à côté d'une meuf, mais plutôt d'un petit mec chauve. Je me fiche que Nico me voie en train de le surveiller. Je ne fais que protéger Demi. C'est une chouette fille.

– Je suis là ! crie la grosse voix de Mike Hollis, qui déboule dans le patio, les bras en l'air en signe de victoire.

Rupi lui court après comme un petit chaton énervé.

Il avait beau être odieux, Hollis était plutôt populaire quand il était à Briar. Ses anciens coéquipiers viennent le saluer ainsi que plusieurs fans de hockey, et il accepte leurs compliments comme Meghan Markle saluant la plèbe.

Rupi fonce sur moi dès qu'elle m'aperçoit. Elle porte une tenue typique pour elle : une jupe plissée taille haute qui lui arrive aux genoux et une chemise à col Claudine.

– J'avais vraiment envie de regarder *Riverdale*, Hunter, rouspète-t-elle.

– Désolé, Rupi, je réponds en la prenant par les épaules. Mais parfois, on doit se sacrifier pour ceux qu'on aime.

Elle sourit jusqu'aux oreilles et son regard s'illumine.

– Oh, c'est la chose la plus chou que j'ai entendu sortir de ta bouche. Je savais que tu étais adorable, au fond de toi.

– Ne le dis à personne, je réponds en lui faisant un clin d'œil. Tu veux un verre ?

– Je peux pas, c'est moi qui conduis.

– Je croyais que tu n'avais pas ton permis.

– Non, j'ai pas de faux permis pour rentrer dans les bars ! Bon sang, Hunter, tu ne sais vraiment rien sur moi !

Je suppose que non, mais je dois avouer que ça ne me pose pas de problème. Rupi est épuisante même quand elle est de bonne humeur.

– Oh, c'est Pablo ? demande-t-elle joyeusement. Laisse-moi le tenir !

Je le sors du nid douillet de ma poche et le lui donne.

– Vas-y, fais-toi plaisir.

On passe l'heure qui suit à discuter tranquillement avec nos amis. Je tire une latte sur le joint de Foster et je me sens bien. Je suis détendu. Zen. Content de traîner avec mes potes et de danser avec Rupi sur la musique pourrie. Pour la première fois depuis des lustres, je ne pense même pas au sexe. Plusieurs femmes essaient d'attirer mon attention et certaines viennent me draguer, mais je ne suis pas d'humeur. Ce soir, ma libido est inexistante. La beu a toujours cet effet sur moi.

– Pabloooo ! crie Hollis.

Il était en train de discuter avec des joueurs de lacrosse, mais il nous rejoint au bord de la piscine.

– Passe-le moi, chérie.

– Laisse Pablo tranquille, gronde-t-elle en plaquant l'œuf contre sa poitrine. Tu es trop bourré pour le tenir.

– Pas du tout ! Allez, donne-le-moi !

– Non.

– Très bien, dans ce cas je vais… LE PRENDRE QUAND MÊME !

Tel un Ninja, Hollis saisit l'œuf des mains de sa copine. Mais elle a raison, il est bien trop ivre pour tenir quelque chose d'aussi petit. Il manque le faire tomber plusieurs fois et finit par l'envoyer valdinguer… dans la piscine.

Bucky pousse un cri de terreur, et même moi, je suis sous le choc. On regarde tous l'œuf flotter dans l'eau. Personne ne bouge.

– Est-ce qu'on vient de le tuer ? demande Foster.

– Est-ce que les cochons savent nager ? s'inquiète Rupi.

– J'en ai aucune idée, je réponds, les yeux rivés sur Pablo.

– Vite, que quelqu'un cherche sur Google ! ordonne Bucky.

Rupi est déjà sur son téléphone.

– Ouf, soupire-t-elle quelques secondes plus tard. Ils savent nager ! Ça dit que certains cochons adorent l'eau, comme les chiens, mais que d'autres détestent être mouillés. On peut leur apprendre à nager, poursuit-elle avant de regarder l'œuf. Mais si c'était un vrai cochon, je ne crois pas qu'il pourrait sortir de la piscine tout seul.

– Ouais, il ne pourrait jamais grimper à l'échelle, acquiesce Foster.

Ils tournent tous la tête vers moi.

– Quoi ?

– C'est toi qui es responsable de lui, ce soir. Il faut que tu ailles le chercher.

– Je te demande pardon ?

Je regarde la piscine. Il est deux heures du matin et il n'y a plus personne dedans.

– Je ne vais pas plonger dans l'eau, les gars.

– On lui a pas appris à nager ! rétorque Bucky. Il va bientôt mourir d'épuisement.

– Cette histoire prend beaucoup trop d'ampleur, je gronde fermement.

Sauf que je suis choqué de voir que tout le monde reste sérieux, même Foster, qui croise les bras et me fusille du regard.

– Putain, vous allez vraiment m'obliger à faire ça ?

J'enlève mon tee-shirt en poussant des jurons, puis je baisse mon short et retire mes chaussures, car il est hors de question que je rentre chez moi trempé.

– Vous ne méritez pas que je sois votre capitaine, je marmonne avant de plonger dans la piscine.

Heureusement, l'eau est aussi chaude qu'un bain. Je nage jusqu'à Pablo en m'obligeant à avoir des pensées positives.

Règle numéro un million du manuel du capitaine : *Toujours rester patient.*

Je grimpe à l'échelle en tenant Pablo dans ma main.

– Tiens, je dis à Foster en lui donnant l'œuf. Je vais monter me sécher et me rhabiller.

Le regard de Rupi est rivé sur mon boxer.

– Hunter, je vois ton sexe.

Eh oui. Parce que mon boxer est blanc et qu'il est trempé. Je la fusille du regard et ramasse mes vêtements avant d'entrer dans la maison en bougonnant.

À cette heure-ci, beaucoup de gens sont partis, et il n'y a pas de queue pour les toilettes du rez-de-chaussée. Mais la porte est fermée à clé et quand je frappe, une voix rauque grogne : « Foutez le camp, je suis occupé. »

Je monte au premier étage et vais aux toilettes au fond du couloir. La porte est fermée, mais quand je tourne la poignée, je découvre qu'elle n'est pas verrouillée. Je l'ouvre juste à temps pour voir Conor fermer les yeux en empoignant une tête blonde qui est sur son entrejambe.

– Putain, je jouis ! grogne-t-il.

Merde !

Je claque la porte sans me soucier qu'ils l'entendent. J'ai déjà vu des potes en pleine action, mais je n'ai jamais eu l'honneur de voir la tronche qu'ils font quand ils sont en train de jouir. Ce foutu Conor, il a jamais entendu parler d'un verrou ?

Je dirige mon regard sur la porte à l'autre bout du couloir. Je connais le mec qui habite dans cette chambre – Ben quelque chose. Je sais qu'il a une salle de bains privative. Je dégouline sur la moquette et j'ai besoin d'une serviette pour me sécher. La salle de bains de Ben fera l'affaire.

Toutefois, j'ai à peine fait un pas que la porte de sa chambre s'ouvre et que je suis forcé de voir autre chose dont je me serais bien passé.

Mais cette fois, c'est pire que l'orgasme de Conor.

Bien pire.

12

Hunter

Le lundi suivant, je me lève à six heures. Notre entraînement est à sept heures, mais je prends toujours un petit déj avant. Et en général, j'en mange un second après, dans la cuisine de la patinoire. Comme un Hobbit.

Hollis est déjà levé pour rentrer dans le New Hampshire. Parfois, il part le dimanche soir, mais il y a des week-ends où il ne supporte pas de sacrifier le temps qu'il a avec Rupi.

– Salut, je dis en entrant dans la cuisine.

Il répond par un grognement et je fonce sur la cafetière.

– T'en veux ?

Nouveau grognement.

Je décide que ça veut dire oui. Deux minutes plus tard, j'ai une tasse de café fumant à la main et je consulte le planning que la nutritionniste a élaboré pour cette semaine. Karly impose un régime très strict à toute l'équipe. On fait tout le temps des exceptions, mais ce matin, je décide de m'y coller. Je choisis donc de me faire une omelette aux blancs d'œufs et aux légumes.

– T'as faim ? Je me fais une omelette, je dis à Hollis.

– Ouais, je veux bien, je la mangerai en route. Ou plutôt, fais-m'en deux.

– Tu veux deux omelettes ?

– J'ai faim !

– Je commence par t'en faire une, et on verra si on a le temps pour la seconde. Le coach va me tuer si j'arrive en retard, je réponds en lui tendant un couteau et une planche à découper. Allez, au boulot.

Hollis découpe des champignons et des poivrons verts pendant que je m'occupe des œufs. Le reste de la maison est parfaitement silencieux et il fait noir dehors. J'ai l'impression de m'être levé au beau milieu de la nuit, et je ne peux pas m'empêcher de repenser à samedi soir.

Merde.

Ça ne fait aucun doute : Nico a couché avec la nana avec qui il était dans la chambre. En tout cas, il avait baissé son pantalon.

Or, quand on a une copine sérieuse, on ne devrait jamais baisser son pantalon en présence d'une autre femme.

Le truc c'est que… je ne l'ai pas surpris en pleine action. Je n'ai vu que le potentiel « post-coït ». Or, je ne vais pas foutre la merde dans le couple d'une personne que je connais à peine. Demi ne me fait pas encore assez confiance pour me croire sur parole. Si j'allais voir un de mes amis, comme Dean, et que je lui disais qu'Allie le trompe, il me croirait. Parce qu'il sait que je n'ai aucune raison de lui mentir. Mais Demi ne le sait pas, elle. Elle se demanderait pourquoi je fais ça et elle pourrait même penser que je cherche à saboter sa relation pour l'avoir pour moi toute seule, ce qui n'est pas le cas.

– Eh, Mike, je dis en versant le premier mélange dans la poêle.

– Hmmm ? répond-il en découpant un poivron rouge.

– J'ai une question hypothétique à te poser.

– Ok. Dans ce cas, hypothétique-moi.

– Quoi ?

– Ben, tu sais, demande-moi.

– Ok… Imagine que quelqu'un que tu connais est dans une relation sérieuse depuis très longtemps et que tu surprends son copain ou sa copine en train de le tromper.

Enfin, t'es pas certain à cent pour cent que c'est le cas, mais les circonstances sont louches et… Tu sais quoi ? Je suis sûr, en fait. À cent pour cent. Je sais quand un mec vient de se faire sucer. Trois secondes plus tôt, je venais de voir Conor éjaculer.

– Davenport ! gronde Hollis d'une voix menaçante.

– Ouais ?

– Est-ce que tu es en train de me dire que tu as vu Rupi sucer Conor Edwards ? rugit-il, et son visage est plus rouge que le poivron dans sa main. Ça s'est passé quand, putain ? À la fête ? Quand elle a été se recoiffer et…

– Détends-toi ! Je ne parle pas de Rupi ! T'es dingue ou quoi ? Cette nana ne te tromperait jamais. Elle est obsédée par toi. Elle t'a harcelé, mec. Tu sors avec la meuf qui te harcelait.

– Oh, c'est la chose la plus sympa que tu m'aies jamais dite.

– Je parle d'une amie de fac, ok ? Je suis sûr que son mec l'a trompée. Et je me demande si je dois le lui dire.

– Non, rétorque aussitôt Hollis sans la moindre hésitation.

– Pourquoi ?

Je mets la première omelette sur l'assiette de Mike et prépare ensuite la mienne.

– Crois-moi, ne te mêle pas des affaires des autres, mec.

– Mais il la trompe.

– Et alors ? C'est le problème du mec, pas le tien.

– C'est aussi le problème de mon amie, je réponds.

– Ce n'est pas un problème pour elle si elle ne le sait pas, rétorque Hollis.

– Alors, tu fais partie des gens qui pensent que ce qu'on ne sait pas ne peut pas nous faire du mal ? Tu es sérieux ?

– Je te demande juste si ça vaut la peine que tu te mêles des oignons d'une meuf que tu connais à peine. Fiston, voyons.

– Ne m'appelle pas « fiston », mec.

Il m'ignore et avale une énorme bouchée d'omelette.

– Écoute, si c'était l'un d'entre nous, dit-il la bouche pleine, alors je t'aurais dit oui. Tu aurais le devoir de dire quelque chose. Mais cette meuf, tu la connais bien ?

– Pas vraiment. On apprend encore à se connaître.

– Ben voilà. Donc, même si tu lui disais, elle ne te croirait pas. Si un mec que je viens de rencontrer me disait que Rupi me trompe, je répondrais « Fiston, voyons »…

– Je te supplie d'arrêter de dire ça.

– … et je penserais qu'il a un motif secret.

Mike Hollis vient de confirmer mes doutes. Mais peut-être que les hommes sont naturellement cyniques ? Je suis sûr que si je posais la même question aux trois femmes qui vivent dans ma maison, elles répondraient toutes qu'elles voudraient savoir. Sans hésitation.

– Ne te mêle pas de ça, gronde Hollis. Crois-moi. Tu le regretterais.

★ ★ ★

L'entraînement est rude, ce matin. Je suis trempé de sueur et halète comme jamais tandis que je fonce vers la cage. On s'exerce aux deux contre un et les défenseurs doivent tenter d'arrêter un attaquant en pleine échappée. Or, je suis bien plus rapide que Kelvin et Peters. Depuis que l'exercice a commencé, non seulement j'ai réussi à les contourner mais j'ai marqué à chaque fois.

Jusqu'à maintenant, en tout cas. Je lève ma crosse et déroule mon lancé frappé, mais Trenton, le gardien remplaçant, le saisit dans les airs.

Il lève sa visière et me regarde en souriant jusqu'aux oreilles.

– Alors, t'en dis quoi, capitaine ?

– Tu as un gant sacrément rapide, mec. Si tu arrêtais plus de palets avec tes jambières, Boris aurait du souci à se faire pour son poste de titulaire.

Plutôt que de paraître abattu, Trenton semble encore plus déterminé.

– Dans ce cas, je vais m'améliorer, promet-il.

Génial, j'aime sa motivation. Ce gamin va être titularisé en un rien de temps, c'est certain.

Je patine jusqu'au banc et le coach siffle pour annoncer la fin de l'entraînement. Notre coordinateur défensif, O'Shea, demande à quelques défenseurs de rester pour d'autres exercices, mais nous autres sommes libres de partir. Tant mieux, parce que je suis mort de faim. C'est l'heure du second petit déj.

Nos douches sont cool. Chacune est fermée par des murs qui arrivent à hauteur d'épaules, donc on peut se parler sans voir les culs de tout le monde. Dans la cabine à côté de la mienne, Conor passe sa tête sous le jet pour rincer ses cheveux mi-longs et je remarque une trace de morsure sur son épaule. Ce mec.

– Au fait, à propos de ce week-end… je dis, déterminé à avoir d'autres avis sur mon problème.

– Ouais, désolé, ricane Conor. J'ai oublié de verrouiller la porte. Tu aurais dû te joindre à nous, ajoute-t-il en me faisant un clin d'œil.

Je ne peux empêcher ma queue de tressauter. Ça ne suffit pas que des hordes de femmes se jettent sur moi dans les soirées, il faut aussi qu'on me propose des plans à trois ? L'univers a un sens de l'humour sordide.

– Non, je parle pas de la pipe. Je voulais ton…

– *J'ai faim !* crie quelqu'un, nous faisant sursauter.

– Putain, c'est pas vrai, gronde Conor en se tournant vers la porte.

Matt et Facedetronc sont devant la cabine de douche de Jesse Wilkes, agitant Pablo dans les airs. Je n'ai pas peur que l'œuf tombe dans une des douches, car je sais désormais que les cochons peuvent nager.

Jesse n'est pas perturbé par ses coéquipiers. Il verse du shampoing dans sa main et commence à se laver les cheveux.

– Attends cinq minutes, Pablo, répond-il joyeusement.

– Tu ferais ça si c'était un vrai cochon ? s'offusque Matt en le fusillant du regard. Si ton cochon était devant ta porte et te suppliait de lui donner à manger ?

– Ben ouais, bien sûr. J'ai trois goldens retrievers à la maison. Et ils mangent quand je le décide.

Des éclats de rire retentissent dans le vestiaire. Jesse n'a pas tort. J'avais un jack russel quand j'étais petit et il mangeait deux fois par jour, à heures fixes. Mon maniaque de père ne supportait pas qu'il en soit autrement.

Bon sang, il me manque, ce chien. J'avais dix ans quand il est mort et je me souviens d'avoir pleuré non-stop pendant deux jours jusqu'à ce que mon père vienne me dire que les *vrais hommes* ne pleurent pas. Merci, papa.

– Mais il est mort de faim ! lance Facedetronc d'un ton accusateur.

Jesse leur fait un doigt d'honneur et continue à se laver en sifflant tranquillement. Cela dit… il semble se dépêcher. Et en fait, j'ai à peine tourné la tête qu'il s'est rincé et qu'il sort de la douche.

Conor ricane en regardant Jesse se sécher à toute vitesse.

– Mec, je crois qu'ils commencent à croire que c'est un vrai cochon.

– Je sais, c'est dingue.

Je dois avouer que même moi, je ne suis plus sûr que Pablo ne soit qu'un œuf. Je me demande si ce n'est pas un véritable petit garçon.

– Bref, je reprends en me rinçant, j'ai besoin de ton avis.

– Dis-moi, répond Conor.

Ah, ça, c'est une réponse normale, pas comme celle d'Hollis : « Hypothétique-moi. » Bon sang, je ne comprends pas pourquoi il… J'arrête le fil de ma pensée. Il ne sert à rien d'essayer de déchiffrer Mike Hollis. C'est comme chercher à comprendre le vent.

Je me sèche en expliquant rapidement la situation à Conor qui, contrairement à Hollis, hésite pendant plusieurs secondes avant de répondre.

– Je lui dirais, dit-il enfin.

– Ah ouais ? Même si elle risque de me coller une droite ?

– C'est vrai, c'est un risque, mais tu crois vraiment qu'il vaut mieux le lui cacher ? Tu feras quoi si tu la croises avec son mec ? Tu feras comme si de rien n'était alors que tu sais que c'est un enfoiré ?

– Je suis d'accord avec Conor, déclare Foster qui a écouté la conversation. Tu dois lui dire, mec. Et s'il s'avère que tu as tort, tu lui diras que tu es désolé et que tu voulais juste être un bon ami.

C'est précisément ce que je cherche à être. Je déteste l'idée que Demi se fait berner. Nico avait l'air cool quand je l'ai rencontré, mais il était différent à la soirée. Il était lèche-bottes et macho. Cela dit, je ne le connais pas. Il peut être macho sans être infidèle.

J'interroge d'autres coéquipiers et tout le monde semble être d'accord qu'il faut dire la vérité à Demi. Toutefois, ce n'est que lorsque Jesse demande l'avis à sa copine, par message, que je suis convaincu pour de bon. Katie répond aussitôt : « DIS-LE-LUI TOUT DE SUITE, ESPÈCE DE MONSTRE SANS CŒUR !!!!! »

Eh bien… j'ai ma réponse.

13

Demi

Lorsque je sors de mon cours de bio, je vois que j'ai un message d'Hunter. On est censés se voir pour une session ce soir, mais apparemment, il annule.

HUNTER : Faut que j'annule, pour ce soir. J'ai un truc de dernière minute à Boston.

MOI : Ça fait à peine 2h qu'on a fixé ce rendez-vous !

LUI : Ouais, mais je viens de recevoir un message d'un ami, et maintenant je dois annuler.

MOI : J'exige de savoir pourquoi.

LUI : Y a un match des Bruins.

MOI : C'est vrai, ça, ou tu veux juste éviter d'avoir à bosser. Parce que tu étais chelou ce matin. Même TJ l'a remarqué.

LUI : J'étais pas chelou, et y a vraiment un match. T'as qu'à vérifier sur Google.

MOI : Ok, je te crois. T'y vas comment ?

LUI : Je me téléporte, bien évidemment.

MOI : Espèce d'enfoiré. Tu y vas en voiture ?

LUI : Ouais. Pourquoi ?

MOI : Tu pars à quelle heure ? Tu peux m'embarquer ?

J'attends sa réponse en croisant les doigts. En covoiturant avec Hunter, je pourrai aller voir mes parents que je n'ai pas vus depuis début septembre. On est déjà mi-octobre et je n'ai pas encore eu le temps d'aller à Boston. Je n'ai pas de voiture, un Uber coûterait trop cher et les bus prennent trop de temps.

Plutôt que de m'écrire, Hunter m'appelle.

– Pourquoi tu dois aller à Boston ?

– Mes parents habitent là-bas. À *Beacon Hill.*

– Ma chère… !

– Roh, tu peux parler, ta famille est bien plus riche que la mienne. Alors, je peux venir avec toi ?

– Ouais. Je pars vers dix-huit heures. Mais si tu veux aussi revenir avec moi, ce ne sera pas avant vingt-trois heures, par là.

– Ça me va. Tu viens me chercher ?

– Ouaip ouaip.

– Ne dis pas ça, s'il te plaît. J'aime pas.

– J'm'en fiche. On se voit dans une heure.

Il raccroche et je souris en regardant mon écran. Hunter m'amuse énormément. C'est un bel ajout à mon groupe d'amis masculins, les Garçons Perdus, comme dit Corinne.

Je me douche et mets une robe d'été vert foncé ainsi que les créoles en or que mes parents m'ont offertes en août pour mon anniversaire.

Je les déteste. Elles sont énormes, et si ça ne tenait qu'à moi, les créoles aussi grandes seraient bannies, dans ce pays. Mais je les mets quand même parce que je veux que maman et papa pensent que je les porte régulièrement. Ils ont tendance à se vexer quand je ne suis pas ravie de leurs cadeaux.

Hunter m'écrit quand il est devant la maison et je ne suis pas surprise de découvrir qu'il conduit une Land Rover flambant neuve. Je monte côté passager et m'installe sur le siège en cuir noir.

– Salut, dit-il.

Il est vêtu d'un maillot de hockey noir et jaune et ses cheveux sont coiffés en arrière.

– Tu as mis du gel ?

– Tu as mis des créoles de la taille du Canada ?

– C'est moi qui t'ai demandé d'abord.

– Oui, j'ai mis du gel.

– Tes cheveux sont luisants, mec.

– Ouais, mais au moins ils resteront en place. Chaque fois que je regarde un match de hockey en live, je suis tellement excité que je me passe sans cesse les mains dans les cheveux et je finis par les arracher. J'ai pensé que du gel éviterait que ça arrive. À toi, maintenant.

– Comment ça ?

– Les créoles, *Semi*. Je pourrais passer ma tête luisante dedans, tellement elles sont énormes. Ha ! En même temps, tu as grandi à Miami… Le *bling bling* est dans tes gènes.

– Faux. Je hais ces boucles d'oreilles. Elles sont plutôt du style de ma mère. Elle adore les créoles et elle pense que tout le monde devrait s'habiller comme elle et porter les mêmes accessoires. Moi, je préfère les petits clous. Au moins, ils ne risquent pas de s'accrocher sur quelque chose et de m'arracher l'oreille.

– Waouh, c'est une vision très pessimiste des créoles.

– Elles sont dangereuses. Je ne changerai pas d'avis.

– Alors, tu fais semblant de les aimer pour faire plaisir à maman et papa ? se moque-t-il.

Sa remarque m'agace, mais il n'a pas tout à fait tort. Surtout lorsqu'il s'agit de mon père. C'est un homme effrayant, le genre tellement impressionnant qu'on ressent forcément le besoin de tout faire pour l'épater.

– Pourquoi Nico ne t'a pas amenée, ce soir ? demande Hunter d'une voix bizarre.

Il parlait sur le même ton, ce matin. Chaque fois que je lui chuchotais quelque chose pendant le cours d'Andrews, il répondait avec cette voix étrange et fuyait mon regard.

Je tourne la tête vers lui, mais il est concentré sur la route et son visage est impassible.

– Il bosse, ce soir.

– Les gens déménagent la nuit ?

– Parfois, ouais. Il est payé davantage quand il travaille après dix-huit heures, donc il ne refuse jamais.

– Je comprends, acquiesce Hunter.

Un blanc s'installe, ce qui ne nous est jamais arrivé. Cela dit, on ne se connaît pas depuis longtemps, donc il fallait que ça arrive, tôt ou tard.

– Je me connecte en Bluetooth à ta voiture, je déclare en tendant la main vers l'écran tactile. Je vais nous trouver une playlist sympa.

Il dégage ma main d'un geste rapide comme l'éclair.

– C'est mort. Aucune femme n'a le droit d'avoir un tel contrôle sur moi.

– De quoi tu parles ? C'est du Bluetooth. C'est inoffensif, je réponds en riant.

– Mouais, ce soir, c'est inoffensif. Mais peut-être que demain tu prendras le contrôle de ma voiture à distance.

– Et comment je ferais ça ?

– T'aurais qu'à hacker l'ordinateur de bord et ordonner à ma caisse de plonger dans un canyon.

– Si seulement je pouvais le faire *tout de suite*, je gronde. Laisse-moi me connecter, bon sang.

Comme je suis une garce, je le fais, qu'il le veuille ou non, en sifflotant joyeusement.

– Tu veux écouter quoi ? je demande quand j'ai fini.

– J'arrive pas à croire que tu viens de faire ça, gronde-t-il en me fusillant du regard.

– Si tu ne choisis pas quelque chose, je vais mettre des chansons Disney.

Il capitule.

– Tu as du hip-hop old school ?

– Ça arrive tout de suite, je réponds en hochant la tête.

Je choisis une playlist et nous passons le restant du trajet à nous défier sur des morceaux Cypress Hill et Run-DMC.

Lorsqu'on arrive au centre-ville de Boston, je suis enrouée et Hunter est rouge d'avoir autant ri.

– Je te pensais pas aussi bonne rappeuse, *Semi*! s'exclame-t-il. Faut qu'on fasse une vidéo YouTube!

– Mon Dieu, jamais de la vie. Je n'ai aucune envie d'être sous le feu des projecteurs, contrairement à toi.

– Moi?

– Quoi, tu aimes ça, non? Tu veux être joueur professionnel quand tu auras fini la fac?

Hunter me surprend en secouant la tête.

– Non. Je ne me suis pas rendu éligible aux sélections et je ne compte pas passer pro après la fac. Les recruteurs essaient de me faire signer depuis que je suis au lycée, mais je leur ai toujours dit que j'étais pas intéressé.

– Pourquoi pas?

– Je le suis pas, c'est tout. Je veux pas que le pays entier me connaisse.

– Attends, mais tu es hyperdoué, non? je demande en fronçant les sourcils. Mes colocs m'ont dit que tu étais le meilleur joueur de l'équipe.

– Je m'en sors pas mal.

J'aime sa modestie, mais ça ne fait que confirmer qu'Hunter s'en sort mieux que «pas mal».

– Je n'ai pas envie de jouer chez les pros, Demi. Tout le monde n'a pas envie d'être célèbre.

Sa réponse est étrange et je ne suis pas convaincue. Toutefois, la dame du GPS nous indique que notre destination est sur la droite.

Je souris tandis que nous descendons la rue où j'habite depuis que j'ai quinze ans. Même après six ans sur la côte Est, ma mère n'aime toujours pas Boston, alors que moi, je suis tombée amoureuse de cette ville dès le premier jour.

À Miami, tout est bruyant, coloré et très fun, c'est sûr, mais ce n'est pas parce que j'ai des origines hispaniques que j'aime le bruit. On vivait dans le quartier cubain de *Little Havana*, avec ses galeries d'art à chaque coin de rue, ses cafés et ses caves à cigares ouvertes toute la nuit. C'est un endroit plein de vie, et c'est presque l'opposé du *Beacon Hill*, le quartier huppé et conservateur où nous vivons à Boston.

Or, si ma nouvelle ville n'est pas aussi criarde que Miami, elle a son propre caractère unique, avec ses maisons en briques rouges et ses ruelles bordées d'arbres. Par ailleurs, contrairement à ce que pense le reste du pays, je trouve l'accent de Boston charmant.

– Nous voilà. Amuse-toi bien avec tes parents, dit Hunter.

– Amuse-toi bien au match.

Je suis contente de voir qu'il attend que je sois en haut des marches du perron pour repartir. La galanterie se fait rare, de nos jours.

Ma mère hurle de joie lorsque je passe la porte. Je ne connais personne qui parle aussi fort qu'elle. Mes amis disent que c'est le sosie de Sofia Vergara, dans *Modern Family*, et ils n'ont pas tout à fait tort. Bien que ma mère ne soit pas colombienne comme le personnage de la série, elle est tout aussi belle et sa voix pourrait faire éclater des verres en cristal.

Elle m'attire dans ses bras en déblatérant des choses en espagnol, elle me serre si fort que j'en ai le souffle coupé.

– Où est papa ? je demande alors qu'elle me traîne dans la cuisine.

– Il est en route. Il vient de finir une opération, donc attends-toi à voir Papa Ronchon.

Je suis habituée à Papa Ronchon. Certains chirurgiens sont heureux après une opération, mais mon père est toujours épuisé, et quand il est fatigué, il est ronchon. Comme un enfant, en fait. Cela dit, il mérite notre indulgence car, après tout, il vient de sauver la vie de quelqu'un. En ce qui me concerne, les neurochirurgiens ont parfaitement le droit d'être chiants.

– Tu as faim ? demande ma mère avant de répondre à sa propre question. Bien sûr, que tu as faim. Assieds-toi pour que je te nourrisse, *mami*. Comment se passent les cours ?

– Bien, je réponds.

Je lui explique le projet sur lequel je travaille avec Hunter tandis qu'elle sort des Tupperware du frigo.

Si je n'avais pas décidé de venir à la dernière minute, je sais qu'elle m'aurait préparé un festin. Au lieu de ça, j'ai droit aux restes du festin qu'elle a cuisiné pour papa hier, et c'est incroyable. Deux minutes plus tard, l'îlot est recouvert de plats majoritairement cubains, avec quelques-unes des spécialités américaines préférées de papa.

Je salive en la regardant mettre chaque plat dans le micro-ondes. Il y a du bœuf aux légumes et aux olives avec du riz sauvage, du poulet à la cubaine dans une sauce aux raisins, des poivrons farcis, des haricots sautés, des pommes de terre au four et les carottes à l'ail dont raffole mon père.

– Mon Dieu, maman, ta cuisine me manque tellement, je m'exclame la bouche pleine, crachant des grains de riz sur la table.

– Demi ! gronde-t-elle.

– Hmmm ? je réponds en mâchant du bœuf épicé.

– De tous les traits de caractère que tu pouvais prendre de ton père, il fallait que ce soit ses mauvaises manières à table ?

– Quoi ? Tu devrais être ravie qu'on aime autant ta cuisine.

– Tu pourrais peut-être l'aimer en mâchant la bouche fermée ? répond-elle. Et laisse des carottes à ton père, gronde-t-elle en frappant ma main lorsque j'essaie de planter ma fourchette dans une carotte.

En parlant du loup, mon père arrive dans la cuisine sans que je l'aie entendu passer la porte, sans doute parce que je fais trop de bruit en mâchant la bouche ouverte.

– Salut bébé, dit-il d'un ton joyeux.

Il passe ses bras autour de mes épaules et m'embrasse sur la tête.

– Coucou papa, je réponds en avalant une bouchée de riz.

Il salue ensuite ma mère, ce qui est toujours génial à voir. Mon père est un homme noir et chauve d'un mètre quatre-vingt-dix-huit, avec des bras et des mains gigantesques. Ses doigts sont très longs, mais étonnamment délicats. En même temps, il faut bien qu'ils le soient pour opérer des cerveaux humains. Quant à ma mère, elle mesure un mètre cinquante-deux, elle est fine avec des seins énormes, de longs cheveux noirs brillants et un caractère bien trempé dont j'ai hérité. Ils forment un couple bizarre, mais adorable. J'adore ma famille. Étant fille unique, je n'ai jamais eu à partager quoi que ce soit avec un frère ou une sœur, y compris l'attention de mes parents.

Papa s'assied en face de moi et se met à engloutir les restes. Maman, qui ne peut rester immobile même une seconde, finit néanmoins par s'asseoir et grignoter une olive pendant que papa nous raconte son opération. Le patient était un ouvrier de chantier dont le crâne s'est fait écraser par une énorme poutre métallique. Il ne portait pas son casque, et maintenant il se pourrait qu'il soit handicapé à vie. C'est affreux et c'est justement pour ça que je ne veux pas être chirurgienne. Enfin, c'est aussi parce que mes doigts se mettent à trembler quand je suis nerveuse et que je n'imagine pas une situation plus angoissante que lorsqu'on doit ouvrir la boîte crânienne d'un humain.

Nous reparlons de mes cours, et mon père me demande de dresser la liste des matières que j'étudie.

– Chimie organique, biologie, maths et psychologies anormales.

– Mon cours préféré était toujours la chimie organique, dit mon père.

– Moi, c'est celui que j'aime le moins, j'admets. Pour l'instant, celui qui me plaît le plus est le cours de psycho. Je trouve ça fascinant.

– Tu étudies la physique, le semestre prochain ?

– Hélas, oui, je réponds en grimaçant.

Mon père éclate de rire.

– Tu vas adorer, tu verras. Et puis, attends d'être à la fac de médecine ! À ce propos, est-ce que tu as réfléchi à ma proposition d'engager un prof particulier pour te donner des cours ? J'en ai trouvé un super, tu n'as plus qu'à me donner ton feu vert.

Je déglutis, mais je ne parviens pas à me débarrasser du nœud dans ma gorge.

– Peut-être au prochain semestre ? J'ai peur que mes notes soient affectées si j'ai moins de temps pour préparer mes exams.

– Ce ne serait que quelques fois par semaine.

Quelques fois par semaine ? Mon Dieu ! Je pensais que je verrais le prof une ou *peut-être* deux fois par semaine !

– Est-ce qu'on peut voir comment je m'en sors aux partiels avant de décider ?

Je retiens ma respiration en attendant sa réponse.

– Ok. Mais je pense vraiment que ce serait bien de prendre de l'avance. Les concours d'entrée sont vraiment difficiles.

– Pour être honnête… je commence en prenant mon courage à deux mains, parfois, ça me fait un peu peur. D'aller en fac de médecine, je veux dire.

– C'est vrai que c'est beaucoup de boulot et de nombreuses nuits blanches. Mais tu verras, ça en vaudra la peine quand tu obtiendras ton diplôme et que tu te feras appeler Docteur Davis.

– C'est toi, Docteur Davis.

– Il peut y en avoir deux, répond-il en souriant.

J'hésite à continuer cette conversation.

– Tu sais, je pourrais quand même être Docteur Davis si j'avais un doctorat en psychologie et pas en médecine.

Il se crispe aussitôt.

– C'est ce que tu envisages ? demande-t-il d'un ton désagréablement surpris.

J'ai envie de répondre que oui, parce que c'est un parcours qui m'intéresse bien plus que la médecine avec ses cours de biologie et d'anatomie. Je préférerais largement étudier la psychologie cognitive et les thérapies comportementales. Toutefois, je ne trouve pas le courage de le dire à voix haute. J'ai besoin de l'approbation de mon père. Ça compte beaucoup pour moi. Peut-être trop, d'ailleurs, mais ça a toujours été comme ça.

– Non, je plaisante, je réponds. Tout le monde sait que ce n'est pas un doctorat qui fait de quelqu'un un docteur ! N'importe quoi.

– Tu m'as fait peur ! s'exclame mon père en éclatant de rire.

Je mâche un énorme morceau de bœuf pour ne plus avoir à parler. Ce n'est pas de bon augure pour moi. La dernière année de licence approche à grands pas et j'ai beaucoup réfléchi à ce que je veux faire par la suite. J'ai toujours pensé aller en fac de médecine, mais un master de psychologie me tente de plus en plus. Je pourrais me spécialiser en psychiatrie, c'est vrai, mais pour être honnête, la psychiatrie me semble trop… clinique. Toute l'attention est portée sur la gestion par les médicaments, et je ne trouve pas passionnant de passer ses journées à rédiger des ordonnances et à calculer des dosages. Je suppose que je pourrais me spécialiser en neuropsychiatrie pour soigner des patients atteints d'Alzheimer ou de sclérose en plaques, mais…

J'ai envie de me concentrer sur le comportement des patients, et pas seulement sur leurs symptômes. Je veux parler aux gens, mais surtout les écouter. Cependant, mon père ne comprendra jamais. Je viens d'en avoir la preuve. J'ai tâté le terrain et il s'est écroulé autour de moi. Ça ne me donne pas envie d'en reparler de sitôt.

14

Hunter

– Mec, ça fait des plombes qu'on s'est pas vus ! s'exclame Dean.

Il m'a pris sous son aile quand j'étais en première année, et je crois qu'il continue de me voir comme son protégé. Pour être honnête, c'est lui qui m'a appris les mauvaises habitudes qui m'ont valu mes ennuis l'an dernier.

« Comment choper les meufs » de Dean Heyward-Di Laurentis devrait être un cours obligatoire pour tous les étudiants en rut. Ce mec s'y connaît en la matière.

Bien évidemment, ça aide quand on a sa tête de top model, avec ses cheveux blonds et ses yeux vert clair.

Summer est un peu la version féminine de Dean, ce qui est assez perturbant, étant donné que j'ai fantasmé à son sujet plus d'une fois.

– Ça fait plaisir de te voir, je réponds. Comment tu vas ?

– Très bien. J'ai une équipe spectaculaire cette année.

Dean entraîne une équipe de hockey féminine dans une école privée de Manhattan. Il avait été accepté à la prestigieuse Harvard Law School, mais il a préféré accepter un poste de prof de sport.

– Cool. Faudrait que je vienne voir un de vos matchs, si ça colle avec mon emploi du temps. Vous ne jouez pas à Boston, parfois ?

– Justement, il y a un tournoi ici, le mois prochain. Je t'enverrai les infos. Tu devrais venir, c'est clair. Allie est venue au dernier match et les filles étaient hystériques. Elles adorent sa série.

La copine de Dean, Allie Hayes, joue dans une série produite par HBO qui a gagné un tas de récompenses. Allie n'était pas nominée pour son rôle, mais ils ont gagné le prix de la meilleure série dramatique, ce qui n'est pas rien.

– Elle est ici ? je demande en cherchant sa tête blonde.

– Elle est dans la loge avec Grace. Elles n'ont pas arrêté de parler depuis qu'on est arrivés et elles sont épuisantes, donc j'ai préféré t'attendre ici.

L'ambiance est électrique dans l'arène, comme toujours lorsque les Bruins jouent à domicile. Je vois des maillots noir et jaune à perte de vue, avec quelques taches rouge et blanc où se trouvent les supporters de Detroit, l'adversaire de ce soir.

Je n'en reviens toujours pas d'être ami avec non pas un mais deux des joueurs du match. Garrett Graham est la star de l'équipe, le meilleur buteur du pays et, sans doute, un des meilleurs joueurs de hockey de tous les temps. J'arrive pas à croire que j'ai joué pendant un an à ses côtés.

Le second ami est John Logan, une autre légende de Briar. C'est sa première saison avec l'équipe. Avant, il était dans le centre de formation des Bruins, donc c'est une sacrée promotion. Il a été spectaculaire dans ses premiers matchs de la saison, et j'ai hâte de le voir aux côtés de Garrett en live. Je regarde tous leurs matchs à la télé, mais ce n'est pas la même chose.

– Fitz squatte toujours chez vous à Manhattan ? je demande à Dean tandis que nous entrons dans l'arène.

– Non, il n'est plus chez Allie et moi. Il est installé dans le penthouse de ma famille et il est tout seul, cette fois. Il doit être soulagé.

– Oh que oui ! Il m'a dit qu'il y était avec ton père, le mois dernier.

– Ouais, ricane Dean. Ils étaient tous les deux dans la garçonnière. Je ne me vois pas vivre avec le père d'Allie. Je parie qu'il me tuerait dans mon sommeil et qu'il enterrerait mon corps dans un bloc de ciment sous leur baraque. On ne me trouverait que des années plus tard quand de nouveaux proprios décideraient de construire une véranda.

– Oh, arrête. Je croyais que tu t'entendais bien avec lui ?

– Plus ou moins, ouais. Mais il m'appelle encore Miss France et il me demande toujours quelle est la marque de mes fringues de luxe. Donc maintenant, chaque fois que j'y vais, je mets un survêtement. Comme ça, il ne peut pas se moquer de moi.

Je me force à ne pas rire. J'adore entendre parler du père d'Allie. Je ne l'ai jamais rencontré, mais il a l'air hilarant.

– Est-ce que ton père aime Fitz ? je demande.

– Tu plaisantes ? Mon père aimerait le mec de Summer, quel qu'il soit. C'est sa princesse et elle ne peut jamais le décevoir. Elle pourrait ramener un tueur en série à la maison et mon père lui demanderait de voir des photos de ses victimes. « Ah, tu as utilisé une scie sauteuse pour lui couper la tête ? Cool ! Tu pourrais me montrer comment tu fais ? » ajoute Dean en parodiant la voix de son père.

– Tu exagères, je réponds en éclatant de rire.

– Pas du tout, mec. Tu te souviens du mec avec qui elle était au lycée ? Tu étais dans la même classe que lui ; le mec avec le tatouage sur le visage. Rickie, ou Ronnie.

– Lawrences, je grommelle.

– Waouh, j'y étais pas du tout.

– Ce mec était un véritable loser. Summer est sortie avec lui ?

– Ouais, pendant sa période rebelle. Maman lui a interdit de faire quelque chose, je sais plus quoi, alors Summer s'est énervée et le week-end suivant, elle a ramené ce tocard au repas de famille. Maman a failli avoir une crise cardiaque, mais mon père était ravi et lui a demandé ce qui l'avait inspiré pour son tatouage.

– Attends, c'était… des étoiles ? je demande, essayant de me rappeler la tête de Lawrence.

– Des oiseaux, ricane Dean. Ils commençaient sur son cou et finissaient sur sa joue et son front.

– Ah oui. Superbe !

On ricane en prenant l'escalator jusqu'aux loges VIP. Je montre au vigile le pass que m'a donné Dean, et ils nous laissent entrer. On est dans la loge réservée aux femmes et aux copines des joueurs, même si la seule concernée est Grace Ivers, la copine de Logan. Elle est en dernière année à Briar et ils habitent dans un appart situé entre Hastings et Boston.

Je crois que je ne lui ai jamais vraiment parlé, mais elle me sourit chaleureusement et me prend brièvement dans ses bras.

Je connais beaucoup mieux Allie, elle se jette sur moi.

– Hunter ! Tu as l'air en forme ! Tu as dû prendre au moins vingt kilos de muscle !

– Pas tout à fait, non, je réponds en souriant. Tu as l'air en forme, toi aussi. Ça te va bien, les cheveux courts.

– Tu trouves ? Dean dit que j'ai l'air d'un lutin.

– Ah ouais ? Je trouve ça chou. Vous êtes venus en train depuis New York ?

– Ouais. On était tous les deux libres, alors on s'est dit pourquoi pas venir encourager les mecs ?

– Vous avez bien fait.

J'avance jusqu'aux vitres qui surplombent la patinoire. Les joueurs sont en train de s'échauffer et je cherche les maillots de Garrett et Logan. Je vois d'abord Logan, Grace ne le quitte pas des yeux tandis qu'elle vient à mes côtés.

– Comment ça se passe, pour lui ? je lui demande. J'ai pas vu ses statistiques de jeu.

– Il s'en sort bien. Pas aussi bien qu'il le voudrait, mais il a fait deux passes décisives dans le match contre Philly la semaine dernière. Il y a déjà de super-défenseurs dans son équipe, donc il ne joue pas autant qu'il aimerait, explique Grace d'une voix triste.

Je ne sais si elle est déçue pour son copain ou si c'est à cause d'autre chose.

– Mince, est-ce qu'il t'en fait baver ? demande Allie, qui a entendu la même tristesse dans la voix de son amie.

– Non, pas du tout. Mais il est un peu à cran. Et moi, je passe beaucoup de temps à la station de radio, donc on ne se voit pas beaucoup. Mais bon, tous les couples traversent des passes difficiles, ajoute-t-elle en souriant timidement. Ça va aller.

– C'est vrai, acquiesce Allie. Mais si t'as besoin qu'on lui fasse entendre raison, dis-le-moi. Je dirai à mon mec de lui casser la gueule.

– Attends, c'est *moi* ton mec, gronde Dean. Je ne frapperais jamais Logan pour toi, Alligator. C'est mon BFF[8].

– Je croyais que c'était Garrett, ton BFF, répond Allie.

– Je croyais que c'était moi, ton BFF ! je râle.

– Bon sang, soupire Dean. Vous êtes tous mes BFF, ok ?

– Au fait, elle est où, Hannah ? je demande.

Hannah Wells est la copine de Garrett et elle était là, au dernier match auquel j'ai assisté.

– Merde, t'es pas au courant ? s'exclame Dean.

– Non, de quoi ?

– Tu sais qu'elle travaillait pour ce producteur célèbre ? Celui qui a travaillé avec Rihanna et Beyoncé, entre autres ?

– Ouais, mais elle n'écrivait pas ses propres chansons. Elle compose, maintenant ?

– Oui, répond Allie. Et un de ces morceaux va être chanté par… Delilah Sparks ! Elles sont dans le studio d'enregistrement en ce moment même ! Hannah dit que sa chanson pourrait même être le single du prochain album.

---

8. Best Friend Forever.

– Waouh, c'est génial.

Je trouve super de voir ce que tout le monde fait après la fac. Dean est coach, Allie est à la télé et Hannah passe ses journées avec les plus grands artistes du moment. Cependant… pour moi, voir Garrett et Logan sur la patinoire du TD Garden, aux couleurs de notre ville, est la plus belle réussite de toutes.

Mon rêve a toujours été d'être joueur de hockey professionnel. Quand j'en ai parlé à mes parents pour la première fois, mon père était furax parce qu'il s'était toujours dit que je travaillerais dans son entreprise avant d'en prendre la direction. Mais quand il a découvert que j'étais doué pour ça et qu'il n'était pas impossible que je réussisse et que je gagne une fortune en jouant au hockey, il s'est mis à m'encourager et à me soutenir.

Donc oui, c'était mon rêve. Puis… j'ai changé d'avis. J'ai compris que le style de vie d'un joueur de NHL[9] n'était pas pour moi. C'est trop décadent et destructeur, et je ne me fais pas confiance.

Néanmoins, ce n'est pas parce que je sais que je ne serai jamais à leur place que je ne peux pas être content de voir mes amis jouer. Tout le monde crie dans la loge, et la foule est en délire quand Garrett envoie un rebond sur la crosse de Logan. Il lève aussitôt sa crosse et marque son premier but de la saison. Grace se lève d'un bond et son visage s'illumine tandis qu'elle hurle de joie.

Je me demande si je rencontrerai un jour une femme qui me regarde avec autant de fierté. Une femme qui, face à une « passe difficile » comme dit Grace, travaillera avec moi pour la surpasser au lieu de simplement claquer la porte. Ce n'est pas parce que je ne cherche pas une relation stable maintenant que je n'espère pas quelque chose de sérieux dans le futur.

---

9. National Hockey League.

D'un autre côté, certaines relations sont désastreuses. Il n'y a qu'à voir celle de Demi. Elle est folle amoureuse de son mec, qui n'a aucun scrupule à la tromper.

Bon sang, je ne lui ai toujours pas dit. J'ai eu toute la journée pour le faire, putain. On était assis côte à côte en cours de psycho, ce matin, et on a passé une heure ensemble en voiture ce soir. Or, chaque fois que j'ai ouvert la bouche pour lui dire la vérité, les mots n'arrivaient pas à sortir.

Je le lui dirai sur le trajet du retour. Je n'ai pas le choix.

★ ★ ★

Comme une poule mouillée, j'attends la dernière minute pour aborder le sujet avec Demi. Je suis passé la prendre chez ses parents et je l'ai laissée parler pendant tout le trajet, me contentant de hocher la tête et de sourire en essayant de trouver le courage de cracher le morceau. La dernière fois que je me suis retrouvé dans une telle situation, ça s'est retourné contre moi. Mon instinct me dit de fermer ma gueule, mais j'aime beaucoup cette fille, et elle mérite de savoir.

Apparemment je ne suis pas très bon acteur, parce que Demi semble se douter de quelque chose quand nous arrivons sur le campus.

– Bon, qu'est-ce qui t'arrive ?

– Rien, je mens.

– Je pourrais presque croire que je t'ennuie, mais je sais que c'est impossible. Je suis super-divertissante et je viens de te raconter le jour où j'ai rencontré Gigi Hadid à Miami, et je sais pertinemment que c'est une histoire géniale.

– Tu es loin d'être ennuyeuse, ça c'est clair, je réponds en souriant.

– Alors, pourquoi tu es aussi bizarre ? s'agace Demi.

– Je…

Je gonfle mes poumons et prends mon courage à deux mains. C'est parti. Je me lance.

– Il faut que je te dise quelque chose, et j'ai hésité toute la journée à le faire ou pas.

– Ah, qu'est-ce qu'il y a ?

– Euh…

Silence.

– Ok, cool ! Merci, mec !

Finalement, je fais marche arrière.

– Tu sais quoi ? C'est pas important.

Ce ne sont pas mes oignons, je me dis dans ma tête, essayant de me persuader que Nico peut faire ce qu'il veut.

– Je plaisantais, insiste-t-elle. Dis-moi ce qui te tracasse.

– Euh…

Nouveau silence.

– Allez, le moine. Tu vas parler, ou il faut que je te casse la gueule ?

– J'aimerais te voir essayer, je ricane.

– Je suis plus forte que tu ne le crois ! Bon, tu vas me le dire, ou pas ?

– Nico, je déclare avant de changer d'avis.

Mais je m'en veux aussitôt parce que Demi est comme un requin qui a senti l'odeur du sang.

– Quoi, *Nico* ?

– Rien.

Bon sang, j'aurais jamais dû en parler. Et pourquoi met-on autant de temps à arriver sur la Greek Row ? J'ai besoin d'une échappatoire ASAP[10].

– Hunter…

– Bon, ok. Mais… je ne suis que le messager, d'accord ? je demande avant de prendre une profonde inspiration. Je l'ai croisé à une fête, samedi soir, à la maison Alpha Delta.

Demi tripote sa boucle d'oreille en réfléchissant.

– Il est sorti avec ses collègues, samedi. Je pensais qu'ils étaient à Hastings, mais je suppose qu'ils ont pu aller à une fête.

---

10. *As Soon As Possible.* « Dès que possible ».

– Ils y étaient, c'est sûr. Je ne sais pas si c'était ses collègues ou pas, mais Nico était là. On a même discuté.

– Ok... Donc, il a été à une fête, et alors ?

– C'est pas la seule chose qu'il ait faite.

– Qu'est-ce que tu veux dire ?

– Je veux dire que je l'ai vu à l'étage avec une meuf.

Un nouveau silence s'abat dans la voiture. Merde. Je n'aurais jamais dû en parler.

– D'accord, dit-elle lentement. Tu l'as vu avec une fille. Qu'est-ce qu'ils faisaient ?

– Ils sortaient d'une chambre.

– Ils étaient à poil ?

– Ben, non, ils étaient habillés, mais...

Je n'ai pas envie de continuer, mais je me force à dire ce que j'ai vu.

– ... Nico remontait sa braguette.

– Ah.

– Ça ne veut pas dire qu'il s'est passé quoi que ce soit, bien sûr, j'ajoute. Peut-être qu'ils avaient tous les deux besoin d'aller aux toilettes et qu'il a oublié de remonter sa braguette. Mais, en tant que mec...

– En tant que *queutard*, tu veux dire.

– Waouh.

Son insulte me surprend. Elle doit vraiment me détester.

– Dois-je te rappeler que ça fait des mois que je n'ai pas baisé ?

– Dois-je te rappeler la fréquence à laquelle tu baisais l'an dernier ? Tu l'as dit toi-même. Donc, peut-être que tu associes ton propre comportement à ce que tu as vu Nico faire. Peut-être qu'ils ont juste été aux toilettes, ou qu'ils parlaient, ou... Tu ne sais pas s'il s'est passé quoi que ce soit.

– C'est ce que je dis, je marmonne. Je ne sais pas ce qui s'est passé.

On approche du quartier des fraternités et je mets mon clignotant pour tourner. Je n'ai jamais été aussi heureux de voir une maison de sororité sans que je couche avec quelqu'un qui y vit.

– Écoute, je suis désolé, je marmonne. Je n'aurais pas dû te le dire.

Demi ne répond pas, son visage est on ne peut plus froid.

Je m'arrête devant sa maison et laisse tourner le moteur.

– Mais j'ai pensé que tu voudrais savoir. Au cas où.

– Savoir quoi ? Que mon copain parlait à une fille ?

– Non, qu'il était seul avec elle dans une chambre et qu'il remontait sa braguette quand ils en sont sortis. Ne fais pas l'autruche, Demi. Les mecs en couple ne font pas ce genre de truc.

Je regrette aussitôt de lui avoir parlé d'un ton aussi sec, mais Demi ne s'effondre pas, bien au contraire.

– Tu ne sais rien de mon couple, Hunter, crache-t-elle.

– Je sais que tu l'as déjà soupçonné de t'avoir trompée.

– Ouais. Quand on était gamins. Il a grandi depuis.

Tu crois vraiment ?

Je reste silencieux, Demi devine néanmoins ce que je pense.

– C'est vrai ! insiste-t-elle. Et tu sais quoi ? Je n'apprécie pas tes conclusions hâtives et je n'aime pas que tu me fasses flipper pour rien !

– Pour rien ? je ricane. Putain, Demi. Je t'ai juste dit que je l'ai vu remonter sa braguette. Tu en penses ce que tu veux.

15

Demi

Il remontait sa braguette.

Les paroles d'Hunter passent en boucle dans ma tête tandis que je rentre chez moi. Mes colocs sont en train de regarder un film d'horreur dans le noir et je vois des bols de pop-corn éparpillés çà et là. Je ne les rejoins pas, car je ne suis absolument pas d'humeur.

Je fonce dans la cuisine et ouvre le frigo. J'ai besoin de grignoter. Tout de suite. Quand je suis stressée, je mange. C'est une mauvaise habitude dont il faudrait que je me débarrasse, parce que mon métabolisme d'enfer ne va pas durer toute ma vie, mais ma mère à plus de quarante ans et elle peut encore manger ce qu'elle veut quand elle veut, donc j'ai bon espoir. Je saisis un morceau de cheddar et le découpe en cubes avec plus de force qu'il n'en faut.

Je me fiche de ce que dit Hunter. Nico n'a pas pu me tromper. Il est bien sorti samedi soir avec ses amis. Et peut-être qu'ils ont fini à une fête de fraternité. Mais ça ne veut pas dire qu'il a fait quoi que ce soit de louche. Pour autant qu'il sache, Hunter a peut-être vu Nico avec Pippa – il me semble qu'elle était à cette soirée, elle aussi.

Je pose mon couteau et me dépêche d'écrire à mon amie.

MOI : Salut, t'étais à la soirée Alpha Delta, samedi ?

J'attends sa réponse en mettant les cubes de fromage dans une assiette, puis je fouille les placards à la recherche d'une boîte de crackers, que j'empile sur l'assiette.

Quand mon téléphone vibre, je me jette dessus.

PIPPA : Ouais, pourquoi ?

MOI : T'as vu Nico ?

ELLE : Non. Il y était ?

MOI : Peut-être. Quelqu'un dit qu'il l'a vu.

ELLE : Hmmm. Ben, je suis partie tôt, vers 23h. Tu sais vers quelle heure il est arrivé ?

MOI : Aucune idée. Donc, on est d'accord, tu ne l'as pas vu à la fête ?

ELLE : Non.

Je me mords la lèvre. Bon, il n'était pas avec Pippa. Mais ça ne veut rien dire pour autant.

PIPPA : Qu'est-ce qui se passe, D ?

MOI : Tu peux m'appeler ?

Elle m'appelle à peine cinq minutes plus tard. Je monte dans ma chambre avec mon assiette de fromage, coinçant mon téléphone dans le creux de mon cou.

– Est-ce que tu crois que Nico me trompe ? je demande sans même dire bonjour.

– S'il te trompe ? C'est une blague ?

– Non. Quelqu'un l'a vu dans une position compromettante avec une fille, samedi soir.

Pippa éclate de rire.

– N'importe quoi, répond-elle, m'accordant une lueur d'espoir.

– Tu penses ?

– Je le sais. Allez, chérie. Il est dingue de toi.

– Ça ne veut pas dire qu'il ne me trompe pas.

– Crois-moi, Nico ne ferait rien pour mettre votre couple en péril. Il passe son temps à dire que vous allez finir par vous marier. Je le vois mal tout risquer pour se taper une meuf lambda.

Moi non plus. Pippa a raison. Nico parle constamment de notre avenir. Pourquoi ferait-il ça s'il me trompait avec d'autres femmes ?

– Qui t'a dit ça ? demande Pippa.

– Hunter.

– Le joueur de hockey ?

– Oui. Il était à la fête et il a vu Nico sortir d'une chambre avec une fille. Apparemment, il était en train de remonter sa braguette.

Mon aveu est accueilli par un silence, mais il n'est que de courte durée.

– Non. Je n'y crois pas une seconde.

– C'est vrai ? je demande, mais je suis immédiatement soulagée. Alors quoi, tu crois qu'Hunter m'a menti ?

– Peut-être.

– Pourquoi il ferait ça.

– Je parie qu'il veut coucher avec toi.

– On est juste amis, je réponds.

Je revois sa mine torturée quand il m'a dit ce qu'il a vu. Il ne voulait pas me le dire, c'était flagrant.

Mais… peut-être qu'il mentait et qu'il faisait semblant d'être peiné ? Peut-être que c'est une tactique pour coucher avec moi ? Après tout, Hunter m'a avoué qu'il avait fantasmé sur moi, une fois. Et c'est lui-même qui m'a dit qu'il sautait sur tout ce qui bougeait, l'année dernière. Pour quelle raison devrais-je croire ce qu'il dit à propos des femmes et des relations ?

En attendant, je connais Nico depuis qu'on a huit ans. C'est mon meilleur ami.

– Nico t'aime, dit Pippa. À mon avis, Hunter ment, ou bien il a mal interprété ce qu'il a vu.

– Donc, tu crois que je flippe pour rien ?

– Je crois que tu flippes pour rien.

– Merci, meuf. Tu penses que je devrais dire quelque chose à Nico ?

– Je ne sais pas. Ça pourrait provoquer une dispute. Mais si tu as besoin d'en parler pour être tranquille, fais-le. Mais fais attention à ne pas l'accuser. Tu devrais aborder ça comme une blague, genre « Tu devineras jamais ce que j'ai entendu ? ».

– Ouais, c'est une bonne idée.

On raccroche quelques minutes plus tard et je me retrouve assise sur mon lit avec mon assiette sur les cuisses. Je regarde la montagne de fromage et de crackers, mais j'ai perdu l'appétit.

★ ★ ★

NICO : Coucou bébé. On prend le petit dej ensemble ?

Je fixe le message de mon copain pendant cinq minutes avant de trouver le courage de répondre.

MOI : Pourquoi pas, mais je viens de me réveiller. Tu passes me prendre dans 45 min ?

LUI : Ça roule :) Je t'écris quand j'arrive.

Je suis affreusement nerveuse en me préparant. J'ai finalement décidé de l'affronter. Je n'ai pas le choix, parce que si je ne dis rien, ça va me ronger jusqu'à ce que je ne puisse plus le regarder sans me demander s'il me trompe.

Hunter a forcément raison. Comme l'a dit Pippa, soit il ment, soit il a mal interprété ce qu'il a vu. J'espère que c'est la deuxième option, parce que j'aime notre amitié et que je n'aime pas l'idée qu'il a mis au point un tel stratagème pour pouvoir coucher avec moi. Ce serait vraiment minable.

Nico m'écrit quand il est dehors et lorsque j'ouvre la porte, je me détends instantanément en voyant son beau visage et ses superbes fossettes. J'adore ce sourire et j'adore ce mec. Nico est… c'est mon premier amour. J'aurai toujours cette réaction en le voyant. Ce n'est pas parce que j'ai parfois douté de lui que notre couple ne fonctionne pas.

– Salut, *mami*.

Il me prend dans ses bras et m'embrasse avec la langue.

C'est sans doute un peu trop passionnel pour un baiser à huit heures du mat, mais Nico est toujours aussi fougueux. C'est son côté cubain. Il ne peut pas faire autrement.

– Tu es belle à croquer, déclare-t-il en se léchant les babines.

– Toi aussi, mais je crois que je préfère quand même croquer de la vraie nourriture.

– Tu préfères toujours la vraie nourriture.

– C'est vrai.

– C'était comment à Boston, hier soir ? demande-t-il tandis qu'on descend les marches du perron.

– Super. Mes parents étaient déçus que tu ne sois pas là.

– Moi aussi. Mais il fallait que je travaille. Peut-être qu'on pourra aller les voir avant Thanksgiving ?

– J'en doute. J'ai mes partiels et, début novembre, la sororité organise ce gala pour le refuge animal.

Il prend ma main alors que nous approchons du trottoir.

– Cool, tu as le camion du boulot…

C'est un de ces utilitaires blancs de la compagnie de déménagement, avec son logo rouge et noir sur le flanc.

– Je sais que ce n'est qu'à dix minutes, mais ça te dérange si on y va en voiture ? Je n'ai qu'une heure pour manger.

– Ton premier cours n'est qu'à quatorze heures, je lui rappelle.

– Je sais, mais il faut que j'aille au boulot. J'ai dit à Frank que je l'aiderais sur un petit déménagement avant les cours.

Il m'ouvre la portière passager et se dépêche de faire le tour de la camionnette pour s'installer au volant.

– Au fait, tu as parlé à Frank de vendredi prochain, hein ?

– Vendredi… dans quinze jours ?

– Ouais, c'est la crémaillère de Corinne. Tu étais censé dire à Frank que tu ne peux pas travailler ce soir-là.

– Ah, ouais. Désolé, j'ai oublié parce que c'est dans longtemps. Mais je lui en ai parlé, oui. Il m'a promis que j'aurais fini pour dix-neuf heures.

– Cool, je réponds en attachant ma ceinture. Son appart est chou, tu ne trouves pas ?

– Honnêtement, je ne sais même plus. J'ai fait tellement de déménagements que les baraques finissent par toutes se ressembler. Ah, au fait, je t'ai acheté quelque chose.

– C'est vrai ?

– Avec Darius, on mangeait un burger en ville, l'autre jour, et le resto avait une de ces machines dans lesquelles tu mets une pièce pour avoir un jouet dans une petite sphère en plastique. Ça m'a coûté un dollar, mais… il fallait que je te l'achète.

Il ouvre la boîte à gants et fouille dedans avant d'en sortir un œuf jaune.

Curieuse, j'ouvre l'œuf et un petit sachet tombe sur mes cuisses. Je ne peux que sourire. Le sachet contient des boucles d'oreilles en plastique – d'énormes créoles rouges à pois blancs.

– Je sais combien *tu adooores* les créoles, se moque-t-il.

– Oh, tu es affreux, je râle.

Toutefois, je ne peux pas m'empêcher de sourire, parce que ce cadeau signifie que Nico pensait à moi alors qu'il était avec ses amis, et qu'il a sacrifié un dollar pour m'offrir quelque chose qui me ferait sourire.

– Je les adore, je déclare avant de me jeter sur lui de façon théâtrale.

– Et elles sont en plastique, en plus. Si elles s'accrochent quelque part, elles casseront avant que ton lobe ne soit déchiqueté.

Il me connaît si bien.

Il démarre et, à peine une minute plus tard, on se gare dans le parking derrière le réfectoire. Mes repas sont gratuits étant donné que je vis sur le campus, mais ce n'est pas le cas de Nico qui doit payer son petit déjeuner. Il prend donc une assiette de pain grillé, tandis que j'empile des œufs, du bacon et des saucisses sur mon plateau, puis on s'installe à une petite table au fond de la vaste salle au plafond cathédrale.

Ça fait dix minutes qu'on mange quand je décide d'aborder le sujet.

– Eh, je voulais te demander quelque chose.

– Hmmm ?

– C'est juste... honnêtement, je ne t'accuse de rien, donc ne le prends pas mal.

Nico pose sa fourchette et me regarde en fronçant les sourcils.

– M'accuser ? Qu'est-ce qui se passe ?

– Euh... ben... quelqu'un m'a dit quelque chose, et je voulais t'en parler.

– Me parler de quoi ?

Merde, qu'est-ce que je fais ? Pourquoi je fais ça en public ? Et si ça se passait mal ?

Néanmoins, je me suis lancée, et il faut que j'aille jusqu'au bout.

– Quelqu'un t'a vu à la soirée Alpha Delta, le week-end dernier. Avec une fille.

– Quelqu'un m'a vu avec une fille... Tu peux préciser ?

– On t'a vu sortir d'une chambre avec elle, et apparemment tu étais en train de remonter ta braguette.

Ses yeux deviennent brillants de colère.

– Qui a dit ça ?

– Ce n'est pas important.

– Bien sûr que si. Je veux savoir qui colporte de fausses rumeurs à mon sujet.

J'étudie son visage. Il semble sincèrement contrarié et son déni me paraît sincère. Toutefois, je n'ai pas envie de balancer Hunter.

– Une meuf qui était à la soirée l'a dit à une de mes colocs, qui me l'a dit. Mais on se fiche de savoir comment je l'ai su. Je voulais juste être sûre que… Tu dis qu'il ne s'est rien passé ?

– Bien sûr que non.

Je crois qu'il dit la vérité.

– Mais tu étais à la fête ?

– Ouais, on y est allés avec Steve et Rodrigo et deux autres mecs du boulot. Je t'ai dit que je passais la soirée avec eux.

– Oui, mais tu ne m'as pas dit que tu allais à une fête à deux maisons de la mienne.

– Je t'ai dit que je traînais avec les mecs, et c'est vrai. On est allés à plusieurs soirées, dit Nico d'un ton irrité. On a fini là-bas, mais il était tard et je ne voyais pas l'intérêt de t'appeler. J'ai bu quelques verres, je me suis marré avec les mecs, et la seule meuf à qui j'ai parlé c'est Carla, la sœur de Roddy. C'est sans doute avec elle qu'on m'a vu. Je l'ai accompagnée aux toilettes à l'étage, parce que la queue pour celles du bas était interminable.

Tout ça paraît parfaitement plausible.

– Carla s'est occupée de ses affaires, et je me suis occupé des miennes. Je ne me souviens pas d'avoir remonté ma braguette, mais si c'est le cas, c'est que j'avais oublié de la remonter avant, c'est tout.

Nico ne semble pas sur la défensive. Il se défend, certes, mais je n'ai pas l'impression qu'il cherche à me convaincre de quoi que ce soit.

– La personne qui t'a dit ça a mal interprété la situation, c'est tout.

– C'est ce que j'ai pensé. Je voulais juste t'en parler parce que… Ben, parce qu'il vaut toujours mieux être honnête et se dire les choses.

– Je suis d'accord, répond-il en attrapant sa fourchette d'un geste agacé. Mais je n'aime pas savoir que les gens racontent des conneries sur moi.

– C'est pas du tout ça, je promets. C'est juste une amie qui a pensé bien faire, c'est tout.

– Une amie qui voulait foutre la merde, tu veux dire. Qui te l'a dit, déjà ?

– Je te l'ai dit. Je ne connais pas la meuf qui était à la fête.

– Mais laquelle de tes colocs de sororité te l'a dit ?

– Peu importe. Elle me l'a dit parce qu'on se protège les unes les autres. Si ça peut te rassurer, elle ne pense pas que tu m'as trompée, elle non plus.

Nico semble satisfait.

– Tant mieux. Et je suis content que tu l'aies pas cru, toi non plus, dit-il en tendant la main pour prendre la mienne. Tu sais que je ne te ferais jamais ça.

16

Demi

Le lundi suivant, je suis à deux doigts d'annuler ma session avec Hunter. On ne s'est pas parlé depuis la semaine dernière, à notre retour de Boston, et il ne m'a écrit que pour savoir si ça tenait toujours pour ce soir. Pourtant ce projet compte pour moi et je veux avoir une bonne note, donc je dois continuer à le voir toutes les semaines.

Peut-être qu'Hunter cherchait sincèrement à me protéger en accusant Nico, mais tous ceux à qui j'en ai parlé cette semaine m'ont assuré que ce qui s'est passé avec cette fille était innocent. Quand on était dans un des bars du campus, il y a quelques jours, Darius m'a pris à part pour parler.

– Écoute, j'étais pas à cette fête, mais je peux quand même te dire que c'est des conneries.

J'apprécie que ce soit venu de Darius. Les collègues de Nico l'ont défendu, aussi, mais je ne les connais pas aussi bien que Darius. Et puis… je ne l'avouerais jamais à personne, mais je trouve Steve et Roddy lourdingues. Je pense qu'ils défendraient Nico, qu'il soit innocent ou pas, parce qu'ils ne vivent que pour le *bro code*. Or, Darius est ami avec nous deux, donc je sais qu'il ne me mentirait pas.

En attendant, Nico a été particulièrement attentionné depuis que je lui en ai parlé. Peut-être trop, même. Je fais de mon mieux pour ne pas voir ça comme un signe qu'il a besoin de se faire pardonner quelque chose et je m'efforce de tourner la page. Il m'a dit qu'il ne s'était rien passé, et j'ai dit que je le croyais. Cela implique que je dois mettre mes doutes de côté.

Je suis sur les nerfs en attendant l'arrivée d'Hunter, j'engloutis un paquet de chips pour tenter de me calmer.

HUNTER : Josie m'a ouvert. Je monte.

Il frappe à la porte de ma chambre une seconde plus tard.

– Entre, je crie entre deux bouchées.

Il passe la porte, les pouces glissés dans les poches de son jean déchiré. Il n'est pas skinny, mais il met en valeur ses longues jambes, et son tee-shirt à manches longues est collé à son torse musclé. Ses cheveux sont ébouriffés et ses joues rougies.

– Y a du vent, dit-il en se passant la main dans les cheveux.

– Ils annoncent de l'orage, ce soir.

– Tant mieux. On est mi-octobre, comment peut-il faire aussi chaud ?

– C'est le réchauffement climatique, je réponds.

– Ouais, ça craint.

Merde. Ça s'annonce compliqué, on parle de la météo, bon sang. Et il n'a pas levé les yeux de ses Timberland. Les moqueries et les blagues dont on a l'habitude ne sont clairement pas à l'ordre du jour.

Quand Hunter s'installe sur la causeuse, il ne s'allonge pas comme il a coutume de le faire. Il reste assis, et crispé.

– Bref. Allons-y.

– Tu pourrais être un peu plus enthousiaste, je gronde.

– Toi aussi, rétorque-t-il.

Je pose brusquement le paquet de chips sur la table de chevet. Ok, c'est comme ça que ça va se passer. J'ouvre mon classeur et tourne les pages jusqu'à la prochaine feuille vierge.

Au bout de plusieurs séances, je suis presque sûre d'avoir affaire à un trouble narcissique. Dick Smith répond à tous les critères. Or, le problème dans ces cas-là, c'est que les narcissiques en question ne savent pas qu'ils le sont, donc le thérapeute dépend entièrement des informations dont son patient veut bien lui faire part. Par ailleurs, le fait que les narcissiques ont tendance à réécrire les événements dans leur tête rend le diagnostic encore plus difficile à établir.

Le psy doit donc poser les bonnes questions. Il faut parvenir à repérer les éléments-clés de langage et déceler des schémas de pensée, comme le fait que le patient décrit une interaction qui ne colle pas à la réaction qu'il a eue. Et c'est sans parler du traitement. Si un narcissique ne sait pas qu'il l'est, comment est-on censé traiter son narcissisme ?

– Donc, pourquoi pensez-vous que vous êtes ici ? je demande à mon faux patient.

– Je vous l'ai dit : ma femme voulait que je vienne.

– Mais vous, vous ne pensez pas avoir besoin d'un psy ?

– Non, répond Hunter en croisant les bras et en regardant le plafond. Je n'ai pas de problème.

– Vous n'avez pas besoin d'avoir un problème pour tirer des bienfaits d'une thérapie.

– Les gens qui voient des psys sont des faibles. La seule raison pour laquelle je continue de venir, c'est pour sauver mon mariage.

– Et pourquoi voulez-vous le sauver ?

– On ne divorce pas, dans ma famille, ricane-t-il. Le divorce est un signe de faiblesse : la preuve qu'on est incapable de travailler suffisamment pour atteindre un but.

– Le but étant, dans ce cas précis, de sauver votre mariage.

– Oui.

– Parce que si vous divorcez, ce sera mal perçu par votre famille et vos collègues ?

– Non, parce que j'aime ma femme. Je veux qu'on reste ensemble : pour elle, et pour mon fils.

– Votre *fils* ?

Wouah ! Quel rebondissement ! Ça fait des semaines que j'attends un imprévu comme celui-ci.

Je saisis mon stylo, prête à prendre des notes.

– C'est la première fois que vous mentionnez votre fils.

– Je n'avais pas de raison d'en parler. Mes problèmes de couple n'ont rien à voir avec lui.

– C'est vrai, mais cela m'aurait été utile pour mieux comprendre votre famille, je réponds. J'ai besoin de connaître les faits dans leur intégralité.

Hunter lève la tête et m'étudie attentivement.

– Ah. C'est important de connaître tous les faits, finalement ?

Je me crispe, consciente que c'est à moi qu'il s'adresse, Demi, et non au Docteur Davis.

– Quand les faits sont vrais et pertinents pour la discussion, alors oui. Quand quelqu'un crée des problèmes pour rien, alors non.

– Pour *rien* ? gronde-t-il. Ok. Peu importe. Vous voulez que je parle de mon fils ? Je vais vous parler de lui. C'est un petit con.

Je suis choquée par la violence du dédain dans sa voix.

– Pourquoi dites-vous ça ?

– Parce que c'est un cafteur. Sans lui, ma femme n'aurait jamais su que j'avais couché avec ma secrétaire. C'est lui qui le lui a dit.

– Je vois.

– Il s'est pointé à mon bureau, un jour. C'était les vacances d'été. Il était passé me dire bonjour et il m'a surpris en train de baiser ma secrétaire sur le bureau, explique Hunter, ses traits déformés par son dégoût. Mais est-ce qu'il m'a demandé une explication ? Est-ce qu'il m'a demandé ce que sa mère avait fait pour me pousser à le faire ? Pas du tout, non. Il est vite rentré à la maison et il s'est dépêché de dire à sa mère ce qu'il avait vu.

Cette histoire est horriblement… réaliste. Et la rancœur d'Hunter me dit qu'il n'invente rien.

– Quel âge avait-il ?

– Quatorze ans. Un petit con de quatorze ans qui s'est pris pour un homme et qui a voulu jouer au héros en sauvant sa mère. Eh ben, ça lui a servi de leçon. Kathryn s'en foutait. Bien évidemment, qu'elle n'allait pas me quitter ! Vous m'avez vu ? Je suis beau et riche. Elle ne trouvera pas mieux que moi. Mon père pensait agir correctement, mais il a vite compris que tout le monde se fichait de son avis.

Hunter secoue la tête, furieux.

– Et ça lui a foutu la trouille, au gamin. Parce que sa mère était déjà au courant de mon infidélité, et des précédentes, et elle l'a supplié d'oublier, parce que son père était un bon père et un bon mari, et un bon parti. Quand il a voulu la contredire, elle l'a traité de fouteur de merde et elle lui a fait croire qu'il avait mal agi en lui disant la vérité. Et donc, des années plus tard, quand il a été témoin de quelque chose qui pouvait blesser une autre femme, son instinct lui a dit de fermer sa gueule, gronde-t-il en me fusillant du regard. Et il lui a fallu tout son courage pour parler. Il a demandé à ses amis s'il devait le faire, s'ils voudraient savoir la vérité, eux, alors que dans un coin de sa tête, une petite voix lui criait de ne pas s'en mêler et que ça allait se retourner contre lui, *encore une fois*. Et c'est justement ce qui s'est passé.

Un silence de plomb s'abat sur la pièce. Hunter est furieux, je ne sais pas si c'est envers moi, envers lui-même ou envers le monde entier. Il se passe la main dans les cheveux et son visage redevient impassible.

– Hunter… Tu… tu as dit à ta mère que tu avais surpris ton père en train de la tromper ? Et… donc attends. Tout ce que tu décris dans nos sessions s'est vraiment produit ? Tout ça t'est arrivé ? C'est ton père qui…

Je ne termine pas ma phrase, car mon cerveau passe en revue toutes les anecdotes qu'Hunter m'a racontées, essayant de déterminer lesquelles sont vraies et lesquelles sont fausses. J'ai compris que son père lui a servi d'inspiration pour le narcissique qu'il incarne, mais qu'a-t-il inventé ?

– Peu importe, marmonne Hunter en se levant. Je voulais juste être un bon ami. Mais tu sais quoi ? Tant pis. On a fini pour aujourd'hui. On se voit la semaine prochaine.

Je ne peux rien faire d'autre que le regarder partir. J'ai envie de le suivre, mais j'ai encore le cerveau en bouillie. Je parcours mes notes, relisant l'histoire de Thanksgiving, toutes les infidélités, le manque de courage de sa femme et la façon qu'a mon patient d'ignorer tous ceux qu'il pense inférieurs à lui. C'est donc la famille d'Hunter ? À quel point a-t-il exagéré ?

La seule chose dont je sois sûre, c'est l'agonie dans sa voix au moment où il m'a raconté ce qu'il avait rapporté à sa mère, et quand elle l'a traité de fauteur de troubles alors qu'il voulait la protéger.

Et je lui ai dit la même chose. Je l'ai accusé de foutre la merde.

Merde. Je soupire et me frotte le visage, rongée par la culpabilité. Peut-être que ses intentions étaient bonnes, après tout.

Mais… il se trompe, bon sang.

★ ★ ★

Le vendredi suivant, nous allons chez Corinne pour sa pendaison de crémaillère. Elle n'aime pas les foules et ne voulait pas de fête, mais Pippa et moi l'avons convaincue d'organiser une soirée, et elle a accepté à condition qu'on reste entre nous.

Nico passe prendre Darius, Pippa et moi au campus. Étant sa copine, j'ai ma place attitrée à l'avant, laissant Darius et ses deux mètres à l'arrière de la petite voiture.

– Allez, D, râle-t-il. Mon corps mérite d'être à l'avant et tu le sais.

– Si tu es sage, je te laisserai peut-être la place au retour.

Je sors mon téléphone pour écrire à Corinne et découvre que la batterie est morte. Merde, j'ai oublié de le charger avant de partir.

– Tu peux dire à Corinne qu'on est en route ? je demande à Pippa.

– Ça marche.

Je range donc mon téléphone dans mon sac. Nico conduit d'une main, posant sa main libre sur ma cuisse. Il me caresse à plusieurs reprises durant le trajet et lorsqu'on est arrêtés à un feu rouge, ses doigts glissent sous ma jupe. Je lui réponds par un regard qui lui dit qu'il est incorrigible, et il me fait un clin d'œil.

Nous ne sommes pas les premiers à arriver et je découvre un groupe étrange composé de joueurs de basket, d'une fille qui fait du yoga avec Corinne et de quelques étudiants de son cours de maths. Corinne est en licence d'économie, c'est une geek des maths, tout comme ses camarades de classe. L'un d'eux est carrément en costard-cravate.

– Tu sais que tu es à une fête, n'est-ce pas ? je me moque lorsqu'on est présentés.

Il s'appelle Kyler et il est en dernière année.

– La cravate est de trop ? demande-t-il d'un ton ironique.

– Légèrement.

Je discute avec lui et Nico me rejoint, prenant ma main dans la sienne. Il fait ça, parfois. Il a besoin de marquer son territoire quand je parle avec un autre mec. Parfois, je trouve ça mignon. Mais d'autres fois, comme ce soir, quand j'essaie de parler à différentes personnes, le fait qu'il soit collé à moi est gênant.

Agaçant, même.

Corinne a installé une table dans le salon et chacun y dépose la bouteille qu'il a apportée. J'ai l'intention de boire, ce soir, et je ne perds pas de temps à lancer la première tournée de shots.

– Allez, les gars, je crie en faisant signe aux onze convives d'approcher.

Nico est partant, bien sûr. Même s'il préfère le rhum, il remplit les verres et je les distribue à tout le monde.

– À Corinne, et à son nouvel appart génial !

– À la vie d'adulte ! ajoute Pippa.

– À la vie d'adulte !

La tequila brûle ma gorge et me donne instantanément chaud. Quelqu'un met de la musique, et Nico et moi allons nous asseoir sur le canapé. Pippa est assise sur les genoux de Darius, qui lui caresse les cheveux. Ils ne sont pas ensemble, mais ils flirtent chaque fois qu'ils sont dans la même pièce. J'ai essayé de les maquer il y a quelques années, mais ça n'a pas marché. Je crois qu'aucun ne veut une relation sérieuse, donc leur petit arrangement marche à merveille.

Corinne est en train de parler à Kyler tandis que les autres sont agglutinés près de la table. Darius saisit la télécommande sur la table basse et allume la télé.

– Oh, j'adore ce film ! s'exclame-t-il.

– Tu sais que c'est un film de meufs ? répond Nico.

– Si c'est pour les meufs, pourquoi y a Scarlett Johansson, dedans ? rétorque Kyler. Je doute que les meufs se masturbent en pensant à elle aussi souvent que moi.

On éclate de rire et Kyler rougit. Je le trouve plutôt mignon, je me demande si Corinne et lui sont en train de flirter. Faut dire qu'il est quasiment collé à elle.

– Mince, il était dans quoi, cet acteur ? demande Pippa lorsqu'un beau gosse apparaît à l'écran. Il était dans ce film à propos d'un téléphone, non ?

– C'est la chose la plus vague que j'ai jamais entendue, se moque Darius.

– Tu vois de quel film je parle, non, Demi ?

J'étudie l'écran.

– C'est Chris Evans ?

Pippa hoche la tête.

– Je suis sûre qu'il était dans le film du téléphone. Il est sorti il y a quelques années avec cet acteur britannique, et cette femme, et…

– Bon sang, Pippa, tu peux pas être moins précise ? s'exclame Darius.

– Attends, je crois savoir de quel film tu parles, je réponds. Merde. Je sais plus comment il s'appelle, moi non plus. Bébé, tu peux me filer ton téléphone pour que je cherche ?

Nico sort son iPhone de sa poche et me le donne. Il n'y a pas de code pour le déverrouiller, ce qui est une preuve de plus que les accusations d'Hunter sont bidon. Pourquoi Nico me donnerait son portable s'il avait quoi que ce soit à cacher ?

Les données de Nico ne sont pas illimitées, donc je vais dans ses réglages avant de lancer ma recherche.

– Eh, Corinne, c'est quoi ton Wifi ?

– Cwiley22, répond-elle. Le mot de passe c'est A majuscule, F minuscule…

– C'est bizarre, j'interromps, ça s'est connecté tout seul.

Un malaise s'empare de moi tandis que je regarde Nico, qui fronce les sourcils.

– Ah, tu sais quoi, il a dû enregistrer le réseau quand on t'a aidée à emménager, dit-il à Corinne.

– Ah oui, sans doute, répond-elle.

Je hoche lentement la tête et ouvre le moteur de recherche pour… pour quoi, déjà ? Ah oui. Chris Evans. Mes doigts tremblent pendant que je lis sa filmographie.

Quelque chose me tracasse, mais je ne sais pas ce que c'est. Je savais que Nico et ses collègues ont aidé Corinne à déménager. Il ne me l'a pas caché, et elle non plus. Et bien sûr, elle a dû lui donner ses codes Wifi, parce que comme ses données sont limitées et qu'il a dû passer quelques heures ici, il a dû vouloir se connecter et…

C'est alors que ça me frappe, je sais ce qui me travaille.

Corinne n'a fait installer le Wifi qu'une semaine après avoir emménagé. Quand je l'ai aidée pour son dressing, elle ne l'avait pas encore.

Donc, quand Nico est venu trois jours avant, elle ne l'avait pas non plus.

J'ai affreusement froid, tout à coup.

– Demi, c'est quoi le nom du film, alors ? s'impatiente Pippa.

J'ai du mal à respirer tandis que je me concentre sur ma recherche.

– *Cellular*, je marmonne.

– Ah ! Tu avais raison, ça parle bien d'un téléphone ! s'exclame Darius.

– Tu vois, je te l'avais dit.

Tout le monde se remet à parler et je lâche le portable de Nico sur ses cuisses. Il plonge son regard dans le mien et semble inquiet.

– Bébé ?

J'ai du mal à retrouver ma voix. Je ne sais pas quoi dire. Corinne parle toujours à Kyler, mais je ne sais pourquoi, je sais qu'elle nous écoute.

Je me mets à trembler. Pourquoi le téléphone de Nico s'est-il connecté au Wifi ? Ça implique qu'il est revenu depuis qu'il l'a déménagée, mais pour quelle raison ? C'est mon amie, pas la sienne. Je ne serais pas surprise qu'il voie Pippa sans moi, mais pas Corinne.

La tequila tourbillonne dans mon ventre. Merde, je vais vomir ? Sérieusement ?

– Demi, qu'est-ce qui se passe ? insiste Nico.

Je me force à le regarder dans les yeux.

– Corinne n'a fait installer le Wifi qu'une semaine après avoir emménagé.

Pendant une fraction de seconde, je crois le voir paniquer. Mais c'est tellement rapide que je ne peux pas être sûre de ce que j'ai vu.

– Ok, dans ce cas, c'est bizarre, répond-il. Je me demande pourquoi ça s'est connecté tout seul, alors.

– Ouais, mois aussi, je rétorque sèchement.

Nos chuchotements attirent l'attention de Pippa.

– Qu'est-ce qui se passe ? demande-t-elle.

– Rien, répond aussitôt Nico.

Mais Pippa me connaît bien. Il lui suffit de voir mon visage et elle vient déjà vers moi.

– Qu'est-ce qu'il y a ? demande-t-elle en nous regardant tour à tour.

J'ouvre la bouche pour parler, mais aucun son ne sort. Je tourne lentement la tête vers Corinne. Son regard coupable me dit tout.

Je me lève d'un bond, la pièce tourne autour de moi. Avec trois shots de tequila dans le bide, il y a de fortes chances que je vomisse, maintenant.

Je déglutis et réussis enfin à parler.

–Vous vous foutez de moi ? je gronde. Depuis combien de temps ?

Corinne fait un pas vers moi.

– C'est pas ce que tu crois…

– Ça fait combien de temps que tu te tapes mon mec, Corinne ? je m'exclame avant de m'adresser à Nico. Ça fait combien de temps que tu te la tapes ?

Tout le monde se tait et on n'entend plus que Scarlett Johansson parler à Chris Evans. Soudain, le film ne me semble plus aussi chou. Au contraire, c'est scandaleux, tous ces gens débiles qui tombent amoureux alors que le mec avec qui je sors depuis huit ans me trompe !

– Merde, marmonne Darius.

Il semble aussi choqué que moi. Je ne pense pas qu'il était au courant. Je crois que personne ne savait que Nico me trompait. Personne, sauf Hunter.

Il a essayé de me prévenir. Il a trouvé le courage de me dire ce qu'il a vu à la soirée et…

–Tu étais à la soirée de fraternité ? je demande à Corinne.

– Quoi ?

– Il y a deux semaines, la soirée Alpha Delta. Tu étais là-bas avec Nico ?

Elle secoue la tête.

– Non, je te jure que non. Je révisais avec Kyler et Ahmed pour notre devoir de maths.

Elle désigne ses amis qui confirment son alibi.

– On était tous les trois, acquiesce Kyler, gêné.

– Ça fait combien de temps que ça dure ? je demande froidement.

– Ça n'est arrivé qu'une fois, dit-elle. Une fois, je te le promets.

Mon estomac se noue davantage. Je ne veux plus rien entendre. C'est trop.

Je me force à déglutir et marche d'un pas rapide vers la porte.

– Demi, s'il te plaît, reste ! Laisse-moi t'expliquer ! supplie-t-il.

– M'expliquer quoi ? je rugis en me tournant vers lui. Tu m'as trompée avec mon amie ! Et encore avec une meuf à la fête ! Avec combien de femmes tu couches, putain ?

– Je ne t'ai pas trompée. Elle ment…

– Eh ! s'exclame Corinne. Je ne mens pas !

Je tourne la tête vers elle et vois qu'elle est en colère contre Nico, elle aussi.

– Je ne mens pas, Demi, me dit-elle d'une voix plus calme. C'est vrai.

Et je la crois.

– Pippa, je dis d'une voix tremblante, appelle-moi un Uber. Maintenant.

Je retiens mes larmes. Mon téléphone est mort, et je suis coincée dans ce fichu appartement avec l'amie qui m'a trahie et le mec qui m'a trompée, et j'ai juste envie de me rouler en boule et de ne plus jamais me lever.

– Je gère, répond Pippa.

– Demi… dit Nico en essayant de saisir mon coude.

Je lui échappe et lui mets une énorme droite. Sa tête valse sur le côté et il pousse un juron enragé.

– Tu m'as frappé, dit-il d'un air vexé.

– Un peu, que je t'ai frappé. Et tu mérites bien pire, espèce d'enfoiré !

– Ton Uber arrive dans deux minutes, m'informe Pippa.

Je plante mon index dans le torse de Nico et le fusille du regard.

– Ne t'avise pas de me suivre, je gronde avant de tourner les talons et de claquer la porte derrière moi.

17

Hunter

C'est vendredi soir, et mes colocs et moi jouons à un jeu de société absurde qui s'appelle « Zombies ! ».

Hollis est rentré pour le week-end, ce qui implique que nous devons l'écouter se chamailler avec Rupi sur le déroulement de la partie. Hollis a tiré une carte Sacrifice, qui le force à sacrifier un membre de notre groupe afin de rapprocher les survivants du lieu sûr. Le seul problème, c'est que l'action la plus avantageuse est de supprimer Rupi. Si elle meurt, on ne perdra pas grand-chose, alors que les autres joueurs ont trop de valeur pour l'ensemble du groupe. J'ai des arbalètes dans mon arsenal, bon sang. Et Rupi n'a rien.

– Bon sang, Mike, bute-la ! s'exclame Summer.

J'éclate de rire en voyant une fille à l'air aussi angélique qu'elle pousser Hollis à tuer une de ses amies.

– Summer ! s'offusque Rupi.

– Quoi ? se défend-elle. Le but du jeu est de faire parvenir le plus de joueurs possible à la station de recherche. Il n'y a qu'une seule carte Sacrifice dans la pioche. Il n'y a qu'un membre du groupe qui va mourir, et il faut que ce soit toi.

– Il faut que ce soit toi, confirme Brenna en buvant une gorgée du chocolat chaud préparé par la bientôt défunte Rupi.

– Mike, gronde Rupi. Je te jure que si tu me tues…

– Bébé.

– Mike.

– Bébé.

– Mike.

– Bébé, soupire-t-il avant de poser la carte Sacrifice devant son jeu.

Rupi pousse un cri, horrifiée.

– Je ne peux pas croire que tu as fait ça !

– Je n'ai pas le choix, proteste-t-il. C'est ce qu'il y a de mieux pour le groupe.

– Et ce qu'il y a de mieux pour *moi*, alors ?

– Tu te comportes de façon très égoïste, bébé.

– Pourquoi ? Parce que je veux que mon mec me protège ? Je n'en reviens pas ! Quand la partie sera finie, je vais…

– Justement, ta partie à toi est finie, déclare Brenna. Il t'a tuée.

Rupi rouspète et quitte la pièce en en rajoutant. Cette nana est la reine du drame. Heureusement pour elle, l'amour de sa vie est le roi du drame. Hollis se lève d'un bond et jette ses cartes sur la table.

– Vous avez vu ce que vous m'avez forcé à faire ! C'est pour ça que je déteste les jeux de société !

Il court après Rupi, nous laissant tous les trois dans le salon.

– Bon, ben il n'y a plus que nous, déclare Brenna d'un ton indifférent.

– On ne peut pas continuer sans lui, je réponds. C'est lui qui a l'antidote pour la seconde mutation. Ah, et c'est le seul qui peut peler un lapin.

– On n'a qu'à redistribuer ses cartes, propose Summer.

– Je crois que la partie est finie, je réponds en posant mes cartes et en reculant dans le canapé.

– Il faut qu'on arrête de jouer avec eux, dit Brenna en prenant son mug.

– C'est clair, acquiesce Summer. Ils sont insupportables.

Je saisis ma tasse et finis mon chocolat chaud. Je n'avais pas la tête à jouer, de toute façon.

Ça fait cinq jours que je pense sans cesse à Demi. Je m'en veux de lui avoir crié dessus et de lui avoir avoué la relation pourrie que j'ai avec mon père. Je la voyais réfléchir à toute vitesse, passant en revue tout ce que je lui ai raconté depuis le début du semestre en cherchant à discerner le vrai du faux.

Hélas, la majorité des anecdotes sont bien réelles. J'ai forcé le trait, bien sûr. Mon père n'est pas méchant avec ma mère, et il ne parle pas d'elle avec le dédain que j'ai décrit dans les sessions avec Demi. Je voulais exagérer certains très narcissiques pour faciliter la tâche à Demi.

Toutefois, les événements que j'ai décrits ont bien eu lieu. J'ai bien surpris mon père en train de se taper sa secrétaire quand j'avais quatorze ans. Je l'ai effectivement dit à ma mère, qui m'a bien répondu de ne pas me mêler de leur mariage. Elle m'a vraiment dit d'être un gentil garçon et de me taire, parce que papa s'occupe de nous et qu'on n'aurait rien sans lui.

C'est ce jour-là que j'ai compris que ma mère n'avait pas assez confiance en elle et que mon père était tout l'inverse.

Néanmoins, je n'aurais pas dû me défouler sur Demi comme ça. Je savais qu'il y avait des chances pour qu'elle ne me croie pas lorsque je lui parlerais de Nico. Je n'aurais pas dû lui dire de cesser de faire l'autruche ni insinuer qu'elle était bêtement naïve.

Elle t'a traité de queutard.

Ah, c'est vrai ! Elle a été aussi garce avec moi que j'ai été con avec elle. On s'est tous les deux comportés comme des imbéciles.

Merde. Je devrais essayer d'arranger la situation. Je regarde mon téléphone sur la table et me ravise.

Un message ne suffit pas.

– Vous savez quoi, faut que j'y aille, je déclare en me levant.

– Tu es sûr ? demande Summer. On pourrait commencer une autre partie.

– Non, je crois que les Zombies ont gagné. Je reviens plus tard.

– Tu vas où ? s'enquiert Brenna.

– Voir une amie.

– Ha ! s'exclame-t-elle. Je savais que tu finirais par craquer.

– Ce n'est pas pour baiser. C'est la fille avec qui je bosse sur le projet de psycho. On s'est disputés, l'autre jour, et je veux régler ça.

– Tu sais, tu peux juste lui écrire, dit Summer.

– Tu sais, tu peux te mêler de tes affaires.

– Ok…

Je n'ai pas bu d'alcool, donc je prends la voiture pour aller chez Demi. Je ne trouve pas de place pour me garer devant chez elle, mais il y en a quelques-unes un peu plus loin. Je me gare et coupe le moteur, et c'est là que j'entends les cris.

Merde.

Je trottine en direction de chez elle et m'arrête brusquement lorsque je vois Nico sur la pelouse de la maison Theta, criant en direction de la fenêtre du deuxième étage.

– Allez, Demi ! S'il te plaît !

Il semble anéanti. J'aurais sans doute pitié de lui si je ne savais pas déjà ce qui se passe. Il a trompé Demi à la fête. Il n'y a aucune autre raison qui expliquerait qu'il soit sous sa fenêtre, la suppliant de le laisser entrer.

– S'il te plaît, *mami*, je t'aime ! J'ai merdé, ok !

Je me cache derrière la haie qui sépare la maison de celle des voisins.

– Va-t'en ! crie une voix aiguë.

Ce n'est pas Demi. Je lève la tête et vois les silhouettes de ses deux amies à sa fenêtre.

– Elle ne veut pas te parler. Rentre chez toi !

– Si tu pars pas, on va appeler les flics, crie la seconde. C'est du tapage nocturne. Les gens essaient de dormir.

– Il est vingt et une heures, un vendredi soir, et vous habitez Greek Row ! grogne Nico. Personne ne dort, Josie. Dis-lui de descendre, bon sang.

– Elle ne veut pas te voir, connard. Tu l'as trompée.

Je le savais.

– Demi, gémit-il d'une voix tremblante.

Cette fois, j'ai pitié de lui. Je connais les narcissiques, j'en ai supporté un toute ma vie. En général, ils sont incapables d'avoir des remords. Et s'ils semblent en avoir, ça a tendance à être un mensonge pour mieux se tirer d'une situation. Ce pourrait être le cas de Nico, mais mon instinct me dit que ce n'est pas ça. Il semble vraiment anéanti.

En même temps, il l'a cherché.

– Demi ! Je vais rester planté ici jusqu'à ce que tu me laisses entrer. Je t'en supplie ! Ça fait des lustres qu'on est ensemble ! Tu me dois au moins une conversation. Tu me dois une chance de m'expliquer…

Un cri horrifié résonne sur les murs des maisons voisines. Un cri si strident que même Rupi Miller ne fait pas le poids à côté.

Demi apparaît à la fenêtre en bousculant ses amies.

– Je te dois quoi ? rugit-elle. Je te dois quelque chose, moi ?

Nico comprend aussitôt son erreur.

– Non, ce n'est pas ce que je voulais dire…

Elle lui coupe la parole.

– Tu m'as trompée avec une de mes amies ! Et encore avec une meuf que tu as rencontrée à une fête !

Mon Dieu, Nico, t'es vraiment un imbécile.

La sympathie que je ressentais pour lui disparaît immédiatement. Peu importe qu'il ait l'air ravagé par la tristesse. Il le mérite.

– C'est fini, crie Demi. Tu m'entends, Nicolás ? Fini !

– Bébé, ne dis pas ça.

– Tu as raison, ça fait des lustres qu'on est ensemble. Je t'ai toujours été fidèle. Mais toi, tu es incapable de l'être. Donc maintenant, pars, s'il te plaît.

– On peut survivre à ça, dit-il. Laisse-moi une autre chance, je t'en supplie. Je ferai tout pour que tu me fasses de nouveau confiance.

– *Mec*! crie une voix d'homme dans une maison voisine. T'es pathétique ! Elle veut que tu te casses !

– Je ne te ferai plus jamais confiance, dit Demi. C'est fini. Je ne veux plus être avec toi. Je ne veux pas être avec un menteur qui me trompe. Je mérite mieux que ça.

Elle a entièrement raison. Je dois être plus tordu que je ne le pensais, parce que je suis étrangement excité de la voir dans cet état. Ses joues sont rouges de colère et ses yeux noirs comme des charbons. Elle fusille Nico du regard, elle est féroce et confiante. Elle est blessée, mais pas vaincue.

– C'est pas fini, dit Nico.

– C'est fini, répond-elle.

– *C'est fini*, crie quelqu'un, suivi par d'autres voisins.

– *Rentre chez toi, connard !*

– *Mec, tu me fais bader !*

Mais Nico n'a d'yeux et d'oreilles que pour Demi.

– Tu ne le penses pas, déclare-t-il.

Quel imbécile ! Il faut vraiment que les mecs arrêtent de dire aux femmes ce qu'elles pensent ou non. Si j'ai appris une leçon au fil des années, c'est que les femmes n'aiment pas qu'on leur dicte leurs pensées.

– Crois-moi, je le pense, rétorque Demi avant de disparaître.

Je me dis que c'est fini, mais elle revient les bras chargés de vêtements.

– Je vais t'aider à faire tes cartons avant que tu partes, gronde-t-elle.

J'éclate de rire en voyant les habits de Nico voler jusqu'à la pelouse, un sweat aux couleurs des Celtics, des tee-shirts, des boxers.

– Je ne veux plus de tes affaires chez moi ! C'est terminé. Prends tes trucs et sors de ma vie.

Je pense de nouveau que c'est fini. Mais Nico, cet immense crétin, dit la chose la plus stupide qu'il aurait pu dire.

– Tu n'as pas intérêt à jeter ma PlayStation par la fenêtre, Demi !

Si ça, ce n'est pas un défi…

Elle tourne les talons et, cette fois, elle ne revient pas.

Ah bon. Peut-être qu'elle a décidé de lui épargner sa Play. Nico semble le croire, parce que je vois ses muscles se détendre. Il avance d'un air lugubre et commence à ramasser ses fringues sur la pelouse.

Je présume que tout est réglé, car il n'y a plus un bruit et Nico a récupéré ses affaires, lorsque la porte de la maison s'ouvre et que Demi en surgit, les bras chargés de manettes emmêlées et du boîtier de PlayStation.

– Merci ! s'exclame Nico, clairement soulagé.

Il tend les bras, persuadé que ça va être aussi simple.

– Merci ? Non, merci à toi, rétorque Demi. Merci d'avoir gâché huit ans de ma vie ! rugit-elle en jetant une manette par terre. Merci de m'avoir menti en me regardant dans les yeux ! crache-t-elle en explosant la seconde sur le sol. Merci de m'avoir manqué de respect à ce point !

Elle est arrivée au trottoir et il ne reste plus que la PlayStation.

Je retiens mon souffle. Les manettes sont faciles à remplacer. Pas le boîtier.

– Je ne veux plus jamais te voir. Tu as tout gâché. Tu as gâché notre amitié, notre relation : tout.

Elle lève les bras et jette le boîtier par terre, qui explose en plusieurs morceaux.

Et Nico est vraiment un abruti.

– Je n'arrive pas à croire que tu as fait ça !

Apparemment, Demi pense comme moi. Elle recule le coude et lui met un coup de poing, et c'est là que j'interviens.

Je cours vers eux et lui saisis les bras tandis qu'elle se débat comme un cheval sauvage.

Elle ne joue pas avec moi, mais je pense que la règle numéro cent cinquante du manuel du Capitaine : *Ne laisse pas tes coéquipiers commettre un meurtre.*

– Eh, eh, arrête, je gronde.

– Hunter ? Qu'est-ce que tu fais ici ?

Elle cligne plusieurs fois des yeux, surprise, mais sa colère revient à la charge.

– Lâche-moi ! Il mérite que je lui casse la gueule !

– Oui, c'est vrai, j'acquiesce alors que Nico me fusille du regard. Mais son karma va s'en charger, crois-moi.

– Hunter, lâche-moi !

Elle grogne en serrant la mâchoire et en essayant de m'échapper. Je n'ai donc d'autre solution que de la charger sur mon épaule.

– Hunter ! s'écrie-t-elle. Pose-moi tout de suite !

– Non. Je ne vais pas te laisser te faire arrêter pour agression, ok ? je rétorque en dégageant un bout de PlayStation à coups de pied. Tu es déjà coupable de destruction de propriété privée.

– Je m'en fous ! C'est sa tronche que je veux détruire !

– Je sais, *Semi*. Mais crois-moi, il n'en vaut pas la peine.

Elle continue de se débattre en agitant les bras comme un oiseau enfermé dans une cage. Je jette un coup d'œil à Nico avant de partir en direction de ma voiture, et ce n'est que lorsque j'y arrive que je pose Demi. Ses pieds ont à peine touché le sol qu'elle semble prête à s'effondrer. Soudain, sa colère disparaît et je me retrouve face à une jeune femme vulnérable, au bord des larmes.

– Il m'a humiliée, chuchote-t-elle.

– Je sais, chérie. Viens par là, je réponds en ouvrant les bras.

– Non, je ne veux pas d'un câlin, marmonne-t-elle.

– Ok, alors monte en voiture.

– Pourquoi ?

– Tu vas venir chez moi et on va picoler. Tu as besoin de te changer les idées.

Demi hésite. Elle regarde en direction de la maison Theta et voit Nico marcher vers son pick-up en traînant les pieds. Elle fait volte-face et ouvre la portière passager.

Quelques secondes plus tard, on est en route. Demi regarde droit devant elle et ne dit pas un mot.

– Je suis tellement désolé, je déclare d'un ton rauque.

– Non, c'est moi qui suis désolée, répond-elle d'une voix tremblante. Tu avais raison. Sur toute la ligne. Et je me suis énervée et je t'ai traité de queutard, dit-elle en reniflant. Et je m'en veux terriblement. Dis-moi que tu acceptes mes excuses.

– Bien sûr. Tout va bien, ne t'en fais pas. Je te le promets.

Elle refuse toujours de me regarder.

– C'était lui, le queutard. Il m'a trompée. Plus d'une fois, avec plus d'une fille.

– Ouais, c'est ce que j'ai cru comprendre.

Je tourne à gauche pour rejoindre Hastings. On arrive bientôt et je me gare derrière l'Audi argentée de Summer. Les lumières sont encore allumées dans le salon.

– Allez viens, tu as l'air d'avoir besoin d'un verre.

De grosses larmes se forment au coin de ses yeux et elle cligne des yeux pour les empêcher de couler.

– Ok.

On passe la porte et Demi se baisse pour enlever ses chaussures, réalisant soudain qu'elle n'en a pas. Ses pieds sont emmitouflés dans de grosses chaussettes roses et grises. Ses yeux restent rivés sur ses pieds, comme si elle ne savait pas à qui ils appartenaient.

– Hunter, c'est toi ? dit Hollis depuis le salon.

– Ouais.

– Tu arrives pile à temps, on allait commencer une partie.

Apparemment, lui et Rupi se sont rabibochés.

– Je suis avec une amie, je réponds en défaisant mes lacets.

– Oh, s'écrie Brenna d'une voix moqueuse. Est-ce que c'est une amie sexy ?

J'étudie Demi, mais je ne vois que ses lèvres tremblantes, les traces de mascara sous ses yeux rouges et bouffis, et son expression choquée.

– Ta gueule, gronde-t-elle.

– Désolé, je réponds en riant. Mais le terme sexy ne te correspond pas vraiment, tout de suite.

On passe la porte du salon et mes colocs se lèvent toutes les trois d'un bond en voyant Demi.

– Est-ce que ça va ? demande Summer.

– Qu'est-ce qu'il t'a fait ? gronde Brenna en me fusillant du regard.

– Va te faire foutre, B !

Demi rit malgré ses larmes.

– Soyez sympa avec lui. Il vient de m'empêcher d'agresser mon connard de copain, mon connard d'ex-copain.

– Argh ! Les mecs qui trompent leur copine sont les pires des enfoirés, déclare Summer.

– Les pires, acquiesce Hollis.

– Pauvre chaton, dit Rupi en emmenant Demi sur le canapé.

J'ai à peine cligné des yeux qu'elle est entourée par les filles, qui lui demandent aussitôt des détails sur ce qui s'est passé.

– Si ça ne vous dérange pas, je préfère ne pas en parler, admet Demi.

Elle déglutit plusieurs fois et se force à sourire en désignant le jeu de société sur la table basse.

– On joue à quoi ?

18

Demi

– Je ne t'ai pratiquement pas vue, ces deux dernières semaines.

TJ semble tiraillé par la déception, mais il finit par tendre la main pour prendre la mienne. Apparemment, sa compassion a pris le dessus. Heureusement, parce que je ne suis pas en état de le rassurer. Mon bien-être psychologique passe avant tout, et mon absence ces derniers temps n'a rien à voir avec lui ou notre amitié.

– Tu n'as pas raté grand-chose. Je n'ai pas été de très agréable compagnie, tu sais, je réponds en émiettant mon muffin à la banane.

– Tu es toujours de bonne compagnie, dit-il en souriant.

– Tu es mignon.

– C'est la vérité. Comment tu vas ?

– Ça va mieux. Enfin, mon mec m'a trompée, donc je ne saute pas de joie, mais je n'ai plus envie de le massacrer ou de faire sauter son appartement.

Étant donné mon comportement à la crémaillère de Corinne, c'est un progrès important.

Honnêtement, je fais un blocage sur tout ce qui s'est passé ce soir-là. Je me souviens de tout ce que j'ai fait, mais les souvenirs sont lointains, comme si c'était arrivé à quelqu'un d'autre. Je me rappelle avoir jeté les fringues de Nico par la fenêtre, avoir explosé sa PlayStation, lui avoir mis une droite. Ce dont je me souviens le mieux, c'est d'être allé chez Hunter et d'avoir joué à ce jeu débile avec ses colocs. J'ai une dette énorme envers les Zombies, c'est eux qui ont réussi à me calmer.

– Tu lui as parlé ? demande TJ. Ou son numéro est encore bloqué ?

– Il est toujours bloqué.

Je n'avais pas le choix. Nico m'appelait et m'écrivait si souvent que c'était impossible.

– Mais il s'est pointé à la maison, la semaine dernière.

– Tu ne me l'as pas dit, répond TJ en fronçant les sourcils.

– Il n'y avait rien à dire. Il a frappé à la porte, et Josie et les filles ont menacé de le castrer s'il revenait.

– Tant mieux. Et n'oublie pas, je peux lui casser la gueule, si tu veux.

– Il n'en vaut pas la peine, je réponds en souriant. Et puis, je ne voudrais pas que tu te blesses.

TJ n'est pas petit, mais il est maigre. Nico le tuerait, s'ils se battaient.

Il serre ma main plus fort.

– Je n'insinue pas que tu es une mauviette, ou que ce soit. Je sais que non. Je veux juste dire qu'il ne mérite pas qu'on se fatigue pour lui. D'ailleurs, il y a la queue, tu sais. Pax s'est mis à faire plus de muscu pour pouvoir, je cite, « le baiser, et pas dans le bon sens du terme ». Et Darius ne lui parle plus du tout.

– Ah ouais ?

– Ouais. On peut dire beaucoup de choses de lui, mais il ne plaisante pas avec la monogamie.

Darius est également très croyant, et il ne tolère pas le comportement de Nico.

– Ah, et il ne faut pas oublier Hunter. Il rêve de lui casser la figure, aussi.

En parlant du loup, mon téléphone vibre pour me signaler un message. Je clique dessus et découvre une photo d'un œuf dans un petit hamac. Un second message dit simplement : @PabloEggscobar.

Mon Dieu.

Pablo a son propre compte Instagram.

– Qu'est-ce que c'est ? demande TJ en se penchant pour voir l'écran de mon téléphone.

– Ils ont un œuf de compagnie, je réponds en secouant la tête.

– Quoi ? Qui ?

– L'équipe de hockey. Leur mascotte est un œuf dur. Ils s'en occupent à tour de rôle. Je crois que c'est un exercice de teambuilding ? Hunter n'est pas très clair sur le sujet.

– Il ne va pas pourrir ?

– Ça a déjà commencé. Ces derniers temps, il est enveloppé dans de la cellophane et il passe la nuit dans un frigo, mais ça ne suffit pas à faire disparaître l'odeur. Hunter avait sa garde, la semaine dernière, et ça sentait le soufre partout où il allait.

– C'est super-bizarre. Je ne comprendrai jamais les sportifs.

– Honnêtement, je crois que c'est propre à l'équipe de hockey de Briar, pas à tous les athlètes. Ils sont tous tarés, y compris Hunter.

– Alors, pourquoi tu lui écris tout le temps ?

– Parce qu'on est amis, je réponds en haussant les épaules. Mes amis ont le droit d'être tarés.

Malgré toutes ses bizarreries, Hunter a été un ami génial depuis ma rupture avec Nico. Et ses colocs sont mes nouvelles personnes préférées sur terre. Brenna est une dure à cuire et je l'adore. Summer et moi n'avons pas grand-chose en commun, mais elle me fait rire, et Rupi est… Rupi. Sa relation avec Hollis me fascine. Sincèrement, je n'arrive vraiment pas à savoir s'ils sont fous amoureux ou s'ils se détestent. Peut-être que c'est un mélange des deux ? Quoi qu'il en soit, ils sont follement divertissants.

Je comprends peu à peu que le meilleur remède contre une rupture est d'être occupée tout le temps. Je me concentre donc sur mes partiels, mes contrôles de maths, mes TD de chimie, mes lectures de psycho. Tout est bon pour occuper mon cerveau. Et quand je suis fatiguée, je me divertis avec mes amis. Je bois des verres avec Pippa, je regarde des films avec mes sœurs de sororité, je traîne chez Hunter. Pour l'instant, ça marche très bien.

– À quelle heure part ton bus, aujourd'hui ? demande TJ en me regardant par-dessus sa tasse de thé.

– Dix-neuf heures trente, je rouspète. Je n'ai vraiment pas envie de fêter Thanksgiving cette année. Mes parents vont tous les deux faire une crise cardiaque quand je vais leur dire pour Nico.

– Attends, tu ne leur as pas encore dit ?

– Non. C'est une surprise.

– Ça craint. Ils l'apprécient à ce point, alors ?

– S'ils l'apprécient ? Ils l'adorent ! Nico est comme un fils pour eux. Ils vont être anéan…

Je m'arrête en pleine phrase, car quelqu'un vient d'entrer dans le café.

Corinne.

Je me crispe aussitôt. Elle a essayé de m'appeler plusieurs fois après sa crémaillère. Quand j'ai ignoré ses appels, elle m'a écrit pour me demander si on pouvait parler. Je lui ai répondu que je quand serais prête à le faire, je la contacterais.

Ça fait quinze jours, et je suis loin d'être prête.

Elle se fige lorsqu'elle me voit, mais elle se ressaisit vite et… merde. Elle vient vers nous.

– Planque-moi ! je supplie TJ, mais c'est trop tard.

– Salut, dit Corinne en souriant nerveusement.

– Salut, je réponds sèchement.

– Je sais que tu as dit qu'on parlerait quand tu serais prête, mais… les vacances approchent et ce sera bientôt les exams, puis Spring Break et… Peut-être qu'on devrait parler tout de suite ?

TJ me lance un regard comme pour me demander s'il doit intervenir, je secoue discrètement la tête.

– Si tu insistes, je réponds. TJ, ça te dérange de nous laisser. Tu rejoins bientôt ton coloc, de toute façon, non ?

Il hoche la tête.

– Ouais, pas de souci, répond-il en se levant sans quitter Corinne des yeux.

Elle va se chercher un café et je la regarde enlever son blouson tandis qu'elle fait la queue, passant sa main dans ses longues boucles noires.

– Je n'ai vraiment pas envie de faire ça, je dis à TJ.

– Je sais, mais tu vas gérer.

– Je n'en suis pas si sûre.

– Tu es forte, insiste TJ. Mais si tu as besoin d'aide, écris-moi et je reviendrai tout de suite.

– Merci, tu es le meilleur.

Il pose sa main sur mon épaule et la serre avant de partir.

Quand Corinne revient, un silence gênant s'installe. Je ne la quitte pas des yeux, attendant qu'elle se lance, car il hors de question que je parle la première.

– Je suis désolée, dit-elle.

Waouh, quelle originalité !

– Oui, tu me l'as déjà dit.

– Je sais, et je vais continuer de le répéter jusqu'à ce que tu sois convaincue que je suis sincère.

– Oh, j'en suis convaincue. Mais c'est facile de demander pardon. Ce qui n'aurait pas dû être facile, c'est de coucher avec le mec de ton amie.

Elle rougit et boit une gorgée de café en hochant la tête.

– Je sais. J'ai commis une erreur. Et si tu veux savoir quoi que ce soit, je te promets que je répondrai la vérité.

– Ok, allons-y, alors, je réponds sèchement. Combien de fois tu as couché avec lui ?

– Une fois. Quelques jours après le déménagement. Il est passé, un soir, pour m'aider à fixer une étagère.

J'essaie de me rappeler quand ça pouvait être. Sans doute un des soirs où Nico a fini tard. Je me demande combien de fois il m'a menti depuis des années. Mon Dieu. Cette conversation est horriblement gênante.

– On a bu une bière, et tu sais que je ne tiens pas l'alcool ; mais ce n'est pas une excuse, s'empresse-t-elle d'ajouter. Je n'accuse pas l'alcool, mais j'étais pompette. Quant à Nico, il était… Nico. Charmant.

– Oui, il est charmant, je réponds froidement.

Ce sont les fossettes. Elles ne manquent jamais de déstabiliser les femmes.

Corinne a le regard rivé sur ses mains et sa tasse de café.

– Il m'a embrassée, et je savais que c'était mal de le laisser faire, mais je n'avais pas les idées claires. Et il a dit que…

Elle s'arrête.

– Il a dit quoi ?

– Il a dit que vous aviez des problèmes et que vous vouliez que personne ne le sache.

Je suis littéralement bouche bée.

– Et il a dit… commence-t-elle en rougissant, que votre vie sexuelle était inexistante.

– Inexistante ? je crache, furieuse. On avait des rapports réguliers !

Notre seul problème était que je ne savais pas qu'il se tapait aussi d'autres filles.

– Je suis vraiment désolée. Je ne veux pas que mon excuse soit que je me suis comportée comme une fille stupide et naïve, mais c'est le cas. J'étais bête et je manquais de confiance, et ça faisait une éternité que je n'avais pas eu de mec et voilà que, soudain, un mec canon et charmant faisait attention à moi, me draguait et me disait des horreurs sur toi.

– Et tu l'as cru ? je demande, blessée.

– Non, admet Corinne. Mais je voulais le croire, parce que ça me donnait une raison de ne pas me sentir coupable. Or, ça n'a pas marché. Je me suis sentie affreuse, que ce soit avant, pendant ou après. Et il a essayé de me revoir, tu sais. En secret. Je me sentais minable et j'ai dit que c'était hors de question. Je voulais te dire la vérité, mais il m'a dit qu'il nierait tout, qu'il me ferait passer pour une salope qui a essayé de le séduire.

Je ne sais plus quoi croire. Dans les messages qu'il m'a envoyés après être venu chez moi, ce soir-là, Nico m'a harcelée d'explications et d'excuses. Et c'est justement ce qu'il m'a dit, que c'était Corinne qui l'avait dragué et qu'il était trop saoul pour la repousser.

– Je ne sais pas si ça peut t'aider, mais…

Corinne sort son téléphone de son sac et le glisse vers moi.

– Voilà les messages qu'on s'est envoyés.

Je prends le portable à contrecœur. Je clique aussitôt sur les informations enregistrées au nom de Nico pour être sûre qu'elle n'a pas donné son nom à un autre contact. Les gens sont des menteurs, et il est on ne peut plus facile de manipuler les informations. C'est bien le numéro de Nico.

Je n'ai pas envie de le faire, mais je me force à lire leur échange. Je découvre donc noir sur blanc que le mec que j'aimais tant a bien demandé à mon amie quand ils allaient se revoir. Corinne ne ment pas. Leurs messages me dégoûtent.

NICO : Je pense toujours à toi. Quand est-ce qu'on va le refaire ? ;)

CORINNE : Jamais. Je ne veux plus jamais refaire ça, Nico.

LUI : T'es sérieuse ? Tu fais la difficile, tout à coup ?

ELLE : Non. Je me sens minable. Je veux dire à Demi ce qui s'est passé.

LUI : WTF ? Tu te fous de ma gueule ?

ELLE : Pas du tout. Je ne dors plus, je ne mange plus. Je suis la personne la plus affreuse sur terre. C'est une de mes meilleures amies. J'en ai pas beaucoup. Ce qu'on a fait était débile et j'ai honte de moi. Je vomis tous les soirs. Il faut que je lui dise.

LUI : C'est mort, Corinne. Elle va penser que tu mens.

ELLE : Pas du tout.

LUI : Si, parce que je lui dirai que tu mens.

L'échange continue un moment, et Corinne a raison. Elle insiste pour me dire la vérité, et Nico la prévient de ce qu'il fera si elle me parle.

Je pose le téléphone sur la table. J'ai les larmes aux yeux, mais je refuse de pleurer.

– Je suis vraiment désolée, chuchote-t-elle. Je sais que notre amitié est changée à jamais. Mais je te demande pardon, et… une autre chance. Quand tu seras prête, bien sûr.

Je hoche lentement la tête.

– J'accepte tes excuses, et je vais m'efforcer de te pardonner, mais… pas maintenant. Je n'en suis pas encore là.

Le fait qu'elle se sente profondément coupable d'avoir couché avec mon mec ne change rien au fait qu'elle a couché avec mon mec.

– Je comprends.

– Mais je suis contente qu'on se soit enfin parlé.

Et je le pense. Je ne fais pas partie des femmes qui font porter le chapeau à « l'autre femme ». Certes, Corinne s'est montrée naïve et elle a trahi notre amitié, mais ce n'est pas elle qui couchait avec moi, me faisait des déclarations d'amour et me parlait de mariage. Corinne a été une mauvaise amie, mais la trahison de Nico est infiniment plus blessante.

– Bref, il faut que j'y aille, je dis en reculant ma chaise. Faut que je fasse ma valise pour Thanksgiving.

– Tu vas à Boston ?

– Oui. Je pars ce soir et je rentre dimanche. Tu vas voir ta famille dans le Vermont ?

– Non, on fête Thanksgiving entre amis, à Hastings. Pippa sera là… j'espère que ça ne te dérange pas.

Je soupire en secouant la tête. Pippa marche sur des œufs, ces derniers temps, essayant de ne jamais mentionner son amitié avec Corinne. Nico a vraiment tout compliqué, cet enfoiré.

Les mecs sont des ordures.

★ ★ ★

Mes parents sont ravis de m'avoir à la maison, même si ce n'est que pour quelques jours. Il y a déjà un buffet complet sur la table quand j'arrive, et on n'est que tous les trois ce soir. Demain, plein de membres de la famille viennent de Miami. Mon père est enfant unique, comme moi, mais la famille de ma mère est gigantesque. Ça va être le bazar demain. Deux des trois sœurs de ma mère viennent avec leur famille, et tous mes cousins sont plus jeunes que moi, donc la maison va être pleine des cris d'enfants de huit, neuf et dix ans. Le frère de ma mère, Luis, vient d'avoir un petit garçon, j'ai hâte de le rencontrer. J'adore les bébés.

En gros, ce soir, c'est le calme avant la tempête.

– Doux Jésus, je m'exclame en salivant devant le festin que ma mère a préparé. Maman, tu es le trésor le plus précieux du monde entier.

– Merci, *mami*, répond-elle en m'embrassant sur le front avant de me pousser vers une chaise. Maintenant mange ! Tu est toute maigre, Demi. Qu'est-ce qui se passe ? Qu'est-ce qui ne va pas ?

Je fronce les sourcils. J'ai perdu l'appétit après la rupture et ça ne fait que quelques jours que je remange normalement, mais je ne pensais pas avoir perdu de poids. Mes vêtements me vont encore.

– Attendons papa, tu veux ? Je vous le dirai en même temps.

– *Dios mío* ! Je le savais. Je savais que quelque chose ne va pas. Dis-le-moi tout de suite. *Marcus* ! hurle-t-elle en direction de la porte, faisant éclater mes tympans.

Je suis surprise que les tableaux ne se décrochent pas des murs.

Mon père prend son temps pour descendre. Il a appris à faire la différence entre les divers cris de ma mère et leur intensité, et clairement, il a déduit de celui-ci que ce n'était pas une urgence. Quand il passe enfin la porte de la salle à manger, il me serre dans ses bras et m'embrasse sur la joue.

– Coucou, bébé.

– Coucou papa, je réponds en plantant ma fourchette dans un beignet au crabe pour le mettre dans mon assiette.

– Demi a quelque chose à nous dire.

Il me regarde en haussant les sourcils.

– Ah oui ? Quoi ?

– Est-ce que je peux terminer mon beignet, d'abord ? Il est délicieux.

Je mâche particulièrement lentement pour le savourer aussi longtemps que possible, puis j'attaque des crevettes à la cubaine et en dévore une, parlant la bouche pleine.

– Mmm. Tu les as fait sauter avec de l'ananas ? Et de l'ail ? C'est tellement bon !

J'essaie de gagner du temps, et ma mère le sait.

– Pose cette crevette, Demi.

Argh.

– Très bien…

Je pose ma fourchette, déglutis et essuie ma bouche avec ma serviette.

– Maman, tu devrais peut-être t'asseoir, toi aussi.

Soudain, ils paniquent tous les deux.

– *Dios mío* ! crie-t-elle encore. Tu es enceinte. Marcus, elle est enceinte !

Je hausse les sourcils en écarquillant les yeux.

– Quoi ? Non ! Je ne suis pas enceinte ! Bon sang, assieds-toi, tu veux ? S'il te plaît.

Ma mère fait la moue et s'assied à côté de mon père.

Je joins les mains devant moi et me racle la gorge.

– Bon, tout d'abord, que ce soit clair, je ne suis pas enceinte. Mais ce que j'ai à vous dire concerne Nico, c'est vrai. J'aimerais que vous restiez calmes et…

– Est-ce qu'il va bien ? s'écrie ma mère. Il est à l'hôpital ?

– Non, il n'est pas à l'hôpital et, bon sang, je viens de te dire de rester calme. Est-ce que vous pouvez me promettre de me laisser finir avant de vous affoler ?

– Vas-y, dit mon père.

– Promettez-le.

Ils rouspètent tous les deux, mais promettent de se taire.

– Nico et moi avons rompu, il y a deux semaines.

Quand ma mère ouvre la bouche, je fends l'air avec ma main et elle la referme aussitôt.

– Je sais que ça ne vous fait pas plaisir, je poursuis, mais croyez-moi, je ne m'y attendais pas, moi non plus. Je croyais qu'on était heureux et qu'on avait un avenir ensemble.

– Qu'est-ce qu'il a fait ? gronde mon père.

– Il m'a trompée, je réponds.

Silence.

– Est-ce que c'était… Est-ce qu'il était saoul à une fête ? s'enquiert ma mère d'un ton plein d'espoir.

– Même si c'était le cas, ce serait quand même impardonnable, je réponds sèchement.

– Eh bien, c'est plus facile à pardonner que si…

– Trois filles différentes, je déclare pour la faire taire. L'une d'elles était mon amie, l'autre était la sœur de son collègue, et la dernière était une inconnue qu'il a rencontrée dans un bar.

Nico m'a avoué la troisième infidélité dans un de ses messages.

– Ça fait quatre, si on compte celle avec qui il m'a trompée au lycée.

C'est un autre de ses aveux, même si ça ne faisait que confirmer ce que je savais déjà.

– Donc, non. Il n'y a aucune chance que je lui pardonne. C'est fini pour de bon. Peut-être qu'un jour on pourra de nouveau être amis, et la seule raison pour laquelle j'envisage ça, c'est parce que nos familles sont proches. Si ça ne tenait qu'à moi, je ne le reverrais plus jamais.

– Oh, Demi… dit ma mère d'une voix triste.

– Bien sûr, je ne vous demanderai jamais de couper les ponts avec Dora et Joaquín, mais… Je sais qu'on les a invités ici à Noël, mais… je vous en supplie. Est-ce qu'on peut leur demander de ne pas venir… ?

Mon père, qui s'était montré protecteur en apprenant les infidélités de Nico, semble désormais mal à l'aise.

– Mais tout a déjà été organisé, chérie.

Je connais mon père, il ne veut pas perdre la face devant ses amis.

– Je comprends, mais en tant que fille unique, je vous demande de faire de mon bien-être votre priorité. Je ne peux pas passer Noël avec Nico et sa famille. C'est impossible. La rupture est encore trop fraîche et ce serait affreusement gênant. Et ça… ça me ferait beaucoup de mal.

Je baisse les yeux, car je déteste me montrer vulnérable devant mon père. Il est tellement fort que j'ai l'impression d'échouer en m'effondrant devant lui.

Toutefois, mes paroles ont eu l'effet escompté. Les larmes aux yeux, ma mère et se lève et vient me prendre dans ses bras.

– Oh, *mami*, je suis vraiment désolée.

Je la serre contre moi en étudiant mon père, qui essaie encore de comprendre la situation.

– Tu crois vraiment que tu ne peux pas lui donner une autre chance ?

– Non, je réponds sèchement. Je ne peux pas.

– Je connais ce garçon depuis qu'il a huit ans, dit mon père d'une voix triste. Il a toujours su garder la tête sur les épaules.

– Ouais, je pensais que c'était le cas, moi aussi.

– Il y a forcément une explication. Peut-être que Nico…

– Il m'a trompée, papa.

– Et je ne l'excuse pas, s'empresse de dire mon père. Je te promets que non. Tout ce que je dis, c'est qu'il y a sans doute une explication. Peut-être que Nico a des problèmes dont on n'est pas au courant, ou qu'il se drogue, ou…

– Ou peut-être que c'est juste un connard, je rétorque.

– Demi, ton langage ! gronde mon père.

– Non. Je ne vais pas surveiller mon langage et je ne vais pas rester plantée là pendant que tu cherches à me persuader que le mec qui m'a trompée quatre fois mérite une autre chance. C'est mort, papa. Je ne vais pas me remettre avec lui et je n'excuserai jamais ce qu'il m'a fait.

– Peut-être qu'à l'avenir…

Je pousse un cri désespéré.

– Mon Dieu, non ! C'est fini, papa. Et je vous en supplie, ne les invitez pas ici à Noël.

J'ai la nausée en m'imaginant passer les fêtes de fin d'année avec la famille de Nico. J'ai toujours pensé que mon père me soutiendrait coûte que coûte, mais apparemment, il est tiraillé entre Nico et moi. Or, je suis sa fille, bon sang !

Sans un mot, je tourne les talons et monte dans ma chambre en courant. À peine dix secondes plus tard, ma mère ouvre la porte.

– Demi, chérie.

Elle ouvre les bras quand elle me voit pleurer et je me jette sur elle comme une gamine.

– Comment peut-il être aussi bête ? je marmonne contre ses gros seins.

– Parce que c'est un homme.

Je ne peux me retenir de glousser.

– Est-ce que tu veux en parler un peu plus ? Avec moi ? propose ma mère en caressant mon dos.

– Non, je n'ai rien d'autre à dire. En revanche, j'apprécierais que tu retournes en bas et que tu dises à papa d'arrêter ses conneries. Dis-lui que s'il tient tant à Nico, il a qu'à sortir avec lui.

– Je vais lui passer le message, répond-elle en riant. Je veux que tu saches qu'on a du mal à croire que Nicolás a pu faire ça, mais la tristesse dans ton regard me dit qu'il t'a fait beaucoup de mal, et personne ne fait de mal à mon bébé…

Elle plonge son regard assassin dans le mien.

– Tu es sûre qu'on ne peut pas l'inviter à Noël pour empoisonner leur nourriture ?

– Non, je réponds d'un ton lugubre. J'aime trop le reste de sa famille. Et je ne lui souhaite pas de mal non plus.

Je crois qu'il s'en veut terriblement de ce qu'il a fait. C'est juste que ça ne suffit pas pour que je le reprenne. Tu ne sais pas à quel point c'est humiliant de savoir qu'il couchait avec d'autres femmes. En pendant tout ce temps, il me mentait et il m'offrait des cadeaux débiles et me donnait l'impression que…

Ma voix se met à trembler et je m'arrête là. Ça ne sert à rien de continuer.

C'est fini entre Nico et moi. Et je ne veux vraiment plus être avec lui. D'ailleurs, je me sens plus légère depuis que j'ai bloqué son numéro.

– Euh, maman, j'aimerais être un peu seule. Ça te dérangerait de me mettre une assiette de côté pour que je puisse manger plus tard ?

– Pas du tout, *mami*. Surtout, appelle-moi si tu as besoin de quoi que ce soit, d'accord ?

Lorsqu'elle est partie, je m'allonge sur le lit et fixe le plafond. Ma chambre a été nettoyée pour mon arrivée, et elle sent le pin frais et la lessive. Maman fait toujours pour que je me sente bien chez moi.

Je roule sur le côté et joue avec un coussin. Cette situation est un cauchemar. Je déteste que ma famille soit aussi proche de celle de Nico. Je vais constamment penser à lui, alors que je n'ai qu'une envie : l'oublier pour de bon. En toute honnêteté, je suis prête à tourner la page. En tout cas, l'idée d'être avec un nouveau mec m'intrigue.

Je soupire et ouvre Instagram, faisant défiler les pages sans réfléchir. Je décide de suivre le compte de Pablo Eggscobar, qui n'a toujours qu'une seule photo. Je me demande si son petit hamac est fait maison. J'ai du mal à imaginer où ils auraient pu l'acheter. Hastings n'est pas envahie de boutiques pour vêtements et accessoires pour œufs…

Hunter m'écrit au bout de dix minutes.

HUNTER : T'es bien arrivée à Boston ?

MOI : Ouais, je suis chez mes parents. Mais le trajet en bus était désastreux. Le mec à côté de moi n'arrêtait pas de me montrer des photos de ses furets.

LUI : Ses furets ???

MOI : Ses furets.

LUI : *Semi*, je crois que c'était un tueur en série. La prochaine fois, envoie-moi une photo de ton voisin de siège pour que j'aie quelque chose à montrer aux flics.

Je ris dans ma barbe et réponds : « T'es à Greenwich ? » Je sais qu'il y allait en voiture ce matin, après son entraînement.

LUI : Ouais. Je suis venu avec Summer et Fitzy. Il passe Thanksgiving chez les Heyward-Di Laurentis.

MOI : Et toi, t'es seul avec tes parents ? Pas d'oncles/tantes/cousins/grands-parents ?

LUI : Non, on est juste tous les trois. Ô joie !

MOI : À ce point ?

LUI : Mon père a engueulé le traiteur parce qu'il n'a mis qu'une seule saucière sur la table plutôt que trois petites pour chaque personne. Je l'ai entendu pleurer dans la cuisine, après.

Waouh, c'est violent. Je n'imagine même pas que sa famille fasse appel à un traiteur pour Thanksgiving. Ma mère préférerait mourir que de laisser un inconnu cuisiner pour sa famille.

MOI : C'est tordu. Cela dit, si ça peut te remonter le moral, mon père est affreux, aussi. Je leur ai dit pour Nico, et mon père a essayé de me convaincre de lui laisser une seconde chance !!!

LUI : T'es sérieuse ?

MOI : Ouaip. Il est obsédé par ce mec.

LUI : Est-ce que tu veux lui donner une autre chance ?

MOI : Sûre à 100% que non. D'ailleurs, quand tu m'as écrit, j'étais en train de me dire que j'étais peut-être prête pour… roulement de tambour… un mec de transition.

LUI : Oooh, super. Les plans de transition sont les plus fun !

MOI : Est-ce que tu te portes candidat ?

Attendez, quoi ?

Qu'est-ce que je viens d'écrire ?!

Hunter répond par « MDR », ce qui me rend encore plus anxieuse.

MOI : Qu'est-ce que ça veut dire, ça ?

LUI : Ça veut dire « Mort de rire ».

MOI : Je sais ce que MDR veut dire ! Mais pourquoi je te fais rire ?

LUI : Parce que tu plaisantais... ?

MOI : Et quoi, la possibilité d'être mon mec de transition te fait rire ? Tu ne me trouves pas mignonne ?

LUI : T'es plus que mignonne.

Je me sens rougir. Cette conversation est ridicule. Bien sûr qu'Hunter n'est pas candidat pour m'aider à remonter la pente. Et maintenant, voilà que je cours après les compliments parce que je manque de confiance en moi après avoir été trompée par mon mec.

LUI : On peut être sérieux deux minutes ? Tu me demandes vraiment si je veux coucher avec toi ?

Mon pouce survole la lettre « o ». Il me suffirait d'appuyer dessus, puis sur le « u », puis le « i ». Mais... ça ouvrirait une porte qu'on ne pourrait plus refermer. Hunter et moi sommes amis. Je le trouve attirant, mais c'est la première fois que j'envisage la possibilité qu'on soit plus que ça.

Je n'ai pas le temps de décider, car Hunter m'envoie un autre message.

LUI : Tu sais bien que je serais obligé de dire non, *Semi*. Je suis hors service.

Je ne me demande même pas d'où vient la déception qui m'accable soudain. Mes sentiments sont absurdes, ces temps-ci.

MOI : Je sais. Je plaisantais, en gros.

LUI : En gros ?

MOI : À 60%.

LUI : Alors, 40% de toi veut l'apprivoiser ?

MOI : Apprivoiser quoi ?

LUI : La bête. Tu veux te familiariser avec ma bête.

J'éclate de rire et soudain, je ne me sens plus déçue.

MOI : Si tu veux. Bref, cette conversation ne rime à rien. Comme tu dis, t'es hors service.

Je pose mon téléphone et m'assieds sur mon lit. Mes interactions avec Hunter me remontent toujours le moral. Je souris jusqu'aux oreilles, et j'ai retrouvé l'appétit. Heureusement, un festin m'attend en bas.

Ce n'est que beaucoup plus tard, vers minuit, qu'Hunter m'écrit de nouveau. Je suis en train de me glisser dans mon lit quand son message illumine mon téléphone.

HUNTER : Si c'était pas le cas, je t'aurais déjà sauté dessus, Demi.

19

Demi

Je me sens étonnamment en forme après Thanksgiving. C'était chouette de voir tous mes cousins et ma famille un peu tarée. Papa a fini par se calmer à propos de Nico. Il s'est excusé de ne pas avoir pris en compte mes sentiments et j'ai accepté ses excuses. Après ça, il a passé presque une heure à essayer de me convaincre d'engager un prof particulier pour préparer le concours d'entrée à la fac de médecine, et j'ai fini par lui dire que je ne voulais même pas penser au concours avant l'année prochaine. Ça ne lui a pas plu du tout, donc je l'ai rassuré en lui disant que je m'inscrirais à des cours par correspondance l'été prochain afin de libérer mon emploi du temps de l'année, comme ça, je serais disponible pour préparer le concours. Et ça, il a adoré.

Honnêtement, je le comprends. L'enfance de mon père n'a pas été facile. Il a grandi dans le quartier le plus pauvre d'Atlanta et il a travaillé comme un acharné pour se sortir de la misère. Étant surdoué, il a eu les meilleurs résultats de tout son lycée et il a obtenu une bourse d'études pour aller à Yale. C'est là qu'il a rencontré et épousé ma mère, qui vient de Miami. Elle voulait y retourner après la fac, donc mon père l'a suivie, travaillant pendant presque vingt ans au Miami General Hospital avant de déménager dans le Massachusetts.

C'est la motivation et l'éthique inouïes de mon père qui l'ont mené jusqu'ici, et il m'inculque ces valeurs depuis que je suis née. Quand j'étais ado, il a insisté pour que je fasse du bénévolat dans des quartiers défavorisés, pour que je voie combien de gens n'ont pas la même chance que moi. Il voulait que je comprenne à quel point je suis privilégiée. Et je comprends… vraiment.

Néanmoins, essayer de satisfaire les attentes de mon père est épuisant.

Par ailleurs, même s'il n'a pas reparlé de Nico, ça ne l'a pas empêché de lâcher quelques commentaires subtils tout au cours du week-end, expliquant que les gens ne sont pas parfaits et qu'on fait tous des erreurs. Même s'il n'a pas prononcé son prénom, je sais qu'il parlait de Nico.

Eh bien, tant pis. Il va devoir s'en remettre. Sa passion pour mon ex finira par disparaître et, avec un peu de chance, il adorera le prochain mec avec qui je sortirai.

Quant à l'idée d'un mec de consolation, je réalise qu'elle me plaît de plus en plus. D'ailleurs, je suis assez excitée en y pensant tandis que je me rends en cours, le lundi matin.

J'ai mis une parka avec une capuche à fourrure, des bottes fourrées et j'ai pris un thermos de café. On est fin novembre et les arbres ont perdu leurs feuilles, mais il n'a toujours pas neigé. J'en ai marre de cette mi-saison interminable, alors j'ai décidé de m'habiller pour la saison que je veux.

Pax, TJ et moi sommes en train de nous raconter nos Thanksgiving respectifs quand Andrews arrive. Hunter m'a écrit ce matin pour me dire qu'il ne serait pas en cours aujourd'hui. Apparemment, il a un rendez-vous avec le médecin du sport.

Je le vois ce soir, cependant, car il vient pour notre – snif – dernière thérapie. J'ai diagnostiqué son trouble et Hunter a terminé sa recherche. Il ne nous reste plus qu'à rédiger nos dissertations, mais on ne doit les rendre que dans quelques semaines.

– Étant donné qu'on a officiellement fini, est-ce que j'ai le droit de te faire part de mon diagnostic ? je lui demande.

– Vas-y, lance-toi, répond Hunter en souriant.

Il est allongé sur la causeuse, les mains sous la tête. Il est en tee-shirt car, selon lui, sa température corporelle est plus élevée que la normale. Chaque fois qu'il passe la porte de ma chambre, il se met en tee-shirt ou en marcel, révélant ses gros bras musclés.

– Félicitations, tu souffres de troubles de la personnalité narcissique, avec une touche de trouble antisocial.

– Tu es douée.

– Merci. Je l'ai deviné dès la deuxième session, mais ce n'est pas évident à diagnostiquer correctement.

Nous parlons quelques minutes du trouble en question et de ce qu'Hunter a découvert pendant ses recherches. Il confirme que les personnes narcissiques sont difficiles à diagnostiquer, surtout parce qu'ils sont doués pour manipuler les gens, y compris les psychologues.

– Notre psy mangeait dans la main de mon père, admet Hunter.

J'essaie de cacher combien je suis curieuse d'en savoir plus. Je n'ai pas voulu aborder moi-même le sujet, mais j'ai beaucoup réfléchi à notre précédente session, au craquage d'Hunter lorsqu'il a révélé qu'il parlait de son père depuis le début. Maintenant que je me suis remise de ma rupture, j'ai envie qu'Hunter s'ouvre à moi.

– Je suis désolée que tu aies dû subir tout ça, je dis d'une voix douce.

– Ouais, peu importe. Il y a des gens qui souffrent plus que moi, répond-il en haussant les épaules.

– Et alors ? Mon mec m'a trompée. D'autres femmes sont mariées depuis trente ans et ont six gamins quand leur mari les trompe. Mais le fait que leur situation soit pire que la mienne n'amoindrit en rien ma souffrance. Il y aura toujours des gens qui ont une vie plus merdique que la tienne, mais ce n'est pas pour autant que ta merde sent la rose.

– C'est vrai, soupire-t-il. Tu es très intelligente, tu sais ça ?

– Je sais, je réponds en riant. Et je le pense, tu sais. Je suis sincèrement navrée pour tout ce que ton père t'a fait subir.

– Merci, dit-il d'un ton qui me dit qu'il apprécie mes paroles.

Soudain, je réalise qu'il a dit « notre psy ».

– Attends, ton père a vraiment vu un psy ? Volontairement ?

– Ah ! Pas volontairement, non. Dans un des rares moments où ma mère a essayé de s'affirmer, elle lui a dit que s'il ne changeait pas de comportement, elle le quitterait. Personne ne l'a crue, mais elle a dû sembler assez sérieuse pour qu'il capitule. Donc, on a fait une thérapie familiale. Maman pensait que mon père et moi avions également besoin de régler nos problèmes, du coup elle m'a forcé à y aller. C'était une vaste farce.

– Pourquoi ça ?

– Il a complètement manipulé la psy pendant ses sessions individuelles. Je ne sais pas ce qu'il lui a dit, mais quand on y est allés tous ensemble, elle était clairement de son côté. Elle parlait comme si ma mère et moi étions les méchants et mon père la victime. C'était dingue.

– Waouh, je suis désolée, chéri. Je n'arrive pas à imaginer ce que c'est d'avoir un parent comme ça. Les parents ne sont pas censés être égoïstes. C'est nous les enfants. C'est nous qui ne devons penser qu'à nous.

Hunter sourit tristement.

– Chez moi, mon père est la seule personne qui compte. Tu as de la chance, Demi. Ton père a beau vouloir que tu te remettes avec ton ex, au moins il ne te traite pas comme un objet qui lui appartient.

Hunter a raison, et je suis triste pour lui. J'ai envie de lui faire un câlin, mais je crois qu'il serait gêné.

– Ça en est où, au fait ? Tu as parlé à Nico ? demande-t-il.

– Non, et j'ai pas l'intention de le faire avant un long moment.

– Et cette histoire de mec de consolation ?

Mon cœur accélère.

– Ben, tu n'es pas volontaire, alors… je suppose que je dois partir à la chasse.

Il est momentanément surpris, puis il éclate de rire.

– Attends, tu as dit que tu plaisantais.

– En effet.

Mais est-ce que je plaisantais vraiment ? Je me surprends à le dévisager et à penser qu'Hunter Davenport est un des hommes les plus beaux que j'ai jamais rencontrés, en toute objectivité.

Or, d'un point de vue subjectif… Il est ca-non. Sa bouche est hyper-sexy et son sourire est ravageur. Quant à ses fossettes… Bon sang, pourquoi les fossettes me plaisent autant chez les mecs ?

Mon regard parcourt ensuite son corps. Il porte un jean moulant, je me demande si ses attributs sont généreux. Étant donné que les femmes se jettent constamment sur lui, il doit savoir s'en servir, en tout cas.

Mais vous m'avez vue, en train de parler d'attributs et de prouesses, alors que je n'ai couché qu'avec un seul mec ? Que je n'ai touché qu'un seul pénis ? Bof !

– Et donc… ça fait un moment qu'on en a parlé : tu es toujours moine ? je demande en m'efforçant de paraître désintéressée.

– Ouaip ouaip.

– Ne dis pas *ouaip ouaip*.

– J'en reviens pas d'avoir tenu aussi longtemps, dit-il d'un ton frustré. Ça fait sept mois… Bientôt huit.

– Ton célibat est censé finir quand ? Tu comptes pas le rester toute ta vie, si ?

– Non, seulement jusqu'à la fin de la saison.

– Et après ? Tu vas te lâcher pendant l'été ? Il te reste encore un an à Briar, je lui rappelle.

– Je sais, grogne-t-il. Honnêtement, je crois que je vais me taper tout ce qui bouge pendant tout l'été. J'ai tout le temps mal aux couilles, *Semi*.

– Oh, tu veux un bisou magique ? je demande en souriant.

– Arrête de m'allumer.

– Je ne t'allume pas.

Mais peut-être que si ? Mince, je ne sais plus. Ce que je sais, c'est que j'ai désespérément besoin de me remettre en selle.

– J'ai besoin de me taper un mec, je déclare à voix haute.

Hunter fronce les sourcils.

– Je ne suis pas sûr que cette idée me plaise, finalement. L'idée que tu couches avec un inconnu est… inquiétante. Et arrête de dire que tu veux coucher avec moi parce qu'on sait tous les deux que tu le penses pas. De toute façon, ma queue est cassée, déclare-t-il en désignant son entrejambe.

– Ben, il faut forcément que ce soit un inconnu. Je ne peux pas me taper un de mes amis, ce serait un désastre.

– Exactement ! s'exclame Hunter. Alors, arrête de me demander d'être ton lot de consolation.

– Ta queue est cassée de toute manière. Et Pax est gay…

– Ouais, Jax n'est pas un bon candidat.

– TJ est trop…

– Amoureux de toi, conclut Hunter.

– Il n'est pas amoureux de moi ! On est trop proches, et il est trop sensible. Je pense qu'il s'attacherait aussitôt.

– Ok, pigé. Donc, tu ne veux pas un mec qui s'attache.

– Non.

– Tu es sur Tinder ?

– Je sors avec le même mec depuis que j'ai treize ans. Bien sûr que je ne suis pas sur Tinder.

– Ben, tu devrais. C'est le moyen le plus facile de trouver un plan cul ou un sex friend. En fait, maintenant que j'y pense, je crois que ce serait mieux pour toi. Il te faut un sex friend.

– Pourquoi ça ?

– Je crois que tu te sentirais un peu sale après un coup d'un soir. Tu l'as dit toi-même, tu es avec le même mec depuis que tu as treize ans. Tu es habituée à une certaine intimité.

Il n'a pas tort.

– Donc tu crois qu'il me faut quelqu'un que je verrais plus d'une fois.

– Ouaip ouaip.

– Ne dis pas *ouaip ouaip* !

– Ça va être génial. Allez, télécharge l'application !

Il m'offre un sourire carnassier puis se jette sur le lit à côté de moi. Une minute plus tard, je suis en train de télécharger, argh ! Tinder.

– Je n'ai qu'une heure, je le préviens. Je dîne avec TJ ce soir.

– En ville ou sur le campus ?

– Sur le campus, à *Carver Hall*.

– Tu as le temps, dans ce cas. *Carver Hall* est au bout de ta rue. Roh, ça va être génial.

– Quand ta queue était en état de marche, tu utilisais ces applis ?

– Non, jamais. Tu ne sais pas à quel point c'est facile pour moi de choper, *Semi*.

– Mon Dieu, quel mégalo !

– Mais non, c'est juste que je fais du hockey. Il me suffit de passer ta porte pour trouver une meuf qui serait prête à baiser.

Il a sans doute raison. Je ne suis pas fan de hockey, mais ces derniers temps, j'essaie d'y prêter attention quand j'en vois à la télé. Mon moment préféré est quand les journalistes interrogent les joueurs, torse nu, dans les vestiaires, après les matchs. Je comprends mieux leur sex-appeal, maintenant.

– En plus, on est à la fac. Les applis ne sont pas vraiment utiles étant donné qu'il y a tout le temps des fêtes et des occasions de rencontrer des gens.

– Alors pourquoi je m'inscris à Tinder ? je marmonne.

– Parce qu'on cherche des rencontres précises. Et quand c'est le cas, il faut filtrer tout ce qu'on ne veut pas. Oui, tu pourrais t'asseoir dans un bar et attendre que les mecs viennent te voir et passer une heure à essayer de comprendre ce qu'ils cherchent. Mais avec l'appli, tu sais ce qu'ils veulent dès le début.

– Ok, je comprends.

Je suis tout excitée en créant mon compte, j'utilise mon numéro de téléphone pour m'identifier, plutôt que mon compte Facebook. Mon réseau n'a pas besoin de savoir ce que je fais. Il faut ensuite que je choisisse une photo pour mon profil et Hunter se rapproche pour regarder mon flux de photos.

Waouh, son parfum est délicieux. C'est un parfum boisé et viril, j'ai envie de plonger mon nez dans son cou pour l'inhaler. Mais je crois que ce genre de comportement relève du harcèlement sexuel.

– Et celle-ci ? je propose en désignant une photo que je trouve super-mignonne.

– Tu es sérieuse ? Tu essaies de séduire qui ? De jeunes républicains catholiques ? Non. La première photo doit révéler plus de peau.

– Comment ça ? Il faut que je sois à poil ?

– Mais non, espèce d'andouille ! Je crois que c'est interdit, d'ailleurs. Mais tu ne peux pas utiliser cette photo, Demi. Tu es en col roulé avec une jupe XXL. Tu as l'air bouffie. Tu veux vraiment que la première photo que tes potentiels amants voient de toi leur fasse penser : « Eh, c'est qui cette meuf bouffie ? »

– Tu es vraiment une ordure, Hunter.

– Non, je suis réaliste, c'est tout. Ces mecs se foutent de ta personnalité. La seule chose qui les intéresse, c'est ton physique. Ils enchaînent les profils des meufs en décidant qui ils veulent rencontrer en se basant uniquement sur les photos.

– Bon, ok. Et celle-là ?

Sur cette photo, je porte un short en jean et un débardeur moulant. Mes seins sont canon et mes cheveux lâchés sur une épaule.

– C'est mieux, acquiesce Hunter. Mets celle-là pour l'instant, et on modifiera plus tard.

Il saisit mon téléphone et se met à parcourir mon album.

– Ah, oui. Il faut que tu mettes celle-là.

– C'est mort. Je suis en maillot de bain, dessus.

– Justement. Et tu es canon. Tu cherches un mec pour baiser, *Semi*. Et cette photo me donnerait envie de te baiser.

Je me sens rougir. Hunter est assis trop près de moi pour dire ce genre de chose. Mais pourquoi il sent aussi bon, bon sang ? Il a toujours senti comme ça ? Je crois qu'on n'a jamais été assis aussi près jusqu'à aujourd'hui. Nos cuisses se touchent, son bras est collé contre le mien, je sens la chaleur de son corps à travers le tissu fin de ma manche.

– Tu voudrais vraiment coucher avec moi si tu voyais cette photo ? je demande en étudiant mon corps dans mon bikini rouge à pois blancs.

– Carrément, confirme Hunter.

Son regard s'est embrasé.

– Mec, tu es en train d'imaginer ce qui se cache sous le bikini ? je gronde.

– Oui.

Je lui mets un coup de poing dans l'épaule.

– Eh, je t'ai proposé d'être mon lot de consolation et tu as refusé. Donc, tu n'as pas le droit de m'imaginer à poil.

– Ok, marmonne-t-il.

On choisit encore quelques photos. Hunter insiste pour que mon profil affiche une photo de moi debout, un gros plan sur mon visage, et une photo où je souris avec toutes mes dents, parce qu'apparemment ça indique que je n'ai pas des dents pourries. Il m'explique aussi que les filtres Snapchat sont interdits, tout comme les selfies pris d'en haut, parce que selon lui, c'est « l'angle du mensonge ».

– Pour la dernière photo, pourquoi pas celle-ci où je suis avec mes amis ? je propose. Comme ça, ils verront que je ne suis pas antisociale.

– Tu ne peux pas utiliser celle-là, Demi. Tu n'es qu'avec des mecs. C'est intimidant.

– Pourquoi ?

– Tu rigoles ? Ils ont tous l'air de joueurs de basket.

– Ben, c'est le cas.

Hunter lève les yeux au ciel.

– En postant cette photo, tu déclares que tu as l'habitude de te taper ce genre de mecs. Et les pauvres types sur Tinder ne vont jamais oser te swiper.

– Tu es un peu trop calé à ce sujet, Hunter. C'est effrayant.

– C'est juste du bon sens, *Semi*. Maintenant, il faut rédiger ta description. Il faut faire court. À ta place, je me contenterais de trois lettres. D. T. F[11].

– C'est mort.

– Alors, j'ai mal compris tes intentions ?

– Non, mais je pense que si on réfléchit un peu, on trouvera une façon plus diplomatique de le dire, je réponds sèchement. Qu'est-ce que tu penses de ça ?

Célibataire depuis peu. Débutante sur cette appli, je ne cherche rien de sérieux.

– Pas mal, admet Hunter. Et on pourrait peut-être ajouter quelques centres d'intérêt. Laisse-moi faire.

Il prend mon téléphone et ricane en écrivant son texte. Quand il me le rend, je ne peux pas me retenir de pouffer de rire.

Fascinée par les enfants psychopathes, j'ai une relation malsaine avec la bouffe, et je détruirai ta PlayStation si tu me fais du mal.

– Ça me donne l'air d'une folle.

– Regarde-moi dans les yeux et dis-moi que ce n'est pas vrai.

– Je te déteste, je gronde.

Je supprime son texte et rédige : *Aime les séries policières, passionnée de nourriture. Somme toute, une meuf plutôt géniale.*

---

11. *Down To Fuck*. « Prête à baiser ».

Cette fois aussi, Hunter concède.

– Ça me plaît. Ok, maintenant appuie sur « suivant » pour finaliser ton inscription.

Je lui obéis et souris nerveusement.

– Et maintenant ?

– Maintenant, on swipe.

20

Demi

Je ne pensais pas qu'il y avait autant de mecs sur cette planète. Enfin, je savais qu'il y en a des milliards, bien évidemment, mais comment peut-il y en avoir autant sur cette appli, et à moins de cinquante kilomètres de moi ? C'est trop d'infos. Mon cerveau sature en faisant défiler les profils.

Comme celui de Dan, qui aime le kickboxing.

Ou Kyle, qui est là pour passer du bon temps, pas pour longtemps.

Ou encore Chris, qui me dit que je n'ai qu'à demander.

Ou un autre Kyle, qui se décrit avec trois émojis aubergine.

Et encore un Kyle ! Celui-ci aime « bouffer », avec un clin d'œil.

– Beurk ! Pourquoi les Kyle sont-ils aussi dégoûtants ?

Hunter réfléchit un moment avant de répondre.

– C'est une coïncidence.

J'éclate de rire.

– Une coïncidence ? C'est ta meilleure réponse ?

Ça fait une éternité que je ne me suis pas autant amusée.

– Ooooh, il me plaît, lui ! je m'exclame. On swipe à droite pour Roy, non ?

Hunter étudie la photo du candidat et siffle.

– Carrément, tu as vu ses abdos ? Je me le ferais volontiers, moi.

– Je suis ravie qu'on soit d'accord.

Je rouspète quand je découvre que Roy et moi ne matchons pas. Avec les trois derniers que j'ai swipés, le match était immédiat.

– Ne te laisse pas abattre, dit Hunter. Un mec comme lui a le choix, c'est tout.

Deux secondes plus tard, une bulle apparaît pour m'annoncer que j'ai matché avec Roy.

– Ah ! je m'écrie d'un ton triomphal.

– On dirait que tu as passé les sélections, dit Hunter en souriant.

– Et lui ? je demande en voyant le profil suivant.

– Il a des lunettes de soleil et un chapeau sur toutes ses photos. Soit il est chauve et moche, soit c'est un tueur. Cela dit, j'imagine qu'un tueur en série n'est pas rédhibitoire pour toi.

– C'est clair ! Je serais prête à vendre mon enfant pour analyser un tueur.

– Je ne sais pas si tu plaisantes, et ça me fait peur.

On swipe encore quelques minutes, mais les visages commencent à se ressembler. Je m'ennuie sérieusement, mais les messages s'enchaînent.

– Et si on parlait à mes matchs pour virer ce qu'on n'aime pas ? je propose.

Je comprends vite que la quantité prend le pas sur la qualité.

– Bon sang, ces messages sont nases ! grommelle Hunter.

Quoi de neuf, ma belle ?

T'es trop booonne.

22 cm, à ton service.

– Beurk ! je déclare en supprimant le match avec Monsieur Vingt-Deux.

J'ouvre le message suivant et le parcours rapidement. Ethan, le mec, a rédigé tout un paragraphe pour se présenter.

– Bon sang, mate celui-ci.

Hunter lit le message et siffle.

– C'est mort. Il a trop la dalle. Je ne l'aime pas du tout.

– Moi non plus.

On semble être sur la même longueur d'onde à propos de notre ressenti avec ces mecs.

J'arrive enfin au message de Roy.

Salut Demi ! Je sais que c'est cliché, mais t'as des yeux magnifiques. Comment se passe ta soirée ?

– Je l'aime bien, je déclare, faisant glousser Hunter.

– C'est un peu triste. Tout ce qu'ils ont à faire, c'est démontrer des talents basiques pour la conversation plutôt que de parler de leur queue. Le niveau est sacrément bas.

– Tu as raison, c'est pitoyable. Qu'est-ce que je réponds ?

– Dis-lui que t'aimes le V sous ses abdos.

J'ignore sa proposition et réponds :

Merci ! Tes yeux sont pas mal non plus. Et le reste aussi ;)

Hunter retient son souffle avec un cri aigu.

– Demi, espèce d'allumeuse ! se moque-t-il.

Je souris et renvoie un autre message.

MOI : Ma soirée n'est pas mal. Je révise mes cours. Et toi ?

LUI : Ma soirée serait bien meilleure si on buvait une bière ensemble :)

– Il est doué, remarque Hunter.

LUI : Qu'est-ce que t'en dis ? On boit un verre ?

– Propose-lui d'aller chez *Malone's*, conseille Hunter.

– Quoi ? Maintenant ? On ne s'est écrit que trois messages !

– Et alors ? Le but est d'avoir un rencard, non ? Il faut que tu le rencontres pour savoir si le courant passe entre vous.

– Et il faut que ce soit ce soir ?

– Pourquoi pas ?

– Je suis censée dîner avec TJ.

– Propose-lui de le voir demain alors. Mais crois-moi, un mec avec un cul comme le sien ne va pas rester longtemps sur le marché. Même moi, je suis prêt à l'épouser.

Je mâche ma lèvre inférieure en réfléchissant. Je suppose que je peux voir TJ une autre fois, on se voit tout le temps, après tout. Et ça pourrait être cool d'avoir un rencard. J'ai pas fait ça depuis le lycée, durant un break avec Nico.

– Ok, je décide. Je vois Roy ce soir.

– Ah, j'aime ça ! s'exclame Hunter en levant la main en l'air.

Je la tope et réponds à Roy. On se voit chez *Malone's* dans une heure, et Hunter propose de m'y emmener en voiture.

J'écris ensuite à TJ.

MOI : Faut que j'annule notre dîner. J'ai un... rencard ! Argh ! Tu le crois, toi ? Demain soir, ça t'irait ?

Je le vois répondre, mais son message n'arrive qu'une minute plus tard.

TJ : Pas de souci. Ok pour demain.

MOI : Parfait. T'es le meilleur.

TJ : XOXO

– Oh mon Dieu, je dis à Hunter. (J'ai soudain des papillons dans le ventre.) Je suis super-nerveuse ! Et je n'ai qu'une heure pour me doucher et décider ce que je vais mettre.

– Va te doucher. Je choisis ta tenue, répond Hunter en se dirigeant déjà vers mon armoire.

– Des vêtements, Hunter. Choisis de vrais vêtements !

Il ricane tandis que je ferme la porte de la salle de bains.

★ ★ ★

Lorsque nous arrivons chez *Malone's*, mes mains sont moites et mon cœur bat horriblement vite. Est-ce que je suis vraiment sur le point de faire ça ? Je ne me sens plus si prête, tout à coup.

Hunter gare sa voiture dans le petit parking derrière le bar. Il coupe le moteur et se tourne vers moi pour m'étudier.

– J'ai fait du beau travail, déclare cet enfoiré en hochant la tête.

Je dois lui accorder que son choix vestimentaire est impeccable. Il a choisi un jean skinny bleu marine, un pull gris pâle qui tombe sur une épaule et des bottines en daim noir avec un petit talon. C'est un ensemble mignon, et ça me va bien.

En revanche, pour ce qui est des accessoires…

– Je déteste ces boucles d'oreilles, je rouspète en repositionnant les créoles pour qu'elles ne s'accrochent pas dans mes cheveux. Et tu le sais, en plus. Mais tu m'as quand même forcée à les mettre.

– Parce que tu es canon avec. Crois-moi, elles font passer ta tenue d'un neuf à un onze sur vingt, en matière de baisabilité. Arrête de te plaindre et mets-les ce soir. Juste un soir.

– Argh, très bien.

Je sors de la voiture et suis surprise qu'Hunter en fasse de même.

– Tu viens avec moi.

– Ne t'en fais pas, je resterai assis au bar. Je reste juste assez longtemps pour être sûr qu'il ne va pas te tuer. Fais comme si je n'étais pas là.

Je suis sincèrement touchée.

– Merci. Tu es un vrai ami.

On fait le tour de l'immeuble pour entrer dans le bar. Je n'en reviens pas d'avoir un rencard. Trouvé sur Tinder, qui plus est. Un rendez-vous Tinder implique « je vais coucher avec toi ce soir ».

Attendez, quoi ? Je ne peux coucher avec personne, ce soir. Je viens de réaliser que je ne me suis pas rasé les jambes.

Merde, pourquoi je ne me suis pas rasé les jambes ?

T'en fais pas, c'est juste un verre, je me dis pour me calmer.

On passe la porte et je balaie la salle des yeux. Je ne m'attendais pas à ce qu'il y ait autant de monde un lundi soir, mais les étudiants sortent tous les soirs de la semaine, je suppose. Mon pouls accélère quand je remarque un grand mec musclé qui vient vers moi en écarquillant les yeux d'un air ravi.

– Demi ?

– Roy ?

– C'est moi, répond-il en souriant, dégainant ses fossettes.

Oh non, il a des fossettes. Je suis foutue.

– Il y a une table, là-bas, dit-il d'une voix chaleureuse. Après toi…

– Après moi, alors.

Argh, quelle réponse pourrie, je suis nulle à ça.

Il n'y a que deux tables libres et nous prenons la plus reculée des deux. Je regarde par-dessus mon épaule. Hunter me fait un clin d'œil en hochant la tête pour m'encourager, puis il s'installe au bar.

– Je suis désolé d'être aussi direct, mais tu es encore plus canon en vrai, déclare Roy en me reluquant.

Au moins, je ne me sens pas coupable d'en faire de même. Son tee-shirt est sans doute plus moulant que n'importe laquelle de mes fringues. Je vois clairement le contour de tous ses muscles, ainsi que de ses tétons. Les tétons de mecs m'ont toujours laissée insensible, mais ceux de Roy sont tellement impossibles à rater que je n'arrive pas à les quitter des yeux. Je me force néanmoins à lever la tête vers les deux écrans au-dessus de nous. L'un montre du football américain, l'autre un match de la NHL.

– Tu aimes le sport ? demande Roy.

– Je regarde le foot, quand ça passe à la télé. Mais je ne suis pas fan de hockey, même si un de mes bons copains joue pour Briar. Et mon ex jouait au basket, donc j'étais obligée de suivre les matchs de la NBA.

Merde, je ne suis pas censée parler de mon ex lors d'un rencard… !

Bon sang, je suis vraiment nulle à ça.

Heureusement, ça ne semble pas déranger Roy.

– Je n'ai jamais aimé les sports d'équipe, dit-il avant de désigner son torse. Je sais, je sais, on ne dirait pas. Mais mon physique me vient de la salle de sport.

– Ah, tu y vas souvent ?

– Sept jours par semaine. Et toi ? Tu vas à la salle de sport, parfois ?

– Je vais à celle de la fac une ou deux fois par semaine. Mais je ne fais pas grand-chose à part utiliser le tapis de course et soulever quelques haltères. Rien de spécial.

Un serveur vient prendre notre commande. Roy demande une Bud Light. Je ne suis pas fan de bière, mais je ne veux pas boire d'alcool fort car je suis déjà trop nerveuse.

– Je prendrai la même chose, je dis finalement.

Lorsque le serveur est parti, Roy reprend là où nous nous sommes arrêtés.

– Tu vas à la piscine, parfois ? Elle est super pour faire des longueurs.

– Non, jamais. Mes sessions sont plutôt tranquilles, je réponds en haussant les épaules. J'ai un bon métabolisme.

– Le sport n'a rien à voir avec ça. C'est une question de santé : un cœur fort, un moral solide et des os costauds.

Il parle des bienfaits du sport pendant plusieurs minutes au point que je décide de l'interrompre.

– Tu m'as un peu perdue, Roy.

– Désolé, répond-il en souriant d'un air gêné. Le corps est ma passion.

– Ça se voit.

– Parlons d'autre chose.

Il appuie ses coudes sur la table et sa grosse montre en argent scintille sous les spots du plafond.

– Alors, tu ne cherches pas quelque chose de sérieux ?

Mon Dieu, ce sujet est encore plus gênant. Je préférerais encore parler de ses biceps.

– Euh… non. Enfin, j'ai rompu récemment avec mon mec, donc…

– Tu cherches à rebondir.

Je hoche la tête.

– Moi aussi, admet Roy.

– Ah bon ?

C'était pas dans son profil.

– Ça fait combien de temps que t'as rompu ?

– Deux jours.

Deux jours ? Et il est déjà sur Tinder ? Au moins, ma rupture date de plusieurs semaines, pas de quelques jours !

– C'est très récent… Tu es sûr que… tu es prêt ?

Roy trifouille sa grosse montre.

– Honnêtement, je ne sais pas. Mais j'avais besoin de tourner la page et j'ai pensé que c'était le meilleur moyen de le faire.

Mince, je suis mal à l'aise, tout à coup.

– Je peux te demander pourquoi vous avez rompu ? demande-t-il.

– Il m'a trompée.

– Ah merde ! Ça craint. Ça faisait longtemps que vous étiez ensemble ?

– On se connaît depuis qu'on a huit ans. Notre premier baiser était à douze ans, et on s'est officiellement mis ensemble à treize.

Je suis surprise de ne ressentir aucune émotion en récitant l'histoire de ma relation avec Nico.

– Waouh, s'étonne Roy. C'était sérieux.

Le serveur apporte nos bières et je suis contente qu'il interrompe cette conversation. Je ne m'y connais pas trop en matière de rencards, mais j'ai tendance à penser que celui-ci ne se passe pas très bien.

– Santé, je dis en levant ma bouteille.

– Santé, répond-il en trinquant avec moi.

Il boit une longue gorgée et je l'imite en m'efforçant de ne pas vomir. Je déteste la bière. Pourquoi j'ai commandé ça, bon sang ? Quelle idiote ! Peut-être que je devrais rappeler le serveur et demander un verre d'eau.

– Alors on est tous les deux malheureux en amour, dit Roy en me regardant par-dessus sa bouteille.

– Apparemment. Qu'est-ce qui s'est passé avec ta copine ?

– Elle disait que je ne passais pas assez de temps avec elle, répond-il en buvant une autre gorgée. Elle pense qu'elle doit être ma priorité et que j'accorde trop d'importance à des choses stupides plutôt qu'à elle.

Je réfléchis un instant.

– Peut-être qu'elle a un peu raison ? Normalement, on doit donner la priorité à son partenaire. En même temps, on est à la fac. Donc on doit aussi penser à nos cours, nos devoirs, notre vie sociale…

– Non, dit-il en me coupant la parole. Elle parle du sport. Elle dit que je suis accro à la salle de sport.

Je ne peux pas m'empêcher de regarder ses pectoraux qui luttent contre son tee-shirt comme s'ils le suppliaient de les libérer.

Peut-être l'ex de Roy a-t-elle raison.

– Mais qu'elle aille se faire voir, gronde-t-il. Elle devrait être fière du travail que je fournis pour avoir ce corps. Il y a des mecs qui prennent des stéroïdes et s'empoisonnent pour me ressembler. Mais moi c'est naturel, au moins. Mon corps est un temple sacré.

Quelqu'un ricane derrière nous. Bon sang, quelqu'un est vraiment en train de nous écouter ? Je tourne la tête et soupire en voyant Hunter, installé à la table la plus proche de la nôtre. Il était censé rester près du bar !

Je suis encore plus mal à l'aise maintenant que je sais que mon ami nous écoute. Cela dit, peut-être que ce n'est pas si grave que ça. Il est évident que Roy et moi n'allons pas aller plus loin.

– Je ne comprends pas pourquoi je dois choisir, rouspète-t-il.

– Tu l'aimais ? je réponds en plongeant mon regard dans le sien.

– De tout mon cœur.

– Alors où est le problème ? Va moins souvent à la salle de sport, espèce de crétin, je dis gentiment.

Hunter ricane.

– Mais c'est un problème. C'est un choix impossible à faire.

– Arrête, tu exagères. Tu ne peux pas aimer la muscu plus qu'une femme. Tu ne peux pas épouser la muscu, Roy. Tu ne peux pas avoir d'enfants avec tes haltères.

Le sol se met à vibrer et je ne sais pas si c'est à cause des basses qui sortent des enceintes ou parce qu'Hunter est pris d'un fou rire.

– Tu n'as peut-être pas tort, admet Roy. Mais je ne vois pas pourquoi je dois faire une croix sur ma passion.

– Elle ne te demande pas de faire une croix dessus, elle te demande de trouver un équilibre.

– Un équilibre, répète-t-il.

– Oui. Écoute, comment s'appelle ta copine ?

– Kaelin.

– Je pense que Kaelin a raison. Si tu la mets réellement sur le même plan que la muscu, elle a le droit d'être vexée. Kaelin est un être vivant, Roy. La salle de sport est juste une pièce remplie de machines.

Hunter éclate de rire derrière moi, mais je l'ignore.

– Je pense qu'il faut que tu réévalues tes priorités. Tu ne devrais pas chercher une meuf de consolation. Certes, tu aurais une chance inouïe de rebondir avec moi…

– Inouïe, acquiesce-t-il.

– Mais ce n'est pas ce que tu dois faire.

– Qu'est-ce que je dois faire ?

– Appelle Kaelin et dis-lui que tu veux la voir pour parler. Et, cette fois, peut-être que tu pourrais écouter ce qu'elle te dit ? Elle n'essaie pas de te contrôler, elle veut juste être avec toi.

J'espère que j'ai bien compris la situation et que cette Kaelin ne l'a pas largué parce qu'il est vraiment amoureux et sexuellement attiré par ses haltères. Mais bon, il n'a clairement pas tourné la page, ça vaut le coup qu'ils discutent, non ?

– Je sais que c'est hyper-impoli, mais…

Roy sort un billet de vingt dollars de sa poche arrière et le pose sur la table.

– Ça te dérange si je pars ?

– Pas du tout, fonce la voir.

Je prends le billet de vingt dollars. C'est beaucoup trop pour deux bières pourries, mais autant m'en servir pour payer une tournée à Hunter.

En parlant du loup, il apparaît à mes côtés dès que Roy a le dos tourné.

– C'était le rencard le plus pourri que j'aie jamais épié, déclare-t-il.

– C'est clair ! Alors, c'est comme ça quand on se remet en selle ? Il faut monter un tas de bourricots avant de trouver un étalon ?

– Meuf, premièrement, ce mec était un pur-sang arabe. Tu n'as pas vu ses muscles ?

– Et deuxièmement ?

– Ah, j'ai pas de deuxièmement.

– Je n'arrive pas à croire ce que je viens de vivre, je soupire.

– Ben, tu ne t'es pas rendu service en jouant à la psy, Demi.

– C'est une mauvaise chose ?

– Ça l'est quand tu cherches à coucher avec lui. Tu étais censée te le taper, Demi, pas le renvoyer chez sa nana.

– Tu as raison. Je ne suis vraiment pas douée pour ça, je râle.

Hunter ôte la bouteille de Bud Light de ma main et la pose sur la table.

– Débarrassons-nous de cette bouse. Il est hors de question qu'on boive des Bud Light ce soir.

– On ?

– Ton rencard s'est barré. Tu n'as que moi, bébé. Je vais nous chercher des vraies bières.

Hunter n'est parti que depuis trois secondes quand un mec vient me parler. Il a le crâne rasé, un sweat trop grand et des dents très blanches.

– Salut beauté, tu veux de la compagnie ?

Je suis sur le point de dire non quand il s'installe à mes côtés.

– Où est passé ton ami ?

– Il est parti nous chercher à boire. Donc, si ça ne te dérange pas…

Il se rapproche encore plus et je recule. Je n'aime pas que les gens envahissent mon espace personnel.

– Qu'est-ce qui ne va pas ? roucoule Dents Blanches.

– Tu envahis mon espace, je rétorque. J'apprécierais que tu recules.

Il fronce les sourcils.

– Pourquoi tu as besoin d'espace ? On apprend à se connaître.

Je suis soulagée lorsqu'Hunter revient. Il voit l'envahisseur et lui lance un regard assassin.

– Non, dit-il froidement.

– Non quoi ? répond Dents Blanches d'un ton agacé.

– C'est mort. Barre-toi.

Je souris en voyant la posture menaçante d'Hunter. C'est mon nouveau garde du corps, apparemment.

Un garde du corps canon.

Merde, il faut que j'arrête de penser à lui de cette manière. Hunter ne veut pas me servir de mec de consolation. Il a été on ne peut plus clair.

Mais ce serait tellement plus simple qu'il accepte ! Il m'attire, mais surtout, je lui fais confiance. Pourtant, il est hors de question que j'essaie de le séduire, surtout qu'il m'a clairement dit qu'il n'était pas intéressé.

Dents Blanches s'en va en rouspétant, Hunter le regarde partir d'un air amusé.

– Waouh, c'était facile.

Il me présente ensuite une grande cannette de bière avec un geste théâtral. Elle s'appelle *Jack's Abbey House Lager*.

– Une cannette ?

– Ouais, ça revient à la mode dans les brasseries artisanales. Je te fais découvrir la vraie vie, bébé.

– Beurk. J'aurais dû te dire de me prendre une vodka cranberry, ou quelque chose du genre. Il n'y a pas beaucoup de bières que j'apprécie. D'ailleurs, maintenant que j'y pense, je crois que je n'en aime aucune. Elles sont toutes dégoûtantes, enfin, pour moi.

– Crois-moi, tu vas aimer celle-là. Elle descend toute seule. Vas-y, goûte-la.

Hunter me regard avec insistance, je bois une grosse gorgée de sa bière magique.

– Alors ?

– Elle a le même goût que l'autre, je réponds en fuyant son regard.

– Tu plaisantes, j'espère ? Tu penses qu'Abbey House a le même goût que la Bud Light ? Tu me déçois profondément.

– Je t'ai dit que je n'aimais pas la bière !

– Honte à toi.

– C'est toi, la honte.

Hunter sourit et je lui tire la langue.

– Je suis désolé que ça n'ait pas marché avec Monsieur Muscles.

– T'en fais pas. C'était chouette d'avoir une raison de sortir. Et c'est un bon entraînement, non ?

Nous passons un moment à observer les gens en savourant nos bières. Enfin, Hunter savoure la sienne. Moi, je me pince le nez en essayant de ne pas vomir. On s'amuse à inventer les vies des clients du bar, et j'oublie vite que mon rencard m'a plantée. Je m'amuse plus avec Hunter, de toute façon.

Nous partons vers neuf heures trente et contournons le bâtiment pour aller au parking. Je ferme ma parka et une de mes boucles d'oreilles s'accroche à la capuche.

– Je déteste ces trucs, je rouspète. C'est un vrai danger, tu sais.

– C'est toi, le danger.

C'est notre nouveau jeu. Ça nous fait rire à chaque fois, ce qui signifie sans doute que notre sens de l'humour est immature, mais tant pis.

Hunter démarre sa Land Rover et sort du parking en marche arrière.

– Je te ramène chez toi ?

– Ouais, merci.

J'attache ma ceinture et j'éclate de rire en voyant que c'est mon Bluetooth qui se connecte à sa voiture.

– Tu ne t'es pas désynchronisée ! gronde-t-il. Tu m'avais promis que si !

– Je t'ai menti, Hunter.

Je choisis une playlist composée uniquement de chansons de Whitney Houston, parce que je sais qu'il les déteste.

– Tu es diabolique, dit-il en prenant la direction du campus.

– Désolée, je ne t'entends pas. Whitney est en train de chanter.

Je décide alors de chanter avec Whitney sur « Greatest Love of All » jusqu'à ce qu'Hunter menace de m'abandonner au bord de la route si je ne me tais pas.

– Eh, tu pourrais éteindre le chauffage sous mes fesses ? demande-t-il. J'ai le cul en feu.

– Pas de souci.

Je tends le bras pour poser mon téléphone dans le porte-gobelet, mais la voiture passe sur un nid-de-poule et mon portable glisse entre les pieds d'Hunter.

– Bon sang, *Semi*, reprends-le avant qu'il se coince sous la pédale.

– Calme-toi, bon sang. Attends.

Je me penche et tends le bras, mais mon portable vole dans la direction opposée.

– Merde, je n'arrive pas à l'atteindre. Tu peux essayer de le pousser vers moi avec ton pied ?

– Non. Je conduis, Demi.

– Essaie !

Il grogne et tâte le sol avec son pied, mais la voiture fait un écart.

– Ok, non, arrête. Concentre-toi sur la route. Je vais le faire.

Je défais ma ceinture et m'allonge sur ses jambes, tâtant le sol à ses pieds, quand la voiture fait une nouvelle embardée.

– Regarde la route !

– J'essaie, râle-t-il. Mais tu tripotes ma jambe.

Je me penche autant que possible jusqu'à ce que ma tête soit posée sur la cuisse d'Hunter. Je tends la main et… *yes* !

– Je l'ai !

J'essaie de me relever, mais… je ne peux pas.

– Demi, aboie Hunter, bouge !

J'essaie de lever la tête, mais une douleur jaillit dans mon oreille.

– Oh mon Dieu ! je gémis. Je te l'avais dit. Je te l'avais dit, putain !

– Tu m'as dit quoi ? Bon sang, lève-toi…

– Je peux pas, je bafouille, la bouche plaquée contre son jean. Ma boucle est coincée.

– Coincée sur quoi ?

– Sur toi ! Sur ton jean ! Je ne sais pas !

Je n'ose pas bouger, préférant garder la tête sur ses cuisses, les yeux rivés sur ses pieds.

– Essaie de te décrocher, dit-il.

Je refuse de bouger.

– Non. Je vais m'arracher l'oreille, Hunter.

– Mais non.

– Si, je réponds alors que je suis au bord des larmes.

Hunter pousse un grognement frustré.

– Tu ne vas pas t'arracher l'oreille… Putain, tu sais quoi, attends. Je m'arrête.

Et c'est là qu'on entend les sirènes.

21

Hunter

C'est un désastre. Les flics sont en train de m'arrêter, et la tête de Demi est toujours coincée sur mes cuisses. Dès que le flic va regarder par la vitre, il va penser…

Merde, il va penser qu'elle me taille une pipe.

– Pourquoi ils nous arrêtent ? demande-t-elle.

Ils ont dû voir les embardées de la voiture.

Putain, quel cauchemar !

Je coupe le moteur et essaie de relever Demi en attendant l'arrivée du flic.

– Aïe ! gémit-elle.

– Désolé, je marmonne, mais je voulais te décrocher.

Sa boucle s'est accrochée à quelque chose, ça c'est certain, mais je ne sais pas à quoi. Peut-être sur un passant de mon jean ? En tout cas, chaque fois que j'essaie de la décrocher, Demi gémit de plus belle. Je n'en reviens pas, mais… elle pourrait perdre son oreille.

Je ne sais pas si je dois rire ou pleurer.

– Il arrive, chuchote-t-elle en entendant des bruits de pas.

– Permis et carte grise, s'il…

Le policier s'arrête net, et je soupire.

– Qu'est-ce qui se passe ici ? Relevez-vous, Mademoiselle. Tout de suite, ordonne-t-il.

– Je ne peux pas ! se lamente Demi.

Le flic me fusille du regard.

– Il va falloir que vous et votre copine sortiez du véhicule et que vous mettiez vos mains sur le capot.

– Je suis pas sa copine ! s'exclame Demi, comme si c'était ça notre problème.

– On ne peut pas, je réponds.

– Écoute, gamin, je sais que vous autres étudiants trouvez ça cool, mais l'atteinte à la pudeur est passible d'arrestation. Et en plus, votre conduite mettait en danger les autres automobilistes.

Je regarde la route déserte à travers le pare-brise.

– Quels automobilistes ? On est les seuls sur la route. On n'a pas croisé une seule voiture depuis que vous nous avez arrêtés.

– Et il n'y a pas d'atteinte à la pudeur ! proteste Demi. Je suis coincée !

– Coincée, répète-t-il d'un ton dubitatif.

Je pousse un soupir et me lance dans les explications.

– Elle a fait tomber son téléphone, elle a voulu le récupérer, et maintenant elle est coincée.

– Coincée, répète-t-il.

Il secoue la tête, comme s'il ne savait pas s'il doit nous croire ou pas.

– Mademoiselle, je ne vous le redemanderai pas. Relevez-vous.

– Je ne peux pas.

Les mains du flic descendent vers sa ceinture.

– Putain ! Vous avez pas besoin de votre flingue ! je m'exclame.

– Quel flingue ? s'écrie Demi, remuant sur mes cuisses pour essayer de se libérer.

Si le flic n'était pas là et que nous étions tous les deux, les ondulations de Demi feraient tressauter mon sexe. Mais le flic est bien là, ma verge est flasque et je suis à deux doigts d'éclater de rire nerveusement. Or, ça ne plaira pas au policier, qui est clairement de plus en plus irrité.

Il s'avère qu'il voulait seulement attraper sa radio.

– Il va me falloir des renforts sur Ninth Line et Highway Forty-Eight, dit-il. Les suspects ont été arrêtés pour conduite erratique due à une fellation, et ils refusent de sortir du véhicule.

– Je ne lui fais pas une fellation ! s'insurge Demi. Croyez-moi, j'adorerais lui en faire une, mais il a fait vœu de célibat !

Attendez, qu'est-ce qu'elle vient de dire ? Elle aimerait me tailler une pipe ?

– Tu es sérieuse, Demi ? Tu veux vraiment me tailler une… me faire ça ?

Je ne sais plus quoi penser. Durant toutes nos conversations, je croyais sincèrement qu'elle plaisantait en me suggérant d'être son mec de consolation. C'est pour ça que je ne me suis jamais autorisé à… espérer, je suppose ?

– Je t'ai dit que je voulais me rejeter à l'eau et que je voulais que ce soit avec toi, marmonne-t-elle contre mon jean tout en continuant d'essayer de décrocher sa boucle.

Quoi qu'il en soit, on reparlera de son désir de me sucer plus tard. Il faut d'abord que je nous sorte de cette situation ridicule.

– Monsieur, s'il vous plaît, je dis calmement. Je sais de quoi ça a l'air, mais il n'y a pas d'atteinte à la pudeur. On est tous les deux habillés. Ma braguette n'est même pas ouverte.

– Où sont votre permis et votre carte grise ?

– Dans la boîte à gants, mais je ne peux pas l'atteindre…

Demi pousse un cri triomphal et se redresse soudainement.

– Ça y est ! s'exclame-t-elle en frottant son lobe.

– Merde, je gronde lorsqu'elle enlève sa main.

Son oreille est rouge et très gonflée et elle a du sang sur les doigts.

Elle a raison. Les créoles devraient être interdites.

– Vous voyez ! dit-elle au flic en le suppliant du regard. Sa braguette est fermée. On ne faisait rien de mal. On n'a bu qu'une bière chacun. Enfin, moi j'en ai bu deux.

Eh merde ! Le policier ne s'était même pas demandé si on avait bu et maintenant, grâce à elle, c'est le cas. Il n'est plus d'humeur à plaisanter.

– Je vous ordonne de sortir de la voiture. Tout de suite.

★ ★ ★

– Alors c'est ça, la cellule de dégrisement ? demande Demi, une heure plus tard.

Elle semble déçue. Nous sommes trois dans la vaste cellule. Nous, et un quinquagénaire barbu qui dort sur un banc. Il sursaute dans son sommeil et son pied tapote le barreau toutes les cinq secondes.

Ouaip. On est derrière les barreaux, et tout ça à cause d'une énorme paire de créoles.

– Peut-être que c'est plus sympa quand on est saoul ?

Je ris en me laissant glisser contre le mur pour m'asseoir sur le banc métallique. Le sol est crade et les lumières sont bien trop blanches.

– Tu sais, tout ça est de ta faute, je dis d'un ton joyeux.

– Ma faute ? s'exclame-t-elle, indignée.

– Je t'ai dit que ça finirait mal si tu te connectais à mon Bluetooth.

– Ce n'est absolument pas la faute de mon Bluetooth.

– Ah non ?

– Non. J'ai fait tomber mon téléphone.

– C'est quand même de ta faute.

– Roh, tais-toi !

– Toi, tais-toi !

Je glisse sur le banc pour me rapprocher d'elle.

– Ça va, ton oreille ?

Son lobe semble encore rose et enflé, mais il ne saigne plus. Toutefois, je me sens coupable en voyant la croûte de sang séché, parce que c'est moi qui l'ai forcée à mettre ces horribles créoles.

– Ça fait un peu mal, admet-elle, mais au moins j'ai toujours deux oreilles.

– C'est déjà ça, j'acquiesce. Je suis désolé de t'avoir obligée à les mettre.

– T'en fais pas. Au moins tu sais, maintenant. Parfois, il faut voir une tragédie de ses propres yeux pour la comprendre.

– Tout à fait, je réponds d'un ton grave.

Je ne peux me retenir de rire et Demi en fait de même, tendant ses jambes pour s'étirer.

– J'aimerais une sucette, dit-elle.

– J'aimerais ma liberté, je rétorque, la faisant rire de nouveau.

– Mon Dieu, je ne peux pas croire qu'on est en prison pour attentat à la pudeur.

– Et tu n'as même pas touché ma queue !

– Je sais, c'est dingue.

L'officier assis à l'accueil tourne la tête vers nous et nous lance un regard amusé. Ça fait une heure qu'il est assis à son bureau, rédigeant je ne sais quoi sur l'ordinateur.

Je ne sais pas ce que fait le flic qui nous a arrêtés. Cela dit, apparemment on n'a pas officiellement été arrêtés. Personne ne m'a récité mes Droits Miranda[12], et j'ai vu assez d'épisodes de *New York, Police judiciaire* pour savoir que n'importe quel juge annulerait l'affaire.

Personnellement, je crois que l'Officier Ronchon passait une mauvaise soirée. Demi et moi n'avons rien fait de mal, et il le sait. Nos alcootests étaient nickel.

– C'est quoi la sanction pour attentat à la pudeur ? demande Demi.

– J'en ai aucune idée.

– Excusez-moi, Monsieur ? demande-t-elle en avançant vers les barreaux. Quelle est la sanction pour attentat à la pudeur ? C'est la peine de mort ?

Le flic semble se retenir de rire.

12. Droits prononcés lors de l'arrestation d'un individu, lui signifiant notamment son droit à garder le silence et à bénéficier d'un avocat.

– Lorsque c'est la première infraction, en général, c'est une amende.

– Parfait ! s'exclame-t-elle. Mon complice est méga-riche. Il vous fera un chèque.

– Eh, ce n'est pas à moi qu'il faut vous adresser, répond le flic en souriant. Attendez le retour de l'officier Bruti. C'est à lui que vous devez parler.

– L'officier Abruti, plutôt, marmonne Demi.

– Joli, je ricane.

– Mais on n'a pas droit à un coup de fil ? demande-t-elle au flic.

– Elle a raison, je déclare en la rejoignant contre les barreaux. J'aimerais passer mon appel, s'il vous plaît.

– Ouais, si vous voulez.

Le jeune policier se lève et m'ouvre la porte, me faisant signe de sortir, puis il referme la grille à clé.

– Tu appelles qui ? demande Demi.

Je me tourne pour lui répondre, mais je la vois derrière les barreaux, agrippant les barres et… c'est très bon. Je le regretterai toute ma vie si je ne saisis pas cette occasion.

– J'ai le droit de prendre une photo ? je demande au flic.

– Je t'interdis de faire ça, gronde Demi.

– Faites-vous plaisir, répond le jeune flic.

Je crois que ça fait une éternité qu'il ne s'est pas autant amusé.

Je sors mon téléphone de ma poche et prends Demi en photo alors qu'elle me lance un regard assassin. Ensuite, histoire d'enfoncer le couteau dans la plaie, je me tourne pour prendre un selfie avec le visage outré de Demi en arrière-plan.

– C'est bon, je sais ce que je vais envoyer comme carte de vœux, cette année.

– Je te déteste.

C'est faux, puisque tu veux me sucer.

Je ne parviens pas à freiner l'horrible pensée. Or, j'ai du mal à le comprendre. Était-elle sérieuse quand elle me demandait d'être son rebond ? Elle est tellement sarcastique que j'ai supposé qu'elle plaisantait.

Cela dit, peut-être que c'est une bonne chose que je ne sache pas. Je me suis juré que je n'aurais pas de rapports, cette année, et l'idée de rompre mon célibat avec Demi est beaucoup trop tentante.

L'officier m'accompagne à son bureau et désigne le téléphone.

– Je ne peux pas utiliser le mien ?

– C'est contre le protocole, répond-il en secouant la tête.

– Ok. C'est absurde, mais tant pis.

Je hausse les épaules et compose un des rares numéros que je connais par cœur.

– Salut coach, je dis en entendant son grognement.

– Davenport ? répond-il d'un ton suspect.

– Ouais. J'espère que je ne vous ai pas réveillé.

La pendule fixée au mur indique qu'il est 22h37, donc ce n'est pas super-tard, mais on a entraînement à 6h30, demain matin, donc il était peut-être déjà au lit.

– Qu'est-ce qui se passe ? aboie-t-il.

– Oh, rien de spécial, je réponds, alors que je me demande comment présenter la situation.

– Est-ce qu'il s'agit de ce putain d'œuf ? Il lui est arrivé quelque chose ?

– Non, Pablo va très bien, merci de vous en inquiéter. Enfin, je crois que ça va. Il est avec Conor ce soir donc… ouais… bref… Il n'y a pas de bonne façon de le dire, donc je me lance, ok ? Je suis en prison, et je me demandais si vous pouviez venir parler aux flics et… vous savez, faire votre truc.

– Mon truc ?

– Leur crier dessus, j'explique.

Il y a un court silence.

– C'est une blague ? Parce que j'ai autre chose à faire.

Je m'interdis de rire.

– Je suis très sérieux. J'ai été arrêté avec une amie à Hastings, ce soir. C'était un malentendu. On n'était pas saouls et il n'y avait pas d'attentat à la pudeur en dépit de ce que pense l'officier Abruti…

L'agent à l'accueil ricane. Bon sang, si seulement c'était lui qui nous avait arrêtés. Je parie qu'il m'aurait topé dans la main avant de nous laisser repartir.

– Coach ?

Nouveau silence.

– J'arrive.

22

Hunter

– Il est où ? s'impatiente Demi. Tu as dit qu'il habite à dix minutes d'ici.

– C'est le cas. Mais ça fait à peine *une minute* que je l'ai appelé, je réponds en levant les yeux au ciel.

Je la rejoins sur l'horrible banc en métal. Notre coloc continue de ronfler paisiblement. Son pied tressaute toujours et l'odeur d'alcool est impossible à ignorer.

Demi ferme la bouche, comme si elle essayait de ne pas rire.

– C'est le meilleur rencard de ma vie, dit-elle d'un ton lourd de sarcasme. L'ambiance romantique à elle seule est merveilleuse.

– Il ne manque que Whitney Houston, je ricane. Ah, et ton vrai rencard. Tu sais, le mec qui t'a lâchée pour sa meuf. Ou peut-être pour la salle de sport. Honnêtement, je ne sais pas. Le choix était impossible.

C'est à son tour de ricaner.

– Bah, peu importe. Tu es un rencard bien plus marrant.

Je souris jusqu'aux oreilles et l'attire contre moi. Elle appuie sa tête sur mon épaule et l'odeur de son shampoing titille mes narines. Je gonfle mes poumons et essaie de trouver de quel parfum il s'agit. Du jasmin, je crois. C'est agréable de l'avoir contre moi. Je me demande à quoi elle pense, si elle pense à la même chose que moi.

Je me retiens de grogner, déçu, lorsqu'elle lève la tête.

– Je suis sérieuse, dit-elle.

– À propos de quoi ? je demande d'une voix rauque.

– Tu es un bon rencard.

– Ce n'était pas un rencard.

– Alors, pourquoi tu me fais le Regard Queutard ?

– Pas du tout.

– Je sais reconnaître un Regard Queutard, Hunter.

Cette nana est incroyable. Elle me fait tellement rire. Et elle est tellement belle. Sa peau est toujours lumineuse, et douce, et je rêve de la caresser. Ses cheveux ont l'air super-soyeux, aussi. Ses mèches raides et brillantes tombent sur son épaule nue, tandis que d'autres cachent son œil gauche.

Je me lèche les lèvres et le regard de Demi s'embrase.

– Tu as des cheveux dans les yeux, je déclare.

Je lève la main et les coiffe derrière son oreille, caressant sa pommette pendant une fraction de seconde.

Elle retient son souffle.

– Mon Dieu, c'était ça ?

Je fronce les sourcils.

– De quoi tu parles ?

– C'était ta technique ? demande-t-elle, tout enjouée. Tu te lèches les lèvres et tu coiffes mes cheveux en caressant ma pommette avec ton pouce ? Je parie que c'est ta technique. Je me trompe ?

Je souris d'un air suffisant.

– Ça dépend. Ça a marché ?

– Oui, répond-elle aussitôt.

Merde, sa franchise est vraiment canon. Par ailleurs, je n'avais pas prévu de la dégainer ce soir, mais c'était bien ma technique. Mais cette fois, c'était naturel.

– Davenport ! gronde une grosse voix.

Je tourne la tête vers les barreaux en entendant les pas du coach. Il débarque dans la salle, suivi de près par l'officier Bruti.

– Ouvre cette porte, ordonne le coach à l'agent d'accueil, qui se lève d'un bond.

Étonnamment, il saisit ses clés avant de se rappeler que le coach n'est pas son supérieur.

– Euh, Bruce ? demande-t-il à l'officier Bruti.

Merde, il s'appelle Bruce ? Bruce Bruti ? Pauvre gars ! C'est peut-être pour ça qu'il est de si mauvaise humeur.

– Vas-y, dit Bruti.

Le coach nous regarde tous les deux de la tête aux pieds lorsque nous sortons de la cellule de dégrisement.

– Vous allez bien ? Personne ne vous a malmenés ?

– Non, je réponds, touché qu'il pose la question. Personne ne nous a touchés, mais merci de vous inquiéter.

– Je ne suis pas inquiet pour toi, espèce d'imbécile. C'est l'état de ta main qui m'inquiète, explique-t-il avant de s'adresser aux flics. Je te préviens, si ses frappes sont ne serait-ce qu'un dixième de seconde plus lents que d'habitude, je t'en tiendrai personnellement pour responsable, Albertson.

– Désolé, coach, marmonne l'agent d'accueil.

– Vous vous connaissez ? je demande en écarquillant les yeux.

– Ouais. Il jouait pour moi. Sammy Albertson. Promo 2012.

Merde. C'est vraiment dommage qu'on n'ait pas été arrêtés par lui. Il m'aurait suffi de parler du coach et il nous aurait laissés partir tranquillement.

– Et vous, poursuit le coach en se tournant vers Bruti. À moins que la bite du gamin soit sortie et qu'elle soit dans la bouche de quelqu'un, ce n'est pas un attentat à la pudeur. Prenez de meilleure décision, la prochaine fois.

– Dites-le à votre joueur, rétorque Bruti. Sa conduite était dangereuse.

– J'étais coincée, dit Demi. Hunter essayait de…

Le coach lève la main pour la faire taire et, comme tous ses joueurs, Demi s'exécute.

– On a des papiers à signer ? aboie-t-il. Des amendes à payer ?

– Non, je les laisse partir avec un avertissement par politesse pour…

– Bien, alors partons, gronde le coach.

Il hoche la tête, et Demi et moi lui courons après, comme des oisillons derrière leur maman.

Une fois dehors, le coach ferme son manteau. Il n'a toujours pas neigé, mais il fait enfin froid.

– Ta voiture n'est pas à la fourrière, parce que la remorqueuse n'était dispo que dans deux heures. Donc elle est encore sur Ninth Line. Je t'y amène.

– Merci, coach.

– Et je veux que tu rentres directement chez toi, tu m'entends ?

– Demi habite sur le campus, je réponds en secouant la tête. Il faut que je la raccompagne d'abord.

– Je m'en occupe, rétorque-t-il en avançant vers sa Jeep.

Demi me jette un regard inquiet.

– Est-ce que je dois avoir peur qu'il m'assassine en chemin ? Je ne me souviens pas d'avoir vu un épisode intitulé *Les coachs meurtriers*.

– Ça devrait aller.

– Ça devrait aller ?

Je hausse les épaules.

– Il m'en veut plus qu'à toi, je réponds. C'est moi qui l'ai sorti du lit.

– C'est vrai, acquiesce-t-elle en mettant sa capuche fourrée. Et je tiens à dire que rien de tout ça ne serait arrivé si tu avais accepté d'être mon lot de consolation.

– Si, ce serait quand même arrivé, je réponds en souriant. La seule différence, c'est que tu aurais vraiment été en train de me sucer.

Je regrette aussitôt mes paroles, parce que l'idée d'avoir mon sexe dans sa bouche est tellement excitante que je dois me retenir de grogner.

– Non, rétorque-t-elle. On n'aurait même pas été dans ta voiture. On aurait été au chaud dans ma chambre, sans profils Tinder et sans distractions. On aurait été tous les deux dans un lit confortable, ton pénis dans ma bouche. Ah ! Tu n'as qu'à penser à ça ! me lance-t-elle en partant vers la voiture du coach.

Tu parles. Comme si je pouvais penser à quoi que ce soit d'autre !

★ ★ ★

Et j'y pense. Toute la semaine.

En temps normal, je serais concentré sur le match à venir, et déjà plein d'adrénaline. Mais lorsque le vendredi arrive, je ne sais même plus contre qui on joue. Je n'ai aucune concentration, et pas seulement parce que Demi m'obsède mais parce que mes coéquipiers ont passé la semaine à me chambrer.

Je n'ai eu d'autre choix que de leur raconter ce qui s'est passé, parce que Brenna a pris le petit déj avec son père, le lendemain de « l'incident », et Jensen a décidé d'être un enfoiré et de le lui dire. Bien évidemment, Brenna l'a raconté à tout le monde et, maintenant, je suis Davenport, le mec qui s'est fait arrêter parce qu'il se faisait sucer au volant. Le pire, c'est que je n'ai même pas eu la pipe.

Demi s'amuse aussi à me chambrer, mais elle va encore plus loin que mes coéquipiers. Maintenant qu'elle a vu ma « technique », elle s'est donné pour mission de mettre fin à mon célibat.

DEMI : Bon match ce soir ! J'espère que tu vas marquer des buts ! Mais à propos de buts, tu as envisagé de faire une croix sur le tien et de mettre fin à ta vie de moine ?

Je soupire en lisant son message. Je devrais me préparer mentalement pour le match. Je suis dans le vestiaire visiteurs de… Boston College. C'est contre eux qu'on joue ce soir, c'est vrai. Je devrais penser au match, pas à Demi Davis.

MOI : Je t'ai dit que c'était mort.

ELLE : Tu ne veux même pas y réfléchir ? Pour moi ?

Quelqu'un me frappe dans le dos.

– Eh ! Oublie la pipe, capitaine.

Je me tourne vers Matt, tout sourires.

– Mais sérieusement… bien joué ! s'exclame-t-il.

– Tu m'as dit ça tous les jours de la semaine.

– Ben ouais, parce que c'est bien joué. J'ai toujours rêvé de me faire sucer en conduisant.

– Moi aussi, je réponds sèchement. Mais comme je te l'ai dit tous les jours de la semaine, il ne s'est rien passé. La boucle de Demi s'est accrochée sur mon jean.

– Je me suis fait sucer au volant, moi, dit Conor en déboutonnant sa chemise blanche.

– Tu t'es fait sucer partout, je rétorque.

– C'est faux. Je ne me suis jamais fait sucer…

Il réfléchit plusieurs secondes, cherchant un lieu dans lequel on ne lui a jamais taillé de pipe.

– Tu galères un peu, peut-être ? se moque Matt.

Je ricane et commence à me déshabiller pour enfiler mon équipement. Mon téléphone sonne de nouveau et je me rends compte que je n'ai pas répondu à Demi.

ELLE : Désolée. J'arrête d'en parler. Je sais que ça te met mal à l'aise.

MOI : Non, c'est moi qui suis désolé. Je me prépare. Faut que j'y aille. À plus.

J'ajoute un émoji qui fait un bisou, et je range mon téléphone dans mon jean. Lorsque je suis en tenue, je m'assieds sur le banc et mets mes patins.

Conor s'assied à côté de moi.

– Tu fais quoi après le match ? On allait inviter des gens à la maison. Tu es partant ?

– Pourquoi pas. J'ai rien d'autre à faire.

Il penche la tête sur le côté.

– Tu es sérieux à propos du célibat, mec, ou tu te fous de notre gueule ?

– Je n'ai pas baisé depuis avril, mec.

– Putain, c'est dingue. Je me masturberais tout le temps, à ta place.

– Je n'ai pas dit que c'était pas le cas, je réponds d'un ton lugubre.

– Ouais, mais quand même. Ça m'a l'air d'un cauchemar, si tu veux mon avis.

– C'est pas si horrible, en fait. Je commence à m'habituer à être tout le temps sur les dents.

– Putain ! interrompt Bucky en venant vers nous avec Pablo.

L'œuf est désormais enveloppé dans plusieurs couches de cellophane.

– Vous avez vu ça ? demande-t-il en agitant son téléphone. Le compte Insta de Pablo a dix mille followers ! Quelqu'un vient de lui envoyer un message pour savoir s'il veut faire une pub pour une crème anti-âge.

– C'est une blague ? je demande, bouche bée.

– Pas du tout, répond Bucky en secouant la tête d'un air ébahi.

– Une crème anti-âge ? s'enquiert Alec d'un ton confus. Comment on fait pour ne pas vieillir ?

– Et quel est le rapport avec un œuf ? se moque Conor. On est censé mettre de la crème sur sa petite tronche de cochon et le faire poser pour une séance photo ?

Bucky sourit jusqu'aux oreilles.

– Je vais leur demander.

Le coach entre dans le vestiaire pour faire son discours pré-match qui, en général, se résume en trois phrases : mettez-leur une branlée, ne me ridiculisez pas, ne faites pas honte à vos couleurs, etc. Je fais ensuite mon propre petit discours, et on part sur la glace.

Le public est assourdissant, et je me fiche que seul un tiers des gradins soit aux couleurs de Briar. Les cris et les encouragements me motivent autant que les huées. J'adore ce sport. J'adore la glace, la vitesse, l'agressivité. J'adore l'aspect physique du jeu et sentir mes os grincer quand on me plaque contre les bandes de la patinoire. C'est chelou, mais c'est le hockey et j'adore ça.

Je repense au match que j'ai regardé avec Fitz hier soir. C'était Edmonton contre Vancouver. Jake Connelly a marqué un des plus beaux buts que j'ai jamais vus. Et je me souviens du désir mélancolique que j'ai ressenti, car même si le hockey universitaire est super, ça n'a rien à voir avec le hockey professionnel.

Et si jouer pour les pros impliquait seulement d'être sur la glace, je me lancerais immédiatement. Mais cette vie comporte des aspects qui ne m'intéressent pas, comme les femmes, la célébrité, les conférences de presse et les déplacements constants. La tentation est constante. Et les Davenport réagissent mal face à la tentation.

Je vais donc devoir me contenter de ça, maintenant. De patiner avec mes amis et d'infliger des raclées à nos adversaires. Parce que c'est tout ce qui compte.

★ ★ ★

Le bus nous dépose au campus vers vingt-trois heures, et je prends ma voiture pour déposer mes amis chez Matt et Conor, à Hastings, avant de rentrer chez moi. Je compte revenir chez Matt à pied, comme ça, je pourrai boire quelques bières.

J'en profite pour me changer et enlever le costume-cravate qu'on est obligés de mettre lors de nos matchs en déplacement. C'est presque dommage, parce que le costard me va mieux qu'à quiconque. Je suppose que je peux remercier mon père, le look PDG lui va comme un gant. C'est sans doute pour ça qu'il est aussi populaire auprès des femmes.

Trop populaire, même.

– Hunter, tu sors ? demande Brenna en ouvrant ma porte, sans avoir frappé, bien sûr.

– Ouais, je vais chez Matt. Tu veux venir ?

– Je passerai peut-être plus tard. Je vais skyper Jake, d'abord.

– Passe-lui le bonjour. Ah, et dis-lui que je suis jaloux de son second but, hier. C'était magnifique.

– T'as vu ? Je n'ai jamais été aussi excitée de toute ma vie.

– Je crois vraiment qu'Edmonton peut remporter la Stanley Cup[13], cette année.

– Je suis d'accord. Ils sont invincibles.

– Quand j'étais à Boston, le mois dernier, Garrett disait qu'il espère qu'ils n'auront pas à s'affronter dans les playoffs[14], je dis en fermant mon sweat à capuche.

Mon Dieu, je ne sais pas pour qui je serais. Garrett, je suppose. Non, Jake. Ou peut-être Garett. Merde, le choix est impossible, comme choisir entre la salle de sport et sa meuf.

Brenna s'en va et je descends dans l'entrée pour mettre mon manteau et mes chaussures. Je suis sur le point de ranger mon téléphone dans ma poche quand il vibre. Je découvre un message de Tara, une fille que j'ai fréquentée l'année dernière.

TARA : Salut, désolée de t'écrire comme ça. Tu t'y attendais pas, hein ? Beau match, ce soir. Je voulais juste te prévenir qu'un mec te cherche.

MOI : MDR, il va me falloir plus de détails.

ELLE : Après le match, des mecs sont venus nous voir et nous demander où t'étais. J'ai dit que tu devais être dans le bus.

MOI : Attends, c'était à Boston ?

ELLE : Ouais, devant la patinoire.

13. Nom du trophée donné au gagnant du championnat de la NHL.
14. Matchs éliminatoires.

MOI : OK, c'est bizarre. Merci de m'avoir prévenu.

ELLE : Y a pas de quoi, chéri.

Elle termine son message par trois cœurs rouges. Tous les hommes de la planète savent ce que ça veut dire. C'est une invitation à se voir si j'en ai envie. Ce qui n'est pas le cas.

Je passe la porte et j'approche du trottoir quand mon téléphone vibre de nouveau. Cette fois, c'est un message de Grady, le petit frère d'un de mes coéquipiers.

GRADY : Hey, Hunter. J'ai eu ton numéro par Dan. Il m'a dit de te le dire : un mec te cherchait à Boston.

MOI : Ouais, on m'a dit. Tu sais qui c'était ?

LUI : Je ne les ai jamais vus. Le leader ressemble un peu à un Johnny Depp plus jeune.

MOI : Ça me dit rien.

LUI : Bref, j'ai entendu quelqu'un lui dire que tu serais peut-être chez Matt Anderson, ce soir. Je voulais te prévenir au cas où il s'y pointerait.

MOI : Merci, j'apprécie, mec.

Ok, ça ne me plaît pas du tout. Ça fait deux personnes qui me préviennent qu'une bande de mecs que je ne connais pas me cherche ? Des mecs qui sont suffisamment louches pour que Tara et Grady se sentent tous les deux obligés de me mettre en garde.

Bon sang, je suis content qu'ils l'aient fait, parce que quand j'arrive dans la rue de Matt et Conor, je repère tout de suite un groupe à une dizaine de mètres, au bord du trottoir. Si je n'avais pas été prévenu, j'aurais supposé qu'ils allaient à la fête et je les aurais salués chaleureusement.

Au lieu de ça, je ralentis pour me donner le temps de les observer. Ils sont cinq. Ils ne sont pas particulièrement grands, mais plutôt costauds. L'un est chauve et trapu et me dit vaguement quelque chose. Le plus grand est de dos mais il se tourne vers moi en entendant mes pas.

– Nico, je dis prudemment. Salut.

Je n'ai pas parlé à l'ex de Demi depuis le soir où elle a balancé ses affaires par la fenêtre. Et maintenant qu'on me l'a dit, c'est vrai qu'il ressemble un peu à Johnny Depp, avec la peau plus mate.

– Qu'est-ce qui se passe ? je demande puisqu'il ne répond pas.

– À toi de me le dire.

Je me retiens de lever les yeux au ciel.

– Je ne sais pas de quoi tu parles.

– Ah non ? Parce que les rumeurs disent que tu étais avec Demi lundi soir.

Ses joues sont rouges de colère, il serre les poings.

Ses amis avancent vers moi. Pas assez pour que je me sente menacé, mais suffisamment pour que je me raidisse et me prépare.

– Ouais, on est allés boire un verre chez *Malone's*.

Je ne lui dis pas qu'on y est allés parce que Demi avait un rencard. Nico est déjà assez énervé comme ça.

– Le bruit court que c'était plus qu'un verre, gronde-t-il. À ce qu'on dit, vous avez fini en taule.

Eh merde !

J'ouvre la bouche pour répondre, mais Nico n'a pas fini.

– On dit que tu t'es fait arrêter pendant qu'elle te suçait.

– C'est pas ce qui s'est passé, je réponds calmement.

– Tu crois que ça fait de toi un homme, Davenport, de manquer de respect à ma nana ?

– Je ne manque de respect à personne…

Il n'a toujours pas fini.

– De l'utiliser ? siffle-t-il. De la forcer à te sucer ?

– Je ne l'ai pas forcée, je réponds avant de réaliser ce que ça implique. Il s'est rien passé, mec. C'était un malentendu et les flics nous ont relâchés. Mais même s'il s'était passé quoi que ce soit, tu n'as aucun droit d'être en colère. Vous êtes plus ensemble.

– On n'est pas ensemble pour le moment, corrige-t-il. Mais ça ne va pas durer. On se remet toujours ensemble.

– Si tu le dis.

– Tu ne sais rien de nous, gronde-t-il.

– Je sais que tu l'as trompée à une soirée de fraternité.

Son regard noircit.

– C'est elle qui te l'a dit ?

– Non, je t'ai vu, mec.

Un silence s'installe, puis Nico pousse un grognement.

– Attends, c'était toi ? C'est toi le connard qui m'a balancé ?

– Qu'est-ce que ça change ? Elle allait l'apprendre tôt ou tard, Nico. Elle allait forcément apprendre que tu l'as trompée avec sa pote parce que t'es trop con pour supprimer un mot de passe Wifi.

– C'est moi que tu traites de con ?

Il fonce sur moi et je l'évite en faisant quelques pas en arrière.

– Je dis juste que tu t'es mis tout seul dans la merde. Si tu veux accuser quelqu'un, regarde dans une glace.

– Tu m'as balancé, dit-il avant de s'adresser à ses potes derrière lui. Ce connard m'a balancé, vous le croyez, vous ? T'es un enfoiré, Davenport.

– C'est moi, l'enfoiré ? Tu as trompé ta meuf.

– Tu as enfreint le *bro code*, crache-t-il.

– Tu n'es pas mon *bro*, mec. On n'est pas potes, j'ajoute en faisant un pas en arrière. C'est bon, on a fini ?

J'ai à peine le temps de cligner des yeux qu'il me saisit par le col et m'attire vers lui. Son nez à quelques millimètres du mien, je sens l'alcool dans son souffle.

– Nico ! je gronde.

Un sourire machiavélique s'étire sur ses lèvres. Derrière lui, je vois ses amis avancer pour m'encercler.

– Lâche-moi, j'ordonne d'un ton ferme.

Il sourit de plus belle.

– Sinon quoi ?

23

Hunter

– De mon point de vue, on est cinq, et tu es tout seul, ricane Nico. Alors ouais, c'est toi le joueur de hockey. Je parie que tu sais te battre. Mais est-ce que tu peux te battre contre nous cinq ?

Je sais que je ne peux pas. Je jette un coup d'œil vers la porte de Matt. Elle est fermée, j'entends la musique depuis ici, je me dis que même si je crie, personne ne m'entendra. Mon seul espoir est que quelqu'un décide d'affronter le froid pour fumer et vienne à ma rescousse. Mais je préférerais arriver à m'en sortir sans qu'on en vienne aux poings.

– Écoute, Nico, tu as l'air cool comme mec. Tu as fait une erreur, et la violence ne sert à rien, ok ? Même si je n'avais pas dit à Demi que je t'avais vu avec une meuf à la fête, elle l'aurait su pour son amie. Mais tu as raison. J'ai enfreint le *bro code*. J'aurais dû me taire.

– Un peu, que t'aurais dû te taire !

– Donc je suis désolé, ok ? Cela dit, il faut vraiment que tu me lâches maintenant.

Mon sang bout dans mes veines. Nico a raison, les joueurs de hockey ont l'habitude de se battre. Je me suis battu sur la glace, et en dehors. Je peux me défendre dans la plupart des confrontations.

Mais pas quand c'est du cinq contre un.

– Désolé, mec, mais tu ne vas pas t'en sortir aussi facilement, glousse Nico.

– Putain, mec, tu vas me punir alors que c'est toi l'abruti qui as trompé ta meuf…

Son coup de poing me surprend, qui projette ma tête en arrière. Son poing s'écrase sur ma mâchoire et une douleur vive descend dans mon cou. Je me relève quand deux de ses potes arrivent derrière moi pour bloquer mes bras dans mon dos.

Nico fait craquer ses phalanges, une main après l'autre.

– Tout ce que je dis, c'est que les mecs doivent se serrer les coudes. Et que les connards qui ne jouent pas le jeu méritent une correction.

Son deuxième coup atterrit au coin de ma bouche. Ma lèvre saigne, et je crache par terre.

– Allez, défoule-toi, je déclare. Si ça peut t'aider, vas-y. Mais Demi ne reviendra pas pour autant et ça ne changera pas le fait que tu es qu'une merde…

Le troisième coup frappe mes côtes et me coupe le souffle. J'avais déjà mal après un plaquage que j'ai subi pendant le match, maintenant j'ai vraiment mal et je suis en colère. Une vague d'adrénaline monte en moi et je parviens à me dégager des mecs qui me tiennent. Je mets un coup de coude dans la gorge de l'un et réussis à frapper l'autre dans le bide, mais un troisième me pousse un arrière et je suis de nouveau encerclé.

– C'est quoi ce bordel ? crie quelqu'un depuis le perron.

Ouf. Les renforts arrivent.

Matt dévale les escaliers et traverse la pelouse givrée. Des cris fendent l'air tandis que six autres joueurs déboulent. Quelqu'un saisit mon bras et me pousse sur le côté. Nico et ses acolytes reculent lentement jusqu'à ce que les deux groupes s'affrontent sans un mot.

– Rentre chez toi, je dis à Nico, qui a du mal à reprendre sa respiration.

– Va te faire foutre ! rétorque-t-il.

– Tu ne devrais pas traîner ici, Nico. C'est vous qui êtes en infériorité numérique maintenant, et il y a eu assez de violence pour ce soir, ok ? je dis en essuyant ma bouche avec ma manche. Dégage, ok ?

– Ne t'approche plus de ma meuf.

C'est plus ta meuf, j'ai envie de dire, mais je me retiens.

À mes côtés, Conor fait un pas en avant.

– Dégagez ! gronde-t-il.

Malgré son look décontracté, je ne l'ai jamais vu aussi menaçant.

Et ça marche. Nico crache par terre, et lui et ses amis s'éloignent en direction d'une fourgonnette. Je les regarde partir en espérant que c'est vraiment fini, et que ce n'était pas que le début.

★ ★ ★

Je suis en train de me laver le visage dans la salle de bains quand j'entends un raffut dans le couloir. Je me crispe aussitôt. Putain, Nico n'a pas intérêt à…

– Il est là ? Hunter, tu es là ?

Je me détends aussitôt.

– Je suis là, je réponds.

J'ai laissé la porte entrouverte et Demi l'ouvre en la faisant claquer contre le mur. Elle a l'air féroce.

– Je vais le tuer ! crie-t-elle en voyant mon visage. Ça va ? Je n'arrive pas à le croire !

– Comment tu as su ce qui était arrivé ? je demande en fronçant les sourcils. Et comment tu es venue ?

– J'ai appelé un taxi quand Brenna m'a prévenue.

Cette fichue Brenna. Elle est arrivée chez Matt et Conor alors qu'on rentrait dans la maison. Je parie qu'elle a appelé Demi avant même d'avoir enlevé son blouson.

– Tu saignes encore. Brenna m'a dit que tu n'étais pas blessé.

– Je ne le suis pas. La blessure s'est rouverte parce que Conor m'a fait rire.

Elle semble affreusement coupable.

– Je suis tellement désolée. Comment il a su que tu serais ici ?

– Apparemment, il était au match ce soir, et il demandait aux gens où j'étais. Je crois que lui et ses amis étaient bourrés.

Demi n'a plus l'air coupable. Elle semble furieuse.

– Je vais le débloquer pour lui hurler dessus.

– Ne fais pas ça. Tu avais raison de le bloquer. Et c'est rien. J'ai rien.

– Tu es sûr ?

Elle tend la main vers moi et j'essaie de la dégager, mais elle se débat.

– Laisse-moi voir, bon sang.

Ses doigts effleurent le coin de ma bouche et je frissonne.

– C'est tout ? demande-t-elle en plongeant son regard dans le mien. C'est juste la lèvre ?

Elle caresse ma pommette et je grimace.

– Ouais, il m'a frappé dans la mâchoire aussi, mais ce ne sera qu'un bleu, t'en fais pas.

– Je n'arrive pas à croire qu'il a fait ça.

– Boh, je comprends. Il a appris qu'on a fini chez les flics et il s'est fait des films.

– Comment il l'a appris ? s'étonne-t-elle.

– Tout le monde le sait… Le coach l'a dit à Brenna, donc toute l'équipe est au courant, et les gens adorent ce genre d'histoire. Nico habite à Hastings, il a pu l'apprendre au dîner, ou n'importe où.

– Peut-être. Merde, tu ressaignes. Assieds-toi, tu veux ?

Je m'exécute et m'assieds sur le couvercle des toilettes. Elle passe du papier toilette sous le robinet et le presse contre ma lèvre pour absorber le sang.

– Garde-le pendant une trentaine de secondes, chuchote-t-elle. Peut-être que ça arrêtera l'hémorragie.

J'essaie de ne pas sourire.

– Tu sais que je peux faire ça tout seul, n'est-ce pas ?

– Laisse-moi faire, Hunter. S'il te plaît. Tout ça, c'est de ma faute.

– Mais non.

Elle s'agenouille et mon cerveau est aussitôt envahi d'images cochonnes. Quand une femme s'accroupit devant moi, en général, c'est pour baisser mon jean et prendre ma queue dans sa bouche.

Je baisse les yeux sur ses lèvres roses et je l'imagine me sucer. J'ai du mal à respirer et je me force à regarder ailleurs.

– Quoi ? demande-t-elle d'un ton inquiet. Ça va ?

– Ça va, je réponds d'une voix rauque alors que je suis dur comme fer.

– Qu'est-ce qui ne va pas ? Tu as l'air de souffrir ! Ça te fait mal ?

– Tout va bien. Ne t'inquiète pas.

Demi se mord la lèvre et… Putain, il faut que j'arrête de regarder sa bouche. Mais je n'y arrive pas.

On ne devrait vraiment pas rester seuls.

– Je ne sais pas si je dois te croire, marmonne-t-elle.

– Je vais bien. Crois-moi. J'ai connu bien pire en jouant au hockey.

Elle enlève le papier toilette de ma lèvre et le regarde en grimaçant avant de le jeter à la poubelle.

– Ça saigne plus.

– Super.

Elle caresse de nouveau ma joue.

– Demi, je gronde.

– Ouais ?

– Arrête de me toucher, s'il te plaît.

Elle semble confuse.

– Pourquoi ?

– Parce que ça fait des lustres qu'on ne m'a pas touché comme ça. Tu ne sais pas que c'est une véritable torture ?

Elle semble se retenir de sourire.

– Ça t'excite ? demande-t-elle en caressant mon autre joue. Ça ? Ça t'excite ?

– Oui, je réponds en serrant les dents. Donc : arrête, s'il te plaît.

Mes protestations sont tout, sauf sincères et je ne suis pas surpris de voir son regard pétiller de malice.

– Et si je n'ai pas envie ?

– Eh bien, il n'est pas question de tes envies.

Je saisis son poignet et l'éloigne de mon visage. Sauf que je fais l'erreur de poser sa main près de mon genou, et ses doigts sont désormais à quelques centimètres de ma cuisse. Je m'attends presque à ce qu'elle la caresse également, mais elle ne bouge pas. Elle fronce les sourcils et rive son regard sur ma bouche.

– Je ressaigne ? je demande d'une voix rauque.

Elle secoue lentement la tête.

– Alors, pourquoi tu me regardes comme ça ?

– Tu t'es fait casser la figure à cause de moi. Je m'en veux.

J'étudie son visage préoccupé.

– Ah bon ? C'est pour ça que tu me dévisages comme ça ?

– Ben, non. Je dis juste que je me sens coupable. Je te regarde comme ça parce que j'ai envie de t'embrasser.

Je gonfle brusquement mes poumons.

– Tu ne devrais pas.

– Je ne vais pas le faire. Pas à moins que tu le veuilles. Mais ça ne veut pas dire que je n'y pense pas. Dans ma tête, on fait plus que s'embrasser, tu sais, dit-elle en clignant innocemment des yeux. C'est ouf, au cas où tu te poses la question. Je t'incite vivement à changer d'avis, ajoute-t-elle alors que son regard s'embrase.

Une femme superbe est en train de me supplier de l'embrasser. Pourquoi j'hésite ? Mais je me suis promis de rester chaste durant la saison. Ce n'est sans doute pas la promesse la plus marquante de l'histoire de l'humanité, mais c'est important pour moi. Je suis sûr que d'autres ont fait des sacrifices bien plus difficiles pour des causes bien plus nobles, mais cette cause est la mienne.

– C'est un non, alors ? insiste-t-elle lorsque je ne dis rien.

– C'est un…

Demi avance vers moi.

– Si tu n'en as pas envie, arrête-moi, chuchote-t-elle.

Or, je suis incapable de l'arrêter, parce que je veux ça autant qu'elle, si ce n'est plus.

– Juste un baiser, pour goûter, je marmonne.

Et, bon sang, je le savais, ses lèvres sont infiniment douces lorsqu'elle effleure ma bouche avec la sienne.

Nos lèvres se sont à peine touchées qu'un frisson me parcourt et s'arrête entre mes jambes. Ma verge est dure. Ce baiser est incroyable, inouï.

Elle gémit et mon pouls accélère. Sa langue titille mes lèvres et, comme un imbécile, je lui ouvre le passage. La rencontre de nos langues nous arrache des sons désespérés. Demi pousse un petit cri surpris et j'émets un grognement tourmenté. Elle pose sa main sur ma joue tandis qu'elle explore ma bouche avec sa langue. Elle a un goût de bonbon, je me demande si elle mangeait une sucette avant de venir. J'en savoure le goût en plongeant ma main dans ses cheveux soyeux.

J'oublie complètement où nous sommes. J'entends vaguement de la musique, mais les battements de mon cœur résonnent dans mes oreilles. Je suis tellement excité que ce n'est même plus drôle. Nous continuons à nous embrasser, nos langues se cherchant l'une l'autre, et nous n'arrêtons que lorsqu'un goût de sang me ramène à la réalité.

– Argh, je gronde tristement. Demi, arrête.

Lorsqu'elle recule la tête, je vois du sang sur ses lèvres.

– Je saigne et t'en as partout.

– Ah bon ? J'ai même pas remarqué, répond-elle à bout de souffle. Putain…

– Quoi ?

J'attrape du papier toilette et le presse sur mes lèvres.

– Je saigne beaucoup ?

– Non, je dis putain parce que… c'était un baiser génial, répond-elle en secouant la tête, émerveillée.

– C'est vrai.

– Je veux recommencer.

Je saisis ses bras pour la soulever.

– Mauvaise idée.

– Allez, espèce de moine, on recommence. Je sais que ça t'a plu, rétorque-t-elle en désignant mon entrejambe.

– Bien sûr que ça m'a plu. Ça fait huit mois que je n'ai été avec personne.

Elle semble soudain triste et je comprends ce que je viens d'insinuer.

– Tu veux dire que tu aurais aimé embrasser n'importe qui ? Que je ne suis qu'une paire de lèvres ?

Je soupire.

– Non. Tu es bien plus que ça. Mais tu ne peux pas me forcer à être ton mec de substitution.

– Je n'essaie pas de te forcer.

– Ah non ? Tu viens de fourrer ta langue dans ma bouche, et maintenant je bande comme un âne. Tu savais l'effet que ça aurait sur moi.

– Mec, tu m'as donné le feu vert ! Tu as dit que tu voulais savoir comment ça serait. Ce n'est pas ma faute si ça te fait bander. Bon sang, ce n'est pas grave de bander de temps en temps.

Quelqu'un glousse près de la porte et, en tournant la tête, je découvre que Conor nous espionne.

– Ben ouais, capitaine, ce n'est pas une érection qui va te tuer.

– On est d'accord, déclare Demi d'un ton moqueur.

Je suis soulagé qu'on soit interrompus, jusqu'à ce que je remarque le Regard Queutard de Conor.

– Et toi, tu es… ? demande-t-il à Demi.

– La raison pour laquelle je saigne, je rétorque.

– Ah, l'ex-copine. La fameuse pipe en voiture.

– Roh, tais-toi, je grommelle. Il n'y a pas eu de pipe. C'était un malentendu.

– Mais bien sûr ! C'est ce qu'ils disent tous.

Demi offre un sourire mesquin à Conor.

– Hélas, dans le cas d'Hunter, c'est vrai. Il ne s'est rien passé en dehors du fait que j'ai failli être mutilée. J'aurais pu mourir.

– Bon sang, *Semi*, tu ne serais pas morte.

– Il y a des artères importantes dans l'oreille. J'aurais pu me vider de mon sang !

– Je crois qu'il n'y a pas une seule putain d'artère dans l'oreille, je grogne.

Conor se marre en lançant à Demi un regard sulfureux.

– Ok. Donc, si tu ne sors pas avec mon capitaine et que tu n'es pas avec le loser qui l'a frappé, ça veut dire que tu es célibataire ?

– Ouaip, déclare-t-elle.

– Super. Dans ce cas, je peux t'offrir un verre ?

– Avec plaisir !

Elle avance vers lui en me regardant du coin de l'œil, comme si elle attendait que je l'arrête, mais je hausse simplement l'épaule d'un air indifférent, donc elle s'en va.

24

Hunter

DEMI : Vous avez gagné, ce soir ?

MOI : Ouaip ouaip.

ELLE : Arrête de dire ça. Mais tant mieux. Je suis contente que vous ayez gagné.

MOI : T'avais peur qu'on perde ?

ELLE : J'avais peur que Nico t'ait abîmé.

MOI : Mes côtes étaient un peu sensibles, mais j'ai serré les dents.

ELLE : T'es chez toi ?

MOI : Oui, mais pas pour longtemps. Je vais à Boston. Un de mes amis est coach d'une équipe de hockey féminine et ils ont un tournoi ce week-end.

ELLE : T'as joué au hockey toute la journée et tu vas passer ta soirée à regarder encore du hockey ?

MOI : C'est un problème ?

ELLE : T'as pas de vie !

MOI : Si, elle s'appelle le hockey.

Je rédige une réponse, mais j'hésite à appuyer sur « envoyer ». Je sens encore ses lèvres sur ma bouche et j'ai peur de la revoir.

Mais on est amis. Si je l'évite après un simple baiser, qu'est-ce que ça dit de moi ?

J'envoie donc le message.

MOI : Tu veux venir ?

À l'évidence, elle hésite autant que moi, car elle met un moment à répondre.

ELLE : Pourquoi pas ? Y aura d'autres gens, ou on sera tous les deux ?

MOI : Il n'y a que nous. À moins que tu veuilles que j'invite Conor... ?

Je sais qu'il ne s'est rien passé entre eux hier soir, mais ça m'a quand même fortement agacé de voir mon coéquipier flirter avec Demi. Et de la voir le draguer en retour. Elle s'est jetée sur moi dans la salle de bains, puis elle est partie faire des shots de tequila sur ses abdos.

Cela dit, je sais que je l'ai encouragée à le faire en faisant mine de m'en foutre.

ELLE : Invite qui tu veux. Je viens chez toi en Uber, comme ça, tu n'as pas à venir me chercher. Il commence juste à neiger.

★ ★ ★

Demi arrive chez moi quarante-cinq minutes plus tard, emmitouflée dans sa parka, avec des gants et une écharpe vert fluo. Je crois que le vert est sa couleur préférée, parce qu'elle en met souvent. Ça lui va bien. Ça fait ressortir les éclats ambrés dans ses yeux noisette.

– C'est qui l'ami qu'on rejoint ? demande-t-elle alors que je mets en route le dégivrage de la voiture.

Il s'est bien mis à neiger, mais c'est léger. Les flocons fondent tout de suite et je me demande si l'hiver va finir par atteindre Boston cette année. Pour l'instant, il n'a neigé qu'une fois, et tout avait fondu le lendemain matin. Je vais être vraiment déçu si on n'a pas de neige à Noël. C'est la seule chose qui rende les fêtes de fin d'année supportables.

– Dean Di Laurentis, je réponds. C'est un ancien coéquipier qui a eu son diplôme il y a deux ans. Ah, et c'est le frère de Summer.

– Waouh. Est-ce qu'il est aussi théâtral qu'elle ? demande-t-elle d'un ton précautionneux.

– Non, il est beaucoup plus cool. En revanche, ils se ressemblent comme deux gouttes d'eau.

Pour une fois, Demi me laisse écouter ma propre musique pendant le trajet. Le souvenir de ce qui s'est passé la dernière fois qu'elle s'est connectée au Bluetooth est encore trop vif dans nos esprits. En revanche, elle saute toutes les chansons dont elle ne connaît pas les paroles ou sur lesquelles elle ne peut pas danser.

Aucun de nous ne parle du baiser, mais j'y pense. Je me demande si elle aussi. Je la regarde du coin de l'œil, mais elle est trop occupée à chanter ou à remuer sa superbe poitrine. Elle est adorable et je m'en veux de l'avoir repoussée.

Les filles de Dean jouent dans un centre sportif près de Chestnut Hill. Je suis surpris de découvrir le parking bondé et surtout qu'il coûte vingt dollars. Je peux me le permettre, mais c'est une question de principe.

– Vingt balles, je marmonne lorsqu'on descend de la voiture. C'est une arnaque !

– C'est toi, l'arnaque.

Je ricane et sors mon téléphone pour lire le message de Dean.

DEAN : G et Logan sont là aussi. Derrière mon banc.

Waouh, vraiment ? Comment ont-ils réussi leur coup ? Garrett est un des joueurs les plus célèbres du pays. La dernière fois que je l'ai vu, il m'a dit qu'il ne sortait presque plus parce qu'il est reconnu partout où il va. Logan n'en est qu'à ses débuts, donc il peut sans doute faire profil bas, mais G est la star de l'équipe.

Lorsqu'on arrive à nos places, je découvre que les deux joueurs sont nuls en matière de déguisement. Ils ont tous les deux mis des casquettes, et Garrett porte des lunettes de vue carrées.

J'éclate de rire.

– De fausses lunettes ? T'es sérieux ?

– Ça a marché, non ? Tu as été surpris que ce soit moi.

– Je n'ai pas été surpris que ce soit toi, j'ai été choqué que tu aies l'air aussi bête.

Logan ricane.

Je les présente à Demi qui, grâce à son manque total d'intérêt pour le hockey, se comporte de façon parfaitement normale avec eux.

– Est-ce qu'Hannah et Grace viennent ?

J'espère que oui, parce que ce serait sympa que Demi puisse parler à des meufs pendant le match. J'imagine qu'elle va s'ennuyer à mourir, sinon.

– Gracie doit finir de rédiger un devoir, répond Logan. Elle veut le terminer avant les vacances pour ne pas avoir à travailler à Noël.

– Et Hannah est encore au studio, dit Garrett. Elle a dit qu'elle nous rejoindrait après, si on sort. Et toi, quoi de neuf ?

– Oh, Hunter est très occupé, répond Demi. Il s'est fait arrêter, il s'est fait casser la gueule... Il n'a pas une seconde de libre !

– J'osais pas te demander ce qui est arrivé à ta lèvre, mais vu qu'on aborde le sujet... ricane Logan.

– Mon ex l'a agressé, explique Demi. Et j'en accepte l'entière responsabilité.

– Ouais, et tu devrais endosser la responsabilité de notre arrestation aussi, je gronde.

– C'est toi qui m'as fait mettre les créoles !

– Je ne comprends rien, déclare Garrett.

On n'a pas le temps de le leur expliquer, car Dean nous voit et frappe sur la vitre en plexiglas pour nous dire bonjour.

– C'est Dean, je dis à Demi qui, pour une fois, reste silencieuse.

– Oh, dit-elle enfin. Waouh.

Je fronce les sourcils.

– Qu'est-ce que ça veut dire, ça ?

– Ça veut dire qu'il est incroyablement beau.

– Ouais, et il le sait, t'en fais pas, soupire Garrett.

Le premier tiers-temps commence, et Dean lâche son armée. Le palet est lancé et son centre remporte le face-à-face, contournant deux adversaires avant de faire la passe à sa coéquipière en défense. L'équipe de Dean est bonne. Très bonne, même. En revanche, les arbitres sont pourris.

– Oh, c'était quoi, ça ! crie Logan en se levant d'un bond. Elles étaient hors-jeu !

Dean est rouge de colère sur son banc.

– Hors-jeu ! crie-t-il à son tour, ignoré par l'arbitre.

– Mon Dieu, il est beau même quand il est en colère, soupire Demi. Les mecs, comment n'êtes-vous pas émerveillés par autant de beauté ?

– On a vécu avec lui pendant quatre ans, rétorque Garrett. On est parfaitement au courant de son sex-appeal.

–Vous pensez que la vie est différente quand on est aussi beau que lui ?

Je me penche et lui pince les côtes.

– C'est à toi qu'on devrait poser la question. C'est toi la top model.

– Oh t'es chou, merci le moine.

– Le moine ? demande Garrett.

– À cause de son vœu de chasteté, explique Demi.

G sourit jusqu'aux oreilles.

– Ça tient toujours, ça ?

– Ouaip ouaip…

– Ne dis pas *ouaip ouaip*, râle Demi.

– … tu me connais, ma volonté est inébranlable, je conclus.

Le reste du match est tout aussi rapide, même si l'issue ne fait aucun doute. L'équipe de Dean écrase son adversaire, lui infligeant cinq points à un. Je découvre que Dean est un coach génial, complimentant ses joueuses chaque fois qu'elles reviennent sur le banc. Il chuchote quelque chose à l'oreille de l'une des filles pendant un long moment, et lorsqu'elle retourne sur la glace, elle marque presque un but grâce au rebond d'une de ses camarades. Or, même si elle n'a pas marqué, elle se tourne vers Dean avec un sourire radieux et fier. C'est ça, la marque d'un bon coach ; grâce à lui, les joueurs se sentent invincibles, qu'ils gagnent ou qu'ils perdent.

On rejoint Dean dans le hall d'entrée à la fin du match.

– Je dois juste parler aux autres profs pour ramener les filles à l'hôtel, dit-il. Je dois prendre le bus avec elles, mais je veux sortir, après. Je peux vous retrouver quelque part.

– Tu ne dois pas rester avec les filles ? demande Garrett.

– Mon Dieu, non. On a des parents pour les surveiller. J'ai fait mon job, et maintenant j'ai besoin de sortir. Ça fait pratiquement quarante-huit heures que je suis avec des gamines de quatorze ans.

Il a beau le dire en plaisantant, je sais qu'il est fier de la performance de son équipe.

– Vous êtes partants ? demande-t-il.

– Tu veux aller où ? demande Demi.

– Hmm, ben, à *L'Exodus*, il y a soirée Latino le samedi soir.

Elle lève les yeux au ciel.

– Pourquoi tu m'as regardée en disant ça. Parce que je suis cubaine ?

– Non, répond-il d'un ton moqueur. Je t'ai regardée parce que c'est toi qui m'as posé la question. Alors, vous en dites quoi ?

Demi m'implore du regard.

– Ok, je réponds en haussant les sourcils. Pourquoi pas ?

★ ★ ★

Hannah Wells nous rejoint devant la boîte de nuit. Il y a une queue de plusieurs dizaines de mètres, mais Dean va voir le videur, lui disant sans doute : « Mec, tu peux pas faire attendre Garrett Graham ? », et, une seconde plus tard, on passe le cordon de velours rouge.

On avance dans le long couloir plongé dans le noir, guidés par le bruit de la basse et de la guitare, et nous nous arrêtons pour déposer nos blousons aux vestiaires.

– Alors, à ce qu'il paraît, ta carrière a décollé ? je demande à Hannah en souriant.

– Je m'en sors plutôt bien, répond-elle en toute modestie.

– Tu collabores avec Delilah Sparks, tu t'en sors plus que bien.

– Je sais, c'est dingue. Je n'en reviens toujours pas.

Nous entrons dans le club où des dizaines de stroboscopes m'agressent. La musique est assourdissante et il fait mille degrés dans la salle. Ça fait trois secondes qu'on a passé la porte et je suis déjà trempé de sueur.

– Tu danses la salsa ? me demande Demi en me prenant par le bras.

– Non !

Elle est en débardeur et sa peau est brûlante. Bon sang, je n'aurais jamais dû l'embrasser, depuis je suis plus en manque que jamais.

– On va se chercher à boire ? demande Garrett.

– Qui est partant pour des shots ? propose Logan.

– Un shot, gronde Garrett.

– Oh, allez, G. On a quatre jours de repos, profitons-en.

Garrett prend sa copine par la taille.

– Fais-moi confiance, je compte en profiter, dit-il en faisant un clin d'œil à Hannah qui sourit jusqu'aux oreilles.

Ils boivent tous un shot, mais je m'abstiens. C'est moi qui conduis, donc je dois rester sobre. On pourrait se faire arrêter de nouveau ou Demi pourrait décider de me sucer pour de vrai, cette fois.

L'espoir fait vivre, non ?

Nous passons quelques minutes à discuter en criant pour nous faire entendre, et quand la chanson prend fin et que « Despacito », de Bieber, prend le relais, tout le club pousse un cri de joie.

– Danse avec moi, me supplie Demi. C'est ma chanson et j'adore la salsa !

– Non, je réponds fermement. Je ne sais pas danser la salsa.

– Moi si, déclare Dean en lui tendant la main.

– Tu danses la salsa ? s'exclame-t-elle en me faisant les gros yeux. Il est beau *et* il danse la salsa ? Mais qu'est-ce que je fais avec toi ?

Je sais qu'elle plaisante, mais je lui fais quand même un regard noir.

– Il est pris, je gronde.

– Super-pris, confirme Dean. Mais je suis un pro de salsa, grâce à Alligator. On a pris des cours.

Demi prend sa main et je réprime un soupir en les regardant se diriger vers la piste de danse.

– Elle est cool, me dit Logan.

– Je sais, on est bons amis.

– Juste amis ?

– Elle sort d'une longue relation, je réponds en haussant les épaules.

– Et alors ?

J'ouvre ma bouteille d'eau et bois une gorgée. Je ne sais pas pourquoi j'ai dit ça. Je tourne ensuite la tête vers la piste et manque m'étouffer.

Ce foutu Dean. Depuis quand il danse la salsa ? Et il est loin d'être mauvais, bien sûr. Il a beau avoir fait une croix sur l'école d'avocats pour devenir prof de sport, il respire quand même le fric. Il est vêtu d'un pantalon beige et d'une chemise blanche, dont les premiers boutons sont défaits et les manches retroussées. Ses cheveux blonds tombent sur son front tandis qu'il fait tourner Demi, et je n'ai pas honte d'avouer qu'il est canon.

– Waouh, mate la vitesse de ses pas, s'exclame Garrett.

Demi et lui dansent tellement bien que tout le monde les regarde. Demi est en legging, bottes en cuir et débardeur rouge, mais en la voyant se déhancher, je l'imagine parfaitement vêtue d'une robe à volants fleurie et de talons hauts. Je vois même une fleur dans ses cheveux et du rouge à lèvres coquelicot sur sa bouche.

Attendez, je crois que je suis en train de me faire un film porno dans ma tête. Or, Dean en fait une réalité lorsqu'il prend la cuisse de Demi pour la plaquer sur sa hanche, se frottant à elle avant de la faire tourner de nouveau. Les joues de Demi sont rouges et ses yeux scintillent de joie. Dean chuchote quelque chose dans son oreille et elle éclate de rire.

J'ai conscience d'être ridicule, mais je suis horriblement jaloux. Il est inévitable que deux personnes semblent intimes quand elles dansent comme ça, mais mon sang ne fait qu'un tour en voyant les mains de Dean sur le corps de Demi.

– C'est quoi « Despacito », de toute façon ? je marmonne ? C'est comme une Deperado ? La bière ?

Hannah éclate de rire.

– Ça veut dire « lentement », dit-elle.

– Mouais. Ben, c'est une chanson pourrie.

Je ne le pense pas vraiment, mais j'aimerais qu'elle s'arrête bon sang.

– Juste amis, tu disais ? se moque Logan quand je lance un regard assassin aux danseurs.

Cette fois, je soupire longuement.

– Oh, Hunter a le béguin pour Demi, ricane Hannah.

– Non, je mens. J'ai fait une croix sur le sexe, cette année. Je veux me concentrer sur le hockey.

– Je comprends, acquiesce Garrett. Mais il y a autre chose que le hockey dans la vie.

Il regarde sa copine en disant ça. Hannah est tout pour lui, et je suis sûr qu'il n'hésiterait pas à laisser tomber sa carrière brillante pour elle, s'il le fallait.

– Je sais, mais je me suis fait une promesse. J'ai envie de mûrir, et tout ce bordel.

Les mecs éclatent de rire et Hannah me sourit tendrement.

– Je trouve ça plutôt louable, dit-elle. On s'empêtre tellement dans les histoires de sexe et de couple, parfois, qu'on oublie de prendre du temps pour soi.

– Mais le sexe est génial, proteste Logan.

Il a raison. Le sexe est génial, et Dean et Demi sont quasiment en train de baiser sur la piste de danse. Mon estomac fait un saut périlleux.

– Tu devrais y aller, me dit Garrett.

Je suis sur le point de répondre que je ne sais pas danser la salsa quand le DJ change de morceau, choisissant une chanson plus lente, « Havana », de Camila Cabello. Ça me va.

– Je reviens, je grogne en abandonnant mes amis.

Je les entends rire, mais je m'en fiche.

– Dégage, je dis à Dean.

C'est une blague, mais… c'est pas une blague.

Et mon ami le sait. Il me sourit et me frappe sur l'épaule avant de rejoindre notre groupe.

Demi me dévisage en haussant un sourcil.

– C'était quoi, ça ? Un combat de coqs ?

– Non…

– Ah non ? Alors, tu as viré mon partenaire de danse sans raison ? Qu'est-ce que je suis censée faire maintenant ?

Elle pose sa main sur sa hanche et attend ma réponse. On est sur la piste, mais aucun de nous ne bouge.

– Eh ben, tu vas devoir te contenter de moi, je réponds en lui offrant ma main.

– Il t'en a fallu du temps, dit-elle en souriant.

Je l'attire vers moi et saisis sa taille. Elle pose une main sur mon épaule, l'autre dans ma nuque, et nous commençons à danser.

Heureusement, nos bassins ne se touchent pas, donc je n'ai pas à supporter qu'elle se frotte à moi. Ce serait trop perturbant pour ma queue.

Eh merde ! Elle se frotte à moi.

J'essaie de reculer les hanches, mais elle rouspète, exaspérée.

– Tu es censé danser avec moi, Hunter. Tu ne peux pas rester planté là.

– Mais je danse ! je proteste.

– Tu es à deux mètres de moi ! Tu as appris à danser où, chez les jeunes cathos ? Pourquoi tu as viré Dean si tu ne veux pas danser ?

Je hausse les épaules.

Demi réfléchit quelques secondes, puis elle éclate de rire d'un ton triomphal.

– Mon Dieu, tu étais jaloux ! Tu n'as pas aimé me voir danser avec Dean !

Je hausse à nouveau les épaules.

– Ha !

Elle est beaucoup plus petite que moi et elle empoigne ma nuque pour baisser ma tête et chuchoter dans mon oreille.

– Admets-le, dit-elle.

Je tourne la tête pour murmurer à mon tour dans son oreille.

– Très bien, je réponds, la sentant frissonner. Peut-être que j'étais un peu jaloux. Mais ce n'était pas de la vraie jalousie.

– De quoi tu parles ?

– C'était de la jalousie corporelle.

– N'importe quoi, ça n'existe pas.

– Si, si. Les corps peuvent être jaloux quand ils voient d'autres corps ensemble.

– Mais oui. Tu n'as qu'à te dire ça, si ça peut te rassurer.

En effet, je cherche n'importe quoi pour me rassurer, parce que je ne peux pas m'autoriser à avoir des sentiments pour Demi. Enfin, je l'apprécie, c'est sûr. Elle est géniale, et on s'éclate, en amis.

Je ne veux pas gâcher notre amitié, mais Demi semble déterminée à y foutre le feu.

– J'ai un secret, dit-elle en me faisant signe de baisser de nouveau la tête.

– Ah oui ? je réponds d'une voix rauque.

Son souffle chaud me chatouille le cou.

– Je suis sur le point de faire quelque chose qui ne va pas te plaire.

– Ah, c'est quoi ? je demande comme un débile.

Plutôt que de répondre, Demi penche la tête et approche sa bouche de la mienne.

Le baiser est aussi délicieux que le dernier. Elle a un goût de tequila et de cerise, sans doute à cause de la sucette rouge qu'elle savourait pendant le match. Elle la faisait passer sans cesse d'une joue à l'autre avec sa langue, et je ris en y repensant.

– Qu'est-ce qu'il y a ? demande-t-elle, à bout de souffle.

– Rien, je repensais à ton obsession pour les bonbons et… rien, oublie.

Je l'embrasse de nouveau et elle glisse sa langue dans ma bouche. Lorsqu'elle rencontre ma langue, une passion féroce prend possession de moi, comme un animal, et j'empoigne ses cheveux tandis que j'explore avidement sa bouche, lui arrachant un petit cri. J'ai conscience que nous sommes en train de nous bécoter comme des ados au milieu de la piste de danse. J'entends la musique, je perçois le mouvement des gens. Je ne sais pas s'ils dansent ou s'ils nous regardent. Je m'en fiche. Tout ce qui m'importe, c'est de l'embrasser. Et de la toucher.

Ma main glisse le long de son dos pour empoigner sa fesse. Putain, je rêve de lui arracher son legging. J'ai envie de lui mettre une fessée. Et j'ai envie de plonger un doigt en elle pour savoir si elle mouille pour moi.

– Allons ailleurs, me supplie Demi en rompant le baiser.

Son regard de braise me ramène néanmoins sur terre.

– Non, je gronde en saisissant sa main pour quitter la piste de danse.

– Pourquoi ? répond-elle d'un ton frustré.

– Parce que je ne veux pas compliquer notre amitié.

– Ça fait cinq minutes qu'on se bécote, Hunter ! C'est déjà compliqué !

– Non, pas du tout. C'était juste… un baiser.

Le meilleur baiser de ma vie, qui me fait encore frissonner des pieds à la tête.

– J'ai l'impression que tu fais exprès d'être difficile, déclare-t-elle d'un ton accusateur.

– Mais non… Écoute, j'ai pris cette décision avant de te rencontrer. Et je veux m'y tenir. Je veux me prouver que je peux atteindre l'objectif que je me suis fixé et m'assurer que le sexe ne foutra pas de nouveau le bordel dans ma vie.

– Ça n'arrivera pas, insiste-t-elle. L'équipe s'en sort brillamment. Vous gagnez tous vos matchs.

– Oui, parce que j'ai les idées claires. Et maintenant, ce n'est plus qu'une question de chasteté. Tu me plais. Notre amitié compte pour moi et on sait tous les deux que le sexe gâcherait tout. Donc je suis désolé, mais je ne céderai plus à la tentation, je dis en secouant la tête. Je ne peux pas.

Elle semble d'abord triste et déçue, puis son visage se transforme et elle prend un air déterminé.

– Très bien. Je ne te draguerai plus. Mais seulement si tu me promets quelque chose.

– Demi…

– Quand la saison sera finie, c'est moi qui mets fin à ton célibat. Et au diable notre amitié.

25

Demi

Quelques jours avant les vacances, je parviens à caser un café avec TJ, qui me retrouve à la maison Theta. Il fait froid dehors, mais nous pensons tous les deux qu'une balade dans le campus serait sympa, donc nous partons en direction du café de la fac.

– Tu es en colère contre moi ?

Je suis surprise par le ton vexé de TJ.

– Bien sûr que non. J'ai juste été super-occupée. Je bosse sur l'étude de cas de psycho, je révise les exams, j'organise le Noël de la sororité avec Josie, et aussi le Secret Santa pour mon TD de bio. La vie est dingue, en ce moment.

– Ouais, je sais. Tu me manques, c'est tout.

– Oh, tu me manques aussi, je réponds en prenant son bras sous le mien.

– Tu es dispo ce soir ? demande-t-il. Il y a le truc de Noël, à Hastings.

– Quel truc de Noël ?

– Un genre de marché de Noël ; c'est la première année qu'ils l'organisent. Y a une patinoire, et tout. Je me disais que ça pouvait être cool d'y aller, de boire un chocolat chaud et de se faire prendre en photo avec le Père Noël.

– Ça a l'air cool, j'adore les marchés de Noël. Ah, mais j'ai le match d'Hunter, ce soir.

– Le match d'Hunter ?

– Ouais, Briar joue contre... je sais plus qui. Mais ils jouent à domicile et j'ai promis d'y aller. Je crois que ça va finir à vingt et une heures trente ou vingt-deux heures. À quelle heure ferme le marché de Noël ?

Il ouvre le navigateur sur son téléphone et je remarque que la page de l'office du tourisme d'Hastings est déjà ouverte.

– Ça dit que ça ferme à minuit.

– Ok, ça devrait le faire, alors ! Je devrais être dispo vers vingt-deux heures, donc ça nous laissera à peu près deux heures au marché. Ça t'irait ?

– Super, répond-il en m'offrant un rare sourire.

Je dois admettre que TJ n'est pas la personne la plus simple au monde. Il garde ses sentiments pour lui, mais lorsqu'il fait enfin confiance à quelqu'un, il se révèle adorable. Il est parfois ronchon et difficile, et c'est sans doute pour ça que je ne reste jamais très longtemps avec lui. Mais ça ne veut pas dire que je ne l'aime pas. Je n'aime pas passer trop de temps avec Pax non plus, car son côté mélo finit toujours par m'agacer.

Nous suivons les sentiers enneigés, la neige gelée craque sous nos pieds. Il y a des plaques de verglas et TJ me serre contre lui pour m'empêcher de glisser.

– Il faudrait qu'ils salent les chemins, râle-t-il.

– C'est clair, j'ai failli me casser la figure !

On est presque arrivés au café quand TJ aborde la question d'Hunter.

–Vous traînez beaucoup ensemble, remarque-t-il.

Je ne parviens pas à décrypter le ton de sa voix. Je crois entendre de la réprobation, mais je n'en suis pas sûre.

– Ben ouais, on est amis.

Des amis qui s'embrassent.

Mais je garde l'info pour moi. De toute façon, je ne sais pas pourquoi j'y pense encore. Je l'ai embrassé deux fois et je serais ravie de recommencer, mais il m'a rejetée deux fois et il ne veut plus jamais remettre ça.

Argh ! Et il n'a même pas voulu me promettre qu'on pourrait reprendre quand la saison sera finie. Il a juste répété qu'il tient à notre amitié, et on a passé le reste de la soirée avec Dean et ses amis en faisant comme s'il ne s'était rien passé.

C'est hyper-vexant. Et frustrant. Je ne crois pas que ce soit une question d'ego, parce que je ne m'inquiète pas de trouver un autre mec avec qui coucher. La moitié des mecs de Tinder seraient ravis de passer une nuit avec moi.

Mais je ne veux aucun de ces hommes.

Je veux Hunter Davenport.

Toutefois, je m'interdis de réfléchir à ce que je veux vraiment de lui. Je veux continuer de l'embrasser, ça c'est sûr. Et du sexe, aussi. J'ai des palpitations rien qu'à l'idée d'être nue contre lui.

Je n'envisage rien de plus, mais je pense néanmoins qu'il se trompe. Je suis sûre qu'on pourrait être des sex friends sans que ça complique notre amitié.

Non ?

– C'est bizarre, c'est tout, dit TJ, me faisant revenir sur terre.

– Pourquoi c'est bizarre ?

– Je ne sais pas. C'est un cavaleur…

– Pas vraiment.

– Ben si. Je t'ai dit que je l'avais vu dans la bibliothèque, l'an dernier. Un mec qui se tape une meuf en public est forcément un queutard.

– Premièrement, je ne suis pas d'accord. Beaucoup de gens parfaitement respectables ont des tendances exhibitionnistes. Tu n'écoutais pas Andrews quand elle parlait des pulsions sexuelles ? Bref. Et deuxièmement, c'était l'an dernier. Hunter a changé. Il ne fréquente aucune femme, en ce moment.

– Ouais, sans doute à cause de l'herpès.

– Tu es affreux de dire ça, je rétorque en lançant un regard noir à TJ.

– La vérité n'est pas toujours belle, répond-il en haussant les épaules.

– Quelle vérité ? Tu insinues qu'Hunter Davenport a un herpès ?

– Je crois que c'était ça, oui. Je ne suis plus sûr, mais une de mes amies m'a dit que Davenport lui a filé une MST, l'an dernier. Mais c'était peut-être autre chose.

– Tu es sérieux ?

– Très.

Mon estomac se noue un peu. TJ est un mec sympa, et ce n'est pas dans ses habitudes de colporter des rumeurs, donc j'ai tendance à croire qu'il a vraiment entendu ça. Mais ça ne peut pas être vrai. Hunter ne peut pas avoir de MST.

Enfin… si, il pourrait.

Une idée me vient soudain. Est-ce que c'est pour ça qu'il n'a pas de rapports ? Parce qu'il a trop honte d'avoir une maladie et de la transmettre à quelqu'un ?

C'est possible, je suppose. Quoi qu'il en soit, je n'ai pas envie de parler de la vie intime d'Hunter avec TJ, qui ne l'apprécie clairement pas.

– Bref. On ne devrait pas parler de ça, dit TJ, me devançant. Ça ne nous regarde pas.

– Tu as raison.

– J'aurais dû ne rien dire. Mais je voulais que tu le saches, au cas où. Vu que tu passes autant de temps avec lui…

★ ★ ★

Quelques heures plus tard, je traîne Pippa au match de hockey avec Brenna et moi, surtout parce que j'ai peur que Brenna soit tellement absorbée par le match que je n'aurai personne à qui parler. Pippa n'est pas fan de hockey, elle non plus, et on ne comprend pas tout ce qui se passe. Tout ce qu'on voit, c'est des mecs baraqués qui patinent très vite et tiennent des crosses dans les mains.

Hunter m'a dit qu'il porte le numéro 12, donc j'essaie de suivre son maillot des yeux. Je crois qu'il s'en sort bien, mais je n'en sais rien. Il n'a pas encore marqué de but, donc peut-être qu'il joue mal ce soir ?

Je ne sais absolument pas à quoi se mesure le succès d'un joueur de hockey. Nico faisait du basket au lycée et il marquait plein de points à chaque match. Mais quand je demande à Brenna pourquoi personne ne marque, elle m'explique qu'il n'y a pas autant de buts qu'au basket. Apparemment, certains matchs finissent avec un seul point, voire zéro.

– Tu as eu des nouvelles de Nico depuis qu'il a agressé Hunter ? demande justement Pippa.

– Non.

– Il n'a pas cherché à te joindre ? s'enquiert Brenna.

– J'en sais rien. Je l'ai bloqué partout, même par mail. J'imagine qu'il a fini par le comprendre.

– Ça, je te le confirme, dit Pippa.

– Tu lui as parlé ? je demande froidement à mon amie.

– Pas personnellement, non. Mais Darius lui reparle.

Je fronce les sourcils. J'écrivais à D l'autre jour, et il n'a pas mentionné qu'il était en contact avec mon ex.

– Darius dit que Nico pète un câble. Apparemment, ils ont dû l'empêcher plusieurs fois de se pointer chez moi. D lui a dit qu'il cherchait la merde.

Je me promets d'appeler Darius plus tard pour en savoir plus.

– Ce qui est sûr, c'est qu'il n'a pas tourné la page et qu'il vit mal la rupture, explique Pippa en regardant la surfaceuse se déplacer sur la glace. Corinne m'a dit que vous vous reparliez ?

– Ouais, elle m'a envoyé un texto marrant, l'autre jour, et on a échangé quelques messages.

– Je ne sais pas ce que ça vaut, mais elle se sent vraiment minable.

– J'espère bien, je marmonne.

Ma colère envers mon amie n'est pas aussi forte qu'elle l'était. Même ma rancœur envers Nico a diminué.

– J'espère vraiment que vous pourrez de nouveau être amies, pour qu'on traîne ensemble comme avant. Peut-être qu'on pourrait se faire une soirée filles pendant les vacances de Noël ?

– Euh, ouais, on pourrait essayer.

– Attends, tu parles à la meuf qui a couché avec ton mec ? Et tu comptes la revoir ? demande Brenna, bouche bée.

Pippa secoue la tête d'un air moqueur.

– C'est vrai, Demi. Tu es tellement gentille que tu mérites des gifles.

– Ah ouais ? Ma gentillesse me vaut des baffes, selon toi ? Et c'est toi qui viens de suggérer qu'on organise une soirée filles et qui m'encourage à renouer avec Corinne.

– Oui, mais en disant oui, tu crées un mauvais précédent pour nous toutes. Tu sais, nous, les rancunières.

Brenna sourit d'un air diabolique.

– Moi, je suis la reine des rancunières.

Je lève les yeux au ciel.

– Je veux devenir psy. Ça implique que je sois cohérente dans mes propos, non ?

Le deuxième tiers-temps démarre et l'arbitre lâche le palet au centre du terrain.

– Brenna, comment il fait pour ne pas se blesser ? demande Pippa.

– Qui, l'arbitre ?

– Oui ! Regarde-le, il est minuscule et il est toujours collé à l'action. Un de ces énormes monstres pourrait lui rentrer dedans à tout moment et fracturer tous les os de son corps.

– Je sais que ça a l'air dangereux, mais les arbitres savent se tenir à l'écart, répond Brenna.

Le public se met soudain à hurler de joie et je me concentre pour comprendre ce qui se passe. Le numéro 12 est en train de survoler la ligne bleue au centre de la patinoire.

– Oh, c'est Hunter ! Et il est tout seul !

Brenna traduit ma phrase en termes « hockey ».

– On appelle ça une échappée.

Waouh, il fonce vers la cage adverse et lève sa crosse pour préparer son tir. Ma gorge se noue et je me surprends à me mettre debout.

– Mais non, tu es devenue fan de hockey ! accuse Pippa en me dévisageant.

– Fan ? Non, mais tu as vu ce tir ?

Hunter n'a pas marqué, mais c'était palpitant à regarder.

– Aaaah, répond Pippa d'un ton moqueur. J'ai compris. Tu n'es pas fan de hockey. Tu es fan du joueur…

– Non, je mens. Enfin, peut-être un peu ?

Brenna pousse un petit cri ravi.

– Ça, ça veut dire beaucoup. Aurais-tu trouvé la clé de sa ceinture de chasteté ?

J'éclate de rire.

– Hélas, non. Elle est encore fermée à double tour.

J'hésite à leur parler de nos baisers. Mais j'ai besoin de conseil, et vite.

Je leur raconte donc les deux occasions où Hunter et moi nous sommes embrassés, Baiser Salle de Bains, et Baiser Salsa, pendant que mes amies me regardent en souriant jusqu'aux oreilles.

– Lors du Baiser Salsa, il m'a peloté les fesses, j'admets. Mais il a arrêté tout de suite après. Je crois qu'il va falloir que j'accepte que je ne l'intéresse pas.

– N'importe quoi ! répond Brenna.

– Si c'était le cas, dit Pippa, il ne t'aurait jamais laissée l'embrasser.

– Ouais, mais il arrête à chaque fois. Il est déterminé à être un bon capitaine et à faire du hockey sa seule priorité.

– L'équipe ne souffrirait pas s'il couchait avec toi, répond Brenna en levant les yeux au ciel. C'est absurde.

– Peut-être, mais je peux pas le forcer à le faire. Vous n'avez jamais entendu parler de « consentement » ?

– On ne te dit pas de le forcer, dit Pippa. Mais… ça ne ferait pas de mal de l'encourager.

– Je l'ai déjà encouragé. J'ai fait plus que ça. Je l'ai embrassé deux fois et il m'a rejetée deux fois. Et après le Baiser Salsa, je lui ai dit que je ne le draguerais plus avant la fin de la saison.

– Dans ce cas, ne le drague pas, déclare Brenna, et son regard scintille d'un éclat machiavélique. Tu dois changer de tactique, chérie. Arrête de lui courir après. Oblige-le à venir vers toi.

– Comment ?

– Rends-le jaloux. Flirte avec un de ses potes.

– Oooh, Opération Jalousie ! s'exclame Pippa. Carrément, c'est ça que tu dois faire.

Le rendre jaloux… Je suppose que c'est ce que j'ai fait l'autre soir en dansant avec Dean. Et ça a marché, en fait. Je ne flirtais pas avec lui, mais Hunter s'est montré super-possessif rien qu'en nous voyant danser.

– Il n'y a pas toujours une fête quelque part, après les matchs ? demande Pippa. Tu devrais le faire ce soir.

– Je ne peux pas, je dois voir TJ. D'ailleurs, il faut que je lui écrive. À quelle heure finit le match ? je demande à Brenna.

J'ai peur d'être en retard, parce que même si on est arrivées à dix-neuf heures trente, le match n'a pas commencé avant vingt heures.

– Le second tiers-temps vient de commencer, donc il reste encore une heure ou une heure et demie. Voire deux heures, d'ici à ce que les mecs sortent des vestiaires.

Merde, donc je ne serai pas partie avant vingt-trois heures. Et si je veux parler à Hunter après le match, j'ai encore moins de chances d'arriver à Hastings à une heure raisonnable. Merde.

Je déverrouille mon téléphone pour écrire à TJ.

MOI : Salut, je me suis complètement plantée. Apparemment, le match va finir vers 23h. Je ne pense pas que ça vaille le coup d'aller au marché si ça ferme à minuit. Ce sera ouvert demain soir, aussi ?

TJ : Je ne sais pas. Tu ne peux pas partir avant la fin du match ?

MOI : Je pourrais, mais je suis avec Pippa et Brenna et j'ai promis à Hunter que je le verrais après le match.

J'attends un moment, mais TJ ne répond pas.

MOI : Je suis désolée. Ne m'en veux pas, stp. On a prévu ça à la dernière minute, toi et moi. J'avais déjà dit que j'irais au match.
LUI : Je sais. T'en fais pas, D. Amuse-toi bien au match.

Il m'en veut, et je le comprends. Mais je commence aussi à en avoir assez de le rassurer tout le temps. TJ me propose de faire quelque chose presque tous les jours. On est amis, c'est sûr, mais je ne vois même pas Pippa tous les jours, et c'est ma meilleure amie. Je ne voyais même pas Nico tous les jours, et on était en couple ! Je me sens néanmoins coupable de ne pas pouvoir aller au marché de Noël. Je n'aurais pas dû prévoir deux rendez-vous un même soir. Ça finit toujours par capoter, et maintenant, j'ai déçu un de mes amis les plus proches.

MOI : Je suis vraiment désolée, chéri. C'est de ma faute. Je n'aurais pas dû prévoir de faire autant de choses. J'en suis vraiment navrée. Je t'appelle demain et on prévoira une journée entre amis dès que possible, ok ? xo

Il répond « xo, ok » et je suis soulagée. Maintenant, passons aux choses sérieuses.

– Je ne vais pas voir TJ, je dis aux filles. Donc je suis dispo pour faire la fête. Alors, quelle est ma stratégie ?

– Flirte et séduis, dit Brenna. Choisis son pote le plus beau, comme Conor ou Matt, drague-le et assure-toi qu'Hunter te regarde.

– Et après ?

– S'il mord à l'hameçon, sa ceinture de chasteté atterrira sur ta table de chevet. Sinon… tape-toi Conor ou Matt, ajoute-t-elle en souriant.

– Mais je les connais à peine !

Pippa ricane.

– Tu es l'étudiante la plus chaste du monde. Tu sais, tu as le droit de coucher avec des mecs que tu ne connais pas depuis que tu as huit ans, se moque Pippa.

Je lui tire la langue.

– Non mais je suis sérieuse, poursuit-elle. Tu as le droit de t'amuser un peu, tu sais. D'expérimenter. Si ça se trouve, le sexe avec Nico était catastrophique, mais tu n'en savais rien parce que tu n'as aucune comparaison. Alors compare, meuf !

– Le sexe était très bien avec Nico, je rétorque. Enfin, si on oublie les cunnis médiocres.

Après tout, c'est la vérité, c'est juste que je n'osais pas l'admettre.

– Mais bon, je n'ai jamais trop aimé ça, de toute façon. Qu'il en fasse ou pas, ça m'était égal.

– Mais c'est le meilleur ! s'exclame Brenna.

– Euh, et si je finis avec Hunter, ce soir, est-ce que je dois craindre des… tu sais… des MST ? je demande timidement.

– Tu me demandes si Hunter a une MST ? dit Brenna. On ne m'a jamais rien dit, mais je ne peux pas être sûre. En même temps, c'est pour ça qu'il faut toujours avoir la conversation avant de se désaper.

– La conversation ?

– Ben, il faut parler des maladies, des contraceptifs ou de fantasmes bizarres qu'on peut avoir. Genre, si le mec est fétichiste des pieds, moi j'exige de le savoir avant pour éviter de lui vomir dessus, explique Brenna.

Pippa éclate de rire.

– Carrément, ça devrait être une règle d'or ! Tout penchant obscène pour les pieds doit être avoué avant le passage à l'acte. Mais j'ai connu pire : en première année, j'étais avec un mec qui voulait que je lui fasse pipi dessus.

Je me retiens d'enfouir mon visage dans mes mains et de fondre en larmes. Je suis tellement perdue ! Je n'ai couché qu'avec un mec. J'ai perdu ma virginité avec lui, et on est sortis ensemble pendant très longtemps. On n'a jamais eu besoin d'avoir « la conversation ».

Et je n'ai jamais eu à me demander s'il voulait que je lui fasse pipi dessus.

Je ne me perçois pas comme naïve ou inexpérimentée. Je me suis toujours vue comme téméraire et sûre de moi et de ma sexualité. Mais peut-être qu'il est temps de grandir. Il faut en effet que je pense aux MST et à mes nouveaux partenaires.

Et si tout se passe comme prévu, ce soir, mon nouveau partenaire s'appellera Hunter Davenport.

26

Demi

La soirée post-match se tient chez Conor, qui vit avec quatre de ses coéquipiers. La plupart des mecs qui sont là sont d'ailleurs des joueurs de hockey, et ça laisse peu de place pour circuler. Il y a des biceps et des pectoraux à perte de vue.

La musique est de l'EDM pourrie qui pulse dans mes tempes. Je n'ai jamais été fan de techno. Nico et moi avons été à quelques raves à Miami, mais c'était pas mon truc. Il avait essayé de me convaincre de prendre de la MDMA, et j'ai dit que c'était hors de question, ce qui avait choqué ses amis.

C'est marrant, mais les gens m'ont toujours crue plus téméraire que je ne suis. Enfin, je danse dès que j'en ai l'occasion, où que je sois, je parle aux inconnus dans les files d'attente et je serais même prête à sauter à l'élastique si on me le proposait. Mais je n'ai jamais pris part aux activités dangereuses que nos amis de Miami adoraient, et je n'ai jamais pris de drogue. Quand je lui rendais visite, Nico passait son temps à faire des courses de voitures illégales, j'étais constamment en panique chaque fois que les flics se pointaient.

Donc, non, je ne suis pas téméraire. Mais je compte l'être ce soir. Je vais narguer Hunter et, je l'espère, le pousser à rompre la promesse qu'il s'est faite. Ça fait peut-être de moi une garce, mais pour être honnête, je me demande si Hunter ne cherche pas à compenser quelque chose. L'an dernier, il a eu un comportement autodestructeur en couchant avec n'importe qui et en faisant trop la fête, mais je ne crois pas que ce soit dans sa nature. Je crois qu'il cherchait juste à se remettre du rejet de Summer et de la trahison de son ami.

Je ne pense pas du tout que l'échec de son équipe soit dû à la vie sexuelle débridée d'Hunter ni que son vœu de chasteté ait quoi que ce soit à voir avec le succès qu'ils rencontrent cette année.

Je commence à croire que c'est surtout une question de confiance. Il ne se fait pas confiance pour prendre les bonnes décisions sur le moment. Or, je ne pense pas qu'éviter les situations où il devra justement faire un choix difficile soit la solution.

Je regarde dans sa direction, de l'autre côté de la pièce, où il parle à Matt Anderson. Quant à moi, je suis dans un coin comme une loser, savourant une des sucettes que je trimballe toujours dans mon sac. Hunter m'a laissée me débrouiller toute seule, mais je ne connais personne et je n'aime pas les regards assassins de toutes les gagas de la crosse qui semblent penser que j'essaie de leur voler ce qui leur appartient.

Je ne comprends pas bien la mentalité des groupies du sport. Leurs regards me font penser qu'elles se fichent complètement des mecs qu'elles draguent, et que c'est seulement le statut glorieux des joueurs qui les intéresse. Quand je regarde Hunter, je vois Hunter. Quand elles le regardent, elles voient « joueur de hockey ».

– Qu'est-ce qui se passe ? Tu ne t'amuses pas ? demande Conor en venant vers moi.

On ne peut pas voir ce type sans remarquer combien il est beau. Il ressemble un peu à Dean, l'ami d'Hunter, sauf qu'il a aussi le look surfer, alors que Dean fait plutôt mannequin pour parfums ou pour sous-vêtements masculins.

– Euh, c'est juste que je ne connais personne, je réponds en faisant tourner ma sucette entre mes doigts.

– Tu me connais, moi, dit-il en souriant.

– C'est vrai.

– Et Davenport, ajoute-t-il en désignant son capitaine.

– C'est vrai aussi, mais il est occupé.

– Eh ben, je ne le suis pas, moi. Danse avec moi, propose-t-il. Comme ça, on se tiendra compagnie.

En temps normal, je ne refuserais pas de danser, mais ma vessie est pleine après les deux sodas que j'ai bus au match et la vodka-cranberry qu'un des colocs de Conor m'a donnée en arrivant.

– Ce serait avec plaisir, mais je meurs d'envie de faire pipi. Si on danse, il y a de fortes chances que je te fasse pipi sur les pieds.

Cela dit, peut-être qu'il aime ça. J'ai appris ce soir qu'il y a des gens qui kiffaient…

Conor éclate de rire.

– Je te propose de t'occuper de ton petit problème d'abord, et de venir me voir quand c'est fait, dans ce cas.

Je regarde derrière nous et remarque la queue pour les toilettes.

– Et si tu me tenais compagnie pendant que j'attends ?

– Je peux faire mieux que ça, répond-il en me tendant la main.

Je la prends et vois Hunter froncer les sourcils tandis qu'on sort du salon. Je ne pensais pas faire ça tout de suite, mais on dirait que l'Opération Jalousie vient de commencer.

Lorsque nous arrivons en haut, Conor ouvre une porte et me fait signe d'entrer.

– J'ai la suite parentale. Mes toilettes sont à vous, gente dame.

– Merci, Monseigneur, je réponds en ricanant.

Une fois dans la salle de bains, je jette ma sucette et lève ma robe pour faire pipi. Je me sens un peu bête d'avoir mis une robe aussi courte en plein hiver, mais on s'est arrêtés chez Brenna et Hunter après le match, et elle m'a convaincue de troquer mon legging-pull contre une de ses robes. Elle est à manches longues, noire, moulante, et elle m'arrive à mi-cuisses.

Je me lave les mains lorsque j'entends des voix de l'autre côté de la porte, une voix de femme et une voix d'homme. Lorsque je sors, je trouve Matt étalé sur le lit à côté d'une fille aux longs cheveux noirs.

– Salut ! dit-elle en me voyant. Je suis Andrea.

– Demi.

– Viens t'asseoir, dit Conor depuis le petit canapé.

Sa chambre est assez grande pour avoir un lit immense, une commode, un canapé et un écran plat. Conor est en train de tripoter une manette de jeu vidéo, et Hunter est assis à l'autre bout du canapé, avec une bouteille d'alcool ambré.

– Du whiskey ? je demande en grimaçant. On boit du whiskey, maintenant ? Qu'est-il arrivé à ta bière ?

Quand on est arrivés, il a fait tout un plat de la caisse de Dampf Punk que Matt a dégotée pour la soirée, et j'ai demandé pourquoi quelqu'un donnerait un nom aussi ridicule à une bière, ce à quoi il a répondu par un doigt d'honneur.

– Y en a plus. Il ne reste plus que le fût de bière diluée à l'eau, répond-il en grimaçant. Bois un shot avec moi, *Semi*.

J'hésite un instant, car si je commence les shots, je risque de faire n'importe quoi. Cela dit, j'ai besoin de courage. Pour être honnête, je ne sais absolument pas comment m'y prendre pour séduire quelqu'un.

– Tu es toujours d'accord pour que je dorme sur ton canap, ce soir ? je lui demande.

Il hoche la tête, enlève sa casquette pour se passer la main dans les cheveux et la remet.

– Ok, alors, c'est parti, je déclare en m'installant à côté de lui.

Conor lance sa partie de skateboard sur la console pendant qu'Hunter se sert un shot et l'avale cul sec. Je regarde sa gorge tandis qu'il déglutit et rêve de l'embrasser sur sa pomme d'Adam. Je me demande si je sentirais son pouls sous mes lèvres.

Il me passe le verre et je l'étudie d'un air suspect.

– Quoi, j'ai pas droit à mon propre verre ?

– Il n'y en a qu'un, en haut. Si tu veux le tien, il va falloir que tu descendes le chercher. Mais quoi, tu as peur d'attraper mes microbes ?

– Je t'ai déjà roulé une pelle. Si t'as des microbes, je suis déjà infectée.

Conor ricane et se tourne vers son capitaine.

– Sers-m'en un, aussi.

– Moi d'abord, je dis en portant le verre à ma bouche.

Je le vide et j'ai immédiatement les larmes aux yeux. Beurk. Je n'ai pas l'habitude de boire du whiskey. J'enchaîne les tequilas comme une pro, mais le whiskey me monte à la tête à une vitesse effrayante.

Hunter sert un autre shot et le passe à Conor, qui le boit avant de commencer sa partie. Je regarde son skate faire une série de figures sur un half-pipe en béton que je suis surprise de reconnaître.

– Eh, c'est à Jacksonville !

– Ouais, c'est le Kona Skatepark, confirme Conor. Tu y es déjà allée ?

– Quelquefois, oui. Mon ex était ami avec des skateurs. Tu es déjà allé en Floride ?

– Non, je viens de la côte Ouest.

– De Californie ?

– Hungtington Beach, acquiesce Conor.

– Je n'y suis jamais allée.

– Tu devrais venir me voir cet été. Je te ferais visiter le coin.

Hunter lève les yeux au ciel.

– Fais gaffe, *Semi*. Il passe à l'attaque, dit Hunter.

– Je ne passe pas à l'attaque, rétorque Conor. Je suis assis bien sagement comme un gentil garçon qui joue à son jeu vidéo.

Il appuie sur les touches de sa manette et me lance un sourire aguicheur.

– À moins que tu veuilles que je passe à l'attaque, Demi ?

– Peut-être…

Hunter pousse un grognement.

– Demi, je crois que je vais devoir t'interdire de picoler.

– J'ai bu à peine un shot !

– Et à l'évidence c'est déjà trop si tu flirtes avec cet imbécile.

Sur le lit, Andrea l'entend et glousse.

– Euh, on ne peut pas ne pas flirter avec Conor Edwards. Il a cet effet sur toutes les femmes.

– Et moi, j'ai quel effet sur toi ? demande Matt.

Je remarque alors qu'ils se sont rapprochés et qu'ils sont presque dans les bras l'un de l'autre.

Elle chuchote quelque chose dans son oreille, le faisant rire, je décide de les ignorer.

Conor passe la manette à Hunter, qui se penche en avant et appuie ses coudes sur ses cuisses. Il fronce les sourcils en se concentrant et son personnage fait une série de figures. Je ne reconnais pas ce parcours et, franchement, ma patience pour les jeux vidéo a déjà atteint sa limite.

En attendant, je n'ignore pas que Conor s'est rapproché de moi. Il sent bon, un mélange de bois de santal et de savon aux agrumes. Ses cheveux sont encore un peu mouillés après sa douche, il est vêtu d'un tee-shirt et d'un cargo short, et il est pieds nus.

Il faut croire que tous les joueurs de hockey ont une température corporelle plus élevée que la moyenne, Hunter a enlevé son sweat dès qu'on est arrivés et il n'a plus que son habituel marcel blanc.

– Donc, commence Conor d'un ton pensif, on a déjà établi que tu voulais que je passe à l'attaque.

– J'ai dit « peut-être ».

– Ok… Qu'est-ce qu'il faut que je fasse pour avoir un « oui » ?

– Je ne sais pas. Propose quelque chose. On verra ce qui se passe.

– Hmmm…

Sa main remonte le long de ma manche pour jouer avec une mèche de mes cheveux.

– Que dirais-tu de la meilleure partie de jambes en l'air de toute ta vie ?

Hunter ricane, mais ne quitte pas l'écran des yeux.

– Tu n'as rien d'autre ?

Je pose délicatement ma main sur le genou de Conor, cette fois, je vois Hunter jeter un coup d'œil dans ma direction.

– Le meilleur massage de ta vie ?

– Mec, arrête avec les superlatifs, tu vas lui donner de faux espoirs, déclare Hunter en jetant la manette sur les cuisses de Conor. C'est à toi. Faut que j'aille pisser.

Il s'enferme dans la salle de bains et Conor pose la manette par terre au lieu de commencer une nouvelle partie. Il se tourne vers moi et me regarde sérieusement.

– Alors, il se passe quelque chose entre toi et le capitaine ?

– On s'est embrassés une ou deux fois, mais il ne veut rien de plus.

– Ah oui. Le vœu de chasteté.

– Ouaip.

– C'est pour ça que tu flirtes avec moi ? demande-t-il d'un ton moqueur. Tu veux le rendre suffisamment jaloux pour qu'il cède ?

– Je ne te drague pas.

– Arrête, ne jouons pas à ce jeu.

– Quel jeu ?

– On ne va pas se mentir, déclare Conor en saisissant mon menton pour me forcer à le regarder dans les yeux. Tu veux mon aide, ou pas ?

J'ai la gorge affreusement sèche. Je déglutis plusieurs fois, mais ça ne change rien.

– Tu penses qu'on peut y arriver ?

– Chérie, je peux rendre jaloux n'importe qui.

27
Hunter

Lorsque je sors de la salle de bains, Demi et Conor sont toujours sur le canapé, mais Matt et Andrea sont partis. Je ne suis pas ravi de voir Conor aussi près de Demi. Elle est pratiquement assise sur ses genoux, bon sang.

Néanmoins, je ne peux rien dire, parce que j'ai été on ne peut plus clair la semaine dernière. Je lui ai dit que je voulais seulement être ami avec elle. Donc je serais un enfoiré de l'empêcher de flirter avec mon coéquipier. Et je serais un énorme enfoiré si j'empêchais un de mes coéquipiers de choper.

C'est la règle numéro cinq mille du manuel du capitaine : *La bite de ton coéquipier passe d'abord.*

Ils ont beau se draguer ouvertement, ils ne me demandent pas de partir. Et comme je suis un enfoiré, je ne pars pas, alors que je suis clairement la cinquième roue du carrosse.

Conor chuchote quelque chose dans l'oreille de Demi qui la fait glousser.

– De quoi vous parlez, là-bas ? je grogne.

– De rien. Tu me passes la bouteille ? demande Conor.

Je regarde Demi. Ses joues sont rouges, mais je ne sais pas si c'est parce qu'elle a trop bu.

– C'est pour moi, précise Conor, suivant mon regard.

Je me penche et lui donne la bouteille. Il boit une gorgée au goulot et me la repasse, et j'en fais de même. Peut-être que c'est ce qu'il faut que je fasse, que je me saoule. Parce qu'il est inévitable que Demi finisse avec quelqu'un ce soir, et si ce n'est pas avec Conor, alors je suis prêt à manger mon chapeau. Enfin, ma casquette. Pourquoi pas, d'ailleurs ? Malgré sa réputation d'homme à femmes, je n'ai jamais entendu une femme se plaindre qu'il l'avait utilisée ni dire qu'elle n'avait pas passé un bon moment.

– Alors comme ça, vous vous êtes embrassés, dit Conor en me regardant dans les yeux. C'était comment ?

Incroyable.

– C'était pas mal, je réponds.

L'expression outrée de Demi me fait sourire.

– Juste pas mal ? Va te faire foutre, vieux moine ! J'embrasse mieux que pas mal. J'embrasse excellemment bien, même, ajoute-t-elle en me défiant du regard.

– C'est vrai qu'elle embrasse très bien, j'admets.

Elle sourit jusqu'aux oreilles.

– Au point que tu veuilles recommencer ? propose-t-elle.

– Non.

Conor ricane.

– Putain mec, tu es dure pour l'ego des femmes !

– Crois-moi, son ego va parfaitement bien.

– C'est vrai, confirme Demi. J'ai confiance dans le fait que je suis une personne géniale.

– Ah ouais ?

Conor passe son bras dans son dos tandis que son autre main caresse lentement sa cuisse nue.

Elle a beau avoir les manches longues, la robe de Demi est tellement courte que c'est presque indécent. Je ne me souviens pas qu'elle ait été habillée comme ça pendant le match. À quel moment s'est-elle changée ?

J'ai du mal à respirer. Je ne suis pas assez saoul pour endurer ça. Et j'en ai la confirmation lorsque la main de Conor remonte sur sa taille, effleurant le sein de Demi avant de caresser sa gorge.

– Tu viens de toucher mon sein? murmure-t-elle d'une voix rauque.

– Non, répond-il en souriant de toutes ses dents.

– Tu as touché mon sein.

– Ouais, mais à peine.

– C'est la même chose, non, Hunter?

Je ne réponds pas. Je ne suis plus capable de parler. Je repense à notre baiser dans la boîte de nuit, à Boston, et à combien je rêvais d'empoigner ses seins pour titiller ses tétons. Mais on était en public, et je ne l'ai pas fait. De toute façon, je ne pourrais pas le faire, même en privé.

Peut-être que je peux tirer satisfaction de voir Conor le faire à ma place?

Toutefois, mon coéquipier ne s'occupe plus des seins de Demi. Il baisse la tête, et elle pousse un petit cri de surprise.

Je me crispe en voyant ses cheveux blonds enfouis dans son cou. De son côté, Demi fait l'inverse et semble fondre contre lui. Son corps se moule à celui de Conor, et elle penche même la tête pour lui faciliter l'accès.

J'étouffe. Je suis rongé par la jalousie et mon cœur pulse dans mes oreilles. Mais je suis excité, aussi. Je devrais partir tout de suite pour m'éviter une telle torture.

Mais mon cul reste scotché au canapé.

Conor lève la tête et je vois combien il est excité.

– J'ai envie de t'embrasser, chuchote-t-il à Demi.

Je serre mes genoux dans mes mains pour éviter de fermer les poings.

Conor me regarde brièvement avant de me faire un clin d'œil, puis il approche sa bouche de celle de Demi.

Enfoiré!

Elle ne le repousse pas, ouvrant la bouche, et retiens un juron lorsque je le vois plonger sa langue dans sa bouche.

Je serre les dents et trouve enfin ma voix.

– Je vous laisse…

– Reste, dit aussitôt Demi, rompant le baiser pour poser sa main sur ma cuisse.

Merde. Il n'y a plus la moindre molécule d'oxygène dans cette pièce. Je suffoque.

– Non, je gronde d'une voix rauque. J'ai l'impression que vous avez besoin d'être tranquilles.

Conor lèche sa lèvre inférieure.

– Quand tu étais aux toilettes, j'ai raconté à Demi que tu m'avais surpris en train de me faire sucer. Elle a dit qu'elle n'a jamais entendu quoi que ce soit d'aussi excitant.

Je regarde Demi qui esquisse un sourire séducteur.

– Canon, confirme-t-elle. Pourquoi tu ne t'es pas joint à eux ?

– C'est ce que j'ai dit ! s'exclame Conor en plongeant de nouveau sa tête dans le cou de Demi, la faisant gémir.

Lorsqu'il relève la tête, il me regarde en haussant un sourcil, comme pour me dire qu'il est partant si je le suis aussi.

Je ne sais pas ce que je ressens. Je sais que je suis dur comme fer et que je ne devrais pas l'être. Je sais que Demi passe sa main dans les cheveux de Conor et attire sa tête vers elle.

Je sais que quand je vois leurs langues se toucher, j'ai envie d'arracher celle de mon coéquipier et de la nouer autour de mon cou, comme un trophée.

Et c'est là que je craque. La jalousie qui bout dans mes veines prend le dessus et je pousse un grognement, me levant d'un bond, saisissant la main de Demi pour l'attirer à mes côtés.

– Non. Non, non, non, non, non.

– Qu'est-ce que tu fais ? s'exclame-t-elle.

Conor se contente de rire.

– On s'en va ! je gronde alors que mon pouls et ma respiration accélèrent.

– Mais…

Je la fais taire en grognant de nouveau.

– Tu veux un mec de consolation ? Je vais te consoler. Allons-y.

28

Demi

Je ne me souviens pas d'être arrivée chez Hunter. Pas parce que je suis trop saoule pour savoir où je suis, mais parce que je suis tellement excitée que je n'arrive pas à réfléchir.

Faire céder Hunter a été étonnamment simple, même si je dois avouer que j'ai eu un peu peur d'avoir été trop loin. C'était agréable, d'embrasser Conor, mais rien n'est comparable à ce que je ressens lorsqu'on arrive dans la chambre d'Hunter et que je vois son regard de braise.

Il ferme la porte d'un coup de pied et tourne la clé. Il avance vers moi tel un prédateur et s'arrête lorsque nous sommes à quelques centimètres.

– Tu es sûre que c'est ce que tu veux ? demande-t-il d'une voix grave.

– Oui. Et toi ?

Il soupire.

– Hélas, oui, répond-il.

– Tu es sérieux ? L'idée de coucher avec moi et affreuse à ce point…

Il me fait taire par un baiser et j'oublie pourquoi je râlais. Je suis obsédée par ses baisers brûlants et passionnés. Il sait mettre juste ce qu'il faut de langue pour que ça m'excite et me fasse gémir.

Pendant que sa langue caresse la mienne, ses grandes mains descendent sur mes fesses et effleurent ma peau à l'endroit où s'arrête la robe de Brenna.

– Cette robe est beaucoup trop courte, siffle-t-il dans mon oreille avant de passer ses mains sous la jupe pour empoigner mes fesses.

– C'est mal ? je demande, à bout de souffle.

– Ça l'est quand Conor Edwards pose sa main sur ta cuisse.

– Tu es jaloux ?

– Oui, déclare-t-il.

Son regard s'embrase, il saisit la robe pour la passer par-dessus ma tête. Il la jette de côté et fait un pas en arrière pour admirer mon string et mon soutien-gorge.

– Enlève ton soutif, dit-il. Montre-moi tes seins.

Mes doigts tremblent en ouvrant mon soutien-gorge. Je suis seins nus devant lui et mon cœur bat la chamade.

Il me regarde un moment, puis il se lèche les lèvres et se rapproche, posant ses larges paumes sur mes seins, et je gémis lorsque ses pouces titillent mes tétons.

– Tes seins sont parfaits, Demi.

Je ne peux pas répondre. Je suis trop occupée à regarder son visage pendant qu'il joue avec mes seins. Chacune de ses caresses fait battre mon cœur plus vite, et je suis sûre qu'il le sent sous ses doigts. Je suis à deux doigts de me plaindre lorsqu'il arrête, mais c'est seulement pour baisser mon string sur mes jambes. Je suis entièrement nue, à présent, et Hunter est encore habillé.

Il se contente de me regarder sans rien faire, et mon sexe se contracte lorsque son regard s'embrase.

– Fais quelque chose, je chuchote.

– Je ne devrais pas, grogne-t-il.

Mais il enlève quand même son tee-shirt et le jette par terre.

Son torse nu me nargue, il est encore plus beau que je ne le pensais. Sa peau est dorée, quelques poils sont parsemés entre ses pectoraux carrés, ses abdos sculptés font ressortir sa taille fine, et une petite ligne de poils disparaît dans son jean. Je me surprends à vouloir suivre cette ligne pour voir où elle me mène.

J'ai envie d'embrasser son torse et de promener ma langue sur toutes les bosses et tous les creux. Mais j'ai trop peur de bouger. J'ai peur de rompre le charme et qu'il change d'avis.

Sans un mot, Hunter défait sa ceinture puis son jean et les laisse tomber par terre. Il baisse ensuite son boxer blanc et sa verge épaisse et dure remonte sur son ventre.

– Waouh. Elle se cachait là-dessous depuis tout ce temps ? je demande en me léchant les babines.

– Ben ouais, tu sais, en général les pénis sont attachés au corps des hommes, ricane-t-il.

Je n'arrive pas à la quitter des yeux. Elle est beaucoup plus grosse que celle de Nico.

Hunter avance d'un pas, puis d'un autre. Nos corps ne se touchent pas tout à fait, mais son sexe effleure mon ventre, laissant une petite traînée humide sur ma peau.

– Je viens de réaliser quelque chose, dit-il d'un air gêné.

– Quoi ?

– Je vais jouir dès que tu vas me toucher.

– Tu exagères, je réponds en étudiant son regard.

– Pas du tout, crois-moi. Je n'ai été avec personne depuis avril.

J'esquisse un sourire en coin.

– Donc tu dis que je ne vais pas m'amuser ?

– C'est pas du tout ce que je dis, gronde-t-il en me soulevant dans ses bras.

J'encercle sa taille avec mes jambes et son cou avec mes bras. Il m'embrasse avidement et avance vers le lit pour m'y déposer délicatement. Je cligne des yeux et, soudain, ses mains se baladent sur tout mon corps. Lorsque l'une s'arrête sur mon sexe, je frissonne de la tête aux pieds.

– Putain, gémit Hunter contre mon cou.

Est-ce qu'il existe un plus beau son qu'un homme qui gémit ? Sa voix rauque est tellement excitante, et je ne peux pas m'empêcher de le comparer à Nico qui était si silencieux que parfois, lorsqu'il faisait nuit noire, j'avais l'impression d'être seule dans le lit.

Or, Hunter est loin d'être silencieux. Il chuchote combien il me trouve sexy, il gémit chaque fois qu'il caresse mon sexe trempé et il siffle quand il y plonge deux doigts. Il est hyper-expressif et j'adore ça. J'adore son regard désespéré lorsqu'il se relève sur ses coudes pour me regarder.

– Tu es tellement belle, dit-il en se baissant de nouveau pour prendre mon téton dans la bouche et le sucer.

– C'est agréable, je murmure en frissonnant.

– C'est le but, répond-il avant de redoubler d'efforts sur mes seins.

C'est si bon que c'en est presque ridicule, et je n'ai jamais autant mouillé de ma vie. Lorsqu'il descend sur le lit pour positionner sa tête entre mes cuisses, je suis à deux doigts de m'excuser. Je suis sûre que j'ai taché sa couette. C'est hyper-gênant, mais ça ne semble pas déranger Hunter.

Il caresse mon clitoris en me regardant derrière ses longs cils épais.

– Je ne me relèverai pas tant que tu n'auras pas joui, dit-il. Je vais lécher chaque millimètre de ton sexe et je veux faire ça bien, donc il faut que tu me dises ce que t'aimes, ajoute-t-il en souriant.

– Je t'ai déjà dit, je réponds d'un ton gêné, les cunnis ne sont pas…

Il embrasse mon sexe et mon bassin se soulève.

– Ça, je m'écrie. J'aime ça.

Il m'embrasse encore plusieurs fois, puis sa langue sort et je vois des étoiles lorsqu'il titille mon clitoris avec.

– Commence doucement, je chuchote.

Je me prépare à être déçue, car c'est souvent le moment où les mouvements de la langue sont trop rapides et trop abrupts, et lorsque je me mets à gigoter, c'est parce que je rêve que ça cesse.

Mais les coups de langue d'Hunter sont infiniment doux et lents. Il m'embrasse, me titille, m'explore. Ses mains caressent mes cuisses avec une délicatesse surprenante, puis il les glisse sous mes fesses. Il me soulève un peu pour me rapprocher de sa bouche et *Oh mon Dieu*, je crois que j'aime les cunnis. Finalement, ce n'était pas moi, le problème.

– Tu es tellement bonne, je pourrais faire ça pendant des heures, grogne-t-il.

Il accélère ses coups de langue et je recule mon bassin.

– Tu n'aimes pas ? murmure-t-il.

– Pas encore, je marmonne. C'est trop tôt pour accélérer.

Il ralentit donc, chuchotant contre mon sexe.

– C'est compris. Et si je suçais ça, un peu ? demande-t-il en frottant mon clitoris avec son pouce. Je crois que ce serait vraiment, vraiment bon, bébé. T'en penses quoi ?

– Je ne sais pas… Pourquoi tu n'essaies pas ?

Il prend mon clito entre ses lèvres et le suce légèrement, et je découvre que c'est la meilleure sensation sur terre. Il répète alors son enchaînement, plaquant sa langue contre mon sexe pour l'embrasser, puis suçant mon clito jusqu'à ce que je soulève mon bassin en gémissant.

– Hmmm, glousse-t-il. C'est comme ça que je dois faire, alors.

– Faire quoi ?

– Te faire jouir. Je commence lentement et délicatement, et quand tu n'en peux plus, je suce ton clito, dit-il en soulevant la tête pour me sourire. Je t'ai comprise.

J'ai envie de répondre que ce n'est pas si difficile, mais je sais qu'au contraire, mon corps n'est pas simple.

Hunter fredonne, satisfait, puis il reprend et je plonge mes mains dans ses cheveux. Je ne fais pas partie des femmes qui peuvent jouir en trois secondes. J'ai besoin de beaucoup de temps, mais il ne se plaint pas. Au contraire, il semble de plus en plus excité. Et quand il glisse deux doigts et que mon sexe se contracte, il pousse un grognement haut et fort.

Je regarde son corps étendu devant moi, ses cuisses musclées, ses fesses fermes. Un mouvement attire mon attention et je me rends compte qu'il a sa verge dans sa main. Mais il ne se masturbe pas, il la serre, comme pour essayer de ne pas jouir. Une vague de plaisir déferle en moi lorsque je comprends combien il est excité de me lécher, et les allers-retours de mon bassin accélèrent.

– Oh, putain, bébé, oui. Je veux te sentir jouir sur ma langue. Vas-y.

– Ton doigt, je gronde d'une voix rauque.

Il plonge de nouveau un doigt en moi en suçant mon clitoris et mon orgasme surgit aussitôt. C'est la première fois que je jouis avec quelqu'un d'autre que Nico, c'est à la fois effrayant et excitant, et j'empoigne les cheveux d'Hunter en tressautant de plaisir.

Lorsque je me calme et que je ne bouge plus, il m'embrasse une dernière fois et lève la tête.

– Putain, c'était méga-excitant.

Il remonte sur moi en déposant des baisers sur tout mon corps, et il enfouit son visage dans mon cou.

Je sens son sexe épais et brûlant contre ma hanche. Je tends le bras pour l'empoigner et le cri agonisant que pousse Hunter me fait rire.

– Il va bien falloir que tu me laisses la toucher tôt ou tard, je remarque.

– Je sais. C'est juste que j'ai honte de ce qui va se passer.

– Tu peux le faire, je réponds. Je crois en toi.

Il éclate de rire. Il roule sur moi et je me demande s'il va me pénétrer sans capote. Mais non, il se met à genoux et se penche sur moi pour prendre un préservatif dans son tiroir.

Lorsque je vois le petit carré scintillant, je réalise qu'on n'a pas eu « la conversation » avant de nous déshabiller.

– Euh… Je sais que c'est gênant, mais… je n'ai pas à craindre de maladies, de ton côté, si ?

– Je suis clean à cent pour cent. Je me fais souvent dépister pour le sport. Je peux te montrer mes derniers résultats, mais ils datent d'un mois, maintenant.

– On devrait se faire dépister ensemble, je propose. D'ailleurs, je…

Je m'arrête brusquement, horrifiée.

– J'aurais dû me faire dépister dès que j'ai su que Nico me trompait ! Putain, Hunter ! Il couchait avec d'autres meufs ! Et si c'est moi qui ai une MST ?

– Eh bien, on ne peut rien y faire maintenant, répond-il en riant, parce que je viens de passer trente minutes entre tes cuisses. Mais on va utiliser une capote, et si on veut remettre le couvert, on ira se faire dépister ensemble.

– Youpiii ! Le dépistage de couple !

Il éclate de rire. Je suis contente qu'il ait trouvé ça amusant et qu'il n'ait pas relevé le mot « couple ». C'était une façon de parler, de toute façon. Je sais qu'on n'est pas un couple.

Hunter empoigne la base de sa verge et déroule le préservatif dessus.

– Bravo, tu vois, tu n'as pas éjaculé ! je me moque.

– Mouais, ben tu sais, parler de MST, ça aide à calmer le jeu, en général.

– Tu veux dire que tu n'es plus d'humeur ?

Il vérifie que la capote est bien mise, puis il désigne son érection.

– J'ai l'air de plus être d'humeur ?

Je glousse joyeusement.

– Je dis juste que peut-être que maintenant, je vais pouvoir tenir un peu plus longtemps.

– Tant mieux. Maintenant pénètre-moi, bon sang.

Il s'allonge sur moi et m'embrasse langoureusement. Je suis encore trempée et plus que prête lorsqu'il glisse lentement en moi. Lorsqu'il est entièrement enfoui, Hunter pousse une série de jurons désespérés.

– Putain, c'est tellement bon…

Il se retire et avance de nouveau le bassin.

– Putain, putain, putain, putain… Pourquoi le sexe est aussi bon ? gronde-t-il.

– Le sexe en général, ou le sexe avec moi ?

Apparemment, même pendant que je fais l'amour, j'ai besoin qu'on me fasse des compliments.

– Le sexe avec toi, grogne-t-il.

– Alors, ce ne serait pas aussi bon avec quelqu'un d'autre ?

Il secoue la tête et ses cheveux chatouillent ma joue.

– Je crois que ça n'a jamais été aussi bon.

Je suis sûre que ce sont ses huit mois d'abstinence qui parlent, mais j'aime penser que je n'y suis pas pour rien, non plus.

Hunter commence alors à bouger, et je soulève les fesses pour accompagner ses allers-retours. On s'embrasse de façon désespérée en poussant des gémissements torturés, et c'est juste incroyable. Je ne pense pas jouir de nouveau, mais j'ai déjà eu un orgasme, et maintenant je peux regarder Hunter atteindre le nirvana à son tour.

Il fronce les sourcils et se mord la lèvre en jurant. Son regard est noir de désir et il me fait l'amour plus longtemps que je m'y attendais. Je réalise alors que son torse tremble et que ses traits sont tirés parce qu'il fait tout pour ne pas perdre le contrôle. Je promène donc mes ongles dans son dos et contracte mon sexe sur le sien.

– Lâche-toi, je dis.

– T'es sûre ? gémit-il.

– Oui. Rien n'est plus excitant que de te regarder. Vas-y.

Son regard s'embrase et il accélère ses va-et-vient. Il met un ultime coup de bassin et je sens son orgasme parcourir ses veines. Lorsqu'il me regarde de nouveau, il semble fatigué et satisfait et encore plus sexy que d'habitude.

– C'était bon, je marmonne.

– Tellement bon, acquiesce-t-il.

Il baisse de nouveau la tête et dépose des baisers au coin de ma bouche, puis sur mon menton, puis dans mon cou.

– Je suis désolée de t'avoir fait rompre ton vœu de célibat, je chuchote en le serrant contre moi.

– Pas moi.

29

Hunter

– Salut, Matt est là ? je demande à Conor lorsqu'il m'ouvre la porte, l'après-midi suivant.

Il est treize heures trente et Demi est partie de chez moi il y a une demi-heure. Et j'ai désespérément besoin de conseils.

– Non, il a passé la nuit chez Andrea et il n'est pas encore rentré. Les autres sont encore au pieu. J'allais faire un peu de muscu ; viens, tu n'as qu'à m'assurer.

– Ok, pourquoi pas ? je réponds en enlevant mon manteau et mes chaussures.

– Tu as passé une bonne nuit ? demande Conor avec un sourire lourd de sous-entendus.

J'ai envie de répondre que c'était la plus belle nuit de ma vie. C'était magnifique, splendide, incroyable, merveilleux… Il n'y a pas assez d'adjectifs pour exprimer à quel point c'était une belle nuit. C'était de loin le meilleur sexe de ma vie, en tout cas.

Quand je me suis réveillé ce matin et que j'ai vu Demi nue dans mon lit, si mignonne, si irrésistible, je n'ai pas pu me retenir de lui sauter dessus. Je l'ai fait jouir avec ma bouche, et elle m'a fait une branlette qui m'a retourné le cerveau.

Quand j'ai éjaculé dans sa main, elle m'a fait un clin d'œil et s'est léché un doigt, et j'étais à deux doigts de jouir de nouveau.

Cette fille est… incroyable. Merveilleuse. Magnifique. Bon, il n'y a toujours pas suffisamment d'adjectifs pour la décrire. Elle est hyper-sexy et tout m'attire chez elle. Toutefois, j'ai beau avoir envie de remettre le couvert avec elle, je m'en veux. J'étais venu en parler à Matt, mais je vais devoir me contenter de Conor.

On descend dans le sous-sol, où les mecs ont bricolé une petite salle de sport. Il n'y a pas grand-chose ; un tapis de course, un banc d'abdos, un rameur et quelques haltères. Conor enlève son tee-shirt et pousse un grognement en se frappant le ventre.

– Est-ce que j'ai un bide à bière ? Je me sens ballonné.

– Tu cherches des compliments ? je demande. Parce que tes abdos sont plus fermes que le cul d'un gymnaste, je marmonne en l'aidant à prendre les haltères.

Je hausse un sourcil lorsque je vois le poids qu'il soulève.

– Cinquante kilos ? Mauviette.

– J'ai la gueule de bois, grogne-t-il. Je commence doucement.

– Comment tu peux avoir la gueule de bois ? C'est moi qui ai bu tout ton whiskey.

– J'ai ouvert une autre bouteille après ton départ, répond-il en souriant. J'ai veillé jusqu'à trois heures du mat avec une jolie rousse.

– Mouais, je suis sûr que vous n'avez fait que boire.

– Ben non, on a baisé, quelle question !

Je lève les yeux au ciel en ricanant.

Je ne suis pas surpris qu'il ait chopé une autre meuf juste après avoir embrassé la mienne. Et je sais qu'il ne l'a pas fait pour soigner son ego, Conor n'a aucun problème d'estime de soi. S'il s'est tapé une meuf, c'est parce qu'il était excité après avoir embrassé Demi, pas parce qu'il avait besoin de flatter son ego après que Demi est rentrée avec moi.

– Et toi, capitaine ? demande-t-il ?

– Moi quoi ? je réponds, faisant mine de ne pas comprendre.

– Tu ne m'as pas dit si tu avais passé une bonne nuit. Je suis le seul à avoir baisé ?

Il s'allonge sur le banc et tend les mains pour que j'y pose l'haltère.

Comme je ne réponds pas, il éclate de rire.

– Mec, ce n'est pas une question piège !

– Ok, oui, j'ai baisé.

– Je suis choqué. Je ne l'ai vraiment pas vu venir…

– Roh, la ferme, je soupire.

– Pourquoi tu es si lugubre ? Tu as éjaculé trop vite à cause des huit mois de chasteté ? Ou c'était juste nul, de façon générale ? Ça m'étonne, parce qu'elle avait l'air hyper-fun…

Il soulève l'haltère et tous les muscles de ses bras se bandent.

– Si, si, elle est fun. Et le sexe était génial.

– Alors, pourquoi tu fais cette tête ?

– Parce que je n'ai pas tenu ma promesse, je réponds.

– On s'en fout !

– Mais je voulais m'y tenir, j'explique d'un ton agacé. Tu n'étais pas là, l'an dernier. C'est parce que je faisais trop la fête qu'on n'a pas battu Harvard.

Conor lève les yeux au ciel.

– Si tu penses vraiment ça, c'est que tu es plus con que je ne le pensais. Il n'y avait pas que toi dans l'équipe.

– Non, mais notre capitaine s'est fait exclure, aussi. Nate et moi étions les meilleurs de l'équipe.

– Ça arrive, mec. Certaines équipes perdent leurs deux, trois, quatre ou cinq meilleurs joueurs à cause de blessures. C'est juste pas de chance.

– Ouais, je suppose, je réponds sans être convaincu. Je voulais simplement être un bon capitaine, cette année.

– Mec, tu es un bon capitaine ! Regarde les conneries que tu tolères. Bucky et Jesse voulaient un cochon, et tu as accepté de passer pour un débile auprès du coach en lui demandant si on pouvait en avoir un. Ne sois pas aussi dur avec toi-même.

– Tu dis ça parce que tu n'es dur avec personne. Tu es un surfeur dans l'âme, toute ta vie est cool et détendue.

Il éclate de rire, ce qui perturbe sa respiration. Il gonfle ses poumons et reprend ses exercices. Quand il a fini sa série, je pose la barre et lui laisse le temps de retrouver son souffle.

– J'ai juste peur de gâcher nos chances, j'admets. J'ai peur qu'on se mette à perdre tous nos matchs, maintenant.

– Mec, il faut vraiment que tu te détendes ! dit Conor d'un air sérieux. Écoute, Demi est cool. Elle me plaît.

Je le fusille du regard, ce qui le fait rire de nouveau.

– Elle ne me plaît pas dans ce sens. Enfin, si tu n'étais pas là, je lui sauterais dessus, c'est certain. Mais premièrement, tu es là, et deuxièmement, je ne cherche pas quelque chose de sérieux.

– J'étais là hier soir, aussi, je rétorque.

– Tu crois vraiment que je draguerais ta nana ?

– Ben, c'est ce que tu faisais.

– Ouais, pour te faire réagir, espèce d'abruti !

– Comment ça ?

– Je ne comptais pas aller jusqu'au bout. Et elle non plus, ricane Conor en s'allongeant de nouveau sur le banc. Je suis surpris que tu aies mis autant de temps à réagir, d'ailleurs. On s'était dit qu'on flirterait un peu et rien de plus. Je pensais pas devoir fourrer ma langue dans sa bouche pour que tu captes enfin le message.

– Vous aviez prévu ça ?

Je suis outré. En même temps, je suis aussi… ému ? Ouais, ça me touche, c'est vrai. Je suppose qu'après ce qui s'est passé avec Summer et Fitz, je suis soulagé de savoir que Conor ne me ferait pas ça.

– Demi est vraiment cool, dit Conor. On ne rencontre pas des meufs comme elle tous les jours, donc, écoute-moi quand je te dis de faire gaffe. Si tu ne fais rien pour la garder, tu vas la perdre. Elle trouvera un mec en un rien de temps, et tu te sentiras con de l'avoir laissée partir.

★ ★ ★

Je tiens à peu près six heures avant de céder et d'écrire un message à Demi.

MOI : On se voit ce soir ?

Je suis soulagé qu'elle réponde immédiatement.

ELLE : Tu viens chez moi ?
MOI : J'arrive dans 20 min.

Je dois faire un effort surhumain pour ne pas enfreindre toutes les règles du Code de la route en me rendant chez Demi. Je me force à respecter la limite de vitesse et je trépigne d'impatience quand j'arrive enfin à la maison Theta. La présidente, Josie, n'est pas surprise de me voir et me fait entrer.

Lorsque je passe la porte de la chambre de Demi, je la trouve sur le lit devant une montagne de devoirs. Son matelas est recouvert de dossiers, de notes, de classeurs et de surligneurs.

– Tu as braqué un magasin de fournitures scolaires ?

– Je révise pour mon devoir de bio, râle-t-elle en levant la tête vers moi. Je déteste les sciences, Hunter. Je déteste.

– Je suis navré, je réponds sincèrement.

Elle est clairement stressée, et c'est tout le contraire de l'enthousiasme qu'elle avait pour notre projet de psycho.

– Je pense m'en sortir en bio et en maths, mais je redoute le partiel de chimie organique. L'exam est la veille des vacances de Noël et je suis loin d'être prête. Il me faudrait encore mille heures de révision pour être sûre d'avoir une bonne note.

– Tu vas t'en sortir brillamment, je réponds. Je crois en toi.

Et je crois en sa capacité de travail. J'ai vu combien elle s'est investie en psycho, et je sais qu'elle travaille aussi dur pour tous ses cours.

– Tu es sûre que tu as le temps de me voir ? je demande.

Je suis debout au pied de son lit, parce que je n'ai pas la place de m'y asseoir.

– Je n'aurais pas dû venir, si ?

– Si tu pars, je te tue, répond-elle.

Je ne suis pas sûr qu'elle plaisante, c'est le problème lorsqu'on a le béguin pour une fille qui est passionnée par les histoires de meurtres.

Elle se lève et rassemble ses affaires, empilant les livres sur son petit bureau, puis les classeurs, puis ses notes. Elle range le tout de façon très méthodique et je trouve son organisation super-chou, comme tout chez elle, d'ailleurs.

Lorsque le lit est enfin libre, elle le regarde avant de se tourner vers moi en rougissant légèrement.

– Je pense à toi depuis que j'ai ouvert les yeux ce matin, admet-elle timidement.

– J'espère bien, je rétorque d'un ton suffisant. Quand tu as ouvert les yeux, j'avais la tête entre tes jambes.

– Hmmm, c'est vrai. Je voulais dire que je pense à toi depuis que je suis rentrée chez moi. Est-ce que… tu as pensé à moi, toi ?

– Mon Dieu, oui, je réponds sans hésiter.

Son visage s'illumine.

– C'est vrai ?

– Oh que oui !

– Ah. Ok. C'est bien. Je ne savais pas si tu voulais que ça reste un coup d'un soir.

Je plonge mon regard dans le sien.

– Je ne crois pas qu'une fois suffise, Demi.

– Moi non plus, acquiesce-t-elle.

L'instant d'après, on se jette l'un sur l'autre et on s'embrasse avec une passion féroce. J'en ai le vertige. J'adore embrasser cette fille. J'adore la ferveur de sa langue et la chaleur de ses lèvres. J'adore sa façon de gémir quand je l'attire contre moi.

Je romps le baiser pour me lécher les lèvres.

– Tu as mangé une sucette à la cerise ? Ou à la fraise ?

– Des oursons à la cerise, confirme-t-elle. Mais... je préférerais largement sucer autre chose...

Elle sourit jusqu'aux oreilles et me pousse sur le lit pour me déshabiller. Une seconde plus tard, je suis à poil, allongé sur le dos, et Demi descend le long de mon corps en y déposant une série de baisers qui me font frissonner. Ma verge se raidit et se dresse, et quand elle enroule ses doigts sur sa base, une perle de liquide se forme en son sommet.

Demi m'adresse un sourire machiavélique et tire la langue pour la lécher.

Je pousse un grognement si fort et si torturé que je m'attends presque à ce que ses colocs débarquent pour demander si tout va bien.

– J'adore les bruits que tu fais, au lit. C'est hyper-sexy, dit Demi.

– C'est parce que tout ce que tu me fais est hyper-sexy, je réponds.

Je la regarde baisser de nouveau la tête pour lécher ma verge sur toute sa longueur et sucer mon gland. Je ferme bientôt les yeux pour mieux savourer les sensations divines qu'elle me procure, ses coups de langue, ses lèvres charnues et mouillées. Elle procède lentement, avec précaution, comme pour découvrir ce que j'aime.

– J'aime quand c'est plus ferme, je dis d'une voix rauque pour l'aider.

Je tends le bras pour saisir son poignet et le serre fort pour lui montrer.

– Ah bon ? Comme ça ? dit-elle, surprise. Ça ne fait pas mal ?

– Ça ne fait pas mal, au contraire.

Elle imite mon geste sur ma verge et je frémis de plaisir.

– Et si je casse ton pénis ?

J'éclate de rire.

– Tu ne le casseras pas, promis.

Demi me branle fermement et suce de nouveau mon gland et c'est la plus belle sensation sur terre. J'empoigne ses cheveux et commence à soulever mon bassin. C'est beaucoup trop bon.

– J'ai besoin d'être en toi, je gronde alors que mes testicules se gorgent de sang.

Elle se redresse et rampe jusqu'à la table de nuit, et je ne peux pas résister à la tentation lorsque je vois son petit cul en l'air. Je me mets à genoux derrière elle et passe ma main entre ses jambes. Elle est trempée et quand je plonge un doigt en elle, les parois de son sexe se contractent.

Elle gémit et recule contre ma main, donc j'ajoute un second doigt et la masturbe lentement.

– Mon Dieu, c'est tellement bon !

Je continue encore quelques secondes, jusqu'à ce que je n'en puisse plus.

– Capote ! je gronde.

Demi me la donne et je la déroule aussitôt, m'arrêtant un instant pour admirer son cul parfait. Il me supplie presque de…

– Ah ! s'exclame-t-elle lorsque ma main claque sa chair ferme.

– Désolé, je réponds en caressant sa fesse. Mais tu ne sais pas à quel point ton cul est giflable.

– Recommence.

– Tu aimes les fessées ? je demande en souriant.

– Peut-être ? répond-elle en remuant son derrière.

Je la fesse de nouveau et elle gémit de plaisir.

– Mon Dieu… Recommence, mais fais-le quand tu es en moi, ordonne-t-elle.

Cette meuf est incroyable.

Je suis dur comme fer lorsque je place mon gland à l'entrée de son sexe. Je la pénètre et lui mets une nouvelle fessée, et Demi gémit assez fort pour réveiller les morts.

Mon cœur bat la chamade tandis que je commence mes va-et-vient. J'empoigne ses fesses et lui mets une claque chaque fois qu'elle me le demande. Je m'enfonce toujours plus loin en elle, plus vite, et nous gémissons à l'unisson tandis que nous nous précipitons vers la ligne d'arrivée.

Elle est encore à quatre pattes lorsqu'elle jouit, mais elle s'allonge bientôt sur le ventre en marmonnant joyeusement. Je m'étends sur elle et incline mon bassin pour la pénétrer moins profondément mais bien plus vite.

– Je jouis, je grogne lorsque mon orgasme me frappe, me coupant le souffle.

Je me laisse tomber sur elle et ne roule sur le côté que lorsqu'elle m'informe qu'elle n'arrive plus à respirer.

Je suis sans mots.

Je l'attire à moi et elle se blottit contre moi, posant son menton sur mon épaule.

Elle ne dit rien non plus. En même temps, il n'y a rien à dire. On sait tous les deux que c'était incroyable.

On sait tous les deux que c'est loin d'être la dernière fois.

Et ça nous convient parfaitement.

30

Demi

Mes parents m'ont trahie.

J'avais compris qu'on ne passerait pas Noël avec la famille de Nico. Mon père ne me l'a jamais promis, mais on n'en avait pas reparlé depuis le soir où je leur ai dit on ne peut plus clairement que ça me ferait beaucoup de mal de fêter Noël avec Nico.

Il faut croire que mes sentiments ne comptent pas, parce qu'on vient de quitter le parking de l'aéroport dans notre voiture de location lorsque mon père m'informe que les Delgados se joignent à nous ce soir.

Ouaip. Mes parents ont attendu qu'on arrive à Miami pour me l'annoncer, sans doute parce qu'ils savaient que je n'aurais jamais pris l'avion si je l'avais su avant.

Quand on a une famille aussi grande que la mienne, Noël est toujours une sacrée affaire. On passe le jour de Noël avec la famille de ma mère, mais la veille est plus tranquille. C'est juste nous et la famille de Nico. C'est la tradition depuis que j'ai huit ans.

Mais cette année ressemble à une de ces comédies romantiques de Noël. *Noël avec les Delgados* et les stars de la production sont mon ex infidèle et mes traîtres de parents.

Je bous de rage à l'arrière en écoutant mon père m'expliquer qu'il pense que j'aurais regretté de rompre avec notre tradition. Super. Maintenant, même mes futurs remords sont décidés par mes parents.

Je trouve la situation scandaleuse. Je me fiche que nos familles soient amies. Mes parents auraient pu trouver un compromis. Ils auraient pu aller dîner chez les parents de Nico tout seuls pour m'éviter de le voir. Mais nooooon. Il ne faut surtout pas rompre avec la tradition. Le monde pourrait s'effondrer!

Nous arrivons chez Tatie Paula en début d'après-midi. C'est la seule sœur de ma mère qui n'est pas mariée, elle vit dans une superbe maison en bord de mer. La plupart des gens pensent qu'il faut qu'il neige pour que Noël soit parfait, mais ayant grandi en Floride, les fêtes de fin d'année sont pour moi synonymes de soleil, de palmiers et de bronzette sur la plage.

Je suis encore furax lorsqu'il est temps de partir chez Nico. Mon père est en train de chercher les clés de la voiture lorsque ma mère me prend à part pour parler.

– *Mami*, je sais que ça ne te plaît pas, mais…

– Non, ça ne me plaît pas, je gronde.

– Mais ton père a pris sa décision et tu dois trouver un moyen de l'accepter. Dora et Joaquín vont rester dans nos vies même si Nico et toi n'êtes plus ensemble. Dora est comme une sœur pour moi et papa voit Joaquín comme un frère. Je sais que ce n'est pas facile pour toi, poursuit-elle d'une voix plus douce, mais c'est ce qui arrive quand deux familles sont aussi unies que les nôtres. S'il te plaît, essayons de voir si Nico et toi pouvez être dans la même pièce sans qu'il y ait d'hostilité, tu veux? Nico est prêt à essayer. Il a dit à Dora que ça ne lui posait aucun problème.

Bien évidemment que ça ne lui pose pas de problème, il croit sans doute qu'on va se remettre ensemble. En tout cas, c'est ce qu'il dit à Darius depuis qu'on a rompu.

Toutefois, ma mère a raison. Les Delgados sont nos amis les plus proches. Donc je n'ai pas le choix, il faut que je prenne sur moi.

J'ai hésité à mettre quelque chose de sexy, ce soir, mais je ne veux pas que Nico se fasse des films. Donc j'ai fait l'inverse. J'ai mis une robe blanche toute simple, qui m'arrive aux genoux et n'a pas de décolleté, avec des sandales spartiates sans talon. Je me suis attaché les cheveux avec un petit nœud rouge, ce qui me donne l'air d'une gamine.

C'est parfait.

Quinze minutes plus tard, j'entre dans la maison où j'ai passé tant de temps. Je n'avais jamais envisagé que Nico et moi ne soyons plus ensemble.

Mais je n'avais jamais envisagé de coucher avec un autre mec non plus. Régulièrement.

Ma « consolation » avec Hunter ne s'est pas arrêtée après la fête de Conor. On s'est revus le lendemain, le surlendemain et encore le jour d'après. Hier, on a passé la nuit à faire l'amour, même si je devais me lever tôt pour rejoindre mes parents à l'aéroport.

Or, je suis déjà en manque. Je suis accro au sexe avec Hunter. Je ne pensais pas coucher avec un sportif un jour, mais je comprends, maintenant, pourquoi ça plaît autant aux femmes, tous ces muscles durs, leur force, leur endurance… Hier, Hunter m'a soulevée pour m'empaler sur son sexe et il m'a prise contre le mur de ma chambre. Apparemment, toute la maison nous a entendus, et mes sœurs n'ont pas manqué de se moquer de moi ce matin. Mais elles sont contentes pour moi. D'ailleurs, moi aussi, je suis contente pour moi. Je mérite de baiser avec un mec qui ne se tape pas tout ce qui bouge.

La famille de Nico m'accueille chaleureusement. Sa petite sœur Alicia se jette dans mes bras en criant d'une voix aiguë.

– Mon Dieu, ça fait tellement longtemps !

Elle a treize ans, et elle m'a toujours perçue comme une sorte de mentor. C'est moi qu'elle a appelée quand elle a eu ses règles, l'an dernier.

Dora m'embrasse sur les joues et me serre contre elle, puis Joaquín me prend dans ses bras.

– Un imbécile, marmonne-t-il.

– Quoi ? je demande en fronçant les sourcils.

– Mon fils est un imbécile, chuchote-t-il pour que personne n'entende.

J'esquisse un léger sourire.

– Ouaip.

Nico n'est toujours pas descendu, ouf. J'espère qu'il se terre dans sa chambre.

On nous emmène dans le salon, où Dora et Alicia me posent mille questions pendant que Joaquín nous sert à boire.

– Demi, dit une voix près de la porte.

Je me tourne lentement et vois que, contrairement à moi, Nico a fait un effort vestimentaire. Il porte un pantalon noir et une chemise cintrée dont le premier bouton est défait. Ses cheveux sont coiffés en arrière et il est rasé de près. Il est beau, mais je reste parfaitement indifférente à son charme. Je ne l'ai pas vu et ne lui ai pas parlé depuis qu'on a rompu, et je craignais la première fois que je le reverrais. J'avais peur que mon cœur se mette à battre la chamade et que je me rende compte combien il me manque.

Mais ce n'est pas le cas. En fait, je crois que j'ai pitié de lui. On dirait un petit garçon lorsqu'il avance vers moi. Il ouvre les bras et je secoue brièvement la tête.

– Évitons, tu veux ? je déclare.

– Allez, Demi, répond-il d'un ton déçu.

Un verre apparaît dans ma main. Ce n'est qu'un Coca alors que je préférerais un double whiskey, mais peu importe. Merci maman !

– Allons aider Dora en cuisine, me dit-elle en me poussant vers la porte.

Je la suis sans un regard pour Nico.

★ ★ ★

Le dîner est gênant. En tout cas pour moi. Je réponds poliment chaque fois que Nico me parle, mais je m'en tiens au minimum et ne lui pose pas de questions. Il dit qu'il a démissionné, et je m'en fiche complètement. Il dit ensuite qu'il bosse désormais en cuisine, au *Della's Diner*, et je me promets de ne plus y manger. Nico serait capable de cracher dans mon assiette ou d'y mettre une potion d'amour.

Après dîner, les hommes vont fumer un cigare sur la terrasse et les femmes restent en cuisine pour ranger. C'est vieux jeu, mais ça a toujours été comme ça. Alicia et moi mettons les assiettes sales dans le lave-vaisselle et lavons les plats trop grands à la main, et elle me parle du collège et de ses amis en essuyant la vaisselle propre.

– Je n'arrive pas à croire que Nico et toi n'êtes plus ensemble, dit-elle. C'est trop triste.

– Je sais, ma puce, mais tout ne se passe pas toujours comme on le souhaite. Tu peux aller chercher le saladier sur la table ? Je crois que c'est tout ce qui reste.

Alicia s'en va et Dora vient à mes côtés.

– Nicolás m'a dit ce qu'il a fait, dit-elle. Sache que je suis profondément déçue. Je pensais l'avoir mieux élevé que ça.

– Je suis surprise qu'il te l'ait dit, je réponds en la regardant. Il aurait pu inventer quelque chose pour se faire passer pour la victime.

Dora ricane.

– Ce garçon ne peut pas mentir à sa mère, tu le sais bien.

C'est vrai. Nico est vraiment un fils à maman. Et puis, les femmes cubaines sont affreusement perspicaces, je crois qu'elles savent lire dans les pensées. Même si Nico avait voulu mentir, Dora aurait su la vérité.

– C'est lui le perdant de l'histoire, Demi. Je le pense, même si c'est mon fils. Et tu sais que tu seras toujours une fille pour nous, quoi qu'il arrive.

– Je sais.

Je la prends dans mes bras et, pour la première fois de la soirée, je me sens triste que les choses aient changé. Mais c'est la vie, je suppose. Dora et Joaquín seront toujours dans ma vie, même s'ils y jouent un rôle différent à présent.

Je cligne des yeux pour retenir mes larmes et je me sèche les mains sur le torchon.

Le dessert est servi dans la salle à manger, Alicia propose qu'on fasse un jeu de société.

– J'en ai un nouveau qui est génial ! Ça s'appelle *Zombies* !

– Ah, je le connais bien, je réponds en riant. J'y ai beaucoup joué chez un de mes amis. La dernière fois, il m'a tuée.

– Il t'a sacrifiée ! s'exclame-t-elle, horrifiée.

– Quel ami ? demande Nico d'un ton suspicieux.

J'ai envie de lui dire de se mêler de ses affaires, mais je ne veux pas être impolie devant sa famille.

– Personne, je réponds.

– Ah bon ? Personne ? insiste-t-il en haussant un sourcil.

Je ne sais pourquoi, papa décide soudain qu'il veut savoir, lui aussi.

– Tu parles de quel ami ? demande-t-il d'un ton ferme.

– Mon ami Hunter, je rétorque.

– Le joueur de hockey ? gronde Nico.

– Oui, le joueur de hockey. Tu sais, celui que tes amis et toi avez…

– Je sais de qui tu parles, rétorque-t-il brusquement.

Oh, il ne veut pas que je le balance à ses parents. Et il a raison, Dora ne supporterait pas de savoir que son bébé casse la gueule aux gens sans raison.

Nico et moi nous regardons un moment dans les yeux et il semble inquiet que je vende la mèche.

– Hunter et ses colocs sont super-drôles, je dis à Alicia. Ils font une soirée jeux deux fois par mois, et en ce moment, c'est le jeu qu'ils préfèrent. Mais je ne crois pas que ce soit le meilleur pour ce soir, ma puce. Peut-être qu'on devrait juste faire un *Time's Up*.

– Oui, super-idée ! s'écrie ma mère en tapant dans ses mains.

– Va nous trouver les papiers qu'on a écrits l'an dernier, ma chérie, dit Dora à sa fille. Ils devraient être dans le tiroir du salon.

Alicia part en courant et je me lève à mon tour.

– Je vais piquer des bonbons dans la salle à manger, je déclare. Quelqu'un d'autre en veut ?

– Je suis surprise que tes dents n'aient pas toutes pourri, soupire la mère de Nico.

– J'ai de bons gènes, je réponds en souriant de toutes mes dents.

Je suis accro au sucre et je n'ai pas eu une seule carie de toute ma vie.

Je passe dans la salle à manger et fouille dans le bol pour trouver quelque chose à la cerise. Ça fait à peine trois secondes que je suis là lorsque j'entends Nico derrière moi.

– On peut parler ?

Merde, je redoutais ce moment.

– Il n'y a rien à dire.

– Écoute, poursuit-il en avançant vers moi. Je ne cherche pas à te récupérer, si tu as peur de ça. J'ai compris. C'est fini.

– Merci, j'apprécie.

– Mais je tiens à te présenter mes excuses. Et pas seulement pour ce que je t'ai fait, mais aussi pour ce que j'ai fait à ton joueur de hockey. J'étais bourré, ce soir-là, dit-il d'un air gêné.

– Garde tes excuses pour Hunter, Nico. Quant à moi, tes excuses ne changent rien à ce que tu m'as fait, je gronde, et ma colère ressurgit. Je ne comprends pas comment tu as pu me faire ça.

– Je sais, je suis désolé. Je me suis comporté comme un imbécile, ok ?

– Un imbécile et un queutard, tu veux dire.

– Non, c'était pas juste pour le sexe, répond-il en secouant la tête. Je...

– Tu quoi ?

Il grogne de frustration avant de répondre.

– Je ne peux pas t'expliquer pourquoi je l'ai fait. C'est juste que… c'est parfois difficile de répondre à tes attentes, ok ?

– Mes attentes ? je rétorque en haussant les sourcils. Nico, la seule attente que j'avais de toi était que tu ne mettes pas ta bite dans une autre femme. Je ne savais pas que c'était une demande impossible.

– Tu comprends pas, dit-il en se passant la main dans les cheveux. Tu es brillante et tu as toujours su ce que tu voulais faire. Et moi, je suis juste un loser de Miami.

– C'est faux…

– Tu es trop parfaite, Demi. Même quand on était seulement amis, j'ai toujours eu besoin de t'impressionner. Et quand on est sortis ensemble, la pression était encore pire. C'était comme si je devais essayer de rivaliser avec toi. Et ces autres filles, elles se sont jetées sur moi et elles m'ont donné le sentiment d'être un homme, un vrai. Ça m'a fait du bien, dit-il en fuyant mon regard. Mais bref. C'est pathétique, mais c'est la vérité.

– Oui, c'est pathétique.

Toutefois, mon cerveau de psychologue en a pris pour son grade. Je n'ai jamais envisagé que je puisse l'émasculer.

– Je suis désolée si je t'ai donné cette impression, Nico. J'ai toujours voulu ce qu'il y avait de mieux pour toi.

– Et je comprends. Et j'ai vraiment essayé d'être à la hauteur de tes attentes. Je me suis démené pour être pris dans une Ivy League…

– Je ne te l'ai jamais demandé, je rétorque.

– Mais j'avais le sentiment d'y être obligé. Je savais que je te perdrais si on allait dans des facs différentes. Mais… mais c'est tellement dur, Demi. Je fais tellement d'efforts pour suivre. Et je bosse encore plus parce que ma famille n'est pas aussi riche que la tienne.

– Je ne t'ai jamais rien demandé de tout ça, j'insiste, alors que je me sens déjà coupable. Tu t'es mis la pression tout seul, Nico. Que tu aies eu l'impression que la pression venait de moi, ou de ta famille, ou de toi-même, c'est toi qui l'as acceptée. Et je suis désolée si tu as eu le sentiment que je voulais que tu sois parfait. Ce n'était pas mon intention. Je t'ai toujours apprécié tel que tu es.

– Apprécié ? demande-t-il tristement.

– Ouais, c'est ce qui arrive quand tu couches avec quelqu'un d'autre que moi.

– Je suis désolé, ok ? Je suis dégoûtant. Je n'ai aucune excuse.

– Non. Mais un conseil, pour la prochaine fois, avec la prochaine fille : peut-être que tu pourrais lui parler de tes doutes plutôt que de chercher à booster ton ego avec d'autres meufs.

– C'est encore plus pathétique quand tu le dis comme ça.

– Le fait que tu n'aies pas pu me parler de ce que tu ressentais ne fait que montrer que notre relation ne marchait pas. On était des enfants quand on s'est mis ensemble. C'était naïf de penser que ça durerait toute notre vie.

– Ça aurait pu, si je n'avais pas merdé.

– Sauf que tu as merdé, et maintenant on ne saura jamais, je rétorque en lui passant devant. C'est Noël, Nico. Allons passer du temps avec nos familles.

– Demi.

Je regarde par-dessus mon épaule et découvre son visage lourd de remords.

– Quoi ?

– Il n'y a vraiment plus aucune chance, n'est-ce pas ?

– Non. Aucune.

★ ★ ★

Sur le trajet du retour, j'envoie « **Joyeuses Fêtes !** » à TJ, Pax et mes autres Garçons Perdus, et j'en profite pour écrire à Hunter, qui passe Noël avec sa famille dans le Connecticut.

Apparemment, il y avait une fête organisée par la boîte de son père ce soir, et Hunter et sa mère étaient tenus d'y être pour redorer leur image de famille parfaite.

MOI : Comment ça s'est passé ce soir ?

LUI : C'était pas affreux. Il y avait un open bar et de la bonne bouffe. J'ai dansé avec ma mère sur « Baby It's Cold Outside », ce qui était particulièrement gênant.

MOI : Gênant ? Hyper-sexy, tu veux dire !

LUI : T'es sérieuse ? On parle de ma mère !

MOI : Ton père s'est bien comporté ?

LUI : Bien sûr. Il ne peut pas décevoir ses fans.

– Demi, dit mon père, à l'avant. Tu peux fermer ta vitre ? Ta mère a froid.

– Ok, je réponds d'un ton distrait.

J'appuie sur le bouton sans regarder et ouvre plus grand la fenêtre plutôt que de la refermer.

– Mince, pardon maman.

Je pose mon téléphone et ferme la vitre.

– Tu écris à qui ? demande-t-elle.

– Juste un ami.

Mon père repasse à l'attaque.

– Ce Hunter dont tu as parlé tout à l'heure ?

– Oui, je réponds en fronçant les sourcils. C'est un problème ?

Il ne répond pas tout de suite.

– Nico ne semble pas l'apprécier, répond-il suspicieux.

Voilà qui est intéressant, apparemment Nico n'a pas caché le fond de sa pensée quand les hommes sont sortis fumer.

– Je vois. C'est vrai que Nico est la référence à laquelle on compare tout ce qui est sagesse et pureté.

– Demi, gronde ma mère.

– Quoi, c'est vrai, apparemment. Son sens de la morale n'est pas en super-état de marche, je dis en regardant mon père dans le rétroviseur central. Quand vous étiez dehors et que vous parliez de mon ami, est-ce que Nico vous a aussi dit qu'il lui a cassé la gueule ?

– Non, c'est vrai ? s'exclame ma mère, horrifiée.

– Oui, oui. C'est Hunter qui m'a prévenue que Nico me trompait, ce qui ne lui a pas plu, bien évidemment. Donc Nico et ses amis l'ont suivi pour lui casser la gueule. Cinq contre un, papa. C'est comme ça que les hommes matures règlent leurs problèmes, n'est-ce pas ?

Je vois la mâchoire de mon père se contracter.

– Eh bien, je me demande quand même si tu ne devrais pas garder tes distances avec ce garçon.

– Pourquoi ? D'où ça sort ? Tu ne le connais même pas, et je ne crois pas que tu devrais écouter l'avis de Nico. Ce n'est qu'un menteur.

– Il t'a menti, c'est vrai. Mais ça ne fait pas de lui un menteur.

– Papa, si je te tuais, je serais une tueuse. Nico m'a menti, donc c'est un menteur.

– Tu joues sur les mots.

– Écoute, j'aime beaucoup Hunter. Il est génial.

– Tu sors avec lui ? demande mon père.

– Pas vraiment.

Ma mère se tourne dans son siège et me fait les gros yeux.

– « Pas vraiment ? » *Dios mío*, tu sors avec lui ! Depuis quand ?

– On ne sort pas ensemble.

On ne fait que coucher ensemble. Dès qu'on en a l'occasion.

– Mais si c'était le cas, je poursuis, j'attendrais que vous lui laissiez sa chance. Nico n'est plus mon mec. Un jour ou l'autre, je me remettrai avec quelqu'un, et il faut que vous gardiez l'esprit ouvert. Quant à Hunter, c'est un mec bien et je l'aime beaucoup, je répète en regardant mon père dans les yeux. Et si tu le rencontrais, il te plairait aussi.

31

Demi

C'est le réveillon de la Saint-Sylvestre, et Hunter me jette sur le lit avant même de m'avoir dit bonjour. Il s'empare de ma bouche et m'offre un baiser à me couper le souffle.

– Ça m'a manqué, je chuchote.

Il pousse un grognement qui résonne dans tout mon corps et j'entoure ses hanches avec mes jambes pour me frotter à son érection.

– Tu m'as manqué aussi, marmonne-t-il en explorant ma bouche avec la sienne.

Il suce mon cou et nous fait rouler sur le lit pour que je passe dessus.

Il passe ses mains sous mon tee-shirt pour tripoter mes seins et, comme je n'ai pas mis de soutif, ses pouces calleux râpent la peau sensible de mes tétons, qui durcissent aussitôt.

– Putain, enlève-moi ce truc horrible, gronde-t-il en enlevant mon tee-shirt pour le jeter à l'autre bout de la pièce.

– Eh, mon tee-shirt ne t'a rien fait, je réponds en gloussant.

– Il cachait tes seins parfaits. Je ne lui pardonnerai jamais.

Son souffle chaud caresse mes tétons et je gémis lorsqu'il en prend un dans sa bouche pour le sucer. Mon Dieu, ça fait deux semaines que je ne l'ai pas vu. Comment j'ai pu me passer de ça aussi longtemps ?

J'ondule mon bassin pour me frotter à lui. Il passe une main sur ma nuque et m'attire à lui pour m'embrasser et, quand nos langues se rencontrent, une décharge électrique se précipite dans mes veines jusque dans mon sexe.

On se débat maladroitement avec nos pantalons respectifs. Il baisse mon pyjama et j'en fais de même avec son jean, qui reste bloqué sur ses cuisses. Il sourit et soulève ses fesses pour m'aider à le lui enlever. Il est toujours en tee-shirt, mais ses jambes sont nues et sa queue se dresse fièrement, me mettant l'eau à la bouche.

– Putain, grogne Hunter.

Nos regards se croisent et se verrouillent le temps d'une seconde, deux, trois. Puis on se jette de nouveau l'un sur l'autre et je m'empale sur lui sans plus attendre.

Je ne sais pas pendant combien de temps je le chevauche, des secondes, des minutes, peut-être des heures. Tout ce que je sais, c'est que le plaisir qui s'accumule entre mes cuisses est presque insupportable. Ma respiration est laborieuse et mes mains tremblent. J'ai des fourmis dans les doigts quand je caresse ses pectoraux divins.

Pippa avait raison en émettant l'hypothèse que le sexe avec Nico était nul. Mais peut-être que ça devient simplement prévisible quand on couche avec la même personne pendant plusieurs années. Avec Hunter, rien n'est prévisible, et je savoure nos premières fois comme si c'étaient les dernières.

Notre premier baiser.

Notre première baise.

Mon premier orgasme alors que je le chevauche.

Je jouis la première et m'allonge sur lui tandis qu'il soulève les hanches en plantant ses ongles dans mes fesses. Il me mord l'épaule lorsqu'il jouit à son tour, et je ris contre son torse en sueur. On reste allongés un moment dans cette position, son sexe en moi, ses bras me serrant contre lui.

– Waouh, je dis d'un ton émerveillé. C'était génial.

– Dingue, acquiesce-t-il.

Il finit par se retirer et je m'assieds pour l'aider à enlever la capote.

– Donne, je vais la jeter. Faut que je fasse pipi, de toute façon.

Je reviens une minute plus tard et on se blottit l'un contre l'autre. Hunter attrape le plaid et nous couvre avec.

– C'est le réveillon du jour de l'an, remarque-t-il.

– C'est maintenant que tu t'en rends compte ? Tu n'as pas vu toutes les décos que les filles accrochaient en bas ?

La maison Theta Beta Nu organise une des nombreuses fêtes qui vont se dérouler sur Greek Row ce soir, donc ma présence est obligatoire.

Je suis touchée qu'Hunter ait choisi de venir ici plutôt que de passer la soirée avec ses potes. Ses coéquipiers organisaient une énorme fête à Hastings.

– Tu es sûr que tu ne veux pas aller chez Conor ?

– Oui, répond-il en m'embrassant sur la tête. Je ne veux plus jamais sortir de cette pièce.

– Tu sais, il faudra qu'on descende un moment, quand même.

– Si tu insistes. On n'a qu'à descendre une fois par heure pendant vingt minutes, et on remonte ici pour baiser. Après minuit rien ne va plus, et on reste ici pour toujours, conclut-il en pinçant mes fesses.

– Tu es insatiable.

– Bébé, je me remets d'un célibat de neuf mois. Si c'était possible, ma queue serait en toi en permanence pendant au moins trois semaines.

– Trois semaines ? je m'exclame.

Ce serait épuisant. Génial, mais épuisant.

– Tu as raison, je dis n'importe quoi. Il me faudrait au moins trois mois en toi pour que mes testicules reviennent à la normale. La production de sperme met un moment à se réguler.

– Tu es dégueulasse, je ricane.

Des colocs passent devant ma porte, j'entends leur voix s'éloigner quand elles descendent.

– Je ne t'en voudrais pas de préférer faire la fête avec tes amis, je dis en caressant son ventre.

– Je ne vais nulle part, *Semi*, insiste-t-il en me serrant plus fort contre lui.

– Je peux te demander quelque chose ?

– Tu me poseras la question quelle que soit ma réponse, ricane-t-il.

– C'est vrai, je réponds.

Mon sourire disparaît alors que je m'apprête à aborder le sujet que j'ai préféré éviter depuis qu'on a commencé à coucher ensemble.

– Est-ce que tu m'en veux de t'avoir poussé à rompre ton vœu d'abstinence ?

– Non, répond-il d'un ton parfaitement sincère.

– Est-ce que tu t'en veux ?

– Le lendemain, oui, je m'en suis voulu, admet-il.

– C'est vrai ?

C'est la première fois qu'il avoue avoir eu des doutes ou des regrets.

– Ouais, mais seulement, quoi… cinq minutes ? dit-il en caressant mon épaule. Puis je t'ai vue dans mon lit et j'ai eu envie de rompre ma promesse encore et encore.

– Mais c'était important pour toi.

– C'est vrai, mais… ça me semble important, ça aussi. Toi.

Il n'en dit pas plus, et je n'insiste pas. On reste allongés un moment sur mon lit. Aucun de nous deux n'est pressé de se joindre à la fête qui a déjà commencé, à en croire la musique qui fait vibrer les murs.

– C'était bien, à New York ?

Après Noël, Hunter a passé quelques jours à Manhattan avec Dean et sa copine.

– Ouais, c'était cool. Les Bruins ont joué contre les Islanders, et Garrett nous a fait entrer dans la loge. Le match était dingue.

Je tends la main et caresse sa tête.

– Tu sembles pourtant avoir tous tes cheveux, je dis d'un ton moqueur.

– C'est le gel, meuf. Ça m'évite de devenir chauve.

– Tu préfères quoi : regarder un match en live ou jouer toi-même ?

– Je préfère jouer, bien évidemment.

– Tu as déjà joué devant un public aussi grand que celui du TD Garden de Boston ?

– Aucun match universitaire ne peut rivaliser avec ça, dit Hunter en riant. Mais ça ce serait vraiment génial.

– Je ne comprends toujours pas pourquoi c'est impossible. D'après ce que j'ai compris de Brenna, tu n'aurais aucun mal à te faire recruter. Elle dit que si tu te déclarais éligible, la moitié des équipes de la NHL se battraient pour t'avoir. Tu dis que ça ne t'intéresse pas, et je ne comprends pas. Tu dis que c'est parce que tu ne veux pas être célèbre, mais je ne te crois pas. C'est quoi la véritable raison ?

– C'est le train de vie, Demi. J'ai un problème avec la débauche.

– Non. Tu penses avoir un problème de débauche, je corrige. Mais de ce que je vois, tu ne bois pas de façon excessive, tu n'as pas une armée de partenaires sexuelles qui pourraient interférer avec ta vie normale, tu ne te drogues pas… Tu es charmant, donc tu n'aurais aucun mal à gérer les journalistes et la presse. Alors : dis-moi de quoi tu as peur ?

Hunter reste silencieux pendant longtemps, et quand il parle enfin, sa voix est rauque.

– Si je te le dis, est-ce que tu peux promettre de ne pas te moquer de moi ? Et de ne pas me juger ?

Je suis sur le point de rire lorsque je réalise qu'il est sérieux.

– Je te promets de ne pas me moquer de toi. Et je ne te jugerai jamais, Hunter.

– Ok. Je… J'ai peur de ne pas être fidèle.

– De ne pas être fidèle au hockey ? Comment ça ?

– Non… Tu sais, tous ces matchs en extérieur, toutes ces chambres d'hôtel et ces bars, toutes ces femmes qui se jetteront sur moi… Je sais que je ne suis pas accro au sexe, mais j'ai les mêmes gènes que mon père, et on sait tous les deux ce que ça donne.

– Ton père souffre de narcissisme. Pas toi, je réponds en l'embrassant sur l'épaule. Tu n'es en rien comme lui, chéri.

– Il te dirait le contraire. Il y a quelques années, il m'a dit qu'on était les mêmes.

– Pourquoi il a dit ça ? je demande en fronçant les sourcils.

– Parce que l'été avant ma première année de fac, il m'a surpris en train de me taper une meuf sur le plan de travail de la cuisine. Ma mère était partie voir ses parents pour le week-end et mon père était censé être en voyage d'affaires. Mais il est rentré plus tôt. Tu aurais vu le regard fier qu'il m'a lancé en me trouvant cul nu avec une meuf que je connaissais à peine… Je l'avais rencontrée à une fête, la veille, et elle avait dormi chez moi.

J'essaie d'imaginer ce que mon père ferait s'il me trouvait avec un mec dans sa cuisine. Mais je connais la réponse : il commettrait un double meurtre.

– Il était fier de penser que son fils était un salaud dépravé. En même temps, ça ne me surprend pas vraiment. Je sais que mon père a couché avec au moins trois de ses secrétaires. Et je crois… je pense à tous ses voyages d'affaires, au fil des ans. Je parie qu'il avait une meuf dans chaque ville. Je parie qu'il a plus d'aventures qu'on imagine, ma mère et moi.

– Et tu as peur d'avoir une copine ou une femme et de la tromper parce que tu seras souvent en déplacement ?

– En gros, ouais.

– Donc tu te punis pour quelque chose que tu n'as pas fait.

– C'est pas ça, dit-il en se crispant.

– Ben si, c'est ça. Tu te punis à l'avance. Tu te prives de quelque chose que tu aimes, de peur de faire quelque chose que tu détestes. Ce n'est pas une façon saine de voir ton avenir, Hunter.

– Mais non… Enfin si, peut-être ? Je ne sais pas. Tout ce que je sais, c'est que quand j'ai décidé de ne pas me rendre éligible au recrutement, à la sortie du lycée, j'ai été soulagé.

– Ouais, sauf que chaque fois que tu vois Garrett ou Logan jouer, tu les envies. Ça se voit.

Hunter soupire longuement et son souffle chatouille ma tête.

– On peut parler d'autre chose ? Ça me fait mal au cerveau. Parle-moi de tes vacances.

– Tu sais déjà tout, je t'ai écrit tous les jours.

– Je sais, mais j'aime ta voix et je veux t'entendre parler.

Je souris contre lui, et je lui offre une version plus détaillée de ma visite à Miami. Je lui parle de mon nouveau neveu, de mes tantes tarées et de mes cousins hyperactifs. Ma famille est catholique, et une de ses traditions préférées et d'aller à la Forêt Enchantée du Père Noël. J'y ai emmené mes cousins, et Maria, cinq ans, était tellement excitée qu'elle a fait pipi sur un des manèges. Alors qu'elle était assise sur mes genoux. C'était fun !

– Tu parles espagnol ? demande Hunter. Je viens de réaliser que je ne le sais pas.

– Je le comprends mieux que je ne le parle. Mon père est nul en langues, donc il ne parle qu'anglais. Ma mère parlait les deux quand j'étais petite pour ne pas que je perde l'espagnol, mais… ça n'a pas marché. Enfin, si j'étais entourée de ma famille pendant une semaine non-stop, ça reviendrait, je suppose.

– J'adorerais parler une autre langue. Tu pourrais m'apprendre l'espagnol, et on s'entraînera ensemble.

– Ça marche, je réponds en me blottissant contre lui. Ah, et pendant le vol du retour, j'ai essayé de parler de la fac de médecine à mon père. Maman est restée encore une semaine à Miami, donc on était tous les deux, mais il ne veut rien entendre.

– Tu hésites encore ? demande Hunter en me caressant les cheveux.

– Pas vraiment. Je ne veux pas y aller, point barre.

C'est la première fois que je le dis à voix haute.

– Alors n'y va pas, répond simplement Hunter. Tu ne peux pas aller en fac de médecine pour faire plaisir à ton père. Si tu y vas, il faut que ce soit parce que tu en as envie. Tu dois suivre tes rêves, pas les siens. Ta priorité doit être ton bonheur, pas le sien.

J'ai soudain envie de rire et je n'arrive pas à me retenir.

– Qu'est-ce qu'il y a ?

– Je viens de réaliser qu'on formait une triste paire, toi et moi, j'explique en riant de plus belle. Moi je sacrifie mes rêves pour ressembler à mon père, et toi tu sacrifies les tiens pour ne pas être comme le tien. C'est fascinant.

– Bon sang, tu es vraiment une psy, en fait ! Ça va toujours être comme ça ? Tu vas nous analyser alors qu'on est nus au lit ?

Je m'appuie sur mon coude pour me relever.

– Ça te gêne vraiment ?

– Mais non, dit-il en souriant, ce qui fait ressortir ses fossettes. C'est drôle, ajoute-t-il. Parfois, tu analyses les choses et les rationalises et tu essaies de trouver une solution, et le reste du temps, tu es complètement folle.

– Pas du tout !

– Tu as un côté taré, espèce de folle. Tu exploses les consoles des gens, Demi. Ta dualité est fascinante, Demi Davis.

– Je suis à la fois sage et folle. C'est une maladie rare, en effet.

– Bref, répond-il en caressant ma joue. Ne cours pas après l'approbation de ton père. Tu l'as déjà. Il ne te déshéritera pas si tu préfères aller en fac plutôt qu'en école de médecine.

– Tu ne sais pas à quel point il y tient, Hunter. Il passera toute sa vie à me dire que je ne suis pas un vrai médecin.

Mon téléphone vibre sur ma table de nuit.

– Merde, c'est sans doute Josie qui m'ordonne de descendre les aider.

Je tends le bras pour attraper mon portable et Hunter en profite pour empoigner mon sein. Je frissonne de plaisir, mais tout désir disparaît lorsque je vois que c'est mon père qui m'écrit.

Je clique sur son message et hausse les sourcils en écarquillant les yeux.

– Waouh, voilà qui est intéressant.

– Quoi ? demande Hunter en caressant mon téton.

– Mon père nous invite à bruncher, demain.

– Nous ? répète-t-il en se figeant.

– Ouaip, je confirme en me redressant, souriant lorsque je vois qu'il panique. Il veut te rencontrer.

32

Demi

Quelques jours après le jour de l'an, Hunter et moi allons à pied au bâtiment de psycho. C'est le dernier cours du semestre, et Andrews va nous rendre nos travaux de recherche. Je suis tout excitée à l'idée d'avoir ma note, mais Hunter traîne des pieds et a l'air morose. I

l n'a pas cessé de bouder depuis qu'on a brunché avec mon père.

– Bon sang, tu ne veux pas essayer de sourire ? je demande. C'est une journée magnifique !

– Il fait moins vingt et ton père me déteste. Ce n'est pas une journée magnifique.

– Il ne te déteste pas. Il t'a apprécié !

– Si, par « apprécié », tu veux dire qu'il m'abhorre, alors on est d'accord.

– Je vois, maintenant il ne fait pas que te détester, il t'abhorre ! T'en fais pas un peu trop ?

– Non. Et toi, tu refuses de voir la réalité en face, marmonne-t-il. Ton père ne m'aime pas.

Je suis sur le point de le contredire de nouveau, mais j'ai de plus en plus de mal à défendre l'attitude de mon père.

Je ne veux pas le dire à voix haute pour ne pas blesser Hunter davantage, mais le brunch était… affreux.

Ça ne s'est pas bien passé. Du tout.

Je regrette que ma mère n'ait pas été là pour m'aider, mais elle est toujours en Floride, et c'était Hunter et moi contre mon père dès le début. Il a posé deux questions à Hunter sur sa famille, puis il a décidé que ce n'était qu'un gosse de riche du Connecticut, et il s'en est tenu à ça. Or, ce n'est pas du tout le cas. Hunter est la personne la plus terre à terre que je connaisse, et il travaille dur pour atteindre ses objectifs.

Malheureusement, mon père est bourré de préjugés, personne n'est jamais assez bien pour lui. Il a grandi dans un milieu très défavorisé et il a dû faire énormément de sacrifices pour arriver où il est aujourd'hui, donc tous ceux qui sont nés avec une cuillère en argent dans la bouche sont déjà perdants à ses yeux.

Il n'a même pas été impressionné par la réussite sportive d'Hunter. Je pensais que sur ce point-là, au moins, Hunter le séduirait. J'ai mentionné plusieurs fois les efforts nécessaires pour exceller sportivement mais, à ce stade, mon père n'écoutait même plus. Alors qu'il adore le football américain et que je l'ai entendu dire nombre de fois que les joueurs de football ont une éthique de travail spectaculaire.

Je dois me rendre à l'évidence : mon père est encore du côté de Nico. Mais j'espère qu'il va bientôt changer de camp.

– Ça viendra, tu verras. Il va t'apprécier, je dis en serrant la main d'Hunter.

– Ah bon ? Ça impliquerait que je le voie régulièrement.

Je ne sais pas quoi répondre. On n'a pas officiellement dit qu'on était en couple, donc je ne sais pas s'il reverra mon père. Tant qu'on n'a rien officialisé, j'essaie d'éviter les démonstrations d'affection en public, donc je lâche la main d'Hunter lorsqu'on approche du bâtiment, parce que Pax et TJ nous attendent sur les marches.

– Ah ! Tu as de nouvelles bottes ! crie Pax dès qu'il me voit.

Son regard envieux est rivé sur mes nouvelles bottes en cuir, couronnées de fourrure marron pour être assorties à la capuche de ma parka.

– J'adore ! s'exclame-t-il.

– Merci ! J'aimerais dire la même chose de tes cheveux, mais… qu'est-ce qui s'est passé ?

– Sans rire, Jax, ricane Hunter. Je ne suis pas fan.

Je lève les yeux au ciel. Il sait qu'il s'appelle Pax, mais maintenant c'est devenu une blague récurrente, et Pax ne dit rien parce qu'il trouve Hunter canon.

– Tu as fait ça quand ? je demande.

– Et pourquoi ? ajoute TJ en essayant de ne pas rire.

Pax soupire en en faisant des tonnes et passe sa main dans ses cheveux noirs, qui sont désormais parsemés de mèches vertes.

– Ce week-end. Et pourquoi ? Parce que ma petite sœur est en école de coiffure et que ses partiels approchent, donc elle s'est entraînée sur moi.

– Je ne vais pas te mentir, Pax. C'est affreux, je déclare.

– Waouh, super, merci beaucoup, répond-il en me faisant un clin d'œil. Le mec avec qui j'ai couché hier soir semblait aimer.

– Bien joué ! dit Hunter en tendant la main vers Pax.

Mon ami tope dans sa main et nous montons tous les quatre les marches pour échapper au froid. Je remarque que TJ nous regarde bizarrement, Hunter et moi, mais il ne dit rien.

Nous nous asseyons à nos places habituelles, mais Hunter prend la place de Pax à côté de moi. Et encore une fois, je vois que TJ en prend note.

Je suis tout excitée lorsque Andrews arrive, accompagnée de ses chargés de TD, car je vois les copies dans leurs bras.

– Bonjours, Mesdames et Messieurs. Les dernières fois que j'ai dispensé ce cours, je rendais les copies à la fin de la dernière séance, parce que j'aimais torturer tout le monde.

Je ne sais pas ce que ça dit de mon bien-être psychologique, mais… Bref. Je suis d'humeur généreuse aujourd'hui.

Elle est étrangement joyeuse, mais c'est peut-être parce que c'est son dernier cours, justement. Les chargés de TD avancent dans l'escalier et appellent les étudiants, qui se lèvent pour récupérer leur travail.

Même si les projets ont été menés à deux, chaque devoir était rédigé et noté individuellement. Quand j'entends mon nom, je me lève d'un bond et cours chercher ma copie. Je trépigne d'impatience en la décachetant, Hunter en fait de même à côté de moi.

Je dois me retenir de crier de joie lorsque je vois ma note. A+ !

Génial !

– Tu as eu quelle note ? je demande à Hunter.

– B+, répond-il, clairement satisfait.

J'ai relu son devoir et je l'ai trouvé excellent, mais c'est vrai qu'à sa place j'aurais poussé certains points plus loin, donc je trouve sa note plutôt juste.

Je parcours mon devoir et vois qu'Andrews a écrit pas mal de commentaires, ses compliments boostent mon ego à n'en plus finir.

Très perspicace !

Judicieux !

Provocateur…

Très bon point de vue, écrit-elle à l'endroit où je décris les diverses possibilités de traitements qui permettraient au narcissique de se rendre compte et d'accepter son problème. Waouh. Cette note me rend tellement plus heureuse que le A+ que j'ai eu en chimie organique… Celle-ci me semble juste.

Hunter se rapproche pour chuchoter dans mon oreille.

– Tu es méga-canon, là.

– Ah bon ?

– Ouais. Ce regard fier et satisfait… Je ne pensais pas être excité par une intello, mais putain, je bande, *Semi*.

Je glousse avant de comprendre, lorsqu'il se redresse, qu'il ne plaisante pas. Je déglutis et me tourne vers TJ pour me changer les idées.

– Tu t'en es bien sorti ?

– J'ai eu A, répond-il.

Et Pax a eu un B, donc je dirais que globalement, le cours de psychologie est un franc succès.

Comme c'est le dernier cours, Andrews nous récompense en abordant un sujet que je pourrais écouter pendant vingt-quatre heures non-stop : les tueurs en série. D'ailleurs, si on additionnait le temps que j'ai passé à regarder ma série, ça représenterait sans doute une proportion inquiétante de ma vie.

Andrews commence par un cas si macabre que je tremble de joie. Au bout de dix minutes, alors qu'elle n'a pas donné le nom du tueur, je sais déjà qui c'est.

– Elle parle d'Harold Howarth ! je siffle en saisissant le bras d'Hunter.

– Qui ?

– Il était le sujet de l'épisode *Les neurochirurgiens tueurs.*

Je me souviens d'avoir appelé mon père à la fin de l'épisode et de lui avoir dit que je lui interdisais d'injecter du poison directement dans le lobe frontal d'un patient. Il m'a demandé si j'étais défoncée.

Je recule sur ma chaise et je me ressaisis juste avant de poser ma main sur le genou d'Hunter, une habitude que j'ai prise quand on est assis sur son canapé. Je dois faire particulièrement attention, ce matin. Je ne veux rien faire en public tant qu'on n'a pas officialisé notre couple. Toutefois, je ne peux pas m'empêcher de le regarder. J'ai envie de toucher sa cuisse. Mieux encore, j'ai envie de plonger ma main dans son jean et d'empoigner sa queue. En fait, j'ai tout le temps envie de toucher ce mec.

Et je n'exagère pas en disant « tout le temps ». Parfois, j'ai tellement envie de lui que je n'attends même pas qu'il ait fermé ma porte avant de me jeter sur lui. Et aujourd'hui est un de ces jours, sauf qu'on n'est pas dans une chambre et que mon corps est furieux de devoir attendre.

Lorsqu'Andrews nous congédie, je n'en peux plus. J'entends à peine la prof nous remercier d'avoir été aussi attentifs et nous souhaiter bonne chance pour la suite de nos études. Une autre fois, je serais restée à la fin du cours pour la remercier à mon tour, mais là, il va falloir que je me contente de le lui dire par mail.

Je suis tellement excitée que je ne tiens pas en place en sortant de l'amphithéâtre. Je balaie le couloir des yeux. On n'est pas venus en voiture et je ne tiendrai jamais jusque chez moi si on doit marcher. Donc, alors que Pax et TJ partent vers la sortie, je saisis Hunter par la main et le traîne dans le couloir perpendiculaire au nôtre.

33
Hunter

Demi me pousse dans une pièce qui, par chance, est une salle de réunion vide. Les stores sont fermés et il fait sombre, sans qu'il fasse complètement nuit.

– Qu'est-ce que tu fais ? je demande, amusé, alors qu'elle se dépêche de refermer la porte derrière nous.

– Je devenais folle de ne pas pouvoir te toucher. J'étais à deux doigts de baisser ton froc pour te chevaucher devant tout le monde.

Ma queue tressaute en imaginant la scène. On est obsédés l'un par l'autre, c'est presque une addiction. Et j'ai honte de dire que ça n'a absolument pas affecté mes performances en hockey, ce qui veut dire que mon vœu d'abstinence était parfaitement inutile. D'ailleurs, j'ai même l'impression de jouer mieux.

J'évite d'en parler à Demi, parce qu'elle va se moquer de moi et me faire une leçon digne du *Magicien d'Oz* – un truc du genre : « Tu as toujours eu le pouvoir d'être un bon capitaine et un bon coéquipier, Hunter ! Mais tu ne pouvais pas le voir parce que tu étais aveuglé par ta culpabilité et la peur d'être un enfoiré égoïste comme ton père. »

Je vois tout à fait Demi me dire ce genre de truc.

Néanmoins, je suppose qu'il fallait que je passe par là pour le comprendre. La saison dernière m'a fait très peur et j'ai commencé celle-ci en donnant la priorité à mon équipe et non à ma queue. Je voulais être un bon capitaine et me prouver que je ne suis pas un narcissique qui ne pense qu'à ses propres besoins. Le désastre de l'an dernier m'a servi de sonnette d'alarme. Ma première pensée après le match était que, finalement, mon père et moi étions les mêmes.

La première fois qu'il m'a dit ça, j'en ai été malade. Je me suis senti sale et j'ai flippé de risquer d'être comme lui : un connard égocentrique.

Or, le seul changement depuis que je couche avec Demi est que je me couche heureux tous les soirs et que je suis encore plus en forme aux entraînements. Et c'est sans parler des playoffs, on domine largement les autres équipes.

Demi passe ses bras dans mon cou et baisse ma tête pour m'embrasser. Putain, j'adore l'embrasser. J'adore lui faire l'amour. J'adore faire tout avec elle, et tout lui faire.

On sait tous les deux que notre histoire n'est pas que du sexe ni uniquement un plan de consolation pour Demi. Mais je ne sais pas bien ce que c'est. Et je kiffe trop pour risquer de tout gâcher en lui posant la question.

J'éclate de rire quand elle me plaque contre la porte. Elle ferme le verrou et s'affaire aussitôt à défaire ma ceinture. Elle baisse juste assez mon jean et mon boxer pour en sortir ma lourde érection.

– Mon Dieu, tu ne sais pas combien j'ai rêvé de la toucher, marmonne Demi d'un ton angoissé. Je la veux tout le temps.

– Prends-la, je réponds d'une voix rauque.

Elle se met à genoux et je me fige, sifflant lorsqu'elle avale toute ma verge d'un coup. Elle gémit de plaisir et son regard scintille lorsqu'elle me relâche pour parler.

– J'adore l'avoir dans ma bouche.

– Toi et ton obsession d'avoir quelque chose dans la bouche… je me moque, tout en essayant de glisser mon gland entre ses lèvres.

Elle éclate de rire.

– Ah, donc quand j'ai besoin d'un bonbon, t'appelles ça un « sérieux problème », mais quand c'est ta queue que je veux, c'est tout à fait normal ?

– C'est ça. Tu as tout compris.

Demi me tire la langue et j'en profite pour plonger mon sexe dans sa bouche.

– Oh oui, je gronde en tenant sa tête pour la guider sur ma verge.

J'entends des voix dans le couloir, mais je m'en fiche. Quand je suis avec Demi, nous sommes seuls au monde. Nous sommes seuls dans cette salle, dans ce bâtiment, sur cette planète. Quand je suis en elle, il n'existe que nous. Quand elle me tripote, se frotte à moi et me suce, il n'existe plus qu'elle.

Sa langue s'enroule autour de ma verge tandis qu'elle me branle lentement, serrant mon gland lorsqu'elle me retire de sa bouche, suçant aussi fort qu'elle peut lorsqu'elle m'avale de nouveau.

Mes hanches font un mouvement de balancier et mes testicules se mettent à fourmiller. Quand elle m'a traîné dans cette pièce, je supposais que j'allais la prendre contre un mur. Mais cette pipe est tellement divine que je ne tiendrai pas assez longtemps pour le faire.

– Bébé, je grogne en essayant de l'arrêter.

Elle lève ses grands yeux vers moi alors que mon gland est dans sa bouche, je n'ai jamais rien vu d'aussi sexy.

– Je vais bientôt jouir, je la préviens. Si tu es venue ici pour baiser, tu devrais arrêter.

– Non, je veux te faire éjaculer tout de suite, et je veux t'entendre crier mon nom quand je t'avale.

Mon Dieu, cette fille aura ma peau.

Elle reprend ses mouvements et moins de trente secondes plus tard, j'exauce son souhait.

– Demi, je grogne lorsque mon orgasme me saisit.

Elle me maintient fermement dans sa bouche tandis que je me déverse en elle, avalant tout ce que j'ai à lui donner. Je suis mort. Elle m'a tué. Elle est parfaite.

Demi embrasse ma verge tandis que je redescends lentement sur terre. Elle remonte mon boxer et mon jean en souriant, puis elle s'essuie délicatement la bouche et se relève. Elle ferme ma braguette et se met sur la pointe des pieds pour m'embrasser.

Je ne peux pas m'empêcher de plonger ma langue dans sa bouche et quand je sens ma semence sur ses lèvres, je suis à deux doigts de jouir de nouveau.

– Ça va ? demande-t-elle lorsque je frissonne.

– Nickel, je réponds d'une voix rauque.

Elle ricane et s'assure que tout est en place avant de déverrouiller la porte. On sort dans le couloir et les lumières blafardes m'éblouissent un moment.

– Tu viens chez moi ce soir ? demande-t-elle alors que nous marchons côte à côte vers la sortie.

– Je ne peux pas, je vais boire un verre avec Hollis. Mais je peux venir maintenant et rester avec toi jusqu'à ce que je le retrouve.

– Booouuuh !

– Ne me hue pas !

– Pourquoi pas ? Tu me hues tout le temps, toi.

– Oui, mais moi je suis un gamin, Demi. Toi, tu es beaucoup trop mature pour ce genre de comportement. Respecte-toi, bon sang.

Elle éclate de rire et je souris. J'adore la faire rire.

– J'annulerais bien, mais Hollis m'a dit que c'était important.

Demi s'arrête brusquement.

– Pardon, mais je ne suis pas sûre d'avoir bien entendu. Mike Hollis a sous-entendu que quelque chose était important ?

– Sous-entendu ? Non, il a été on ne peut plus clair. Il m'a pris à part ce matin et m'a demandé si on pouvait parler.

– Pourquoi il était à la maison, de toute façon ? On est lundi.

– Il a appelé le boulot pour dire qu'il était malade, mais il avait l'air en forme, d'après moi.

– J'espère que tout va bien, dit-elle.

– Je suis sûr que oui. Hollis est indestructible. Je parie qu'il veut parler d'un truc débile, comme quoi offrir à Rupi pour son anniversaire.

– C'est bientôt ?

– Ah, tu vas adorer. Rupi est née… le quatorze février.

– Le jour de la Saint-Valentin ? Mon Dieu ! Pauvre Mike. Il va devoir sortir le grand jeu. Il va peut-être devoir lui acheter un poney.

On arrive dans le hall d'entrée en riant et je vois TJ à quelques pas, en train de discuter avec un des chargés de TD. Il fronce les sourcils en nous apercevant et semble furieux. Je trouve sa réaction démesurée jusqu'à ce que je me rende compte qu'il regarde mon entrejambe.

Je baisse les yeux et vois alors que ma braguette est ouverte. Demi a dû mal la refermer. Je la remonte discrètement, mais ça n'enlève pas le regard méfiant de TJ.

★ ★ ★

Quelques heures plus tard, je m'installe sur la banquette face à Hollis, faisant signe à la serveuse de venir. Hollis n'a pas encore commandé alors qu'il est là depuis dix minutes. Je suis en retard, parce qu'il y avait dix centimètres de neige givrée sur mon pare-brise quand je suis parti de chez Demi. J'ai failli mourir de froid en le déneigeant.

– Désolé, je raclais la neige sur ma caisse, je marmonne.

– Cette putain de neige. Ça devrait être interdit.

– Je notifierai la météo de ton avis, Michael.

Je souris lorsque la serveuse apporte nos bières. Hollis a commandé une cannette de Boom Sauce, je crois qu'il l'aime juste pour son nom.

– Bon, qu'est-ce qui se passe ? je demande une fois qu'on a trinqué. Pourquoi tu m'as traîné chez *Malone's* en plein blizzard alors qu'on vit dans la même maison ?

– J'avais besoin de sortir, dit-il en trifouillant sa bière. Comment ça va, toi ? Tu fréquentes toujours Demi ? Est-ce que le coach a validé le cochon ?

Il cherche à gagner du temps et je joue le jeu. Hollis est tellement théâtral que si je le presse trop, il est capable de se lever et de partir, et j'aimerais bien finir ma bière.

– Je vais bien. J'ai eu de bonnes notes ce semestre. Je vois toujours Demi, et non, le coach n'a pas donné son feu vert pour le cochon. Mais je réalise à l'instant que le jour où il le fera, Pablo devra partir.

Merde, je ne sais pas si je suis prêt à lui dire adieu.

– Mec, il serait temps, il chlingue ! Les œufs ne sont pas censés vivre aussi longtemps.

– Je t'avoue que je ne remarque plus l'odeur, je réponds en riant.

– On devrait prendre un animal pour la maison.

– Haha, bien sûr. Rupi ne t'autoriserait jamais à avoir un animal. Ça voudrait dire que tu aurais moins de temps pour elle.

– C'est vrai. C'est déjà suffisamment dur de ne la voir que le week-end.

Hollis se frotte les yeux et je remarque combien il a l'air fatigué. Les quatre heures de route aller-retour qu'il fait tous les week-ends sont en train de le flinguer. Il a les yeux cernés et on dirait qu'il n'a pas dormi depuis des mois.

– Tu rentres chez tes parents demain ou tu poses un autre jour de congé ?

– Je rentre chez eux. J'ai plus envie de vendre des assurances, Davenport. Je déteste être là-bas. Je déteste vivre chez mes parents et je supporte encore moins de bosser avec mon père. Ce type est taré.

– Mais oui. C'est lui qui est taré.

– C'est vrai ! Et il raconte des blagues pourries toute la journée.

Je dévisage mon ami.

– Je n'imagine même pas combien ça doit être agaçant, je déclare d'un ton sarcastique.

– Je sais, répond-il, ne percevant pas mon ironie.

– Pourquoi tu n'essaies pas de trouver du boulot à Hastings ?

– J'ai cherché, mais il n'y a rien. En tout cas, rien d'intéressant. La station-service cherche quelqu'un pour travailler de nuit, mais à quoi ça sert ? Je dormirais toute la journée et bosserais toute la nuit, et c'est hyper mal payé.

– Si j'entends parler de quoi que ce soit, je te le dirai.

– Merci.

– Je suppose que, pour l'instant, tu dois garder ton temps plein dans les assurances la semaine, et ton temps plein avec Rupi le week-end.

– Mec, elle demande tellement d'attention, dit-il en souriant jusqu'aux oreilles.

– Je ne comprendrai jamais votre relation.

– Bien évidemment que tu ne la comprends pas. Elle est transcendante.

– Comment ça ?

– Exactement, rétorque-t-il, le regard émerveillé.

Toutefois, sa mine lugubre refait surface, ce n'est pas une expression que j'ai l'habitude de voir chez lui.

– Elle n'est qu'en deuxième année, mec.

– Rupi ? Et alors ?

– Elle ne sera diplômée que dans deux ans et demi. Ça veut dire que j'ai encore deux ans et demi avec ce train de vie pourri, à vendre des assurances avec mon taré de père.

Je pose ma bière et le regarde dans les yeux.

– Est-ce que… tu envisages de rompre avec elle ?

– Quoi ? s'écrie-t-il. C'est quoi ton problème ? Bien sûr que non ? Je viens de te dire que notre relation était transcendante !

– C'est vrai, pardon. J'ai oublié. Alors, qu'est-ce que tu veux dire ? Tu détestes ton boulot et vivre chez tes parents. Tu détestes faire la route tous les week-ends et tu détestes l'idée que Rupi a encore deux ans d'études à faire. Mais tu aimes Rupi.

– Tu as tout compris.

– Ok… Laisse-moi te demander quelque chose : si tu n'étais pas obligé de supporter toutes ces choses que tu détestes, qu'est-ce que tu ferais ?

– Je ne comprends pas.

– Imagine que tu n'aies pas à te soucier du travail, de la route et de tout le reste. Qu'est-ce que tu ferais ?

– Je… Rien. C'est idiot.

– Non, dis-moi. Réfléchissons ensemble, mec.

Hollis boit une grosse gorgée de Boom Sauce.

– Je voyagerais, dit-il enfin. Mec, tu sais combien d'autres pays il y a dans le monde ? Des dizaines ?

– Plutôt des centaines, je corrige.

– Ne sois pas bête. Il n'y a que sept continents ; pourquoi il y aurait des centaines de pays ? Bref, c'est ce que je ferais. Je traverserais le globe pour rencontrer de nouvelles gens et découvrir de nouvelles cultures et manger de la bouffe bizarre et… Oh ! Je pourrais baiser avec Rupi dans des trains et des avions et sur des chameaux et…

– Attends, Rupi serait du voyage, aussi ?

Il hoche vigoureusement la tête.

– Ben oui, tu voudrais qu'elle soit où ?

– Ok. Tu veux mon avis, frangin ? Parles-en à Rupi. Sois honnête avec elle et dis-lui à quel point tu es fatigué et que tu adorerais partir en voyage avec elle. Peut-être que vous pouvez prévoir quelque chose pour cet été ? Ça te donnera une perspective plus joyeuse pour supporter tes trajets toutes les semaines.

Hollis m'étudie en fronçant les sourcils.

– Qu'est-ce qu'il y a ? je demande d'un ton suspicieux.

– Tu as toujours été aussi intelligent ou c'est moi qui ai toujours été aussi bête ?

– Je préfère ne pas répondre à cette question, je dis en souriant.

34

Demi

À la fin du mois de janvier, Hunter et moi n'avons toujours pas officialisé la nature de notre relation. On se laisse porter par les événements. On couche fréquemment ensemble, on se fait des câlins, on s'envoie des messages, on se conseille l'un l'autre. J'assiste à ses matchs de hockey même si ça ne m'intéresse pas, et il regarde mes documentaires avec moi, même s'il les trouve perturbants.

Brenna dit qu'on est des meilleurs amis avec bénéfices, mais d'après Pippa, on est un couple marié qui n'ose même pas se décrire comme copain-copine.

C'est Pippa qui a raison. Hunter est mon mec, et je suis sa meuf. C'est drôle, pour deux personnes qui s'expriment très bien, aucun de nous n'a abordé le sujet. Je sais pourquoi je me retiens, moi, mais je me demande quelle est la raison d'Hunter.

De mon côté, j'ai peur de m'engager. J'ai peur que notre relation change si je dis que c'est mon mec, qu'il décide que j'essaie de le brimer et qu'il aille voir ailleurs. C'est une peur irrationnelle, mais l'infidélité de Nico est encore présente dans mon esprit.

L'ambiguïté de notre relation est une source d'angoisse permanente. Les humains ont besoin de définir les choses. Ça nous rassure. Mais je suis tiraillée entre mon envie de définir notre relation et celle d'éviter une déception. Pour l'instant, je n'en parle pas, et Hunter non plus.

Son équipe avance dans les playoffs et ils s'entraînent dur cette semaine. Il est couvert de nouveaux bleus chaque fois que je le vois, à tel point que ce soir, j'ai préféré le laisser se reposer et sortir avec mes amis. Je ne peux pas le voir sans lui sauter dessus et son corps a besoin de répit.

Toutefois, Hunter râle de ne pas me voir ce soir. Il n'arrête pas de m'envoyer des photos de diverses parties de son corps, dont certaines sont bleues et d'autres non, me suppliant de venir lui faire des bisous magiques. Je finis donc par couper la parole à Pippa pour lui dire d'arrêter.

– Une seconde, Pippa. Je vais juste lui dire d'aller se faire voir.

MOI : Je suis avec mes amis. Le monde ne tourne pas autour de toi.

LUI : Bien sûr que si.

MOI : Je vois. T'as décidé d'invoquer l'esprit de ton père ?

LUI : Mon Dieu, t'as raison. Désolé. Je ne suis pas le nombril du monde. Je ne suis qu'un petit nombril dans une marée de nombrils.

MOI : Ta comparaison est ridicule. Maintenant laisse-moi tranquille. Je suis avec mes amis.

LUI : Puisque t'insistes.

Je repose mon téléphone.

– Désolée, mais c'était nécessaire, je dis à mes amis.

Pippa, TJ et moi sommes dans un des bars du campus. Corinne va nous rejoindre, ce sera la troisième fois qu'on se voit depuis le désastre avec Nico.

La première fois était plus que gênante. On a regardé un film chez Pippa et je n'ai pas réussi à lui adresser la parole. Chaque fois que je la regardais, je la voyais nue avec mon ex.

La deuxième fois s'est mieux passée parce qu'on a picolé, mais j'ai bu un shot de trop et j'ai fait un ou deux commentaires désagréables. Je me suis juré de ne pas recommencer ce soir.

Mon écran s'illumine de nouveau, du coup, je le retourne face à la table.

– Ce mec, je marmonne.

– C'est toujours Monsieur Hockey ? demande Pippa en riant.

– Oui. Il est couvert de bleus donc il se repose chez lui. Mais il s'ennuie, et quand il s'ennuie, il devient chiant.

– Comme tous les mecs, non ?

– Eh, je n'emmerde personne quand je m'ennuie, proteste TJ en touillant le daiquiri à la fraise qu'on l'a obligé à commander.

C'était censé être une soirée filles, mais TJ a eu l'air triste quand il a compris qu'il n'était pas invité, donc je lui ai dit qu'il pouvait venir du moment qu'il respectait les règles de la soirée filles. Il est donc obligé de boire des cocktails multicolores.

– Vous en êtes où, d'ailleurs ? demande-t-il. Ça a l'air de plus en plus sérieux…

– Ben ouais, répond Pippa. Ils sont mariés, mec.

– Sans rire ? s'étonne TJ.

– Mais non, je ricane. Mais c'est vrai qu'on passe beaucoup de temps ensemble. Je suppose qu'on est en couple, mais je n'en suis pas sûre. On n'a jamais parlé d'être exclusifs ni quoi que ce soit.

– Ah non ? demande Pippa en haussant les sourcils. Ça fait des mois que ça dure, D. Imagine qu'il couche avec d'autres meufs ?

– Mais non.

– Bien sûr que si, rétorque TJ en levant les yeux au ciel.

Je les fusille tous les deux du regard.

– Eh, ne me regarde pas comme ça, j'ai rien dit. Prends-t'en à TJ, dit-elle en le bousculant.

Il lève les deux mains en l'air en signe de capitulation.

– Oh, je ne suis que le messager. Mais bien sûr qu'il couche avec d'autres meufs. Je vis dans une cité U avec des dizaines de mecs. Si tu ne dis pas clairement à un mec que tu veux que vous soyez exclusifs, je te garantis qu'il va voir ailleurs.

– Chérie... TJ n'a pas tort, acquiesce Pippa d'un ton prudent.

– Et puis, il était avec toutes ces filles la semaine dernière, poursuit TJ. Je t'assure qu'il se tape d'autres nanas que toi.

– Quelles filles ? je demande en frissonnant. Et comment tu sais ce qu'il faisait ?

– J'ai vu un truc sur Instagram.

– T'as vu quelque chose sur Instagram, je répète d'un ton dubitatif.

– Je suis plein de gens de Briar et quelqu'un a posté une photo de l'équipe de hockey à une fête. Je ne sais pas où c'était. Mais Davenport était sur la photo et il embrassait une meuf.

N'importe quoi. Mais... je ne dis rien, parce que le doute est là, désormais, et ma gorge se noue. Hunter est bien allé à une fête post-match sans moi, mais ça ne veut rien dire. De toute façon, on n'est pas officiellement ensemble.

Je me mords la joue très fort, mais la douleur n'est rien, comparée à celle qui me transperce le cœur. J'ai envie de vomir. Mes doigts tremblent tandis que je retourne mon téléphone. Le dernier message d'Hunter est un émoji qui fait un bisou.

Je l'ignore. Soudain, je me demande combien d'émojis bisou il envoie et à qui.

– J'avais fait une capture d'écran, mais je l'ai supprimée, admet TJ.

– Quoi ? Pourquoi ? gronde Pippa.

– Parce que je ne voulais pas que tu penses que je voulais foutre la merde, répond TJ d'un air lugubre. Je sais combien ça t'a agacée, la dernière fois qu'on a parlé d'Hunter dans son dos.

– Thomas Joseph, sors ton téléphone de ta poche et trouve-moi cette photo, ordonne Pippa. Elle doit encore être dans ton dossier de photos supprimées.

Mon cœur bat la chamade tandis que TJ parcourt ses dossiers. J'espère à moitié qu'il ne va pas trouver la photo – je préfère penser qu'elle n'existe pas et que TJ l'a imaginée.

– La voilà, dit-il.

Mon pouls accélère tandis qu'il me tend son téléphone, et Pippa se penche sur la table pour la voir aussi.

Il doit y avoir six ou sept mecs et quelques filles sur la photo, et je reconnais plusieurs visages : il y a Matt Anderson, Jesse, et je crois voir Mike Hollis dans le coin, mais je n'en suis pas sûre. Matt tient une jolie rousse par la taille, Jesse est à côté de celle que je crois être sa copine, Katie, mais je ne vois pas Hunter.

Ah, si. Le voilà.

TJ a raison.

Hunter est sur la photo, et il est bien en train d'embrasser une fille.

35
Demi

Ma gorge se noue et j'ai du mal à respirer. La photo montre clairement la bouche de la blonde collée à celle d'Hunter. L'image est immortalisée sur les réseaux sociaux et gravée à jamais dans mon esprit.

Je suis affreusement jalouse et en colère, mais si j'ai le droit d'être jalouse, je ne peux pas en vouloir à Hunter.

– D ? dit Pippa.

Je fais de mon mieux pour avoir l'air détendue.

– On n'a jamais dit qu'on était exclusifs.

Mon amie voit clair dans mon jeu.

– Chérie… On ne sait pas quand cette photo a été prise, remarque-t-elle.

– Elle a été postée il y a six jours, répond TJ.

– Ça ne veut pas dire qu'elle date d'il y a six jours, rétorque Pippa.

– Pourquoi quelqu'un posterait une vieille photo ?

– Tu es sérieux, là ? Les gens font ça tout le temps !

– C'est pas précisé dans les commentaires, dit TJ.

– Et alors, ils ont peut-être oublié, je ne sais pas.

– Tu ne sais pas quoi ? demande une autre voix derrière moi.

Je me tourne et vois que Corinne est arrivée. Elle est vêtue d'un pull en laine très ample et d'un jean skinny, et ses cheveux bouclés sont relevés et attachés avec un gros chouchou jaune.

Elle s'assied sur la banquette à côté de moi, et j'ai l'impression de suffoquer.

– On se dispute à propos de cette photo du mec que fréquente Demi, explique Pippa.

– Monsieur Hockey ? demande Corinne.

– Ouais, je réponds.

– C'est lequel ? s'enquiert Corinne en prenant le téléphone de TJ.

Je désigne Hunter et la blonde, qui s'embrassent toujours. J'espérais qu'en la regardant de nouveau, ils seraient d'un côté et de l'autre de l'écran.

Corinne étudie la photo.

– C'est le mec que tu fréquentes ?

– Ouaip.

– Oh, je suis vraiment désolée, dit-elle d'un ton sincèrement navré.

Mais peut-être est-ce de la pitié ? Pauvre Demi, celle que tous les mecs trompent.

Pippa reprend le téléphone et étudie l'écran pendant très longtemps.

– Non, c'est une vieille photo, c'est certain, dit-elle enfin. Je reconnais cette nana, explique-t-elle en désignant la rousse qui est avec Matt Anderson. Ça, c'est Jenny.

– Qui est Jenny ? demande Corinne.

– Elle était en théâtre avec moi en première année, explique Pippa. C'est une vieille photo, D, je te le garantis.

– Comment tu peux en être sûre ?

J'ai presque honte d'espérer autant.

– Parce qu'elle n'est plus à Briar. Elle a déménagé en Californie il y a plus d'un an.

– Tu es sûre ?

– Comment tu sais que c'est elle ? demande TJ. La photo est un peu floue. Ou peut-être qu'elle est venue voir des amis, tu ne sais pas.

– Attendez une seconde. Je vais regarder son profil et on comparera les photos. Amusez-vous sans moi, les enfants, déclare Pippa en dégainant son téléphone.

J'essaie de me concentrer sur Corinne qui parle de ses nouveaux cours, mais je n'écoute que d'une oreille et suis ravie lorsque Pippa pousse un cri de victoire.

– Tu vois ! me dit-elle en posant son téléphone à côté de celui de TJ. C'est Jenny.

Je compare les photos, c'est bien la même fille.

– Et elle n'est pas à Briar. D'après son compte Instagram, ça fait quinze jours qu'elle est à Hawaï avec sa famille.

Je suis tellement soulagée que j'en ai presque le vertige. J'ai la nausée et j'ai peur.

Être dans une relation qui n'a pas été officialisée ni définie est juste affreux. Mon cœur et ma tête sont dans un sale état. J'ai tout de suite cédé au doute et supposé qu'Hunter avait chopé une autre fille.

Je me force à finir mon daiquiri et à écouter Pippa et Corinne, feignant d'être intéressée lorsque TJ dit qu'il va rendre visite à son frère en Angleterre, cet été. Mais je n'arrive pas à me concentrer. Je suis trop énervée par la fausse alerte. Je me sens bête, et je ne sais pas quoi penser.

Il faut que je parle à Hunter.

– Les gars, je vais y aller, je dis lorsque Pippa propose une autre tournée. J'ai la tête ailleurs.

TJ semble très déçu.

– Il n'est que neuf heures et demie, dit-il.

– Je sais, je suis désolée. Je me sens épuisée.

– T'en fais pas, dit Pippa. On se voit demain, de toute façon. On dîne avec Darius, tu n'as pas oublié ?

– Non, non. À demain.

J'enfile mon manteau et sors du bar.

Je suis à trois minutes à pied de chez moi, mais ce n'est pas là que je vais. Je commande un Uber et, quinze minutes plus tard, je sonne chez Hunter.

– Salut, je savais pas que tu venais, dit Summer avec un sourire étincelant lorsqu'elle m'ouvre la porte.

– Ouais, c'était pas prévu, je réponds.

Fitz, son copain, passe derrière elle pour aller dans la cuisine. Il est en pantalon de survet, mais il est torse nu. Il fait marche arrière lorsqu'il me voit et me fait un signe de la main.

– Salut, Demi. Il reste de la pizza, si tu en veux.

– Non merci, ça va. Je vais monter voir Hunter.

Mon cœur bat à tout rompre tandis que je monte les escaliers et m'arrête devant la porte d'Hunter.

Je frappe et il répond en rouspétant.

– Va-t'en, Rupi. Je ne veux pas regarder *Riverdale*. C'est débile.

– C'est moi, je réponds en riant.

– *Semi* ? Pourquoi tu as frappé ? Ramène tout de suite ton petit cul.

J'ouvre la porte et le trouve étalé sur son lit. Il y a un match de hockey à la télé, mais je ne sais pas qui joue.

– Je croyais que tu ne voulais pas venir, dit-il en dégainant ses fossettes.

– C'était pas prévu, mais…

– Mais tu t'es rendu compte que tu voulais ma bite. Sage décision.

– Non, je… C'est juste…

Soudain, je me sens ridicule d'être venue. Qu'est-ce que je suis censée dire ? *J'étais avec mes amis et j'ai vu une photo sur laquelle tu embrassais une meuf, et je me suis sentie horrible quand j'ai cru qu'elle était récente, mais finalement elle était vieille, mais ça ne m'a pas soulagée, alors je me suis précipitée ici.*

– Qu'est-ce qui se passe ? demande-t-il en fronçant les sourcils. Qu'est-ce qui ne va pas ?

Je suis horrifiée de sentir des larmes dans mes yeux.

– Demi, insiste-t-il en s'asseyant dans le lit. Qu'est-ce qu'il y a ?

– Rien. C'est juste… Je suis bête.

– Non, tu n'es pas bête. Mais dis-moi, pourquoi tu penses que tu es bête ?

Je vide tout l'air de mes poumons et raconte tout à Hunter, qui écoute sans m'interrompre, même s'il semble perplexe.

– Je suis désolée, je ne t'accuse pas d'avoir fait quoi que ce soit, parce que je sais que tu n'as rien fait. C'était une vieille photo. Mais avant que je le sache, j'ai tout de suite pensé que tu m'avais trompée. Et c'est là que je suis bête, parce que comment tu peux me tromper si on n'est pas officiellement ensemble ?

– Bien sûr que si, on l'est.

Je me fige.

– On l'est ?

– Bien sûr. C'est pas parce qu'on n'a pas collé une étiquette sur notre relation qu'on n'est pas en couple. Quand on me pose la question, je dis aux gens que tu es ma copine.

– Ah bon ? je demande en essuyant mes larmes d'un geste brusque. Alors, pourquoi tu ne dis pas que je suis ta copine quand je suis là ?

– Je sais pas, répond Hunter en riant. Pourquoi tu ne dis pas que je suis ton mec ?

– Parce que je ne veux pas précipiter les choses, je dis avant de soupirer. J'ai tellement honte… J'aime penser que je suis quelqu'un de raisonné et de mature, mais j'ai tout de suite pensé que tu me trompais. Ça m'a fait comprendre que les cicatrices laissées par Nico sont plus profondes que je ne le pensais. Il faut croire que dès qu'il se passera quelque chose de légèrement louche, je vais tout de suite imaginer le pire.

– Viens par ici, dit-il d'une voix rauque.

Il se déplace vers moi et m'attire sur ses genoux. Je pose mon menton sur son épaule et respire lentement pour me calmer.

– Tu n'as pas imaginé le pire, Demi. Tu as vu une photo de moi en train d'embrasser une autre fille. Elle a été prise l'année dernière, mais tu ne le savais pas. Crois-moi, si je voyais une photo de toi avec un autre mec, je péterais un câble.

– C'est vrai ?

– Oui. Écoute, je sais qu'on n'a pas fait les choses dans le bon ordre. On n'a eu aucune des conversations sérieuses qu'ont les couples, on n'a fixé aucune règle, mais…

Hunter saisit mon menton et me force à le regarder dans les yeux.

– … je te promets que je ne fréquente personne d'autre que toi. Je ne couche avec personne d'autre. Je suis avec toi, et je suis à fond. Je t'aime, dit-il d'une voix émue.

36
Hunter

Il n'y a rien de pire que d'être le mec qui arrive après l'enfoiré qui a été infidèle.

Pour être honnête, je suis surpris que Demi n'ait pas craqué plus tôt. Alors oui, elle s'est effondrée le soir où elle a appris que Nico l'avait trompée et elle a jeté ses affaires par la fenêtre avant de lui coller une droite, mais je crois qu'elle n'avait pas réalisé jusque-là les conséquences émotionnelles de l'infidélité de Nico.

Or, je ne connais que trop bien ces conséquences. Je me souviens du comportement de ma mère chaque fois qu'elle apprenait les tromperies de mon père. Elle était sur les nerfs et suspicieuse de tout pendant des semaines, voire des mois. Dès qu'il lisait un sms, elle se crispait en se demandant qui lui écrivait. Dès qu'il devait aller au travail, son visage était déformé par l'angoisse en se demandant qui il allait se taper, cette fois.

J'ai longtemps été triste pour elle, mais ce n'est plus le cas. Chacun fait ses choix et décide de sa vie. On n'est pas des victimes impuissantes face à un tyran qui les enferme dans une vie misérable. Ma mère a décidé de rester avec mon père.

Je n'ai plus pitié d'elle, elle avait d'autres options. Elle n'est pas forcée d'être malheureuse et craintive, de douter de tout. Elle n'est pas obligée d'encaisser les conneries de mon père. Elle l'a choisi.

Mais contrairement à ma mère, Demi ne veut pas être coincée dans cette situation. Elle est tout de suite venue me voir pour que je la rassure, et c'est ce que je compte faire.

– Tu m'aimes, répète-t-elle.

Mon cœur bat la chamade, je plonge mon regard dans le sien. Je n'arrive pas à déchiffrer son expression. Je ne sais pas ce qu'elle pense de ce que je viens de lui dire. D'ailleurs, je ne sais pas ce que j'en pense, moi non plus.

Je n'ai dit ces mots qu'à une autre personne, une copine du lycée. Et pour être honnête, c'est elle qui l'a dit d'abord et je me sentais mal de ne pas lui répondre. Les garçons sont des trouillards quand ils sont ados. Je n'étais pas vraiment amoureux de cette fille.

Quant à celle-ci, à cette femme sublime qui est assise sur mes genoux… je sais que je l'aime. J'aime tout chez elle, son intelligence, son insolence, sa folie. Il y a des tonnes de facettes à sa personnalité, et plus j'apprends à la connaître, plus je l'aime.

Donc oui, j'accepte la lourde tâche de réparer les dégâts causés par Nico. Je vais être patient et aider Demi à faire de nouveau confiance au sexe masculin, qui a acquis une mauvaise réputation à cause d'hommes comme Nico ou mon père. Je vais rester à ses côtés et la couvrir de « je t'aime » jusqu'à ce qu'elle comprenne qu'elle n'a rien à craindre de ce que je fais ni de qui je vois, parce qu'elle est la seule qui compte pour moi.

Un étrange sentiment s'empare de moi. Je me sens puissant. Et je comprends soudain quelque chose. De la même façon que ma mère a les clés de son bonheur, la clé de mes pulsions est entre mes mains. Je ne suis pas esclave de mes gènes, et je ne suis pas mon père.

– Merde, je dis d'une voix émerveillée.

– Quoi ?

Demi semble encore confuse de ma déclaration.

– Je ne te tromperai jamais, je m'exclame.

– Tu as l'air surpris, ricane-t-elle.

– Ben, oui. Je repense à la conversation qu'on a eue il y a quelque temps à propos de ma carrière de hockey, et du fait que je ne voulais pas être mon père et céder à la tentation, etc. Mais je ne conçois pas la possibilité d'être tenté par quelqu'un d'autre. C'est peut-être naïf de ma part, mais dix nanas à poil pourraient se jeter sur moi, je n'aurais d'yeux que pour toi. Même si tu es toute bouffie d'avoir pleuré.

– Qui tu traites de *bouffie* ? s'exclame-t-elle.

– Toi, *Semi*. Tu n'es pas belle quand tu pleures.

Elle me frappe l'épaule.

– Tu es censé être romantique !

– Je viens de te dire que je t'aime ! Crois-moi, je ne peux pas être plus romantique que ça.

– C'est vrai, admet-elle avant de se mordre la lèvre. Je ne sais pas si je suis prête à te le dire.

Je ne peux que rire, parce qu'elle est adorable lorsqu'elle se mord nerveusement la lèvre.

– Je ne l'ai pas dit pour que tu le dises en retour. Je l'ai dit parce que c'est ce que je ressens. Je t'aime. Et je ne veux embrasser personne d'autre que toi.

J'approche ma bouche de la sienne et elle me serre contre elle. On se laisse tomber en arrière sur le lit et le baiser devient fougueux. Je m'appuie sur un coude et pousse un grognement lorsque mes côtes endolories protestent.

– Je ne peux pas rester dans cette position, j'ai trop mal. Désolé, bébé.

– Ne sois jamais désolé. Pour rien du tout.

– Pour rien du tout ? je demande en souriant.

– Non, attends, je retire ce que j'ai dit. Je suis sûre que tu vas être désolé pour plein de choses qui mériteront tes remords, mais ça, ça n'en fait pas partie. Allonge-toi. Laisse-moi m'occuper de toi.

– Mais c'est moi qui suis censé te chouchouter.

– Dans ce cas, pourquoi tu as passé la soirée à m'envoyer des photos de tes bobos ?

– Juste pour t'embêter pendant que tu étais avec tes amis.

– T'es chiant. Alors, ça veut dire que tu ne veux pas de mes bisous magiques ?

Elle soulève mon tee-shirt et m'embrasse sur la hanche, me faisant frissonner.

– Il faut être idiot pour refuser des bisous magiques.

– C'est ce que je pensais, répond-elle en enlevant mon tee-shirt, grimaçant lorsqu'elle découvre les bleus sur mes abdos. Waouh, c'est pas beau à voir. Peut-être que je ne devrais pas faire ça.

Elle caresse délicatement mes abdos en effleurant l'élastique de mon jogging.

– Tu devrais toujours faire ça, *Semi*.

– Tu es sûr que ton corps peut le supporter ? Parce... j'en ai vraiment besoin, admet-elle timidement.

– On en a tous les deux besoin.

Elle enlève son pull et se lève pour retirer son pantalon. Elle me laisse un instant pour prendre un préservatif et revient aussitôt pour baisser mon jogging. Je n'ai pas mis de boxer et elle gémit joyeusement en prenant mon sexe dans sa main.

Je suis dur et on ne peut plus prêt. Elle enfile la capote sur ma verge et je passe ma main entre ses cuisses, découvrant qu'elle est aussi prête que moi. Bon sang, cette fille m'excite tellement.

– Viens ici et chevauche-moi, je gronde.

Mon impatience la fait rire, mais elle s'exécute néanmoins, saisissant la base de mon sexe pour la placer à l'entrée du sien.

– Putain... je grogne quand je suis complètement en elle. C'est tellement bon d'être en toi.

Elle ondule son bassin, et c'est encore meilleur.

– Est-ce que ça va ? demande-t-elle en prenant soin de ne pas me faire mal.

– Merveilleusement bien, je réponds alors que je vois déjà des étoiles.

Mon souffle accélère et j'empoigne ses fesses, promenant ensuite mes mains sur sa taille jusqu'à ses seins. J'adore la toucher. J'adore les bruits qu'elle fait quand elle ondule sur moi en cherchant à atteindre l'orgasme.

Je plonge une main dans ses cheveux et les saisis pour tirer sa tête vers moi.

– Embrasse-moi.

Elle s'exécute et gémit lorsque nos langues se rencontrent. On reste dans cette position pendant longtemps, faisant lentement l'amour en nous embrassant, nos corps plaqués l'un contre l'autre. Et quand je jouis, je sais sans l'ombre d'un doute que je suis véritablement amoureux de cette fille.

37

Demi

TJ : Tu t'es expliquée avec Monsieur Hockey ?

Son message arrive alors que je suis dans le bus pour Boston. J'aurais préféré prendre le train, mais les horaires de départ et d'arrivée ne collaient pas avec mon programme de la journée. J'ai voulu aller à Boston toute la semaine, mais mon père avait des opérations presque tous les jours. C'est vendredi et il est disponible, mais Hunter joue ce soir, donc je fais un saut rapide en ville avant de rentrer à Hastings.

Je ne peux pas rater ce match. Apparemment, il est crucial. S'ils gagnent, ils vont en demi-finale. Je crois. Je n'ai pas compris comment ça fonctionne, mais je sais qu'Hunter apprécierait que je vienne l'encourager.

Je suis à l'avant du bus et je n'ai personne à côté de moi, donc mon sac a son propre siège.

MOI : Ouais, tout est réglé. On en a parlé en début de semaine.

LUI : Ah, tu m'as rien dit.

MOI : Tu ne m'as pas posé la question ;)

LUI : Je suis désolé pour cette photo. Je n'aurais pas dû te la montrer.

MOI : Non, tu as bien fait. Ça nous a permis d'avoir LA conversation. Bref, comment tu vas ? Ton prof de littérature est toujours une ordure ?

LUI : Ouais, + ou - . Mais je préfère parler de LA conversation. Cmt ça s'est passé ?

MOI : Eh ben, on est officiellement ensemble, donc ça s'est très bien passé ! Devine qui est de nouveau maquée ? MDR. Je suis justement en route pour l'annoncer à mes parents.

LUI : T'es sérieuse ? Tu fais le trajet jusqu'à Boston pour dire à ta famille que tu sors avec un mec ?

MOI : Ouaip.

C'est vrai qu'un coup de fil aurait suffi, ou même un sms. Mais mes parents ont une place importante dans ma vie et, dans ma famille, on aime se dire les choses en face. On a tous été chamboulés par ma rupture avec Nico, mais mon père ne me pousse plus à me remettre avec lui. Bon, certes, maintenant il veut que j'arrête de voir Hunter.

Or, en dehors du fait qu'il vient d'une famille riche, je ne comprends pas pourquoi il ne l'aime pas. Je suppose qu'il cherche juste à me protéger, mais je veux qu'on en parle.

Et comme je me sens particulièrement courageuse, je vais aussi lui dire que je ne vais pas aller à la fac de médecine.

En gros, soit je serai au match d'Hunter ce soir, soit je serai morte.

TJ : Ok, bonne chance, alors. Je croyais que ton père le détestait ?

MOI : Je sais pas s'il le déteste, mais il n'approuve pas, ça c'est sûr.

LUI : C'est la même chose.

MOI : Je ne trouve pas, mais peu importe. Hunter est mon mec, et mon père va devoir faire avec. Bref, faut que j'y aille, on arrive à la gare routière.

Je range mon téléphone et mets mon manteau pour affronter le froid. Je sors de la gare et me dirige vers la station de taxis, car il fait trop froid pour attendre un Uber.

Maman m'a dit que mon père avait passé la nuit à l'hôpital et qu'il n'était rentré qu'à dix heures du matin, donc je me prépare à affronter Papa Ronchon. Ce n'est pas idéal, mais je ne peux pas caler ma vie en fonction de l'humeur de mon père.

Lorsque le taxi arrive chez moi, je respire un bon coup avant d'en sortir. J'ai besoin de rassembler tout mon courage, parce que mon père ne va pas aimer ce que j'ai à dire. Mais Hunter a raison, il ne va pas me déshériter. Au fond de moi, je le sais. Il va râler et peut-être crier, mais il s'en remettra.

Je dois juste lui tenir tête et ne pas le laisser m'influencer, surtout à propos de ma carrière. Il est temps de grandir, je ne suis plus la petite fille à son papa.

Comme d'habitude, des parfums plus délicieux les uns que les autres m'accueillent quand j'entre dans la maison.

– Maman ?

– Par ici !

Elle est dans la cuisine, quelle surprise !

Je passe la porte et salive lorsque je découvre qu'elle prépare du poulet sauté aux poivrons et aux petits pois.

– Mon Dieu, maman, tu ne veux pas emménager avec moi ? je demande en me laissant guider jusqu'aux fourneaux. Tu pourrais nous faire à manger tous les jours, trois fois par jour. Ce serait le pied...

Ma mère ricane et je la serre contre moi pour l'embrasser sur la joue. Quand j'essaie de piquer un bout de poulet, elle frappe ma main avec la spatule.

– Va-t'en, allez !

– T'es méchante.

Elle lève les yeux au ciel et retourne à sa cuisine.

Comme tout a l'air divin, je décide d'attendre la fin du repas pour faire mes annonces à mes parents. Mon père semble épuisé lorsqu'il nous rejoint dans la salle à manger et il se frotte les yeux pendant tout le repas.

– Tu as eu une nuit difficile ?

– Oui, j'ai enchaîné trois craniotomies, une biopsie et une ablation de tumeur. Et quand je pensais avoir fini, un patient est arrivé par hélico avec un hématome sous-dural.

Il nous raconte chaque opération dans le détail. Je ne comprends pas la moitié de ce qu'il dit, mais il a l'air content de m'en parler.

– Je ne me vois pas rester dans une salle d'opération aussi longtemps, j'admets. Je parie que je m'endormirais sur le patient.

– Il faut beaucoup de discipline, répond-il en riant. C'est marrant, c'était une longue nuit, mais je suis loin d'être aussi fatigué que je l'étais pendant mon internat ou quand j'étais en école de médecine.

C'est l'occasion parfaite.

Saisis-la, Demi !

Mais je suis une poule mouillée, donc je ne dis rien.

Au lieu de ça, j'aborde l'autre raison pour laquelle je suis venue. Mieux vaut commencer petit. Annoncer à mes parents que j'ai un nouveau mec n'est pas aussi grave que de leur dire que je change de carrière.

– Je voulais vous parler de quelque chose…

Ma mère recule sa chaise et commence à se lever.

– Laisse-moi d'abord débarrasser la table.

– Non, maman. On le fera après. Assieds-toi.

– Après ?

Elle est horrifiée car, chez nous, on mange et on débarrasse tout de suite après. Néanmoins, lorsqu'elle voit mon air sérieux, elle se rassied, prête à m'écouter.

– Tout va bien ? s'inquiète-t-elle.

– Tout va très bien, je réponds.

Au bout de la table, mon père fronce les sourcils d'un air lugubre. Merde, je crois qu'il sait ce que je m'apprête à dire.

– Je voulais vous dire que… je suis officiellement en couple avec Hunter.

Silence.

– Euh… C'est une bonne nouvelle… ? je dis en regardant mes parents tour à tour.

– Ok. Marcus, qu'est-ce que tu en penses ?

– Tu sais déjà ce que je pense. Il n'est pas assez bien pour elle.

Elle hoche la tête et se tourne de nouveau vers moi.

– C'est tout ? je m'exclame, outrée. Il dit ça et toi, tu hoches la tête comme un gentil toutou ?

– Demi, gronde ma mère.

– C'est vrai ! Tu n'as jamais rencontré Hunter !

– Si ton père dit qu'il ne te mérite pas, je suis d'accord avec lui.

– Tu ne le connais pas, je crache avant d'essayer de me calmer. Sans rire, maman. Tu me déçois énormément.

Ma mère est abasourdie. Elle ouvre la bouche et je sais que son tempérament de feu est sur le point de jaillir, mais je suis plus rapide qu'elle.

– Tu laisses constamment papa te dicter quoi penser. Tu cries et tu hurles et tu fais des caprices quand il s'agit de toi ; de ta cuisine, de ta garde-robe, de tes loisirs, mais quand il s'agit de choses importantes, c'est lui qui dirige tout. Y compris ton cerveau, apparemment.

– Demi, gronde mon père.

– C'est vrai, j'insiste en secouant la tête. Tu ne laisses aucune chance à Hunter. Je m'attendais à mieux de ta part. Quant à toi, je poursuis en me tournant vers mon père, tu l'as rencontré, et il était charmant. Il n'a pas été impoli, il t'a écouté parler, il a essayé de payer le repas…

– Parce que c'est un gosse de riche, lance mon père.

– Non, parce qu'il est gentil. Et il me plaît énormément. Vous n'êtes pas obligés de l'apprécier, tant pis. Mais il est dans ma vie, que vous le vouliez ou non. On sort ensemble, et c'est sérieux. On a parlé de partir en vacances au printemps, et peut-être en Europe cet été. C'est mon mec, que ça vous plaise ou non.

– Tu es censé prendre des cours de biologie moléculaire cet été, me rappelle mon père.

Je n'ai jamais été aussi frustrée de ma vie et je suis tellement crispée que je n'arrive ni à bouger ni à parler. Je respire à fond pour essayer de me détendre. Je sais pertinemment que les caprices ne servent à rien avec mon père. Pour l'atteindre, il faut avoir recours à la logique pure et dure.

– J'ai changé d'avis. Je ne prendrai pas de cours de sciences supplémentaires.

– Qu'est-ce que tu veux dire ? demande-t-il en fronçant les sourcils.

– Je dis que mon cerveau va exploser. Les cours de bio et de chimie, tous ceux que je suis depuis trois ans, ne m'intéressent pas. Je ne vais pas aller à la fac de médecine.

Le silence qui suit ma déclaration est assourdissant. Personne ne parle et mon pouls résonne dans mes tempes. Mon père est clairement sous le choc, mais je n'arrive pas à savoir s'il est en colère.

– Je ne vais pas à la fac de médecine, je répète. J'y pense depuis… Ben, depuis que j'ai commencé la fac. Je veux faire un master, puis un doctorat de psychologie. Et je peux obtenir une licence de thérapeute pendant mes études et soigner des patients…

– Des clients, rectifie mon père. Ce n'est pas la même chose.

– Peu importe, des clients. Ça reste des gens. Des gens que je pourrai aider. C'est ça que je veux faire.

Je réalise alors que je me suis avachie, endossant une position de défaite, et je me force à me redresser. Pourquoi devrais-je me sentir vaincue ? Je suis fière de ma décision.

Mon père hausse un sourcil.

– Qu'en pense ton nouveau mec ?

– Il me soutient à cent pour cent.

– Ben bien sûr, ricane mon père.

– Marcus, gronde ma mère.

Je la regarde d'un air reconnaissant. Peut-être que mes paroles ont eu un effet positif sur elle.

– C'est lui qui t'a poussée à changer d'avis ? demande mon père.

– Non. Je t'ai dit que ça fait longtemps que j'y pense. Je fais mes propres choix, papa. Hunter ne fait que les soutenir. Contrairement à toi. Bref. C'est pour ça que je suis venue aujourd'hui. Je voulais vous annoncer en personne les deux changements importants qui ont lieu dans ma vie. Je suis de nouveau en couple et je change de voie. Je sais qu'il y a plein de spécialités intéressantes en psychiatrie, mais ce n'est pas ce que je veux. Ah, et quitte à vous dire des vérités qui fâchent, sachez que je n'aime pas les créoles et que j'ai donné à Pippa celles que vous m'avez offertes pour mon anniversaire, parce que je ne les mettrai jamais.

Un nouveau silence s'abat sur nous. Ma mère se lève pour débarrasser la table, je l'aide sans un mot. Lorsque nous arrivons dans la cuisine, je vois que ses yeux sont brillants.

– Tu pleures ?

Elle cligne plusieurs fois des yeux et les larmes coulent sur ses joues.

– Je suis désolée, *mami*. Je ne m'étais pas rendu compte que… Tu connais ton père, Demi. Il est dominant. Et tu as raison, je me fie beaucoup à ce qu'il pense et j'en suis navrée. Je devrais me faire mon propre avis à propos de ton nouveau copain.

– Oui.

– La prochaine fois que tu viens en ville, amène-le et on ira manger quelque part, tu veux ? Qu'est-ce que tu en penses ? demande-t-elle d'une voix douce.

– Ce serait super. Merci.

– Quant au reste, tu sais que je te soutiendrai, quel que soit ton choix de carrière. Tu pourrais être strip-teaseuse, je serais au premier rang pour t'encourager. Mais, s'il te plaît, ne fais pas ça parce que je pense sincèrement que ton père te tuerait.

Je ris brièvement.

– Tu penses qu'il va me tuer de ne pas devenir médecin ?

– Il va s'y faire.

– Tu le crois vraiment ?

– Absolument. Mais je ne sais pas s'il se fera à l'idée que t'as donné ton cadeau d'anniversaire à une amie. Il a choisi ces créoles lui-même, Demi.

★ ★ ★

Mon timing est parfait. Le match d'Hunter commence à vingt heures, et mon bus arrive à Hastings juste avant dix-neuf heures, ce qui me laisse le temps de rentrer me doucher et me changer et de revenir à temps pour retrouver Pippa et les colocs d'Hunter à la patinoire. Enfin, il y aura Summer et Brenna, mais Hollis et Rupi sont partis en week-end, ce qui est un soulagement, parce que le public est déjà suffisamment bruyant sans y ajouter la voix de Rupi Miller.

Cependant, j'ai une autre tâche à accomplir avant ce soir. J'y pense depuis plusieurs jours, depuis qu'Hunter m'a dit qu'il m'aimait.

Je m'en veux de ne pas lui avoir répondu, mais je ne voulais pas qu'il pense que je le disais parce que j'étais triste ou soulagée qu'il ne m'ait pas trompée. Je veux être sereine lorsque je le lui dis. Je veux qu'il me regarde dans les yeux et qu'il lise toute ma sincérité. Parce que je l'aime. Vraiment.

Et quand j'aime une personne, mon instinct est de la protéger, de la soutenir et de l'encourager à accepter ses forces et combattre ses faiblesses. Lorsqu'Hunter m'a dit qu'il ne me tromperait jamais, j'ai entendu sa confiance, sa certitude. Et ça m'a montré quelque chose.

Il commence à se faire confiance.

Le fait que sa saison n'ait pas été gâchée après qu'on a commencé à sortir ensemble doit aider, c'est sûr, mais même si c'était le cas, je crois qu'il aurait appris la même chose :

il est capable d'être fidèle. Il peut jouer au hockey et avoir une copine et une vie sexuelle.

Je suis persuadée qu'il peut intégrer la NHL sans se laisser corrompre par le train de vie. Je ne dis pas que je ne comprends pas son angoisse. Garrett Graham ne peut pas sortir de chez lui sans se déguiser, bon sang. Et sa copine m'a dit, quand on était en boîte, qu'une femme fait le pied de grue devant chez eux en espérant l'apercevoir.

Donc oui : il y a de quoi s'inquiéter. Les joueurs sont souvent loin de leur famille et sont constamment entourés de gagas de la crosse. Mais je fais confiance à Hunter. Je crois en lui. Or, même s'il commence aussi à croire en lui-même, il a besoin d'un petit coup de pouce.

J'affiche le numéro de Brenna et regarde par la fenêtre du bus en attendant qu'elle réponde.

– Salut, dit-elle. Ça tient toujours pour ce soir ?

– Bien sûr, mais je vais passer chez moi me doucher avant. Je voulais juste te poser une question…

– Dis-moi.

– Tu crois que tu peux avoir le numéro de Garrett Graham ?

– Euh, ouais, ça devrait être possible. Pourquoi ?

– Je veux faire une surprise à Hunter, et j'ai besoin de l'aide de Garrett.

– Ouais, pas de souci. Je ne sais pas si j'ai son numéro, mais je vais demander à Fitzy ou au frère de Summer.

– Merci, meuf. À plus tard.

Je file sous la douche dès que j'arrive chez moi, espérant me réchauffer un peu. On est à ce moment de l'hiver où, quoi que je fasse, je n'arrive jamais à avoir chaud. C'est à cette période que ma mère et moi sommes d'accord : la Nouvelle Angleterre est un enfer de glace. Ma mère déteste l'hiver du début jusqu'à la fin, moi, ce n'est que le mois de février.

Je m'emmitoufle dans ma robe de chambre et me dirige vers mon placard. J'ai envie de mettre quelque chose de joli pour Hunter au cas où on sortirait après le match, mais il fait un froid de canard dans la patinoire, malgré le chauffage et la foule.

Je finis par choisir un legging épais, des chaussettes molletonnées et un pull en laine rouge, le mot d'ordre étant chaud. Je ressemble à un gros chamallow, mais tant pis.

Je suis sur le point de me maquiller quand mon téléphone s'illumine. J'espère que ce n'est pas Hunter qui m'appelle pour savoir comment ça s'est passé avec mes parents. Il a besoin de se concentrer sur son match, et savoir que mon père et moi ne nous parlons plus ne va pas l'aider. Je lui dirai plus tard.

Mais ce n'est pas Hunter, c'est TJ.

– Salut ! Tu viens voir le match ? Tu ne m'as pas répondu.

– Non, je ne viens pas.

– Ah, ok. Dommage. Ça aurait été cool de te voir.

– Ah ouais ? C'est vrai ce mensonge ? demande-t-il d'un ton moqueur.

Je fronce les sourcils.

– Tout va bien ? Tu as l'air d'avoir bu.

Il éclate de rire.

– Ok, ben, je suis en train de me préparer, donc dis-moi ce qui se passe, sinon je te rappelle demain.

– Mmm-hmmm, marmonne-t-il, riant encore, mais il semble désormais hystérique.

– TJ, qu'est-ce qui se passe ?

Je commence à sérieusement m'inquiéter.

Son silence dure trois secondes et je me demande s'il n'a pas raccroché quand il se met à parler à toute vitesse, si vite que j'ai du mal à le suivre. Je ne comprends pas ce qu'il me dit, et mes interruptions ne font qu'accroître son agitation.

– TJ ? Attends, quoi ? Qu'est-ce que tu dis ? Comment ça ?

Lorsqu'il finit sa tirade, je suis à deux doigts de vomir.

– Ne bouge pas. J'arrive tout de suite.

38

Hunter

Mon équipe se prépare dans une ambiance électrique. Le gagnant du match ira en finale régionale, donc on est tous sous pression. On a atteint la finale, l'an dernier, mais un adversaire m'a cassé le poignet.

Cette année, mon poignet va très bien et ma queue ne m'a attiré aucun ennui.

À côté de moi, Bucky enfile son pantalon en parlant à Matt et Alec du documentaire qu'il a regardé sur les nouvelles thérapies que subissent les athlètes.

– Je vous promets qu'on dirait une salle de torture d'un James Bond. En gros, ils t'aspergent d'azote liquide pour que ta température corporelle descende à moins cent degrés.

– Et après ? demande Alec, qui semble fasciné.

– Ben, en théorie, ça stimule la guérison. En réalité, je crois que ça file juste des engelures.

– De quoi tu parles ? je demande d'un ton moqueur.

– De cryothérapie, répond Bucky.

– Ça a l'air un peu extrême, remarque Conor.

Il se prépare à ma gauche et je le regarde se passer la main dans ses cheveux pour les dégager de son visage.

– Mec, je ne sais pas si on te l'a dit, mais… t'es pas loin d'avoir un mulet.

Matt éclate de rire, mais Conor hausse simplement les épaules. Même l'idée d'un mulet ne perturbe pas ce mec.

– Tu devrais aller chez le coiffeur, dit Jesse. C'est un tue-l'amour, mec.

– Tout d'abord, commence Conor en levant les yeux au ciel, il n'y a rien que je pourrais faire qui serait un tue-l'amour.

Il n'a sans doute pas tort.

– Ensuite, je ne peux pas me couper les cheveux, sinon on perdra nos matchs.

– Merde, s'exclame Jesse, effaré. Tu as raison.

La plupart des joueurs de hockey sont superstitieux. Apparemment, Conor ne va pas se couper les cheveux avant avril.

– Bon sang, c'est quoi cette odeur ? demande le coach en grimaçant lorsqu'il passe la porte.

Je regarde mes coéquipiers, confus, et on secoue tous la tête.

– On se croirait dans une usine de soufre.

– Ah ! Ouais, c'est Pablo, répond Bucky.

– L'œuf ?

– Ouaip ouaip, je réponds en ricanant.

– Ne dis pas « ouaip ouaip », Davenport.

Mais je l'ignore.

– Vous savez, c'est ce qui arrive quand on demande à quelqu'un de s'occuper d'un œuf pendant cinq mois. Il pourrit. On est tous habitués à l'odeur, maintenant, j'explique en regardant Bucky sortir Pablo de son casier. Je croyais que tu le laissais dans ce sachet hermétique pour contenir l'odeur.

Cela fait quelque temps que Pablo est enveloppé de plusieurs couches de cellophane en plus de son porte-cannette rose. On ne voit même plus sa petite bouille de cochon.

– Je l'ai sorti parce que j'ai eu pitié de lui ; il est toujours enfermé. Ce n'est pas un criminel, bon sang. Il a rien fait de mal.

Tout le monde ricane, tout le monde sauf le coach.

– Donne-le-moi, ordonne-t-il en tendant la main.

Bucky semble inquiet et me regarde pour avoir mon avis.

– C'est lui le boss, je réponds en haussant les épaules.

Dès que Pablo est dans sa main, le coach marche jusqu'à la poubelle et le jette dedans. Bucky pousse un cri horrifié tandis que le reste de l'équipe retient son souffle.

Pablo est avec nous depuis tellement longtemps que je ne sais pas quoi dire. Je ne trouve pas les mots, et les visages outrés de mes amis me disent qu'ils sont dans le même état.

– Félicitations, dit Jensen en croisant les bras. Vous avez réussi la mission absurde que je n'ai jamais voulu vous confier. Je ne pensais pas que vous tiendriez. Mais vous avez fait preuve d'un véritable esprit d'équipe et d'un sens des responsabilités étonnant en prenant soin de cet œuf. Et je suis un homme de parole. J'ai parlé au doyen, qui m'a dit qu'il pense pouvoir obtenir le feu vert pour le cochon.

Bucky semble aussi heureux qu'un gamin le jour de Noël.

– C'est vrai ? On a le cochon ? Les mecs, on a réussi !

– Pablo le cochon, dit Jesse. Ça ne sonne pas pareil. Il nous faut un autre nom.

– Pablo Pigscobar[15], je déclare en même temps que Conor.

– Génial, s'écrit Matt en riant. C'est bon. Que personne ne parle ! Rien ne peut battre ça.

Tout le monde rit gaiement. Même le coach semble se retenir de sourire, mais il frappe bientôt dans ses mains pour signifier qu'il est temps de se concentrer.

Je suis sur le point de mettre mon protecteur de poitrine quand mon téléphone sonne. Je baisse la tête et vois que c'est un appel de Garrett.

– Eh, coach, votre enfant prodige Garrett Graham est au téléphone. Ça vous dérange si je réponds ?

Il regarde la pendule. Il nous reste trente minutes avant le début du match.

---

15. *Pig* signifie « cochon » en anglais.

– Ok, mais fais vite, Davenport. Et dis-lui que c'était une action magnifique à la fin de la troisième période, hier.

– Ça roule.

Le vestiaire est trop bruyant, donc je sors dans le couloir pour répondre, saluant le vigile qui monte la garde.

– G, quoi de neuf?

– Salut, je suis content de t'avoir. J'avais peur que tu aies déjà éteint ton téléphone.

– Oh, tu m'appelles pour me souhaiter bonne chance?

– Non, tu n'en as pas besoin, ricane-t-il. Boston University n'a aucune chance.

Ça, c'est vrai. C'est notre plus gros adversaire, mais j'ai confiance en nous. Certes, j'aurais aimé jouer contre une équipe plus faible, comme Eastwood. J'avais raison de penser qu'ils ne s'en sortiraient pas malgré leur gardien magique. Après tout, ils ne peuvent pas gagner si leurs attaquants ne marquent aucun but.

– Bref, je suis avec Landon dans son bureau. Il part pour Los Angeles ce soir et il ne rentre que dans deux semaines, donc on voulait t'avoir avant son départ.

– Landon?

Je ne sais pas de qui parle Garrett.

– Landon McEllis, mon agent. Cela dit, je n'ai pas le droit de prononcer ce mot, donc fais comme si tu n'avais pas entendu. D'ailleurs, cette conversation n'a pas lieu, ok?

– Ok… Pourquoi vous m'appelez, au juste?

– Parce que je viens de parler à Demi et qu'elle m'a dit que tu espères intégrer une équipe de la NHL après la fac.

– Quoi?

Quand est-ce qu'il a parlé à Demi?

– Ouais, on en a longuement parlé. Elle se demandait si tu aurais besoin d'un agent et je lui ai expliqué que, techniquement, tu n'as pas le droit d'en avoir un tant que tu es encore à la fac. Mais j'étais avec Landon quand elle m'a appelé, et il voulait te parler. Mais souviens-toi: cette conversation n'a pas lieu.

Je comprends parfaitement son inquiétude. Le sport universitaire est régi par la NCAA[16] et les athlètes n'ont pas le droit d'être en contact avec des agents. Même les joueurs qui ont déjà été recrutés doivent mettre un terme au contrat qu'ils ont avec leur agent durant leur carrière universitaire.

En tout cas, c'est ce que dit le règlement, et il faut être prudent.

– Je te mets sur haut-parleur, ok ? demande Garrett.

– Ok, je réponds, confus.

– Hunter, salut. C'est Landon McEllis.

– Bonjour Monsieur.

– Appelle-moi Landon, s'il te plaît. Écoute, G m'a dit que tu seras peut-être à la recherche d'un agent l'année prochaine, et j'ai bondi de ma chaise pour t'appeler.

Waouh, un bon point pour mon ego !

– Je voulais me présenter. Officieusement, bien sûr.

– Bien sûr, je réponds en me retenant de rire.

– Je ne vais pas passer par quatre chemins : tu es un des meilleurs joueurs universitaires du pays. Si tu es intéressé à passer pro, je peux te trouver un contrat sans avoir à lever le petit doigt.

– Sans rire ?

Je sais que c'est plus facile pour les mecs de dix-huit ou dix-neuf ans de décrocher de gros contrats. J'aurai vingt-deux ans quand je finirai mes études, et les carrières sportives sont de courte durée.

– Carrément. Mais écoute, je ne peux pas te prendre comme client maintenant, et on ne pourra pas se rappeler après ce soir. Je voulais juste savoir ce que tu en penses, où tu en es et quels autres agents tu envisages.

– Je n'en envisage pas, je réponds.

Après tout, je ne m'attendais pas à recevoir un coup de fil d'un agent, quel qu'il soit. Je ne sais pas si je dois en vouloir à Demi de se mêler de mes affaires ou lui être éternellement

16. National Collegiate Athletic Association.

reconnaissant. Je pourrais avoir de sérieux problèmes si quelqu'un apprenait que Landon et moi sommes au téléphone.

– Donc tu es intéressé, dit-il.

– Absolument.

Même si dix autres agents frappaient à ma porte, Landon McEllis serait en haut de la liste, Garrett n'a que du bien à dire de lui.

– Super, donc on est sur la même longueur d'onde. On se rappelle l'an prochain ?

– Nickel. Merci Monsieur, euh, Landon.

– Foutez-leur une raclée ce soir, dit Garrett. On se parle bientôt.

– Bye, G.

Je raccroche et secoue la tête. J'ai du mal à redescendre sur terre. Demi… Cette femme est la plus belle chose qui me soit arrivée.

– Davenport, gronde une grosse voix.

L'univers a un sens de l'humour très particulier, car je viens de penser à Demi lorsque son père surgit comme dans une apparition. Je le regarde d'un air confus. Je dois halluciner, car Marcus Davis est à l'autre bout du couloir.

Un autre vigile l'empêche de passer. La fac a pris davantage de précautions depuis que des mecs se sont infiltrés dans les vestiaires. Je n'ai pas connu ça, mais Dean m'a dit qu'en première année, une autre équipe est entrée avec un sac de sirop au chocolat et en a aspergé tout le vestiaire de Briar.

– C'est bon, je dis au vigile. Je le connais.

L'agent de sécurité fait un pas de côté pour laisser passer le Docteur Davis, qui vient vers moi d'un pas déterminé et menaçant. Ce type est vraiment immense. Il ne fait que cinq centimètres de plus que moi, mais il a la carrure de Dwayne Johnson et il semble deux fois plus large que moi. Je peine à concevoir qu'un mec aussi baraqué que lui passe ses journées à faire du travail d'orfèvre sur des cerveaux humains mais… L'habit ne fait pas le moine, n'est-ce pas ?

– Bonjour Monsieur.

Je me prépare à une réponse désagréable. Je ne l'ai pas vu depuis notre brunch aussi bref que gênant de janvier, quand il m'a fait comprendre qu'il ne m'aimait pas.

– Il est temps qu'on parle. D'homme à homme, répond-il.

– Ce serait super, Monsieur, mais mon match commence dans vingt minutes. Est-ce que ça peut attendre demain ?

– Non. Ça ne peut pas. Je prends très au sérieux tout ce qui concerne ma fille.

– Moi aussi. Je tiens beaucoup à elle.

– Ah oui ? C'est pour ça que tu l'encourages à foutre en l'air son avenir ? lance-t-il d'un ton glacial.

Apparemment, la visite de Demi chez ses parents ne s'est pas bien passée.

– Elle ne fout pas en l'air son avenir, je réponds d'un ton précautionneux. Elle reste dans le domaine de la santé, c'est juste qu'elle change de branche.

– Tu sais combien gagne un psychiatre en moyenne ? C'est plus de deux cent mille dollars par an. Presque trois cents, en fin de carrière. Tu veux comparer ça au salaire d'un psychologue ? Il y en a un à chaque coin de rue.

– Demi ne fait pas ça pour l'argent. Et elle se fiche qu'on ne l'appelle pas Docteur.

– Tu te prends pour qui pour dicter à ma fille ce qu'elle doit faire de son avenir ?

– Je ne lui dicte rien. À la rigueur, ce serait plutôt elle, le dictateur de notre couple. Vous avez oublié qui est votre fille ? C'est la femme la plus autoritaire sur terre !

Son regard s'adoucit un instant et il semble presque amusé. Mais ça ne dure qu'une fraction de seconde.

– Je ne te fais pas confiance, gronde-t-il.

– Sauf votre respect, Monsieur, vous ne savez rien de moi.

– Toi et ma fille être trop différents. Elle est…

La porte du vestiaire s'ouvre brusquement et je m'attends à voir le visage furieux du coach. Je suis déjà en train de m'excuser lorsque je découvre que c'est Matt, qui semble surpris de me voir avec un type aussi énorme que Marcus Davis.

– Mec, faut que tu viennes tout de suite, dit-il en agitant son téléphone. C'est la cata.

– Qu'est-ce qu'il y a ?

– Il se passe un truc à Bristol House. Il y a deux personnes sur le toit et l'une d'elles a l'air sur le point de sauter. Quelqu'un le diffuse en live sur Tweeter, et une meuf de la cité U d'en face a réussi à prendre une photo, explique Matt en me donnant son téléphone. Et l'une des personnes est ta nana.

39

Demi

Aucune des résidences du campus n'autorise l'accès au toit à ses étudiants. C'est explicitement interdit, ce qui est tout à fait compréhensible. L'administration ne peut pas risquer que des gens bourrés aillent sur le toit pour y faire la fête. Un accident serait trop vite arrivé.

Dans quelques cas assez rares, cependant, une chute depuis le toit n'est pas un accident.

La plupart des facs ont pris les mesures nécessaires pour s'assurer que personne ne peut aller sur le toit : des cadenas dont seuls les agents d'entretien ont la clé, ou encore des cartes d'accès. Toutefois, Bristol House est connue pour sa négligence. La porte menant au toit est vieille et le verrou facile à crocheter. Quand on y vit, comme c'était mon cas en première année, on sait qu'on peut facilement y monter. Les résidents ne s'en vantent pas, mais ils y vont pour fumer un joint ou faire l'amour. Les intrus préfèrent ne pas se faire remarquer.

Apparemment, TJ n'a pas eu le message.

Je regarde sa silhouette fine perchée sur le rebord du toit, dans la nuit, je n'ai jamais eu aussi peur de ma vie.

– TJ, s'il te plaît.

J'ai du mal à parler depuis que je suis arrivée. Ou même avant, en fait, quand il m'a appelée il y a vingt minutes pour me dire qu'il allait se suicider.

Comment n'ai-je pas vu les signes ?

Je veux devenir psychologue et je n'ai pas vu qu'un de mes amis les plus proches était suicidaire !

J'ai envie de pleurer. Je n'ai vraiment pas vu que TJ allait si mal. Il est vrai qu'il est caractériel, mais jamais, pas une seule fois, il ne m'a dit qu'il souffrait à ce point et qu'il avait des idées aussi noires. Personne ne peut ignorer qu'il est angoissé, mais pas à ce point.

Pour l'instant, toutes mes tentatives pour le faire descendre du rebord ont échoué. Je ne sais pas comment l'atteindre.

– TJ, descends de là.

– Qu'est-ce que ça peut te faire ? crache-t-il. Tu ne penses qu'à toi, de toute façon.

Ses paroles me blessent, mais ce que je ressens n'est pas important. Il ne s'agit pas de moi, mais de TJ.

J'ai un nœud dans la gorge et je n'arrive pas à respirer. Le toit est couvert de verglas parce que personne ne vient le saler. Et, comme si la situation n'était pas déjà assez grave, il commence à neiger et le vent se lève. Il suffit d'un faux pas pour que…

Non, ne pense pas ça.

– TJ, descends et viens me voir, s'il te plaît. Viens me parler.

– Non, je ne veux pas parler. Je déteste parler, Demi.

– Je sais, je chuchote.

Je me rapproche de lui alors que mon cerveau tourne à toute vitesse pour essayer de me remémorer tous les signaux que j'ai ratés.

TJ a toujours été antisocial, mais il fait l'effort de sortir avec moi et de connaître mes amis. Il ne s'est pas isolé du reste du monde, donc ça ne m'a pas alertée. Il boit à peine, il ne se drogue pas… Il a du mal à s'ouvrir aux autres et à exprimer ses sentiments, mais ça n'a rien d'unique. Corinne est tout aussi réservée et je ne la crois pas non plus suicidaire.

Mon Dieu, je ne sais pas quoi faire.

Ce n'est pas un projet en binôme ni une émission télé. C'est la vraie vie, et je suis impuissante.

Je tente une autre approche.

– Écoute, je vois que tu as picolé…

– Non, pas du tout, répond-il calmement.

Merde, il est sobre ? Il est perché sur le rebord d'un toit, au quatrième étage, et il est complètement sobre ?

Soudain, j'entends une sirène au loin, et mon cœur accélère. C'est pour nous ? Quelqu'un nous a vus et a appelé les flics ? Mon Dieu, j'espère que la police arrive, avec un de ces négociateurs qui parlent aux gens sur le point de se suicider et qui les persuadent de ne pas le faire.

Je ne suis pas équipée pour affronter cette situation.

Le vent agite mes cheveux et je suis frigorifiée, je suis sortie sans prendre de manteau, donc je suis en legging et en pull. TJ doit avoir encore plus froid que moi parce qu'il est en tee-shirt. Il est tellement maigre qu'une bourrasque pourrait lui faire perdre l'équilibre. Et à voir les flocons tourbillonner dans les airs, cette bourrasque pourrait arriver d'un moment à l'autre.

– Ok, ok. Si tu ne comptes pas descendre, c'est moi qui vais monter.

– Reste où tu es, Demi, gronde-t-il. Je suis sérieux. Sinon, je saute.

Je grince des dents pour maîtriser ma peur et approche du rebord.

– Je ne veux pas que tu sautes, je réponds, et je sens mon cœur résonner dans mes tempes. D'abord, je veux te parler. Ensuite, on parlera de ce que tu vas faire.

– Il n'y a rien à dire. Retourne auprès de ton nouveau mec.

J'atteins le rebord et manque vomir lorsque je vois la couche de givre qui recouvre le béton. J'espère que c'est du givre, en tout cas, et pas de la glace.

– C'est de ça qu'il s'agit, alors ? je demande d'une voix douce. De Hunter et moi ?

– Oui, je suis sur le point de me foutre en l'air à cause de Hunter et toi. Putain, Demi, tu es tellement égocentrique !

Je grimace, choquée par sa véhémence, mais je me ressaisis et retiens mon souffle en posant un pied sur le petit rebord. Mais mon pied glisse. Putain, c'est bien de la glace ! Qu'est-ce que je suis censée faire, maintenant ?

Sauve ton ami. Il a besoin d'aide.

Oui. TJ a besoin d'aide.

Je respire à fond et, cette fois, j'arrive à monter. Je me retrouve donc debout à côté de lui, et je commets l'erreur stupide de baisser la tête, c'est une très mauvaise idée, merde, merde, merde ! Je me force à inspirer et expirer calmement en attendant que mon vertige passe. Je ne regarde plus en bas, mais l'image du vide est gravée dans ma mémoire. Et il n'y a ni pelouse ni buisson en bas. Juste du béton.

Ma respiration est saccadée, c'est la chose la plus effrayante que j'ai jamais vue. Mais ce qui est encore plus effrayant, c'est l'idée de perdre TJ. Je n'ai peut-être pas entendu ses appels à l'aide jusque-là, mais je ne peux pas les ignorer maintenant.

– Descends, aboie-t-il.

Sa colère a cédé la place à de l'inquiétude, voire du désespoir.

– Tu pourrais te faire mal.

– Toi aussi. Et je ne descendrai pas tant que tu resteras là.

– Tu es sérieuse ? Tu tiens à moi, tout à coup ?

– J'ai toujours tenu à toi, TJ. Tu es un de mes meilleurs amis.

Ne regarde pas, ne regarde pas ! Je regarde, et mon estomac fait de nouveau un saut périlleux. Quatre étages, ça fait quoi : vingt mètres ? Pourquoi ça paraît plus haut, d'ici ? Je n'ai jamais pensé qu'un vingt-mètres était une si grande distance.

– Un de tes meilleurs amis ? ricane TJ. Tu sais à quel point c'est condescendant ?

– Quoi, de dire que tu es mon ami ? Je te connais depuis qu'on est en première année, TJ.

– Justement ! Ça fait trois ans ! Trois ans que j'attends que tu te réveilles et que tu voies que Nico est un connard.

Le vent ébouriffe mes cheveux et je me retiens de regarder dans le vide.

– Et quand tu as, enfin, rompu avec ce tocard, je t'ai laissé du temps pour guérir. Je me suis dit « sois patient, mec ». Je pensais qu'on avait un lien spécial et que tu verrais enfin ce que tu avais devant toi pendant trois ans. Je pensais que c'est moi que tu viendrais voir après avoir largué Nico. Et au lieu de ça, tu cours dans les bras de ce putain de joueur de hockey ?

Je ne défends pas Hunter, ça ne servirait à rien, mais je me permets tout de même une remarque.

– Je croyais que ça n'avait rien à voir avec moi.

– Ok, ben faut croire que si. Mais pas seulement. J'en ai juste marre d'être invisible. Pour toi, pour ma famille. Mes parents sont obsédés par mon frère et son super-nouveau boulot à Londres, et moi, je suis toujours le dernier auquel on pense. Et encore, quand on pense à moi, ce qui n'arrive jamais.

– C'est faux, TJ.

J'ai rencontré ses parents, ils avaient l'air gaga de leur fils. Je sais que les apparences peuvent être trompeuses, mais je suis sûre que les parents de TJ seraient anéantis de savoir ce qu'envisage de faire leur fils.

– Je crois que tu te sous-estimes, TJ.

Les sirènes se rapprochent et TJ se crispe. Il bouge un pied et je me prépare au pire, mais il se redresse aussitôt et je suis tellement soulagée que je suis à deux doigts de me faire pipi dessus.

Je n'ai pas bougé d'un iota depuis que je suis montée sur le rebord. Je suis comme une statue. Le rebord fait un demi-mètre de large, donc mes pieds ne dépassent pas dans le vide, mais j'ai l'impression d'être en équilibre sur un fil de pêche.

– Pourquoi tu ne m'en as jamais parlé ? De ton sentiment d'être ignoré par tes parents, d'être inférieur à ton frère, de tes sentiments…

Suicidaires… Mais je ne le dis pas à voix haute.

– TJ, tu sais que j'aurais été là pour toi. Pourquoi tu ne m'as pas demandé de l'aide ?

– Pourquoi c'est lui que tu as choisi ? demande-t-il plutôt que de répondre à ma question.

– Ce n'est pas une question de choix, je réponds d'un ton prudent. Ce n'est pas comme si Hunter et toi étiez tous deux face à moi et que vous me demandiez de choisir. Lui et moi sommes amis, et c'est devenu plus…

– Toi et moi on est amis, aussi. Pourquoi c'est pas devenu plus entre nous ? dit-il d'une voix torturée.

Putain, pourquoi j'ai dit ça ?

– Je ne sais pas, TJ. Je suppose que c'est une question d'alchimie ?

– Et il n'y a pas d'alchimie entre toi et moi ?

Merde, je fais quoi, maintenant ? Je mens ? Je le fais espérer juste pour le faire descendre du rebord ? Ça me semble faux et cruel. D'ailleurs, je crois qu'il verrait clair dans mon jeu. Je n'ai jamais été attirée par TJ, c'est tout.

Je décide donc d'être honnête, car c'est ce qui me ressemble le plus.

– Je ne ressens pas d'attirance sexuelle pour toi. Je te trouve attirant…

– Tu parles.

– C'est vrai, j'insiste. Tu as un regard très doux et un super cul.

Il ne dit rien, comme s'il décidait si je mens ou pas.

– Mais je trouve aussi Liam Hemsworth magnifique, et ce n'est pas pour autant que j'ai envie de coucher avec lui. Je ne peux pas expliquer pourquoi il y a de l'alchimie entre certaines personnes, et pas entre les autres.

– L'alchimie, répète-t-il en grimaçant. Pourquoi j'en ai avec personne ?

– Je peux proposer une réponse ?

Il me regarde d'un air froid.

– Tu viens de dire que ça fait trois ans que tu attends que je rompe avec Nico. Dans ce cas, j'imagine que tu ne t'es pas rendu disponible et que tu ne t'es pas jeté à l'eau. Pour autant que je sache, en trois ans, tu n'as accepté qu'un seul rencard. Si tu es fermé à l'idée de sortir avec quelqu'un, tu ne vas rencontrer personne.

– Je ne suis pas fermé d'esprit, dit-il sans conviction.

Le vent s'engouffre sous mon pull et je claque des dents. Bon sang, je me gèle. Mais je ne partirai pas sans TJ, je resterai là toute la nuit, s'il le faut.

– Si, mais je comprends ! Avoir le béguin pour une fille qui est en couple doit être affreux. Et ça veut dire que tu n'envoies pas les bons signaux aux gens. Tu as peut-être gâché trois ans, mais il te reste encore un an et demi de fac. Tu as encore plein de temps pour te jeter à l'eau et rencontrer quelqu'un.

– Je ne me jetterai plus à l'eau, Demi, rétorque-t-il. Pas après l'avoir fait avec toi.

Je ravale ma frustration. Ça ne lui vient pas à l'esprit qu'il ne s'est jamais jeté à l'eau, qu'il ne m'a jamais dit ce qu'il ressentait pour moi. Il est juste resté à mes côtés, passif, à attendre que je remarque que je lui plaisais. Mais je suppose que c'était plus facile que de m'avouer ses sentiments.

Mais pourquoi j'ai rien vu, bon sang ? Je me sens minable en repensant à toutes les fois où Nico, et même Hunter, m'ont dit que je plaisais à TJ. Et je ne l'ai pas vu.

Ou peut-être que je ne voulais pas le voir.

Peut-être que, comme TJ et comme tout le monde sur terre, j'ai choisi la solution de facilité. De façon inconsciente, en tout cas. Peut-être qu'il était plus facile d'ignorer ses sentiments et de le trouver un peu collant, sinon notre amitié aurait été fichue.

– TJ, je dis d'une voix douce.

Je lui tends la main et, pour la première fois en cinq minutes, je bouge. Mes doigts tremblent et j'ai tellement la trouille que je sais déjà que je vais me faire pipi dessus.

Il regarde ma main d'un air triste et essuie un flocon qui se pose sur sa joue.

– Tu as peur, dit-il. Je ne veux pas que tu aies peur.

– Alors, descends de ce rebord avec moi, je t'en supplie.

Il ne répond pas.

Je baisse le bras et le plaque contre ma jambe.

J'entends les voix de la foule qui s'est rassemblée en bas. J'aperçois des policiers en uniforme, et je me demande si celui qui m'a arrêtée avec Hunter est là. L'officier Bruti, cet abruti. Une ambulance et plusieurs voitures de police sont garées dans le petit parking devant la résidence.

– Rien ne me retient, marmonne TJ. Je préfère mourir que d'endurer cette vie minable.

– Tu ne mourras peut-être pas, je remarque.

– On est au quatrième. C'est une chute de vingt mètres.

– Tu as cinquante pour cent de chances de survivre à une chute de vingt mètres. À cent mètres, ouais, tu mourrais sans doute. Mais la plupart des chutes de cette hauteur ne sont pas fatales.

– Je ne suis pas d'humeur à écouter tes tactiques débiles, Demi, gronde-t-il en me fusillant du regard.

– Ce n'est pas une tactique et ce n'est pas débile. Je te promets que j'en parlais justement avec mon père, ce soir.

– Pourquoi vous parliez de ça ?

– Parce qu'il venait d'opérer un mec qui est tombé de sa fenêtre et a fait une chute de vingt-cinq mètres. Il voulait fumer sans que sa femme le sache, donc il se penchait par la fenêtre et il a perdu l'équilibre. Il est tombé la tête la première sur le trottoir, je dis avant de déglutir. Tu veux que je te dise ce qu'il lui est arrivé ?

– Il a survécu et, même si sa femme l'a quitté pour avoir fumé dans son dos, il mène désormais une vie heureuse avec l'infirmière qui lui donnait son bain, répond TJ d'un ton sarcastique. Morale de l'histoire : la vie vaut toujours d'être vécue. Bien essayé, Demi.

Je ris froidement.

– Non. Il a survécu à sa chute, mais il avait une fracture crânienne qui a causé un hématome sous-dural. Mon père l'a opéré, mais les dégâts étaient trop sévères. Il est encore en vie, mais il n'aura plus jamais une vie normale. Ah, et il est aveugle parce que son nerf optique a été touché. Il est encore trop tôt pour savoir s'il sortira de son état végétatif, mais mon père n'est pas optimiste.

TJ semble choqué. Il se tait et rive son regard dans le vide.

Les gyrophares rouges et bleus fendent la nuit à intervalles réguliers. La lune est cachée par les nuages et la neige tombe en un rideau blanc contre le rideau noir du ciel. En dépit de la foule à nos pieds, j'ai l'impression que TJ et moi sommes seuls au monde.

J'ai envie de vomir et je cherche désespérément quoi dire, comment l'aider.

– Donc… Nous voilà, je dis d'une voix douce.

Il ferme brièvement les yeux et, lorsqu'il les rouvre, ils sont remplis d'une tristesse sans fond.

– Nous voilà, répète-t-il.

40

Hunter

Je ne sais pas du tout ce qui se passe lorsque je déboule dans le vestiaire. Les mecs sont tous en tenue. Je suis le seul à être à moitié prêt, et j'en ai rien à foutre. Le père de Demi m'emboîte le pas, surprenant tous mes coéquipiers.

– C'est qui, ça ? demande le coach en haussant les sourcils.

– C'est le père de Demi, j'explique. Le docteur Marcus Davis.

– Waouh, s'étonne Bucky en faisant les gros yeux. Vous avez fait super-vite ! La nouvelle vient à peine d'éclater.

– Qu'est-ce qui se passe ? demande Monsieur Davis, ignorant tout le monde à part l'autre adulte dans la pièce.

Jensen lui tend la main.

– Je suis Chad Jensen, et je suis navré de ne pas pouvoir vous répondre. Tout ce qu'on a, c'est une photo prise de loin.

– C'est Demi, je gronde en serrant les dents.

– C'est ma fille, acquiesce Dr Davis. C'est où exactement, Bristol House ?

– C'est une résidence à l'ouest du campus, répond Matt. Dix minutes à pied, deux minutes en voiture.

Le père de Demi est déjà à la porte.

– Davenport, aboie-t-il. Montre-moi où c'est.

Je reste figé sur place parce que… mon équipe est attendue sur la glace. Ce match va déterminer si on va en finale, puis au tournoi national, le Frozen Four.

Mais je ne peux pas jouer. Ma copine est sur le toit d'un immeuble en plein mois de février, en train de parler à un mec suicidaire. J'ai parcouru quelques tweets que Matt m'a montrés, et il ne s'agit pas de deux personnes qui traînent là-haut pour s'amuser. TJ menace clairement de sauter.

Je me passe les mains dans les cheveux. Mes doigts tremblent méchamment. Je suis équipé de mes jambières, de mon pantalon et de mes chaussettes. Mais je n'ai pas encore enfilé mes protections d'épaules et de coudes, ni mon protecteur de poitrine, qui sont sur le banc.

Je déglutis difficilement en regardant mes coéquipiers. Je suis sur le point d'enfreindre toutes les règles du manuel du capitaine.

Je voulais être un bon leader, donner la priorité à mon équipe, soutenir mes gars, être patient avec eux, suivre toutes les règles dont je dresse la liste depuis le début de la saison. Je me suis promis de ne pas laisser les femmes interférer avec mon sport, et je suis sur le point de jeter le règlement aux oubliettes… pour une fille.

Mais je n'ai pas le choix. Les mecs comme Garrett, Dean ou Logan comprendraient, je pense. Leur sport ne passerait jamais avant leur copine. Donc, si mon équipe me déteste, ainsi soit-il. Tout ce que je sais, c'est que si Demi a des ennuis, c'est elle qui passe la première.

– Les mecs, je dis d'une voix rauque. Je suis désolé. Je ne peux pas jouer ce soir.

Personne ne dit quoi que ce soit.

Je suis accablé de culpabilité et mon estomac se noue.

– Croyez-moi, je ne veux pas rater ce match, mais même si je jouais, je serais un boulet pour l'équipe. Ma tête ne sera pas sur la glace, elle sera avec Demi. Je ne pourrai pas me concentrer tant que je ne saurai pas si elle est en sécurité et…

– Elle vient de monter sur le rebord, déclare Matt sans quitter son écran des yeux.

Le Docteur Davis se fige devant la porte, je suis certain que son regard horrifié reflète le mien.

– Elle a fait quoi ? Qu'est-ce qui se passe ?

– Je ne sais pas. Le tweet dit juste qu'ils sont deux sur le rebord, maintenant. Il n'y a pas d'autres détails.

Mon cœur bat si vite que je me demande si je ne vais pas m'évanouir. Je respire et me passe la main dans les cheveux, me retenant de les arracher.

– Je suis désolé, je dis à mon équipe. Il faut que j'y aille.

– Mec, pourquoi tu t'excuses ? demande Matt.

– Et qu'est-ce que tu fous encore ici ? dit Conor.

Je regarde le coach, qui hoche brièvement la tête, puis je saisis mes baskets et sors du vestiaire en courant.

★ ★ ★

– On y est, je dis cinq minutes plus tard, inquiet et impatient. L'entrée du parking est là-bas, sur la droite.

Quand on essaie d'y accéder, on découvre que la police a barré la route. De l'autre côté du parking, je vois une ambulance et trois voitures de police, en plus des véhicules du campus.

– Arrêtez-vous là. Si votre voiture est emmenée à la fourrière, je vous prêterai la mienne, ok ?

Le père de Demi est aussi impatient que moi et nous nous précipitons hors de sa BMW. L'air glacial me fouette le visage, comme lorsqu'on est sortis de la patinoire en courant. Il fait affreusement froid, mais ce n'est pas la température extérieure qui me glace le sang. C'est la peur. Je suis terrorisé.

Je lève la tête vers le toit de Bristol House et pousse un sifflement horrifié.

– Putain…

– Mon Dieu, dit le Dr Davis en même temps.

Il pousse un grognement torturé et quand je tourne la tête vers lui, je vois qu'il couvre ses yeux avec sa main, comme s'il ne supportait pas ce qu'il voit. Il baisse la main et hoche la tête d'un air déterminé.

– Allons-y.

On court vers le bâtiment, mais le cordon de la police empêche d'accéder aux lieux, comme lors d'un crime ou, dans ce cas, d'un accident gravissime.

Je lève de nouveau les yeux et ma gorge se noue au point que je ne peux plus respirer. Demi est parfaitement immobile, seuls ses cheveux s'agitent dans le vent. Elle porte un pull rouge et un legging noir, et elle a l'air affreusement vulnérable, tout là-haut. Si seulement je pouvais entendre sa voix ou voir ses yeux.

À ses côtés, TJ est en tee-shirt et en jogging, et ses bras maigres sont plaqués le long de son corps.

Ils sont en train de parler. Je ne sais pas ce qu'ils disent, et je m'en fiche. Je crève d'envie d'aller là-haut, de saisir cet enfoiré par le bras, pour ensuite le jeter dans le vide pour avoir mis la vie de Demi en danger.

Je me force à me calmer et je remarque que le père de Demi est sur le point de se jeter par-dessus la barrière de sécurité malgré les protestations du jeune policier.

– Vous ne pouvez pas passer, Monsieur !

J'étudie le visage du flic. Je le connais. Comment il s'appelle, déjà ? Alberts ? Albertson !

– C'est sa fille, j'explique à l'agent, qui hausse les sourcils en me reconnaissant. Et c'est ma copine, j'ajoute. Vous la connaissez, Albertson : elle était avec moi dans la cellule.

– Quelle cellule ? demande le docteur Davis en me fusillant du regard.

– S'il vous plaît, Albertson, j'insiste d'une voix étonnamment calme.

L'agent de police regarde discrètement derrière lui, puis il hoche la tête et nous permet d'accéder à la scène.

On s'arrête brusquement à cinq mètres de l'entrée. Près des portes, plusieurs policiers s'entretiennent avec un mec en costume et je réalise que c'est le doyen. D'autres membres de la faculté sont présents, en plus de quelques curieux que les flics essaient de parquer dans un coin.

Le père de Demi saisit mon bras et je grimace parce que je sais que sa poigne va laisser une marque.

– Tu sais comment monter sur le toit ? me demande-t-il.

J'hésite. Je sais comment y accéder, tout le monde sait que c'est le meilleur endroit où aller fumer un joint. Or, son regard profondément inquiet me dit que ce n'est pas une bonne idée qu'il voie sa fille. J'arrive tout juste à rester à peu près calme, et Demi est ma copine. Je n'imagine même pas dans quel état je serais si c'était ma fille, là-haut.

Mon sang est ravagé par la peur, le désespoir et l'adrénaline. Mes mains ne cessent de trembler. Je tiens à peine debout et mes bras sont couverts de chair de poule.

– Même si je le savais, les flics ne nous laisseront jamais entrer dans le bâtiment. Je crois qu'il va falloir qu'on reste ici.

Ses yeux deviennent noirs de rage.

– Et tu dis tenir à ma fille ? gronde-t-il.

– Bien sûr que je tiens à elle. Mais Docteur, Marcus, regardez-la. Regardez-les.

Il lève la tête et sa colère cède la place à son agonie.

– Faites-lui confiance.

– Quoi ? s'étonne-t-il.

– Vous devez croire en elle. Je sais que vous avez envie de débouler sur ce toit, mais vous allez faire peur à TJ. Croyez-moi, si j'étais planté sur ce rebord et que je vous voyais débarquer... Vous allez aggraver la situation, j'en suis certain. Je sais combien vous aimez votre fille. Après tout, vous êtes venus ici pour m'ordonner de ne plus l'approcher. D'ailleurs, je ne comprends toujours par pourquoi, parce que je n'ai rien fait à part aimer votre fille de tout mon cœur. Et c'est parce que je l'aime que je crois en elle.

Je le vois déglutir tandis qu'il réfléchit à ce que je dis.

– Elle est brillante, je poursuis. Et elle sait ce qu'elle fait. On a passé tout le semestre sur un projet où elle devait incarner ma psy. Si quelqu'un peut atteindre TJ, c'est elle. Faites-lui confiance.

Soudain, toute son énergie semble le quitter et ses épaules s'affaissent.

J'hésite un instant, puis je tends la main pour la poser sur son bras, cherchant à le rassurer.

Il semble d'abord réticent, puis son expression s'adoucit.

– Tu l'aimes vraiment, dit-il.

– Oui.

On lève de nouveau les yeux vers Demi. Le temps s'arrête, figé, gelé comme tout ce qui nous entoure. Comme le sol à mes pieds, comme mon cœur. Les minutes passent, ou peut-être des heures, des jours.

Ce que je sais, c'est que je ne respire plus jusqu'à ce que Demi prenne enfin la main de TJ et l'aide à descendre du rebord.

41

Demi

Je suis en état de choc. Je tremble de la tête aux pieds et je suis frigorifiée. Je cligne des yeux pour mieux voir, en vain. Mes oreilles fonctionnent, mais n'enregistrent aucun son. Lorsque je passe la porte de Bristol House et vois Hunter et mon père côte à côte, je suppose qu'ils ne sont pas réels, qu'ils ne sont que le fruit de mon imagination, le résultat du choc qui paralyse mon esprit. Alors, je continue d'avancer, mon bras autour de la taille de TJ.

– Demi.

Je m'arrête, car ça, ça me semble bien réel. On aurait dit mon père.

Or, la police nous encercle et me fait oublier mon père. TJ semble aussi choqué que moi et sa panique se lit sur son visage lorsqu'un des agents essaie de l'emmener vers l'ambulance.

– J'ai pas besoin d'aller à l'hôpital, proteste-t-il. Demi !

– Si, je réponds en serrant son bras. Il faut que tu parles à quelqu'un de ce qui s'est passé ce soir.

– Je t'ai parlé, à toi.

C'est vrai, mais j'ai fait tout ce que je pouvais. Le fait qu'il ait sincèrement envisagé de se suicider et qu'il ait été aussi loin est au-delà de mes capacités. De toute façon, il est obligé d'aller à l'hôpital. Je suppose qu'ils vont le garder au service psychiatrique pendant quelques jours pour s'assurer qu'il ne se fera aucun mal et qu'il ne blessera personne.

– Je viendrai te voir dès que je peux. Je te le promets.

Il hoche la tête et semble perdu dans ses pensées tandis qu'il suit le flic vers l'ambulance.

Je me tourne vers la porte et soudain, les gros bras de mon père me serrent contre lui, m'empêchant de respirer.

– Papa, s'il te plaît, j'étouffe.

Il me repose à contrecœur. J'ai à peine le temps de cligner des yeux que je me retrouve dans d'autres bras, qui ne me serrent pas aussi fort mais véhiculent la même émotion.

– Tu ne sais pas à quel point on était inquiets, dit Hunter d'une voix rauque.

Mon père pousse un grognement et hoche la tête.

– Je ne comprends pas… Qu'est-ce que tu fais ici ?

– Quelqu'un a pris une photo de toi sur le toit et l'a mise sur Tweeter, explique Hunter.

– Non, pas toi, je réponds en regardant mon père. Pourquoi tu es ici, toi ? Pourquoi tu n'es pas à Boston ?

– J'étais venu…

Il cherche ses mots et Hunter termine sa phrase.

– Te voir, dit-il.

Mon père sourit.

– Non, fiston, tu n'as pas besoin de me couvrir, dit-il en haussant les épaules. J'étais venu pour lui dire d'arrêter de te voir.

– Papa !

– Je sais, ma puce. Je suis désolé. C'est juste que… Tu es ma petite fille, dit-il en passant sa main sur son crâne chauve. Ton cœur a déjà été brisé et je ne voulais pas que ça se reproduise. Nico t'a fait du mal, et quand j'ai vu avec qui tu as choisi d'être juste après… Un gosse de riche et un athlète beau gosse ? D'expérience, ça donne un trousseur de jupons. J'étais persuadé qu'il te briserait le cœur et je ne voulais pas prendre le risque.

– Je suis sûre que tu avais de bonnes intentions, mais Hunter n'est pas comme ça. Et comme je te l'ai dit tout à l'heure, on est ensemble maintenant et tu vas devoir t'y faire. Tu peux rendre la situation désagréable pour tout le monde ou simplement accepter que c'est mon nouveau copain. Eh oui, il est riche et il joue au hockey, mais *PUTAIN DE MERDE !* je m'exclame brusquement.

– Demi, surveille ton langage ! gronde mon père.

Je regarde soudain Hunter comme si je le voyais pour la première fois, et réalise qu'il porte la moitié de son équipement.

– Qu'est-ce que tu fais ici ? Il est quelle heure ? je demande en sortant mon téléphone de ma poche. Il est vingt heures trente ! Ton match commençait à vingt heures !

– Ouais, je sais, dit-il en haussant les épaules.

– Pourquoi tu ne joues pas ? Qu'est-ce que tu fous ici, putain ?

– Demi ! râle mon père.

– Papa, sans déconner !

Hunter esquisse un sourire en prenant ma main.

– Chérie, tu crois vraiment que je pouvais enfiler mon équipement et jouer au hockey en sachant que tu étais sur le rebord d'un toit, à cinquante mètres de haut…

– Vingt mètres…

– À mille mètres du sol, avec un mec qui menace de sauter ? Premièrement, ça m'inquiète que tu me penses capable de ça. Ensuite… Ben, j'ai rien d'autre à dire. Je n'ai pas de deuxième point. Putain, Demi !

– Ton langage, gronde mon père.

– Pardon, Monsieur, répond Hunter en souriant.

– Il faut que tu joues, j'ordonne. Il faut qu'on l'amène à la patinoire ! Elle est où, ta voiture ? je demande à mon père en le bousculant.

Il nous emmène à sa BMW et je découvre que le moteur tourne encore et que les portières avant sont ouvertes. Waouh. Ils devaient vraiment être inquiets.

Mon père passe au volant et Hunter s'installe sur le siège passager tandis que je monte à l'arrière.

– Je n'arrive pas à croire que tu ne joues pas, je déclare d'un ton outré.

– Tu comptes plus pour moi que le hockey, répond-il simplement.

Waouh !

– Il va falloir que tu t'y fasses, ajoute-t-il.

Je me penche en avant pour prendre sa main et il serre la mienne.

– Tu n'as pas idée de la trouille que j'ai eue, admet-il.

– Tu n'as pas pu avoir plus peur que moi.

Mon père me regarde dans le rétroviseur.

– Tu es sûre que tu ne veux pas faire un saut à l'hôpital pour un contrôle ?

– Non, ça va. Je suis juste en état de choc. J'ai vraiment eu peur qu'il le fasse.

On arrive à la patinoire de Briar, mon père contourne le parking pour s'arrêter devant la porte, et je suis horrifiée de voir qu'Hunter ne sort pas tout de suite de la voiture.

– Je savais que tu pourrais l'aider, dit-il en se tournant vers moi.

– L'aider ? je répète, alors que ma gorge se noue. Je n'ai même pas vu qu'il avait besoin d'aide, Hunter. Comment j'ai pu rater tous les signes ? Quelle psy je vais être si je ne vois même pas les signaux d'alerte de mes propres amis ?

– Une psy brillante, répond mon père d'une voix ferme. Les humains ne sont pas infaillibles, ma chérie. Parfois, on se trompe. Parfois, on échoue. J'ai perdu plus de patients sur le billard que ma conscience ne peut le supporter, mais toi ? Tu n'as pas perdu ton ami, ce soir. Tu l'as sauvé. Et c'est vrai, ajoute-t-il en désignant Hunter. Il savait que tu y arriverais. J'étais à deux doigts d'escalader le bâtiment comme Spiderman, mais ton copain m'a convaincu d'avoir confiance.

– Confiance en quoi ?

– En toi, répond Hunter, échangeant un sourire gêné avec mon père.

Je suis touchée de les voir complices.

– Maman dit qu'elle veut nous inviter tous les deux au resto la prochaine fois qu'on va à Boston, je dis à mon père. Peut-être que tu pourrais te joindre à nous, et on pourrait faire comme si le brunch n'avait jamais eu lieu ?

– Avec plaisir, acquiesce mon père.

– Merci, je dis avant de m'adresser à Hunter. Et merci d'être venu me sauver. Ceci étant dit, sors tout de suite de cette voiture. Si tu te dépêches, tu peux arriver à temps pour le second tiers-temps. Mais… est-ce que tu m'en voudrais beaucoup que je ne vienne pas te voir ? J'ai besoin de réfléchir à ce qui s'est passé. De… décompresser. Et j'ai envie d'appeler ma mère.

Hunter tend le bras pour caresser ma joue.

– Pas du tout, c'est normal. Peut-être que ton père peut t'emmener boire un café pour te réchauffer ? Tes mains sont gelées.

Son père hoche la tête.

– Je m'occupe d'elle. Va gagner ton match, fiston.

– Je te retrouve après, je dis à Hunter.

Il m'embrasse brièvement sur la bouche et descends de la voiture, j'ai les larmes aux yeux en le regardant passer les portes de la patinoire.

– Ne t'en fais pas, dit mon père. Je suis sûr que son absence n'aura pas porté préjudice à…

– Je ne pleure pas pour ça, je réponds en reniflant. Je ne sais même pas pourquoi je pleure. Mes larmes coulent sans raison et je ne peux pas les retenir.

– Ce n'est pas sans raison, ma chérie. Le choc est en train de s'estomper et la gravité de ce qui s'est passé ce soir est en train de t'atteindre. Viens t'asseoir à l'avant, ma chérie, dit mon père en souriant tristement. On va aller quelque part pour parler, d'accord ?

J'essuie mes joues et hoche la tête.

– Merci d'être là, papa.

– Toujours.

42

Demi

J'ai l'impression d'avoir couru deux marathons et d'être partie en guerre lorsque Hunter et moi passons enfin la porte de chez lui, quelques heures plus tard.

Son équipe a remporté la victoire, donc tout le monde est sorti faire la fête. On a décidé de rentrer, tout comme Summer et Fitz, et Brenna, qui a dit qu'elle préférait skyper son mec que de « supporter une bande de mecs bourrés et en rut ».

La maison est plongée dans le noir et dans un silence de plomb tandis qu'on s'entasse dans l'entrée pour se déchausser.

– Ok, c'est hyper-flippant, remarque Brenna.

– C'est bizarre, quand ils ne sont pas là, acquiesce Summer.

– Qui ? je demande. Hollis et Rupi ?

– Ouais, dit Summer. Écoute…

– J'entends rien.

– Justement ! s'exclame-t-elle.

On passe la porte du salon et le téléphone de Brenna émet des notes de musique mélancoliques et familières. C'est « The Sound of Silence » de Simon et Garfunkel, et j'éclate de rire lorsqu'elle le tient en l'air pour qu'on entende tous.

Brenna n'a pas tort, je n'ai jamais connu cette maison aussi silencieuse.

– Ils sont partis où, au fait ?

– On ne sait pas, répond Hunter. Hollis a dit que c'était une surprise.

– Une surprise pour qui ?

– Pour Rupi.

– Pourquoi il ne vous a rien dit ? je rétorque.

– Parce que c'est une surprise…

– Je ne comprends pas ce mec, je réponds en soupirant.

– Personne ne le comprend, admet Brenna. Ne te fatigue pas à essayer.

– Bref, si vous voulez bien nous excuser, annonce Hunter, *Semi* et moi partons au lit. Elle a eu une soirée difficile.

– Je suis vraiment désolée que tu aies vécu ça, me dit Summer.

On n'est pas très proches, et elle me surprend lorsqu'elle me prend dans ses bras et me serre très fort.

– Merci. C'était terrifiant.

– J'espère que ton ami va s'en sortir, dit Fitz.

– Moi aussi.

Je me demande ce que vont penser les psys à l'hôpital. Je crois qu'il souffre d'une dépression sévère, et il a clairement un grave manque de confiance en lui. J'espère que la personne à qui il parlera pourra l'aider à guérir.

J'imagine que la police ou la fac ont déjà contacté sa famille, et je compte aller le voir dès qu'il aura le droit d'avoir de la visite. TJ a toujours été là pour moi quand j'avais besoin de parler, et je compte en faire de même pour lui.

Mais, ce soir, je ne veux plus penser à ce qui s'est passé sur ce toit. Papa et moi en avons longuement discuté autour d'un café, j'ai été émue de voir combien il était fier de moi lorsque je lui ai expliqué comment j'ai dissuadé TJ de sauter. J'espère qu'il finira par accepter mon changement de carrière. Et peut-être qu'un jour il sera fier de moi pour ça, aussi.

Je regarde mon téléphone quand on entre dans la chambre d'Hunter. J'ai un million de messages, de Pippa, Corinne, Darius, Pax, ma mère, et même un sms de Nico, que j'ai débloqué après Noël. Il me dit qu'il a appris ce qui s'est passé et qu'il est content qu'on aille tous les deux bien, et que je suis une bonne amie. C'est un message gentil, je me promets d'y répondre demain, en même temps qu'aux autres.

– Félicitations pour ta victoire, je dis à Hunter.

– Félicitations pour la tienne, répond-il. Tu as sauvé la vie de ton ami.

– Je me sens vraiment mal pour lui. Il a toujours été timide et réservé, mais je ne pensais pas qu'il était suicidaire, Hunter. Vraiment.

– Je sais, bébé.

– J'aurais aimé qu'il me parle de ses sentiments plutôt que de les enfouir et d'attendre d'aller si mal qu'il préfère se suicider, je dis en ravalant le nœud qui se forme dans ma gorge. C'est juste que… Tu sais quoi ? Je ne veux plus en parler. Change-moi les idées, s'il te plaît.

– Ok… Tu veux que je te raconte le coup de fil que j'ai reçu de l'agent de Garrett aujourd'hui ?

– Mon Dieu, non ! je m'écrie en paniquant.

– Comment ça, « non » ?

– Garrett m'a dit que tu n'avais pas le droit d'avoir un agent. Que c'est contre le règlement de la NCAA…

– Ne t'en fais pas, ça va, dit Hunter en souriant. Il m'a juste appelé pour se présenter. De façon officieuse. Et… peut-être qu'on a tous les deux exprimé notre intérêt mutuel. Officieusement, bien sûr.

– Tous les deux ? Tu es intéressé ?

J'essaie de ne pas sourire. Je savais qu'appeler Garrett serait le coup de pouce dont Hunter avait besoin.

– Oui. Enfin, on ne sait même pas si des équipes voudront me recruter après la fac…

– Je suis sûre que si.

– … Mais s'il y en a une, et que c'est un bon contrat…

– Tu signeras ?

– Je signerai. Mais ça implique que tu postules à un master dans la ville où j'atterris, dit Hunter en m'attirant dans ses bras. Ou alors, on attendra de voir où tu poursuis tes études et je dirai à l'agent de Garrett de me faire recruter par cette équipe.

– On se débrouillera, promis.

J'adore savoir qu'il pense déjà à notre avenir, et pourquoi pas, d'ailleurs ? Je rêverais de faire mon master en ouvrant un cabinet pendant que l'homme que j'aime joue…

– Putain ! je m'écrie soudain. J'ai oublié de te dire que je t'aime !

Hunter écarquille les yeux et éclate de rire.

– Je te demande pardon ?

– J'ai oublié de te dire que je t'aime. Je voulais te le dire l'autre soir, mais…

– Tu n'étais pas prête, je comprends.

– Ce n'était pas le bon moment, étant donné les circonstances. Mais je t'aime vraiment.

Je me sens rougir. Je ne pensais pas tomber amoureuse de Monsieur Hockey, avec ses fossettes et son sens de l'humour étrange. Mais la vie est pleine de surprises.

– Je t'aime, Hunter Davenport.

– Je t'aime aussi, Demi Davis.

Il baisse la tête pour m'embrasser et ses mains glissent sous mon pull pour caresser mon dos. Il pousse un cri horrifié.

– Putain, Demi, tu es un vrai glaçon ! Viens ici.

Je souris en le laissant me déshabiller.

– Si tu veux me réchauffer, tu es censé me mettre plus de vêtements.

– Non, c'est moi que je dois mettre sur toi.

Il joue des sourcils et rabat la couette de son lit. On se glisse dessous pour se blottir l'un contre l'autre. Il pose ensuite une main sur mon sexe, qu'il caresse délicatement.

– Comment tu peux déjà être mouillée ?

– C'est ce qui se passe quand tu es dans les parages, je marmonne.

Je baisse mon bras et trouve son sexe chaud et épais. Mais Hunter me prive de mon moment de plaisir, dégageant ma main en hurlant dans mon oreille.

– Putain, Demi ! Je t'interdis de toucher ma queue ! Plus jamais !

J'éclate de rire.

– J'ai les mains froides ?

– Froides ? J'en ai déjà des engelures ! Non, non, non. Je t'interdis de me toucher ce soir.

Il me pousse sur le dos et saisit mes poings pour bloquer mes mains au-dessus de ma tête.

– Ne bouge pas, gronde-t-il.

– Sinon quoi ?

– Sinon je ne te ferai pas l'amour.

– Tu es méchant, je réponds en boudant.

– Non, ce qui est méchant, c'est le crime que tu viens de commettre contre mon pénis.

J'éclate encore de rire. J'adore ce mec. On s'amuse toujours, tous les deux, quelles que soient les circonstances. Qu'on étudie, qu'on soit en cellule de dégrisement ou qu'on soit nus dans un lit, il me fait toujours hurler de rire.

– Je te préviens, Demi…

– Roh, d'accord. Vas-y, fais ton truc.

Hunter sourit jusqu'aux oreilles et baisse la tête vers moi, effleurant ma bouche de la sienne, avec sa langue, caressant ma peau gelée avec ses doigts calleux. Il finit par lâcher mes mains, mais je ne bouge pas, laissant Hunter s'occuper de moi. Il prend un téton dans sa bouche et le suce délicatement, titillant la pointe avec sa langue jusqu'à ce que mon bassin se soulève frénétiquement pour frotter mon sexe au sien.

– Roh, putain… gronde Hunter en plongeant un doigt en moi.

Sa bouche ne quitte pas mon sein tandis qu'il se met à me doigter.

– Bon sang, Demi, il faut que je sois en toi. Tout de suite.

Il frotte son sexe à ma cuisse, y laissant une trace de liquide préséminal. Mais il se lève pour attraper une capote et je rouspète.

– Tu aurais dû faire ça avant !

– Ne me gronde pas quand je suis sur le point de te donner un orgasme.

– Qui dit que tu vas me donner un orgasme ?

Il empoigne sa verge et l'agite.

– Elle, répond-il.

Mon rire se transforme en gémissement lorsque Hunter s'allonge sur moi et me pénètre en un coup de bassin. Il me remplit parfaitement et mon sexe s'étire pour accueillir le sien. Je caresse son dos tandis qu'il me fait tendrement l'amour, lentement.

– Je t'aime tellement, je chuchote.

– Je t'aime aussi.

Il recule les hanches et me pénètre de nouveau, brusquement. Une vague de plaisir s'accumule dans mon bas-ventre avant de parcourir mes veines, embrasant mon sang. Je n'ai plus froid, je suis bouillante. Le corps d'Hunter est brûlant et sa langue est chaude et affamée. Son sexe me procure des sensations incroyables, augmentant toujours mon plaisir.

Lorsque mon orgasme jaillit enfin, je crie en m'accrochant à lui. Il avale mes gémissements en m'embrassant langoureusement, puis il grogne à son tour lorsqu'il jouit.

– Je ne vais jamais me lasser de ça, dit-il d'une voix rauque.

Il nous fait rouler de sorte que je sois désormais allongée sur lui.

– Ça tombe bien, parce que ce n'est pas près de finir.

– Ah vraiment ? dit-il en me serrant contre lui. Qu'est-ce que tu insinues ? Qu'on va rester ensemble toute la vie ?

Je souris et plonge mon regard dans le sien avant de l'embrasser.

– C'est exactement ce que je dis.

ÉPILOGUE

Demi

C'est dimanche soir et on est sur le canapé d'Hunter devant mon émission préférée. L'épisode de ce soir s'intitule *Les magiciens tueurs*. Summer est profondément endormie à l'autre bout du canapé, Brenna, blottie sur un fauteuil, regarde l'écran avec fascination tandis que Fitz est installé dans l'autre fauteuil et ne sait pas encore ce qu'il pense de l'émission.

Ça ne fait que dix minutes que ça a commencé, et il a déjà dit « c'est beaucoup trop tordu » une dizaine de fois.

– Je te jure que si la tête décapitée apparaît dans son chapeau, je me casse, prévient-il.

Hunter prend son téléphone sur la table basse lorsqu'il se met à vibrer.

– Eh, c'est Hollis.

– Réponds ! dit Brenna. Demande-leur quand ils rentrent.

– Mais c'est un FaceTime, râle Hunter.

– Et alors, tu as besoin de te maquiller pour répondre ? se moque-t-elle, me faisant rire.

Il appuie sur le bouton et déclenche un bruit assourdissant.

– AAAAHHHH ! LES MECS !

Summer s'assied d'un bond, les yeux grands ouverts.

– Quoi ? Qu'est-ce qui se passe ? demande-t-elle en se frottant les yeux.

– Les mecs, vous nous entendez ? demande Rupi d'une voix inquiète. Mike ! je ne sais pas s'ils nous entendent.

– Ils nous entendent, bébé !

– On vous entend ! gronde Hunter, exaspéré. Mais vous êtes où ? Pourquoi il fait jour ?

Je regarde son téléphone mais n'arrive pas non plus à savoir où ils sont.

Brenna se lève et s'installe à côté de nous pour mieux voir, et Summer regarde l'écran par-dessus mon épaule. Fitz reste dans son fauteuil, même si je sais qu'il écoute la conversation et plus l'émission.

– On est au Népal, déclare Hollis.

– Comment ça, vous êtes au Népal ? demande Brenna alors qu'on se fige tous.

– On est au Népal, les gars ! On est dans l'endroit le plus cool au monde ! On est au sommet d'une montagne et il y a un monastère bouddhiste à côté et… Davenport ! Il y a de vrais moines, ici, et les mecs ne baisent pas du tout ! La plupart ont fait vœu de silence, aussi, donc je ne peux pas leur demander…

– Hollis, gronde Summer. Pourquoi vous êtes au Népal ?

Rupi réapparaît dans l'écran, ses dents blanches scintillent sous les rayons du soleil népalais.

– C'est notre lune de miel ! s'écrie-t-elle.

Summer retient son souffle.

– C'est une blague ? demande Brenna d'un ton dubitatif.

– Non ! répond Hollis.

Leurs deux visages remplissent l'écran et je dois admettre que je n'ai jamais vu un couple aussi heureux.

– On s'est mariés vendredi ! Je suis désolé, je sais que vous auriez aimé être là. Et, Fitz, je sais, je sais, que tu as toujours rêvé d'être mon témoin…

– Toujours, confirme Fitz d'un ton moqueur.

– Je suis désolé, mec. Je vais me rattraper. On va organiser un vrai mariage cet été. Ce sera en Inde, et vous êtes tous invités.

– Mais qu'est-ce qui se passe ? demande Summer d'un ton confus.

– Vous êtes vraiment mariés ? dit Hunter.

– Ouais. On a été au tribunal de Boston. On a eu pour témoin un mec qui contestait ses PV.

Je m'interdis de rire.

– Et maintenant, vous êtes en lune de miel au Népal, dit Brenna d'un ton prudent et perplexe. Mais vous allez officiellement vous marier cet été, en Inde.

– Oui ! s'exclame fièrement Rupi. C'est pas dingue ?

Personne ne répond et elle pousse un cri horrifié.

– Vous n'allez pas nous féliciter ?

On sursaute tous et un brouhaha de félicitations et de compliments s'ensuit.

– On est super-contents pour vous ! Promis ! dit Summer d'une voix sincère. On est juste surpris, c'est tout !

– Alors, combien de temps vous restez au Népal ? demande Fitz. Vous rentrez quand ?

– Dans un an, répond Hollis.

– Un an ? répète Summer. Mais…

– Et ton boulot ? s'inquiète Hunter.

– Rupi, et la fac ? je demande.

– J'ai démissionné, dit Hollis.

– Je reprendrai plus tard, dit Rupi.

Je les dévisage avec des yeux ronds.

– Je n'ai même pas choisi ma spécialité, dit Rupi. Et je me fiche des études.

– Et moi, je me fous de mon boulot, ajoute Hollis. Davenport a dit qu'on devait voyager, alors c'est ce qu'on fait.

Je fusille Hunter du regard.

– Je lui ai conseillé d'emmener Rupi en week-end ou de prévoir des vacances d'été, répond Hunter. Pas de se marier et de s'enfuir en Inde !

– On est au Népal, râle Hollis. Fais attention, mec.

– Ok, dit Summer en se raclant la gorge. Ben, on est ravis pour vous. Je n'arrive pas à croire que vous êtes mariés.

Moi non plus, mais Rupi et Hollis semblent heureux, donc ce n'est pas à moi de les juger.

– Ok les gars, il est huit heures du matin et on a une grosse journée devant nous, déclare Rupi de sa voix aiguë et autoritaire.

– On vous rappelle dans quelques jours, dit Hollis. Ou dans un mois. Peu importe. On vous aime, les gars ! À dans un an !

Il raccroche, et on se regarde tour à tour. On est tous perplexes.

– Elle a quitté la fac, dit Brenna, impressionnée.

– Ils sont mariés, dit Fitz d'un ton horrifié.

– Elle n'a que dix-neuf ans, je réalise soudain.

– Ouais, mais pour sa défense, Rupi savait qu'elle allait épouser Michael Hollis dès la seconde où elle l'a vu, remarque Summer.

– C'est vrai, acquiesce Brenna.

– Soit ils seront divorcés dans une semaine, soit ils seront ensemble pour toujours, prédit Hunter. Il n'y a aucune demi-mesure avec ces deux-là.

– Je suis contente pour eux, dit Summer en dégageant ses cheveux blonds de son visage. Vraiment. Mais putain, je m'y attendais pas du tout !

Hunter secoue plusieurs fois la tête, comme s'il essayait de revenir à la réalité.

– Ok. Ben, c'était… fascinant, déclare-t-il en reprenant la télécommande. On continue ? On allait savoir si la tête allait sortir du chapeau.

– Je vais faire une partie de Fortnite, marmonne Fitz.

– Je vais me coucher, dit Summer.

– Je vais voir si Jake est toujours debout pour lui annoncer la nouvelle, annonce Brenna.

– Bande de nuls ! je gronde.

Lorsque les colocs d'Hunter sont tous partis, il m'attire contre lui et me serre dans ses bras.

– Tu en dis quoi, bébé ? On continue ?

Je tourne la tête vers lui et souris jusqu'aux oreilles.

– Ouaip ouaip.

THE END

NOTE DE L'AUTEUR

Écrire ce livre a été un véritable plaisir ! L'amitié amoureuse de Demi et Hunter, leurs taquineries et leurs étincelles m'ont amusée pendant toute la rédaction du roman, et je suis ravie du déroulement de leur histoire.

Cela étant dit, sachez que j'ai pris quelques libertés concernant le semestre universitaire et le planning de la saison de hockey, les prolongeant dans l'intérêt de l'intrigue.

Je l'ai déjà dit et je le redirai : ce livre, et la vie en général, seraient profondément ennuyeux sans l'amour et le soutien de quelques personnes merveilleuses.

Mon éditrice, Lindsey Faber. On est enfin réunies et c'est génial.

Merci également à mon agent, Kimberly Brower, pour s'être assurée que je ne perdais pas le cap et pour m'avoir parfois servi de thérapeute de couple.

Merci à mes talentueuses bêta-lectrices : Nikki Sloane, K. A. Tucker, Robin Convignton et Sarah J. Maas.

Mes remerciements à Sarina Bowen, juste parce que je l'aime. Elle est chou !

À Vi Keeland, ma meilleure ennemie, qui vit par procuration à travers ma vie amoureuse. Y a pas de quoi !

À Monica James, mon âme sœur australienne. Tu es honnête et merveilleuse, et je sais que ton père était très fier de la femme que tu es. J'ai de la chance de te connaître.

Merci à Nina, mon attachée de presse et mon épouse, qui m'aime tellement qu'elle ne divorcerait même pas en apprenant que je n'ai jamais lu *Harry Potter*.

Merci à Aquila Editing d'avoir corrigé ce livre. (Désolée pour les coquilles !)

À Nicole, sauveteuse extraordinaire.

Heyyy Natasha. Libère-le !

Merci à Damonza.com d'avoir fait voir le jour à Demi avec cette superbe couverture !

Merci à tous mes amis auteurs qui ont fait circuler cette parution et m'ont apporté leur soutien et leur amour – je n'en reviens pas que cette communauté soit aussi soudée. Elle comporte tant de cœurs généreux et d'écrivains talentueux !

Comme toujours, merci aux blogueurs, aux critiques et aux lecteurs qui continuent de parler de mes livres. Je vous suis infiniment reconnaissante pour votre amour et votre gentillesse. Vous êtes la raison pour laquelle je continue d'écrire ces folles histoires !

Love,
Elle